修訂版

清末民初的粵語書寫

李婉薇／著

責任編輯	梁健彬　劉汝沁　王穎
內文設計	陳務華
封面設計	陳德峰

書名	清末民初的粵語書寫（修訂版）
著者	李婉薇
出版	三聯書店（香港）有限公司
	香港北角英皇道 499 號北角工業大廈 20 樓
	Joint Publishing (Hong Kong) Co., Ltd.
	20/F., North Point Industrial Building,
	499 King's Road, North Point, Hong Kong
發行	香港聯合書刊物流有限公司
	香港新界荃灣德士古道 220-248 號 16 樓
版次	2011 年 4 月香港第一版第一次印刷
	2017 年 6 月香港修訂版第一次印刷
	2021 年 12 月香港修訂版第二次印刷
規格	16 開（170mm × 238mm）416 面
國際書號	ISBN 978-962-04-4139-4

推薦序　粵語作為強勢方言的前路

　　李婉薇的《清末民初的粵語書寫》要再版了，請我寫序。在香港，學術著作可以再版，很是難得。我想這本書有這樣的機緣，原因有三，一是書的選題好，填補了這方面的空白。過去方言研究偏重口語，偏重於對語言三要素語音、詞彙、語法的研究，卻忽略對方言書面語的研究。事實上，要做這方面的研究，其他方言區也沒有粵語這樣的條件。因為只有粵語，才有這樣豐富多樣的方言書面語作品供研究。

　　當然，有好的食材還得有好廚師，婉薇在北大四年的嚴格訓練，得到陳平原、夏曉虹兩位老師的悉心指導，加上她的努力，才有這樣的成就。這是本書成功的原因之二。書出版後，在文化界得到不少好評，《信報》、《明報》、《大公報》等的專欄裏，以及網誌上的文章，如鄭政恒、梁偉詩、彭礪青等，都給予不錯的評價，就是證明。

　　第三，中國人對鄉土最有認同感，「月是故鄉明」道盡了遊子思鄉的心情。我有菲律賓、美國兩重華僑身份，親身體會離鄉別井的華僑如何在外地以鄉土來維繫情誼，同鄉會就是遊子寂寞心靈的寄寓處。都說幾個老廣聚在一起就說廣東話，但上海人聚在一起又何嘗不說上海話呢？方言是身份認同的主要特徵。自清末推行國語

至今逾百年，方言力量雖微弱，卻仍然頑強地堅持着。內地改革開放以來，雖有 2000 年的語文立法，普通話定為法定的語言。但總的來說，政策已比之前寬鬆，各大方言區都重視自己方言的保育，擔心自己方言有一日會變得瀕危。較大的城市都有自己的方言電視頻道，在幼稚園、小學有方言學話班。這些，都是上一世紀前半段不能想像的。香港更因為特殊的時空背景，這幾年本土意識高漲，這本書之所以受歡迎，完全可以理解。

約十年前，婉薇告訴我她的博士論文題目，我的第一個反應是這是一個跨學科的題目，我的學術興趣主要是方言學，但我知道婉薇到北大讀的是文學，所以馬上聯想到這是語言和文學的結合。我還在想，以我方言的知識，能不能在論文撰寫的過程中，出一點微力呢？完成後的論文，讀者可以看到作者並沒有把太多的內容放在方言學上，諸如為什麼只有粵方言能有這樣成熟的方言文學，強勢方言和弱勢方言在書面語的不同表現等等，其實都可以作進一步的發揮。下面，我稍為談談這個問題。

方言可以分為強勢方言和弱勢方言兩種。照廈門大學李如龍教授的說法，有五個方面可以加以考察。一是粵方言對它的成份結構有很強的整合能力，以語音為例，粵語和中古音、普通話的對應相當嚴整有規律，有清晰的語音層次、詞彙層次，也就是整合力的表現。二是粵語內部各次方言區有聚合力，粵語有廣州、香港這兩個大城市，經濟文化超強，極有影響力。加上現代傳媒的滲透，粵語內部的凝聚力強，其他粵語地區的語言，也都向穗、港靠攏。三

是在和周邊方言，包括和共同語的接觸中，粵方言顯示出極強的競爭力，現在普通話已吸收了不少粵語的詞語，以足球界為例，「龍門」、「爆棚」、「烏龍球」、「世界波」等都成了評述球賽的用語。韶關、惠州等原被客家或土話包圍的城市，都流行粵語，可見粵語的強勢。第四，從粵語的應用看它的活躍程度，也是其他方言所不及。尤其在香港，粵語可以在一些正式場合，如會議、法庭等應用，可以在報紙、雜誌刊載，這都是其他方言做不到的。第五，幾百年來的粵方言雖有變化，但相對穩定。清以來的粵謳、木魚書、龍舟歌等唱本，現在閱讀起來全無問題，一些基本的詞彙，尤其是語法用的虛詞，仍在使用，或可以理解，這是很有特色的。從這幾方面看，粵語正是典型的強勢方言，它的次方言點，極具向心力，外來的挑戰，除普通話外，其他都不成威脅，暫時看不到它有萎縮的跡象，是漢語最強勢的方言。（見李如龍著《福建方言》、《漢語方言學》）上面所提的第四點，即方言的日常應用，不限於口語，還包括書面語，有自己的方言文學。加上粵語區的經濟實力強，文化積澱厚，香港在港英時代對中國語文的放任不作為，雖混亂卻自由，所有這些，都是粵語方言區書面文學特別發達的原因。在中國七大方言區能有較成熟書面語的，只有吳語區的上海可堪比擬。閩方言有方言著作的史料比粵方言早。1976 年在潮州出土明宣德七年（公元 1432 年）《劉希必金釵記》，《荔鏡記》（陳三五娘故事）也有不少明代版本。但限於閩南地區經濟條件，清之後的刊本反而少見。台灣的語文學界以至官方雖為台灣閩語設計一套書面語，但

限於方言用字的累積欠深厚，得不到民眾普遍的接受。

但是在粵語書面語表面發達的現象下，有幾個小問題仍值得進一步思考，這些問題，本書大多注意到了，有的略嫌談得不夠，謹提出來向作者及讀者討教。

第一，是清末民初文人對方言的態度問題。維新派為了宣傳，對書面語用字作了革新，倡詩界革命，寫「新民體」（新文體）。前者的健將有黃遵憲，主張「我手寫我口」，「即今流俗語，我若登簡編」。而後者的始創人梁啓超自己評價「新民體」時說：

> （文體）至是解決，務為平易暢達，時雜以俚語、韻語及外國語法，縱筆所至不檢束，學者競效之，號新文體。（《清代學術概論》）

二人都說詩文不避俚俗語，所指應包括方言詞語。但以黃遵憲的客家背景，我們看不到他詩中有客語的成份；而新會人梁啓超，文章中也看不到有粵語的成份。清末人對共同語和方言的態度是一個有趣的問題。維新派為了普及教育，推廣切音字，可以拼寫方言，如盧戇章方案拼廈門話等。但他們也推廣共同語的國語，認為「統一語言，以利團結」。具體到他們所寫的文章詩歌，則又不見有太多的方言，本書有專章介紹梁啓超寫的粵語劇本，這應是演出的需要，和其他人的粵語書寫出發點不同。維新派中人對語言的態度，是二元的：我們讀書人可以用文言或較雅致的「新民體」，你們小百姓

才用方言俚語。

第二，清末的政局動盪，讀書人救國心切，他們提出的各種富國強兵方案，大都急功近利，以宣傳為目的。他們用方言寫作，對象是下層的民眾。宗教人士更是為傳播福音，吸引信眾。至於方言教科書，更與文學無關。除了廖恩燾的方言詩（見本書第二章）帶有娛己娛人的文學功用外，其他的都是實用的工具書或宣傳品，這一點是令人失望的。本書的總論中比較了吳語小說《海上花列傳》，說作者韓邦慶寫這部小說「並無啓蒙和商業的考慮，讀者面的大小顯然不是韓邦慶最關心的問題」（頁 330），相對於粵語作品，我們就是缺少這種文學家的氣質和自信。清末民初的廣東一直是中國革新以至革命的策源地，或者，太熱衷於政治，太急於求成，做事太現實，就失去了文學的優雅與深沉。

第三，和上面所說有關的是純文學體裁作品的缺乏。本書介紹的粵語書寫有五種，分別是散文（含說唱韻文）、古典格律詩、粵劇、小說和粵語教科書。但小說一項最弱，兩部作品一是由宣講《聖諭廣訓》發展出來的《俗話傾談》，另一部則是翻譯的宗教讀物《天路歷程土話》，二者都和帶實用的目的而與創作有距離。後者是否看作小說，尚有爭論。作者在這一節用的標題是「被遺忘的小說」，以及總論的第三節「尋找粵語小說」，是有感於小說數量之少吧。筆者對此有同感。維新派倡小說界革命，推崇小說的教化作用，具「熏、浸、刺、提」的力量。晚清的小說作品數以千計，粵籍的小說家也不少，就是缺少粵語小說，其中原因值得探究。我和婉薇曾

討論過吳趼人，他的筆名最有名的是「我佛山人」，可見他以佛山人自豪。他有小說《九命奇冤》，寫廣東梁天來慘案，卻全不用粵語。他在北京出生，十八歲到上海謀生，這些或者是他寫小說不考慮粵語的原因吧。本書對這一點有所發揮，這裏就不多說了。

第四，是作為方言文學，為什麼容易有詼諧、滑稽的效果。書中的總論第二節提出是為了「反抗」，並引用巴赫金等西方學者對此作了演繹。筆者對此也很感興趣，但有不同的解說。和方言相對的是共同語，通常，在政治的護航下，共同語享有更高的社會地位。在很多場合，用共同語（國語、普通話）是順理成章，理所當然。早年中文大學的教務會開會、畢業典禮致辭、宣讀畢業生姓名，都得用國語。傳統一向如此，再向上追溯，這種傳統大概是中國士大夫一直以來的「雅言的語言觀」（何大安語）在起作用。所以在正人君子面前說一段方言，大有挑戰權威的痛快。廣東話有一個據說是來自壯語的動詞「撩」可堪借用。前面所說的場景，就像小人物在「撩」道貌岸然、一派正經、嚴肅的大人先生吧。從早期的《時諧新集》，到後來在香港大受讀者歡迎的「怪論」，都貫穿着這種一針見血、嘻笑怒罵的諷刺精神，其中一些作者的文字技巧，令人折服。例如外國政要的譯名，三蘇有兩個精彩的翻譯，他把基辛格（Kissinger）意譯作「接緊吻嘅麻甩佬」，又把蘇共總書記「布里茲涅夫」音譯為「補你之裂褲」，帶來極大的喜劇效果，可見作者的聰明和機智。

香港有兩篇博士論文、兩本著作談粵語的書寫，除了本書，另

一是黃仲鳴的《香港三及第文體流變史》。有趣的是李著屬近現代文學範疇而黃著則是語言文字學的論文。而二者在研究對象的年份和地域雖有一點重疊，但基本上有不同。李著研究的時代較早，主要發生在內地廣州。而黃著則集中在三十年代至七、八十年代的香港，二者結合，就是一部完整的粵語書面語史。我尤其慶幸和這兩部著作有關係。我是二篇博士論文的校外考試委員，要是在科舉時代就是所謂的「座師」了。當然我是李婉薇哲學碩士的指導老師，和一次性的座師畢竟不同，之前我們曾一同關注八、九十年代內地尋根文學「筆記小說」的發展歷史和文學特點。那幾年的學習生活是愉快的，我感受到婉薇較強的學術潛質。到了博士學位，在名師的指點下，她終於有今天的成就，作為老師，我為此感到欣慰，因此樂於撰寫這篇序，作為她學術路途上進步成熟的見證。

　　是為序。

張雙慶

2017 年春節

目錄
CONTENTS

導言

　　明朝末年以來，廣東民間說唱活動帶動出版業蓬勃發展，粵語開始成為印刷品上使用的書面語。儘管這些歌本的口語成份並不那麼濃厚，但粵語書寫傳統畢竟逐漸形成，出版和閱讀書面的粵語成為普遍的商業和娛樂行為。這時的粵語，具備了「口語」和「書面語」兩種形態。

　　在漢語的發展史上，口語和書面語這兩套系統，約在東漢以後開始分離。春秋之後的「雅言」是共同語，也是書面語加工的基礎，所以和當時的口語差別不大；言文分離之後的文言文，是「仿古的書面語」；禪家語錄、《朱子語類》等雖雜有文言，但採用大量口語。宋代以後出現的章回小說，則是在當時的口語基礎上加工的書面語[1]。口語和書面語之間，你中有我、我中有你，衍生出千變萬化的文體類型和風格。方言作品中的書面語，也可以稱為「在口語基礎上加工的書面語」，但從文學研究的價值來看，卻與章回小說不盡相同，尤其本書所討論的晚清粵語作品，雖然可入於「方言與文學」的範疇，但因為特殊的時代背景、粵地文人的寫作傳統、廣東說唱文藝的介入，蘊含與別不同的時代和文學意義，而至今卻仍未得到足夠的重視。

　　晚清的粵語作品包含多種體裁，能夠為研究者提供嶄新的思考維度，開拓方言作品研究的學術前沿。通俗的說唱形式如粵謳、南音、龍舟、粵劇等，因為每天在報章上刊出，一開始就有了修改和寫定的空間，其傳播過程與傳統民間說唱有很大分別，可以被視為「擬說唱」。作者在遵守既定的音樂和語言規範之餘，又有意把題

材和語言改造得更生活化。為了直接向教育水平不高的一般群眾發言，一些作者把文章寫成演說，可以被視為「擬演說」。作者希望它們能夠真的被輾轉演說，以擴大傳播範圍；同時又希望能在紙面上直接打動讀者，因此很可能寫得比真正的表演更聲情並茂。格律詩和諧文，是傳統的文學體裁，加入粵語之後產生風格上的變化。綜觀以上所述，晚清粵語作品的特殊性質和功能，可以帶動以下幾方面的思考：一、聲音和文字、言說和書寫如何互相影響？對方言寫作有何利弊？粵語以怎樣的面貌呈現在這麼多種不同的文體中，它的彈性和表現力如何？二、古雅的文體和通俗的語言之間，有沒有互相調和滲透的可能？本書嘗試在分析上述問題的同時，檢討粵語寫作的可能和局限，彰顯方言作為一種語言意識對文學創作的重要性。

第一節　書面的粵語

口語本來是隨風而逝的聲音，要轉化為書面語，必須借助書寫系統。如論者所言，粵語作品的作者假定讀者既會說粵語，又略懂標準的書面語；也就是說，這位作者嘗試跨越口頭粵語和標準書面語之間的差距[2]，而真正填補兩者差距的，是粵人發明的方言字。這些方言字很多時出於民間的創造，以約定俗成的方式通行，但語言學家仍然根據古漢語文獻和六書造字法歸納出六種粵語方言字類別：

1. 本字，可以追溯至歷史文獻的方言本字，如睇、齤、䁯、焗、姣。

2. 本、俗並行，有本字可考，但習慣上用另一字代替，如「返」寫作「翻」，「煠」寫作「焓」，「拓」寫作「扰」。

3. 訓讀字，借義不借音，本字另有其字，如「歪」，讀作 mε^{35}；如「凹」，讀作 nεp^{55}，中古音為於交切；如「罅」，讀作 la^{33}。

4. 會意字，部份應有「本字」，部份可能由「訓讀」而來，但由於方言字並非全據典籍所載之字借用或演變而來，更可能是用「會意」的方法造出來的，如歪、冇、猢、嫲。

5. 同（近）音假借字，如嘆、痕、曳、牙煙、邊度、他條。

6. 形聲字，聲符以粵語為據，形（義）符起「按意義歸類」的作用，如從「刀」的「劏」，從「心」的「愜」，從「手」的「掂」、「攄」、「揶」、「搣」等，不少形聲字有幾種寫法。[3]

另一類在鴉片戰爭前後已受傳教士注意的方言字，是從「口」旁的字，例如吽啞、呃、咁、唔、嗒、嘅、嘢等等。詹伯慧將之勉強歸入形聲字一類[4]。粵人造字，事實上並無一定的原則，除了遵守成規之外，大多數的情況是想到同音的字，即以之標示無字的粵音，有時同一份刊物，也沒有一定規範。今天香港的報章甚至有以「D」代替「啲」的例子，原因很可能是寫英文字母比寫漢字更快。詹氏的分類，相對於方言書寫的隨意性，雖然略為顯得煞有介事，卻頗能見出粵語方言字複雜的來源和粵人造字的創意。這種創意可以會意字「冇」為代表，外省人即使不知其音，卻對其義一目了然。

研究閩南話書寫問題的學者王順隆，則特別讚揚粵人善用形聲造字法。他認為：

> 形聲字除了造字簡便之外，還能引導讀者依漢字的聲旁發音；而加上形旁造成新字，也能避免發生語言干擾而發生詞義混淆的弊病。既有借用同音字的優點，又改善了同音字的缺失，故粵語的手法確實比閩南語的傳統寫法好多了。[5]

王順隆又指出，長期以來粵語方言字迎合漢字衍生的原理，是粵語得以形成寫作傳統的因素之一，並認為其他漢語方言如果要發展漢字書寫，必須師法粵語[6]。

粵語作品的研究者並不乏人，但比較集中於戰後香港的粵語作品。直至 1997 年以前，香港的粵人從來沒有學習民族共同語（普通話）的壓力，粵語的廣泛傳播不會引發國家統一的政治問題，加上七十年代之後，香港經濟起飛，身份認同確立，粵語方言字的使用非常普遍，因此頗受研究者重視。論者習焉而不察的是，晚清的廣州和殖民地時期的香港，其語言環境其實略有相似：同樣言文分離，不能我手寫我口；同樣沒有強制的共同語教育，粵語不止是主要人口的口頭語言，也是為人熟悉的書面語，而且也在一定程度上受外來語影響。不同的是，晚清是近現代中國的轉折期，粵語作品的背景和內容顯得更宏大和複雜。

雖然研究的對象並非完全相同，但香港戰後粵語作品的研究，

對本書的研究仍然有一定的幫助。美國語言學家包睿舜（Robert S. Bauer）從七十年代末起從事粵語語音學的研究，其後同時研究香港粵語書寫。包氏以香港漫畫探討粵語寫作的論文頗受學術界重視[7]，他在 2002 年與張群顯合著《以漢字寫粵語》[8]，系統化地研究和整理逾千個香港粵語方言字。美國學者唐斯諾（Don Snow）在 1991 年完成關於香港粵語作品的博士論文，其後出版成書，題為 *Cantonese as Written Language: The Growth of a Written Chinese Vernacular*。他的研究以香港在戰後至九十年代的粵語作品為中心，但因為該論文旨在追述粵語作為一種書面語的發展，所以對於近代廣東的粵語寫作條件和狀況也有所關注。對筆者的研究頗有價值的是，唐氏在第三章扼要論述廣東歷史和文化，並指出其認同有別於其他地區。他認為，廣東地區有頗不一樣的語言和歷史經驗，足以養成獨特的文化和身份認同。他舉例說，相對於傳統的「士農工商」的思想，在廣東商人的地位就比較高。唐氏還引用外國學者的華南研究進一步分析說，廣東獨特的歷史，使廣東人的中原認同得來不易，因此甚至自認為比別的中國人更愛中國。他又指出，「異質」並不必然等同於優越，但廣東人對自己文化的獨特性感到驕傲，這一點使廣東人願意書寫自己的方言[9]。香港學者黃仲鳴的《香港三及第文體流變史》是關於香港粵語作品的另一部專著。由於作者長期關注香港的粵語小說，因此搜集到一些珍貴材料。例如香港四十年代寫作武俠小說的「我是山人」陳勁，其名其作曾經「婦孺皆知」，現在卻因為材料散佚而乏人關注。據黃氏引述，陳勁自覺地運用文

言、白話（書面語）和粵語（口語）寫作「三及第」小說。從《佛
山贊先生》的片段可見陳勁在敍事時用文言，夾雜白話，直接引述人
物對話時用粵語，頗能盡取幾種語言的優勢，而起繪聲繪影之效[10]。
不過，黃氏把晚清以來的粵語作品一概納入「三及第」的範圍，筆
者以為過於寬泛。方言寫作本來就雜有其他語言，以「三及第」指
在香港四、五十年代出現的一種獨特文體，應當比較符合實際情況。

　　關於晚清的粵語寫作，雖然暫時沒有專著，但一些學者的相關
研究極有啓發性。歷史人類學家程美寶的論著《地域文化與國家認
同：晚清以來「廣東文化」觀的形成》，闢出一章專論粵語書寫。
開首詳述粵語從「蠻音鴃舌」到「中原古音」的過程，廣東的菁英
文人如何利用學術權威扭轉國人對粵語的評價。基於其人類學的師
承和訓練，程氏在論述粵語書寫的源頭時特別着重口述傳統和鄉土
風俗，她認為除了民間歌謠之外，鄉村的道士主持儀式所用的科儀
手稿，大多以半文半白的語言寫成，而且道士多數以民間熟悉的南
音或清歌形式表達，也可以視為粵語書寫的淵源[11]。程氏還羅列了
木魚書、鹹水歌、粵謳、粵劇、善書、教科書、字典、會話讀本等
材料，介紹它們流佈的情況和功能。在討論晚清粵語書寫的學者中，
程氏對材料的梳理最為嚴謹，例如她考證出《芙蓉屏》為最早使用
粵語的粵劇劇本，便為有關的研究作出不小的貢獻[12]。但是，由於學
科的差異，程氏對於晚清方言寫作的價值評估和文學研究者不盡相
同。她認為晚清的粵語書寫功能性太強，而且無法和白話、國語競
爭。她又指出一個「有趣的悖論」：「方言的顛覆性幫助讀書人建

19

立新的國家觀念，其淺白親切的特性也幫助普羅大眾學習這新的國家觀念。可是，一旦國家真正建立起來了，方言的顛覆性有可能針對的，就是這個新的國家，其發展因而也就很快被壓抑。」[13]雖然這些觀點都符合歷史事實，但若以文學研究的角度去看，這些限制都不能淹沒寄生於粵語書寫的時代意義和文學色彩。

此外，另一些學者在作者考證方面對本文的研究也很有幫助。首先值得一提的是冼玉清的粵謳研究，其論文〈粵謳與晚清政治〉[14]不但全面介紹了晚清的粵謳作品，還選注了七十八首粵謳，詳錄其本事。因為晚清的粵謳緊貼時事，今天的讀者不一定能夠索解，冼氏的工作為研究當時的粵謳提供了關鍵的便利。她的另一篇論文〈招子庸研究〉[15]，綜合各家之說考證招子庸的生平，除了招氏編著的《粵謳》之外，還較全面地介紹了他的政績、繪畫、軼事等，是研究有關課題不可繞過的文章。另外，許翼心的論文以香港革命派報章為題，主張把鄭貫公等革命派報人視為「作家群體」[16]，亦頗有啟發性。他指出在 1904 至 1911 年間，《中國日報》同人分別創辦多家報刊，其中既有《世界公益報》等作風較嚴肅的，也有《唯一趣報有所謂》、《香港少年報》等小報，不但宣傳革命有功，還「進一步推動了近代中國的文界革命」，認為革命派報章的政論、短評、雜文在文體方面有所創造，而且他們幾乎無人不能作粵謳，又使粵謳擺脫了傳統的框框，注入時代精神。同時，夏曉虹發掘出廖恩燾這位詞人、方言詩人，使筆者得以借助其研究成果，進一步探討其方言寫作的成就。夏氏的論文〈近代外交官廖恩燾詩歌考論〉詳細

考證廖恩燾的生平，談及他的粵語格律詩時，透過對比傳統詩歌中的同類作品，分析其特殊的旨趣。論述廖恩燾的粵謳時，則把這些方言作品納入晚清詩界革命的圖景，並揭示廖氏複雜的思想。〈近代外交官廖恩燾的戲曲創作〉一文則考證廖恩燾即「春夢生」，分析其京戲作品，二文並讀，能全面了解廖氏的創作。必須一提的，還有李默先生的資料整理工作，除了編選粵謳選集《多情曲》[17]，他為辛亥革命前廣東報章所做的編目和整理[18]，不但詳盡，還比較關心報刊的文學和語言特點，並使讀者能夠了解當時粵港兩地報刊流佈的狀況。承接上述的研究成果，本文廣泛搜集晚清省港兩地稀見的報刊和粵語作品，並以個案為單位作主題性的深入研究。

第二節　競爭的俗話

晚清的白話文運動中，新興的報刊一致傾向以俗話為書面語。當時「俗話」一詞和「土話」、「土音」一樣，指各種口語和方言[19]，既可以指比較小眾的吳語和粵語，也可以指當時通行甚廣的「官話」，或者兩者兼之。以競爭力來說，「官話」在北方有明顯的優勢。晚清啓蒙報刊的書面語，實際上是以來源地域不同、語音也不盡相同的北方話為基礎的，可以說是一種「通用語」[20]。這種通用語，可以包括「官話」、北京官話和北京話[21]。「官話」在明末已經甚為通行，連婦孺都聽得懂[22]，這種通用語不但在中央和地方行政上頗有權威，

民間流行的白話小說，其書面語就在這種通用語的基礎上形成，這
又使下層民眾有了大致相近的讀寫能力和經驗[23]。因此，有志啓蒙
的報人文士大都爭相使用，在其基礎上加工，成為啓蒙報刊上的書
面語。但是，當時以北方話為基礎的通用語，還不是正式規範的民
族共同語[24]。在南方很多地區，這種通用語其實並不通用[25]。與此同
時，文言的尊貴地位在文人之間仍然很穩固，只是選擇文言的報刊大
都同意把文言寫得較為淺易，這種淺近的、不追求古奧的文言文，有
時被稱為「淺文」[26]或「淺說」[27]。

　　俗話和通俗文藝在晚清白話文運動中得到高度重視，學術界已
頗多論述。筆者想強調的是，當時複雜而自由的語言環境，為方言
寫作打開一道縫隙，使它們有機會以啓蒙之名在報刊上出現。梁啓
超認為「俗語文學」的發達，是文學進化的結果[28]。他在《新小說》
中說：「文學之進化有一大關鍵，即由古語之文學，變為俗語之文
學是也。各國文學史之開展，靡不循此軌道。中國先秦之文，殆皆
用俗語，觀《公羊傳》、《楚辭》、《墨子》、《莊子》，其間各
國方言錯出者不少，可為佐證。」[29]先秦以後，文學最大的進化在
於宋代，也是因為「俗語文學」的興盛。梁啓超這種立場對友人影
響不小。狄葆賢進一步把俗語、言文合一、文學發展、社會進步的
邏輯關係明確化：「飲冰室主人常語余：俗語文體之流行，實文學
進步之最大關鍵也。……中國文字衍形不衍聲，故言文分離，此俗
語文體進步之一障礙，而即社會進步之一障礙也。」[30]用俗語寫作
不但對文學發展有益，更能解決言文分離的問題。以方言寫作的民

間文藝，因而受到重視，雖然其思想內容需要改良，狄葆賢就說：
「如今者《海上花》之用吳語，《粵謳》之用粵語；特惜其內容之
勸百諷一耳。苟能反其術而用之，則其助社會改良者，功豈淺鮮
也？」[31]另一位先進文人黃遵憲，也充份了解屬於俗話的新時代即
將到來：

> 周秦以下，文體屢變，逮夫近世，章疏移檄、告諭批判，明白
> 曉暢，務期達意，其文體絕為古人所無。若小說家言，更有直
> 用方言以筆之於書者，則語言文字又合矣。余又烏知夫他日者
> 不變一文體為適用於今，通行於俗者乎！[32]

可以說，黃遵憲是當時的文人之中，接納方言俗語的代表人物。
1901 年梁啓超籌辦《新小說》，黃遵憲建議刊出的新歌謠「當斟酌
在彈詞粵謳之間」[33]，可見他對語言的開明思想，使民間作品受到
重視，並且得到重新編寫的機會。儘管上文梁啓超的說法，可能包
括官話在內；黃遵憲的說法，也可能偏重民間歌謠的體式而非語言，
但兩人的主張都默許了新編粵語作品的出現，它們正是晚清粵語作
品中重要的一部份。

　　俗話啓蒙的思潮，理論上為各種方言開放廣大的寫作和發表領
域。但實際上，大部份啓蒙報刊和新編教科書都以北方話和官話作
為書面語的基礎。為了獲得最大規模的傳播效果和銷售利潤，採用
通用語是可想而知的。而且，晚清文人與報人之中，不乏以北京話

為正統者。《京話日報》的創辦人彭翼仲就認為京城旗人的白話才是「乾乾淨淨的」[34]。包天笑創辦《蘇州白話報》的時候，想到的是小說、語錄等「語體文」傳統，其語言是通用語而非家鄉土話，他說該刊「並不是蘇州的土話，只是一種普通話而已。」[35]《京話日報》因為「以開通社會多數人之智識為宗旨」，所以全刊用北京話[36]。據胡適回憶，在 1906 年《競業旬報》創辦前後，上海話仍然是上海的主要語言。他入讀的中國公學是第一所用官話教學的學校。即便如此，因為《競業旬報》的對象以年輕學生為主，他們仍然決定用通用語。可見俗話在口頭和社交上的優勢，不一定能改變啓蒙報刊的語言策略。胡適憶述《競業旬報》創刊時，一位署名「大武」的會員，在〈論學官話的好處〉一文中道出使用官話，除了迎合讀者之外，還有民族統一的考慮[37]。胡適又指，部份生活經驗比較複雜的國人，或到過國外，或生活在外省，都感到「普通國語的需要」。裘廷梁在〈論白話為維新之本〉一文中指出「因音生話，因話生文字」[38]，以口語為文字之始。他所說的「白話」並未排斥包括官話在內的各種俗話，所以還說：「《詩》、《春秋》、《論語》、《孝經》皆雜用方言，漢時山東諸大師去古未遠，猶各以方音讀之，轉相授受。老聃楚人也，孔子用楚語，翻十二經以示聃，土話譯書，始於是矣。」[39]但裘氏所辦的《無錫白話報》卻因為恐怕讀者誤以為用的是官話以外的俗話，有地域性的局限，因此在出版五期後即改名為非常明確的《中國官音白話報》。在大量使用官話的報刊中，讚揚官話如何有利啓蒙、如何有利興國的，可謂汗牛充棟，我們不

難在其中隱約地發現一種建構共同語的集體潛意識。

同樣地，啓蒙報刊上新編的民間文藝，語言的地域色彩並不濃厚，不同省籍的人可以用自己的方音唸讀。縱觀阿英所編的《晚清文學叢鈔：說唱文學卷》和《反美華工禁約文學集》，除了通用語的北方話色彩，就是《班定遠平西域》和《黃蕭養回頭》等粵語班本，及粵謳、龍舟、木魚等廣東說唱文藝中的粵語最令人矚目。蘇州彈詞雖然是民間文學中茂盛的一枝，但晚清所見的新編彈詞，並沒有多少蘇白成份，仍然以國音一種較多[40]，阿英讚賞的《庚子國變彈詞》亦屬國音。箇中原因，或許可從《崖山哀》一劇管窺一二。《崖山哀》從《痛史》編出，因為作者覺得小說的普及之功，還不如戲曲。劇中的對白多而唱詞少，而說白又「以中國通行語演之，以便閱者易明」，唱詞則「皆時伶諳熟，出口成歌之句」，不雜用新字、新名詞[41]。就像辦白話報可以幫助普及官話那樣，用官話寫作的小說，不但可以使人物的神情語態比較生動，更可以作為「國語教科書」，使讀者間接學習官話。小說《母夜叉》的譯者就說：「現在的有心人，都講着那國語統一，在這水陸沒有通的時候，可就沒的法子，他愛瞧這小說，好歹知道幾句官話，也是國語統一的一個法門。我這部書，恭維點就是國語教科書罷。」[42]官話成為寫作白話小說的習慣用語，使不諳官話的作者甚為苦惱，有的難免自卑：「小說欲其普及，必不得不用官話演之。鄙人生長邊陲，半多方語。雖力加效顰，終有夾雜支離之所，幸閱者諒之。」[43]像程宗啓那樣放得開的作者並不多：

做白話的書，大概多用官話。我做書的是杭州人，故官話之中，多用杭州土音。……想來土音雖不同，究竟也差不多的，又何必慮他呢！[44]

不過，個別的例子顯示，當時作為通用語的官話，其實未必真的能夠符合全國所需。一些啟蒙報刊的編輯對採用何種口語為基礎並沒有一致的立場，使刊物的名稱成了調和折衷的產物。《女學報》第一期，潘璇署名的〈上海《女學報》緣起〉第一節「論用官話」指出辦報應該先用官話，次用土話，使用官話更有「公共天下」的意思，支持官話的態度看來很明確[45]。但該報原本擬定名《官話女學報》，卻又因為有編輯成員反對而改為彈性較大的《女學報》[46]。比較少人注意的地方性白話報《南潯白話報》創刊於 1904 年 10 月，因為官話和當地方言相去甚遠，宣傳效果還不及「通俗文」（應指淺近的文言文），該刊在翌年 3 月改名為《南潯通俗報》：

開議之始擬用白話，今忽更通俗文而名曰通俗，則不得不以同人所以然之見一白焉：一、我國文字之與語言截然離異也。使用語言則必不能收同人所望文字普及之效驗；一、我國文字一統，語言不一統也。北話流傳之區域雖廣，然與我潯之方言相去甚遠，使其用之，則必較文字為更不適於吾屬以下之社會。為是二因，決議更此。[47]

與此同時，蘇白在白話報中也並非全無蹤影。在上海出版的《女子世界》，有一篇〈敬告同胞姊妹〉就注明用「蘇州土白」[48]，明顯是用方言書寫的演說體文章。1902 年在上海曾經有一種《蘇州白話報》發行，是「純用吳語的小型報」[49]。同年又有一種同時用「京話」、「官話」、「寧波話」、「廣東話」和「蘇白」刊行的《方言報》[50]。除了官話、蘇白和粵語，1906 年在汕頭創刊的《潮聲》，「文字用潮州方言紀述」[51]。從上述的例子可知，在民族共同語將立未立之時，日益強勢的通用語也有它所未能觸及的地方。

第三節　一個言語／語言共同體

明代末年，廣東民間已經普遍流行唱「木魚書」的風俗，而且帶動蓬勃的商業出版[52]。廣東的說唱文藝在明末達至鼎盛期，並不是偶然的。明代是近代廣東發展史上非常重要的階段。在這段時間，廣東的經濟、學術、文化都有長足發展。在經濟方面，廣東在宋朝的基礎上進一步發展，農業和手工業商品經濟、海外貿易為廣東帶來財富。廣州成為省內最大的商業城市，明代的廣州有「東方的倫敦」之稱[53]，富商的豪華生活令葡萄牙的傳教士也瞠目結舌。廣州周邊的地區，如新會的江門、東莞的石龍和增城的新塘則發展為新興市鎮[54]。另一方面，廣東在明代完成身份認同的漢化過程，因為方志、傳記的編寫和學術的發展，廣東文人全面融入國家的架構和

論述[55]。與此同時，明代的印刷術雖然有所發展，但在廣東很多地區仍然沿用低技術、低成本的雕板印刷術，在佛山和順德等地，雕板的工序完成後，婦孺都可以勝任印刷工人[56]，使木魚書等歌本能以低成本印刷和銷售，滲透至民間社會。

明末戲曲作家、番禺人韓上桂「晚年好填南詞，酒間曼聲長歌，多操粵音」，羅忼烈以之為粵語寫作之始[57]。確如胡適所說，在晚清以前，「粵語文學」的發展在韻文方面已經很有成績了[58]。根據廣東說唱文藝的語言風格，可以大致分為雅俗二種：鹹水歌、龍舟歌等民間性較強，沒有固定曲式，音樂規範不嚴格，口頭粵味的成份比較濃，可以歸入「俗」的一類。相對來說，木魚書、南音、粵謳等文人參與較多，文詞較典雅，音樂結構較嚴謹，屬於「雅」的一類。這幾種說唱文藝的交叉演變非常複雜，學者的看法略有不同[59]。它們有沒有大規模出版，又對其風格和體制有很大影響。鹹水歌的民間性保留得最完整，但因為是水上人家即興的口頭表演，很少印刷成歌冊。龍舟本來是簡短的民歌，比較口語化，但出版成木魚書的龍舟經過文人修改潤飾，風格向南音靠攏。

粵語之所以能夠成為一種書面語，和木魚書的流行和出版密不可分。木魚歌韻散並用，以七言句式為基礎，大部份木魚書只刊出韻文而沒有說白，篇章結構不像彈詞那麼複雜，僅以若干回構成全篇[60]。但木魚書的音樂結構和彈詞相似，楊寶霖指出：「如果用東莞唱木魚歌的旋律，去唱彈詞中的《天雨花》、《再生緣》，並無軒輊。」[61]廣東民間喜唱木魚歌的風俗，在明末已經非常普遍。明

末詩人鄺露（1604-1650）在〈婆侯戲韻效宮體寄侍御梁仲玉〉一詩中，詳細記載1634年（崇禎七年）廣州慶祝元宵的民間娛樂活動，其中就提到「琵琶彈木魚，錦瑟傳香蟻」[62]，是目前所見關於木魚歌最早的記錄。王士禎（1634-1711）作有〈廣州竹枝〉，詩云：「兩岸畫欄紅照水，蜑船爭唱木魚歌」[63]。朱彝尊（1629-1709）年輕時曾在廣東居住兩年，他的詩歌〈東官書所見〉有「摸魚歌未闋，涼月出雲間」之句[64]，木魚歌即摸魚歌[65]。屈大均（1630-1696）筆下對木魚歌的描寫最為著名，其中提到：

> 其歌之長調者，如唐人《連昌宮詞》、《琵琶行》等，至數百言千言，以三弦合之，每空中弦以起止，蓋太簇調也，名曰摸魚歌。或婦女歲時聚會，則使瞽師唱之，如元人彈詞曰某記、某記者，皆小說也，其事或有或無，大抵孝義貞烈之事為多，竟日始畢一記。[66]

可見在屈大均活躍的清代初年，木魚歌已經發展出如彈詞般長篇的、故事性的體式。事實上，唱木魚歌是廣東許多城鎮各階層主要的娛樂活動：盲人以唱木魚歌維生，村民在節慶、廟會、婚嫁等場合都請瞽師來演唱木魚歌，婦女幹活或閑暇時唱木魚歌、讀木魚書，文人聚會的時候也唱木魚歌助興[67]。這種風俗一直延續至五十年代初期，楊寶霖就說其家「世代喜唱歌書」，他的父親每天都唱短篇的木魚書「擇錦」[68]。當時，木魚書中的著名作品，如《花箋記》、

《二荷花史》、《金葉菊》的人物和情節，甚至成為民間俗語，例如東莞婦女以《花箋記》的女主角「瑤仙小姐」稱讚賢淑的姑娘，《金葉菊》裏的一句「牛角唔尖唔過嶺」成為東莞人口中「來者不善」之意[69]。東莞又有民謠云：「要想癲，唱《花箋》；要想傻，唱《二荷》；要想哭，唱《金葉菊》。」[70]可見其家傳戶曉的程度。

木魚書的出版，最晚也在明末就開始了。根據木魚書主要的出版社之一，五桂堂創辦人徐學源的孫兒徐應瀚回憶：五桂堂所藏的木魚書刻板，背部有注明刻板年份，最早的有明萬曆年間（1573-1620），也有清咸豐年間（1851-1861）的[71]。如前文所述，低成本印刷是出版業蓬勃的原因之一，木魚書的刻印也依賴廣東鄉間的勞動力。據徐學源的後人徐允燮憶述，木魚書的刻板多是拿到順德縣馬崗鄉，由鄉民去刻的，就連牧童都刻得很好。在未有電板製作時，通勝的書板都是當地村民刻的[72]。木魚書的行銷範圍也很廣，不止在廣東境內流傳，據二十年代佛山鄉志的記載，佛山出版的木魚書就曾行銷南洋[73]。

木魚書受廣東社會不同階層的歡迎，甚至成為失意文人的精神寄託，著名的《花箋記》可算是典型的例子。據現存的資料，鍾戴蒼（映雪）點評本為最早的本子，刊於1713年（康熙五十二年）。但鍾氏在書中提到，之前已經有其他人點評過《花箋記》，由此可知，此書在康熙年間之前已經流通甚廣，鄭振鐸和梁培熾都估計它在明末已經成書[74]。《花箋記》的作者已不可考，但鍾戴蒼對此書的讚賞很值得注意。他模仿金聖嘆評《水滸傳》、《西廂記》的方

式 [75]，把《花箋記》稱為「第八才子書」，把這部歌本當作文章來細讀，非常講究其章法 [76]。在書前的〈總論〉一文中，鍾氏評《花箋記》有「由淺入深之法」、「有來龍伏脈之法」、「有絕妙陪襯之法」、「有形擊之法」、「有特書之法」、「有一字之法」，稱之為「絕世妙文」。誠如鄭振鐸所說，鍾戴蒼「尊『彈詞』體之作品與小說戲曲並列，其功不在聖嘆下，實可以算是第一個重視彈詞的人，第一個重視粵曲的人。」[77] 當時木魚書作為一種歌本，為文人所輕視，鍾氏就因此被諷刺 [78]。鍾戴蒼對《花箋記》的重視，標誌着下層文人已經把粵語作品提升至文學的層次，經得起詳細的分析和批評 [79]。

至於晚清粵語區報刊最常刊出的粵謳，在清中葉開始流行，最初也由盲女、妓女所唱，後來文人參與寫作。據現存資料，以招子庸編著的《粵謳》為代表 [80]。《粵謳》出版於 1828 年（道光八年），招氏在書前附有方言對照表，解釋一些粵語字詞的意思，可見他希望此書在粵語區以外流通。比起晚清的粵語作品，《花箋記》和《粵謳》的語言都比較文雅。事實上，在大量的木魚書中，語言既有非常文雅的，也有較為口語化的，或者雅俗兼融的。如楊寶霖就認為《二荷花史》的雅俗語言「配合得天衣無縫」，如其中一段描寫女子綺琴說自己用手帕包着手掌，掌摑男子白生的情節：

我因見佢言無理，激起心頭火就焚。

我就輕攬鮫綃雲度影，斜飛春筍玉留痕。

一掌就從尊面上，煎魚咁熱手紗痕。

走脫就時回步轉，當初唔敢對嬌陳。[81]

第二句稱手帕為「鮫綃」，稱手指為「春筍」，對仗工整而含蓄，第三句卻明白如話。

從晚明到晚清近兩百年寫作和印刷歷史中，《花箋記》、《二荷花史》等木魚書和《粵謳》等粵語作品的出現，為粵語寫作累積了寶貴經驗，不少方言字有了約定俗成的寫法，龐大的出版網絡和讀者群使粵語作品的寫作和傳播成為廣東社會習以為常的現象，本來瞬間即逝的民間歌聲成為上下階層可讀、可唱、可評的粵語作品。

傳教活動的深入，直接為粵語寫作增加了一個全新的品種，除了翻譯《聖經》和《天路歷程》等比較大型的計劃之外，傳教士還寫作了不少通俗的宣教小冊子。根據游汝杰的調查，現時可見傳教士以粵語寫作的通俗讀物近十種，包括《問答俗話》（澳門，1840年）、《張遠兩友相論》（廣州，1862年）、《曉初訓道》（廣州，1862年）、《耶穌正教問答》（廈門，1862年）、《啓蒙詩歌》（廣州，1863年）、《耶穌言行撮要俗話》（廣州，1863年），《呼主文式》（香港，1866）、《讚美神詩》（廣州，出版年份不詳）、《浪子悔改》（香港，出版年份不詳）、《落爐不燒》（香港，出版年份不詳）[82]。因為資料的散佚，游氏的著錄應該只是冰山一角，起碼另一種全用粵語的宣教小書《親就耶穌》（出版地不詳，1865年）就沒有著錄[83]。傳教士為了向最下層的百姓宣傳教義，往往毫無顧忌地純用方言寫作，他們不像中國的文人和報人，因為顧慮俚

言俗話不入大雅之堂，或者方言刊物出版數量太少、傳播區域太狹窄而摻雜文言文，甚至放棄方言。雖然因為材料散佚嚴重，今天我們不容易評估這些作品的具體貢獻，但這麼多不同文體和篇幅的寫作，肯定為粵語的表現力提供前所未有的實驗場。

在鴉片戰爭前後，廣州流通大量的粵語、英語讀本和字典，雖然它們的意義首先在於拼音文字運動史、粵語發展史和文化交流史，但也在一定程度上鞏固了當時粵語作為編寫語言的習慣，也可以從中見到粵語在珠三角一帶的權威。在這個地區的傳教士和文人編寫這些書籍時，除了用上粵語，有時也參照其他廣東方言，卻很少使用北方的通用語。鴉片戰爭前的獨口通商時期（1759-1842），廣州成為全國唯一進行對外貿易的地區，澳門則是西方人在中國的唯一居留地。限於清廷的規定和傳統的華夷觀念，菁英文人和外國商人、傳教士的交流反不如明末般興盛。當時和外商打交道的主要是商人、買辦、僕役等下層人民，他們為牟利或謀生，樂意接受西方語言以至宗教。當時清廷禁止國人學習外語，也禁止外國人學習中文，但是廣州和澳門仍然有人私下學習西方語言以至信奉西方宗教 [84]。粵人以粵音說外語，形成古怪的「廣東葡語」[85] 和「廣東英語」。例如把葡文的「Macau」說成「馬交」，英文的「Soup」說成「蘇披」。據美國人亨特（William C. Hunter, 1812-1891）的記載，鴉片戰爭前廣州商館附近的書店出售一本叫《鬼話》（*Devils' Talk*）的小冊子，便是以這種方法教當地人說英語。誠如亨特所說，這種漢字注音法等於把外國話轉化為一種當地語言 [86]。粵人用

漢字讀外語，外國人則用拼音讀漢字。第一部漢英對照字典是馬禮遜（Robert Morrison, 1782-1834）編著的《華英字典》，於 1817至 1823 年在澳門出版。馬禮遜在 1807 年來華，第一站便到廣州，同時開始學習官話和粵語。當時廣州的語言狀況，使他頗感困惑：「這裏大部份的中國人不會說官話，也不識中國字。中國的窮人太多，但他們必須聽得懂我講的官話和所寫的中文，我才能將基督的福音傳給他們」[87]。馬禮遜為東印度公司編著的《廣東土話字彙》在 1828 年出版，在序言中，馬氏表示希望此書能讓中國人在沒有漢字的情況下和歐洲人溝通，但這希望非常難以實現，除非歐洲人的漢人助手既懂羅馬字，又懂中文。他指出，漢字使歐洲人學習粵語時感到非常困難，但當地人卻一目了然。為了使當地人和歐洲人都能使用《字彙》，他必須兼顧拼音和漢字[88]。

傳教士對言文不一的現象和中國的圖像文字最為敏感，粵語的方言字也讓他們感到很新奇。裨治文（E. C. Bridgeman, 1801-1861）所撰的《廣東話文選》（*A Chinese Chrestomathy in the Canton Dialect*），就指出粵語的方言字常常選用部份原有的漢字，但加上「口」旁以表示字體的用法已經改變，只取其聲而不取義，他舉出意謂「全部」的「喊嘩吟」為例，三字本身並無意義，只表示聲音「hampaláng」[89]。《英語集全》則是香山人唐廷樞（1832-1892）編寫的英語讀本，他認為廣東和外國貿易最為頻繁，因此以廣東省城字音和英語對譯，以便「兩相通用」[90]，他的做法和當時同類讀本差不多，既用粵音漢字注音英語，亦以羅馬字母注音粵語：

為乜野呢的水咁污糟

Wai mat yé né tik shui kom ó tso

Why is this water so dirty

歪 衣士 地士 蝸打 騷 得地 [91]

這種注音工作可謂費煞思量，唐氏由此體會到拼音文字和圖像文字
的差異，並且初步發現拼音文字的好處 [92]。

　　雖然傳教士和粵人編訂的英粵字典和課本，和粵語寫作沒有直
接關係。這些字典對粵語字體和字音的標準化或有幫助，但方言寫
作隨意，很難被規範化。不過，這種事業最大的貢獻在於再度提高
粵語的地位。科大衛（David Faure）指出，「廣東話」（Cantonese）
這個詞並無對應的中文同義詞，它取代了明清兩朝準確地指稱粵
人的語言的「粵語」，顯示十九世紀廣州和粵人在廣東的主導地
位 [93]，而這個詞語的始作俑者正是傳教士。論者列舉鴉片戰爭以來
傳教士編著的粵語字典，發現在 1864 至 1888 年間，「廣東方言」
（Canton 'dialect'）一詞漸漸被「廣東話」（Cantonese）取代，
並指出馬禮遜以後的傳教士和外國人編寫大量的方言著作，使「廣
東話」的地位得以提升 [94]。十九世紀末，很多傳教士相信粵語不是
方言（dialect），而是一種歷史悠久的語言（language），編寫不
少粵語和廣東方言著作的 James Dyer Ball 就是箇中代表 [95]。

　　根據語言學的定義，粵人可以被視為一個「言語共同體」
（speech community）[96]，布龍菲爾德（Leonard Bloomfield, 1887-

1949）指，粵語群可說是中國最大的言語共同體之一。同時，因為方言字的創造、說唱文藝的出版和流行，粵語具備了深厚的書寫傳統，加上外來傳教士的推波助瀾，這種特殊的文化優勢，使粵人可以成為能說又能寫的「語言共同體」（language community）[97]，有力地支持晚清及以後的粵語寫作。

第四節　概念、方法和主題

何謂「粵語作品」，看來並無爭議，實則並非如此。一般而言，來自粵語區的作家縱然使用通用語寫作，他們心中默唸的很可能仍然是粵音，但是，如果我們把這些作品也稱為「粵語作品」，範圍將顯得過於寬泛。同樣地，粵語區的詩人以讀書音配合韻書寫作的傳統詩歌，雖然吟誦時仍然用粵語，卻也很難納入本文討論的範疇。

雅俗之別也不是分辨粵語作品的標準。許多必須用粵語創作的說唱文藝雖然可以歸類為民間文學，其中部份卻充滿舊詩詞的意象，南音的用詞一般都比較文雅，部份粵謳和粵劇班本亦因為文人的參與而有雅化的現象。而且，同一種粵語體裁，往往也兼具雅俗兩種風格。雅的風格往往較多詩詞意象和典故、較多書面語和讀書音，俗的風格則完全模仿口語，使用很多方言字、熟語、各種粵語獨有的形容詞。雅化的作品很容易被外省人解讀；反之，地道的、生活化的作品，外省讀者可能很難讀懂，也較難領略箇中妙處。

　　在本書中，筆者選擇較接近口語的粵語作品為主要的研究對象，因為口語化的、新編的粵語作品之所以能大量出現，和晚清的啟蒙運動有很大關係，他們更能表現時代的獨特性。同時，新編的口語化粵語作品，能夠和其他一向用文言文或通用語的體裁構成更尖銳的衝突和對照，更能突顯這些粵語作品的特色。至於傳統的廣東說唱文藝，當然有口語化的部份，但筆者以同樣道理割捨了這些作品。除了因為作為民間文學研究的廣東說唱文藝研究已經頗見成果，也因為他們的思想內容頗為一貫，並無鮮明的時代色彩。此外，在清末民初時期，南洋一帶的華人報刊亦不乏粵語書寫，例如在新加坡刊行的《益群報》及《南僑日報》都有刊出粵謳和南音[98]，但因為資料零散，本書暫未納入討論。

　　除了「粵語作品」一詞之外，本書涉及一些語文概念，含義不一定完全和普遍的用法相同，現說明如下：

　　白話：根據現在的含義，「白話」本指唐宋以來在口語的基礎上發展而成的書面語，在新文化運動之後逐步取代文言。但在晚清時期，「白話」的含義和「土話」、「俗話」相同，可以指包括官話、北方話、廣州話、蘇白在內的所有口語，或者僅指其中一種。本書使用的「白話」仍以今天的含義為主，並盡量用「土話」、「俗話」代替「白話」指稱晚清時的各種方音；以「啟蒙報刊」代替「白話報」等等。但是，因為本書以清末的粵語作品為研究對象，在引用和詮釋部份材料時難免用上晚清的含義，「白話」一詞的含義，有時須視乎語境和材料而定。

通用語：晚清時期的啓蒙報刊雖然常常被總稱為「白話報」、「俗話報」，但所運用的書面語，卻是以不同地域的北方話和官話等口語為基礎加工而成的，在不同的編撰者筆下，風格有微妙的差別。筆者用「通用語」指稱這種書面語，此詞有其文獻根據。語言學家指出：「兩漢之交揚雄在《方言》中提到的『通語、凡語、凡通語、通名，四方之通語』是指不受方言區域限制的詞語，具有民族共同語的性質。元代的民族共同語稱為『天下通語』，見於周德清的《中原音韻》，他在『作詞十法』的『造語』條中指出造語當作『天下通語』，不可作『方語』（「各處鄉談」）。」[99] 據此，通用語一詞能夠指出當時官話作為共同語的雛形將立未立時的狀態。

文言：作為漢語的一種書面語，「文言」早在先秦時代已經出現，當時和口語的距離不大，但自東漢開始，和口語漸行漸遠。晚清時期，文言作為普遍的書面語的地位未被動搖，但啓蒙報刊要不採用「通用語」，要不採用淺近的文言。這種局面為各種方言寫作提供生存空間，粵語就是其中一種。在本書討論的省港報刊中，不少雜用粵語和淺近的文言。

粵語：本指中國七大方言系統之一，但本書研究的是粵語的書面形態，即作為書面語的粵語，可以說是一種帶有文學性的方言寫作行為的表現和成果。所以，研究的重點在於考察各種印刷品上的粵語作品，並不關於表演的、說唱的粵語。本書也討論粵謳的體式、粵劇的唱腔，但只是為了更完整地探討粵語書寫的問題。需要說明的是，這種書面粵語的口頭資源，卻是筆者非常關注的，由此才能

見出粵語作品從口語到書面語的文學、文化和時代意義。

　　為了配合研究對象的複雜性，筆者不得不使用「雙重標準」和跨學科視野。筆者在分析清末民初的粵語作品時，一方面盡量搜索其文學性，發掘粵語作為一種創作語言的可能和貢獻，但一方面也充份諒解它們特殊的寫作動機，顧及作者們寫作時的隨意性、遊戲性，以及體裁本身的民間性，因此兼用了文學和非文學的批評標準。在本書的標題和內文，筆者都極少使用「文學」這個詞指稱粵語寫成的各種文本，而多用「書寫」和「作品」，主要是為了包容其複雜性和多樣性。研究方言作品，尤其是像清末民初的粵語作品，對流行的文學批評標準將造成一定的衝擊。方言作品以「日常語言」而非「文學語言」寫成 [100]，它們不一定都能成為「美學對象」，作家自我在其中的參與不大，未必就是「自我投射的建構」[101]。所以，筆者盡量避免用「粵語文學」，而多指稱它們為「粵語作品」。另一方面，前人研究粵語作品，常常囿於方言文學的框框，筆者希望在方言文學研究的定位上擴大研究視野，因此在理論構建方面參考了語言學和社會語言學的一些概念，在深化粵語作品的分析和提升它們的意義時，借用巴赫金（Mikhail Bakhtin, 1895-1975）的文學理論。然而，理論在本書的作用僅為佐證筆者的發現，燭照粵語書寫的文化意義，具體分析時，仍以研究對象實際出現的語境為主要的考量，對原本的理論也有所選擇和剪裁。同時，因為清末民初的粵語作品散佈於不同的媒介，作者也來自截然不同的階層和背景，筆者為了解其本質，必須參考報刊史、教育史、社會史、民間文學

研究等方面的著作。

　　本書雖然基本上可以納入方言文學研究的範疇，但是，因為研究對象、研究動機的特殊性質，和一般方言文學研究極為不同。雖然有時也重視方言運用造成的文學效果，但更多時重視的是微觀的書面粵語分析，解剖其獨特語境，宏觀地彰顯這些文本在時代變遷、思想傳播、文體創造等各方面的深刻意義。由於晚清粵語作品的體裁非常多元化，既有粵謳、南音、龍舟和粵劇班本等說唱文藝，亦有諧文、粵語格律詩、帶有善書色彩的小說，以至粵語教科書。為了配合不同的對象，本文每章的分析重點都不大相同。對分析作家意識較強的粵語作品時，例如廖恩燾的粵謳和粵語格律詩，筆者使用較傳統的文學分析方法。但對於革命派報人的粵謳、諧文、班本和「擬演說」等，筆者較着重發掘其背後的動機和宣傳的思想，在印刷媒體的傳播方式之下，新編的說唱文藝和傳統的有何不同，口頭方言如何影響書面寫作。對於帶有傳道色彩的粵語小說，筆者除了探討粵語有何文學貢獻之外，也試圖勾勒這些小說和演說、宣講、傳道的關係。粵語教科書是晚清的特殊產物，筆者注重分析把方言融入教科書的動機、效益和困境。但是，在多樣化的角度和分析背後，本文仍然有三個一貫的主題：首先，是考察晚清獨特的語言狀態對粵語作品的影響，故此筆者尤為關注作者在文言、官話、粵語之間如何選擇；其次，在革命思想日漸普及、華洋雜處的廣州和香港社會，產生的粵語作品與之前的民間作品必定有很大差異，所以，揭示當時的粵語作品有何政治社會特色，也是本文的另一個主題；

最後，粵語作為一種書面語以至藝術創作的語言，它的表現力如何，為固有的文體帶來怎樣的變化，也是貫穿全書的主題。

晚清的粵語作品非常零碎，失逸的情況很嚴重，例如《廣東日報》早期的副刊《無所謂》、在《時諧新集》和《三續時諧》之間出版的二集、廖恩燾在晚清時寫作的百多首粵謳等等，又如有「粵謳王」之稱的黃魯逸寫作過大量的粵謳和班本，如今都不可復見。這些作品或因不受重視而沒有保存，或因在報刊上不能具名而無法知曉。但是，因為部份粵語作品的雷同性很高，尤其是報刊上的「擬說唱」，主題和風格都頗為一貫，今天我們掌握的資料，仍然足以支撐本書的研究。同時，筆者在本文中運用了不少稀見資料，包括《時諧新集》和《三續時諧》、《續天路歷程土話》、《廣東白話報》和《嶺南白話雜誌》、陳子褒的教科書等等，將能全面考察晚清粵語作品的面貌。為了對零碎和大量的粵語作品作系統化研究，充份檢視不同類型的粵語作品的特點，筆者把它們組織成五個個案，成為本文的主體部份。以個案為主的研究方法，雖然最為適合，但會使讀者忽略個別有趣的作品，為此，筆者以文體為單位，挑選及著錄目前可見的粵語作品，構成附錄一，並以附錄二介紹清末民初刊出粵語作品的報刊，以呈現晚清粵語作品的整體面貌，補充個案研究之不足。

本書另設兩章作為導言和總論。導言介紹研究目的、意義和方法，並分析粵語書寫在晚清出現的原因。論文主體的內容共分五章，以人物夾帶文體（如粵謳、粵劇）或媒介（如報刊、教科書），形

成五個主要的個案。第一章首先介紹晚清粵語書寫的主要陣地：革命派報刊的情況，並以鄭貫公、黃世仲二人的報刊和作品為中心，考察他們啓蒙和非啓蒙的粵語文章，如何改造傳統文體和說唱文藝，並達到以詼諧作反抗的目的；第二章以廖恩燾為中心，揭示他的粵謳寫作如何達致民歌和文人作品共融的境界，並介紹粵語格律詩傳統如何挑戰傳統詩體的寫作；第三章以梁啓超的粵劇劇本《班定遠平西域》為起點，繼而分析志士班和案頭劇本，指出它們在粵劇語言從舞台官話轉向粵語的貢獻，如何繞過唱腔的限制，增加口頭粵語的成份；第四章以《俗話傾談》和《天路歷程土話》兩部粵語小說為例，分析宣講和傳教的本質如何影響其敍述策略和文學色彩，粵語在它們的演變過程中有何重要性；第五章則介紹陳子褒編寫的童蒙教科書，從他選擇粵語作教學工具的考慮中，體味其用心和所承受的壓力。在總論部份，將概括清末民初粵語寫作的特點、貢獻和局限，剖析其原因，並借用巴赫金的拉伯雷研究、言語體裁理論及複調概念，進一步闡明粵語作品的存在意義，並說明它們對今後漢語寫作的啓示，展望方言寫作的可能。

　　雖然粵語並沒有改變以北方話為基礎的通用語升格為共同語的歷史過程，粵語也的確始終維持作為一種方言的位置。胡適說的：「國語文學興起之後，盡可以有『方言的文學』。方言的文學愈多，國語的文學愈有取材的資料，愈有濃富的內容和活潑的生命。」[102] 固然也是當時的通用語穩坐國語的席位之後，以其他方言來補充的意思。但是，晚清粵語寫作的意義，本來就不為了爭奪話語權，政

治上的坐次也不足以影響它們的價值。在接下來的五章中，我們可
以看到粵語作品如何在特有的時代背景中，發揮無可取代的功能，
並在文體、語言和風格等方面提供變化的動力。

注釋

1   郭錫良：〈漢語歷代書面語和口語的關係〉，《漢語史論集》，北京：
    商務印書館，1997 年，頁 305-316。

2   Robert S. Bauer, "Written Cantonese of Hong Kong", *Cahiers de
    Linguistique Asie Orientale*, 17/2 (1988), p.246.

3   詹伯慧主編：《廣東粵方言概要》，廣州：暨南大學出版社，2002 年，
    頁 116。另有語言學家把粵語方言字分為五類：訓讀字、會意字、假借
    字、形聲字和省形字。見邵慧君、甘于恩：《廣東方言與文化探論》，
    廣州：中山大學出版社，2007 年，頁 172-173。以詹氏的分類較周密。

4   詹伯慧主編：《廣東粵方言概要》，頁 116。

5   王順隆：〈漢語方言中「有音無字」的書寫問題——從閩南語俗曲唱本
    「歌仔冊」的用字來看〉，本文發表於 2002 年 6 月 21 日香港理工大學
    主辦之「首屆漢語方言書寫國際研討會」，該研討會未見論文集，而全
    文見網頁 http://sun-liong.myweb.hinet.net/lunwen15.htm。

6   同上注。

7   Robert S. Bauer, "Written Cantonese of Hong Kong", *Cahiers de
    Linguistique Asie Orientale*, 17/2 (1988), pp.245-293.

8   Cheung Kwan-hin and Robert S. Bauer, *The Representation of Cantonese
    with Chinese Characters*, Berkeley, CA: Project on Linguistic Analysis,
    University of California, 2002.

9   Don Snow, *Cantonese as Written Language: The Growth of a Written Chinese
    Vernacular*, Hong Kong: Hong Kong University Press, 2004, pp.75-77.

10 黃仲鳴：《香港三及第文體流變史》，香港：香港作家協會，2002 年，
    頁 99-102。

11 程美寶：《地域文化與國家認同：晚清以來「廣東文化」觀的形成》，
    北京：三聯書店，2006 年，頁 120-122。

12　同上，頁 136。

13　同上，頁 163。

14　黃炳炎、賴達觀主編：《冼玉清文集》，廣州：中山大學出版社，1995
　　年，頁 287-382。

15　同上，頁 117-161。又見《嶺南學報》，第 7 卷第 3 期，頁 67-104。

16　許翼心：〈辛亥革命與香港的文界革命〉，見黃維樑主編：《活潑紛繁
　　的香港文學──1999 年香港文學國際研討會論文集》（上冊），香港：
　　香港中文大學出版社，2000 年，頁 75-87。

17　李默、徐巍選箋：《多情曲》，廣州：花城出版社，1990 年。

18　李默：〈辛亥革命時期廣東報刊錄〉，載丁守和主編：《辛亥革命時期
　　期刊介紹》第五集，上海：上海人民出版社，1987 年。

19　夏曉虹：〈白話文運動與文學改良思潮〉，《晚清社會與文化》，武漢：
　　湖北教育出版社，2001 年，頁 115。並參考 Elisabeth Kaske, "Mandarin,
　　Vernacular and National Language: China's Emerging Concept of a
　　National Language in Early Twentieth Century China", in Michael
　　Lackner and Natascha Vittinghoff, ed., *Mapping Meanings: The Field of
　　New Learning in Late Qing China*, Leiden: Brill NV, 2004, pp.265-304.

20　「通用語」是本書使用的特定詞語，用以指稱晚清大多數啓蒙報刊上使
　　用的一種書面語。關於本書中「白話」、「通用語」、「文言」和「粵
　　語」等詞的用法，見本章第四節的說明。

21　關於北京官話的發展歷史，可參見林燾：〈北京官話溯源〉，《林燾語
　　言學論文集》，北京：商務印書館，2001 年，頁 173-189。

22　〔意〕利瑪竇、金尼閣著，何高濟等譯，何兆武校：《利瑪竇中國札記》，
　　北京：中華書局，1983 年，頁 30。

23　王風：〈晚清拼音化與白話文催發的國語思潮〉，載夏曉虹、王風等著：

《文學語言與文章體式——從晚清到「五四」》，合肥：安徽教育出版社，2006 年，頁 28。

24　胡明揚：《北京話初探》，北京：商務印書館，1987 年，頁 17。

25　雍正年間，清帝因為聽不懂福建、廣東兩省官員的陳奏，而親令這些官員學習官話，以免地方統治權旁落。見楊文信：〈試論雍正、乾隆年間廣東的「正音運動」及其影響〉，載單周堯、陸鏡光主編：《第七屆國際粵方言研討會論文集》，北京：商務印書館，2000 年，頁 118-136。

26　貫公（鄭貫公）：〈拒約須急設機關日報議〉，《唯一趣報有所謂》，1905 年 8 月 20 日。

27　陳榮袞：〈論報章宜改用淺説〉，《知新報》，第 111 號，1900 年 1 月。

28　夏曉虹：「白話文運動還有一個重要的理論支柱，即其時剛剛傳入的進化論。」見〈白話文運動與文學改良思潮〉，《晚清社會與文化》，頁114。劉師培的〈論文雜記〉一文，更鮮明地表現出俗話即進化的道理：「英儒斯賓塞耳（按：Herbert Spencer, 1820-1903，英國著名哲學家）有言：世界愈進化則文字愈退化……故就文字之進化之公理言之，則中國自近代以來必經俗話入文之一級。」劉光漢（劉師培）：〈論文雜記〉，《劉師培全集》（二），據《劉申叔先生遺書》（寧武南氏校印本影印），北京：中共中央黨校出版社，1997 年，頁 82。

29　飲冰子（梁啓超）：〈小説叢話〉，《新小説》，第 7 號，1903 年 9 月 6 日。

30　楚卿（狄葆賢）：〈論文學上小説之位置〉，《新小説》，第 7 號，1903 年 9 月 6 日。

31　趼（狄葆賢）：〈小説叢話〉，《新小説》，第 19 號，1905 年 8 月。

32　「外史氏曰」（黃遵憲），〈日本國志·學術志二·文字〉，《黃遵憲全集》（下冊），北京：中華書局，2005 年，頁 1420。

33　陳錚編：〈致梁啓超函〉，《黃遵憲全集》（上冊），頁 432。

34 彭翼仲：〈語言和文字不同的病根〉，《京話日報》，第 221 號，1906 年 3 月 20 日。

35 包天笑：《釧影樓回憶錄》，香港：大華出版社，1971 年，頁 168。

36 《大公報》上《京話日報》廣告，光緒三十年七月十二日，即 1904 年 8 月 22 日。

37 大武：「諸位呀，要救中國，先要聯合中國的人心。要聯合中國的人心，先要統一中國的語言。……但現今中國的語言也不知有多少種，如何叫他們合而為一呢？……除了通用官話，更別無法子了。但是官話的種類也不少，有南方官話，有北方官話，有北京官話。現在中國全國通行官話，只須摹仿北京官話，自成一種普通國語哩。」轉引自胡適：《四十自述》，見歐陽哲生編：《胡適文集》（一），北京：北京大學出版社，1998 年，頁 79。

38 《中國官音白話報》（《無錫白話報》），第 19、20 期合刊，1898 年 8 月 27 日。

39 同上注。

40 鄭振鐸指彈詞有國音和土音兩種，前者數量較多，體例也較純粹，後者則以吳音的最為流行。見鄭振鐸：《中國俗文學史》（下），上海：商務印書館，1937 年，頁 352-353。

41 漢血、愁予：〈導言〉，《崖山哀（一名〈忘國痛〉）》，載阿英編：《晚清文學叢鈔：說唱文學卷》（下），北京：中華書局，1960 年，頁 281。

42 佚名：〈《母夜叉》閑評八則〉，《母夜叉》，小說社，1905 年。見陳平原、夏曉虹編：《二十世紀中國小說理論資料》第一卷，北京：北京大學出版社，1997 年，頁 174。

43 海天獨嘯子：〈《女媧石》凡例〉，《女媧石》，東亞編輯局，1904 年。

見《二十世紀中國小說理論資料》第一卷，頁 148。

44　程宗啓：〈《天足引》白話小說序例〉，《天足引》，上海鴻文書局，1906 年。見《二十世紀中國小說理論資料》第一卷，頁 215。

45　潘璇：〈上海《女學報》緣起〉，《女學報》，第 1 期，1898 年 7 月。見徐楚影、焦立芝：〈中國近代婦女期刊介紹〉，《辛亥革命時期期刊介紹》第四集，上海：上海人民出版社，1986 年，頁 682。

46　〈本館告白〉：「本報向意推雅三俗七，用官話演說一切女學，期易於披覽，名之曰《官話女學報》。惟主筆各有所見，不能一律，今定名為《女學報》云。」《女學報》，第 1 期，1898 年 7 月 24 日。

47　〈創辦《南潯通俗報》之公啓及簡章〉，《南潯通俗報》，第 13、14 合冊，1905 年 3 月。見蔡樂蘇：〈清末民初的一百七十餘種白話報刊〉，《辛亥革命時期期刊介紹》第五集，頁 513。

48　九思：〈敬告同胞姊妹（其二）（蘇州土白）‧論女人責任〉及〈敬告同胞姊妹（其三）（蘇州土白）‧論自重〉，《女子世界》，1904 年 5 月 15 日及 6 月 14 日。見《中國近代期刊篇目彙錄》第二卷（中），上海：上海人民出版社，1981 年。

49　蔡樂蘇：〈清末民初的一百七十餘種白話報刊〉，《辛亥革命時期期刊介紹》第五集，頁 504。

50　阿英：《晚清文藝報刊述略》，北京：中華書局，1959 年，頁 79。

51　蔡樂蘇：〈清末民初的一百七十餘種白話報刊〉，《辛亥革命時期期刊介紹》第五集，頁 519。

52　梁培熾：「木魚書，種類繁多，真是不可勝計的。單據近人文史學家鄭振鐸先生所藏的，就『不下三四百本，但還不過存十一於千百而已』，一九二三年前中央研究院歷史語言研究所，由劉復及李家瑞合編的《中國俗曲總目稿》中，屬廣州地區俗曲的有五百二十五種，而其中屬木魚

書者也不在少數;就我自己平日斷斷續續地所收藏起來的,也有三、四百種,計共二千餘冊,而其中還有不少民間流行的手抄本。」《香港大學所藏木魚書敍錄與研究》,香港:香港大學亞洲研究中心,1978年,頁 206。另譚正璧亦藏有二百八十種木魚書,見譚正璧、譚尋編著:《木魚歌、潮州歌敍錄》,北京:書目文獻出版社,1982 年。

53　朱培初編著:《明清陶瓷和世界文化的交流》,北京:輕工業出版社,1984 年,頁 30。

54　蔣祖緣、方志欽主編:《簡明廣東史》,廣州:廣東人民出版社,1993 年,頁 255-259。

55　David Faure, "Becoming Cantonese, the Ming Dynasty Transition", in Tao Tao Liu and David Faure, ed., *Unity and Diversity: Local Cultures and Identities in China*, Hong Kong: Hong Kong University Press, 1996, pp. 37-50.

56　Evelyn S. Rawski, "Economic and Social Foundations of Late Imperial Culture", in David Johnson, Andrew J. Nathan, Evelyn S. Rawski, ed., *Popular Culture in Late Imperial China*, Berkeley: University of California Press, 1985, p.18.

57　引文見錢謙益:《列朝詩集小傳》丁集下,轉引自羅忼烈:〈憶廖恩燾・談《嬉笑集》〉,《文史閑談》,香港:中華書局,2001 年,頁 236。

58　胡適:〈《吳歌甲集》序〉,《國語周刊》,第 17 期,1925 年 4 月 10 日。

59　木魚、龍舟最初都是粵地蜑民所唱的簡短民歌,只有兩句或四句,其後體式發展愈來愈繁複。最晚在明清之交,在外來民間説唱形式影響下,產生了兩種南音。一種仍沿用「龍舟」的名稱,有「南音龍舟歌」之説,長約數百言、千言,受北方子弟書等外省説唱形式的影響,文人參與仿作;一種篇幅更長的南音,則僅稱「南音」,多據鼓詞、彈詞、小説、傳奇改編,文詞非常文雅。此二者都是「木魚書」裏的作品,乃「彈詞

曲本」之類的唱本，是成書出版的民間說唱本子，並非原汁原味的民間
說唱作品。參見《木魚歌、潮州歌敍錄》，頁 11 及 17。其他學者意見
參考有：梁培熾：《香港大學所藏木魚書敍錄與研究》及《南音與粵謳
之研究》（三藩市：舊金山州立大學民族學院亞美研究學系出版，1988
年）；符公望：〈龍舟和南音〉（《方言文學》第一輯，香港：新民主
出版社，1949 年）；陳卓瑩：《粵曲寫唱常識》（廣州：南方通俗出版社，
1952 年）等。關於蜑民的人種、習俗、生活等方面，可參見陳序經：《蜑
民的研究》（上海：商務印書館，1946 年），該書最後一章錄有當時
蜑民的一些鹹水歌。

60　梁培熾：《香港大學所藏木魚書敍錄與研究》，頁 205。

61　楊寶霖：〈東莞木魚歌初探〉，載張淦祥、楊寶霖主編：《東莞詩詞俗
　　曲研究》，東莞市：樂水園印行，2005 年，頁 607。

62　梁鑑江選注：《廓露詩選》，廣州：廣東人民出版社，1987 年，頁 42。

63　黃雨選注：《歷代名人入粵詩選》，廣州：廣東人民出版社，1980 年，
　　頁 364。

64　同上，頁 351。

65　金文京：〈有關木魚書的幾個問題〉，載〔日〕稻葉明子、金文京、渡
　　邊浩司編：《木魚書目錄》，東京：好文出版社，1995 年，頁 10。

66　屈大均：《廣東新語》（下），北京：中華書局，1985 年，頁 359。

67　楊寶霖：〈東莞木魚歌初探〉，頁 615。又見東莞群眾藝術館編：《東
　　莞木魚書》，北京：大眾文藝出版社，2006 年，頁 5。

68　楊寶霖：〈東莞木魚歌初探〉，頁 604。

69　同上，頁 603。

70　〈校注前言〉，《東莞木魚書》，頁 3。

71　梁培熾：《香港大學所藏木魚書敍錄與研究》，頁 246。

72 同上，頁 247。

73 參考金文京引述《佛山忠義鄉志》的記載，見〈有關木魚書的幾個問題〉，《木魚書目錄》，頁 21。

74 見鄭振鐸：〈巴黎國家圖書館中之中國小說與戲曲〉，《中國文學研究》（下），北京：人民文學出版社，2000 年，頁 433；梁培熾輯校、標點：《花箋記會校會評本》，廣州：暨南大學出版社，1998 年，頁 7。

75 鄭振鐸：「鍾氏之批評《花箋記》，完全模仿金聖嘆之批評《水滸》、《西廂》，字分句解，復加以每段之引評、結論；評語幾較原書多出數倍。他對於聖嘆之批評方法，真是亦步亦趨，學得十分肖似。」〈巴黎國家圖書館中之中國小說與戲曲〉，《中國文學研究》（下），頁 431。

76 梁培熾輯校、標點：《花箋記會校會評本》，頁 63-64。

77 鄭振鐸：〈巴黎國家圖書館中之中國小說與戲曲〉，《中國文學研究》（下），頁 432。

78 見鍾戴蒼〈序〉：「予批《花箋記》畢，客有過而譏之者，曰：『子之評此書也，善則善矣；然獨不思此書雖佳，不過歌本，乃村童俗婦人人得讀之書。吾輩文人，又何暇寄筆削於歌謠之末乎？』」，《花箋記會校會評本》，頁 59。

79 《花箋記》的文學性也受鄭振鐸肯定：「《花箋記》之文字，在『粵曲』中可算是很好的，間亦有很輕妙、很入情之描寫。書中主人翁為梁亦滄及楊淑姬二人之戀愛的始終，頗脫出一般『言情小說』之窠臼。作者費二卷（據評本）之多的紙墨，專寫梁生與楊女的反覆相思，彷彿各種言情小說中都沒有這裏寫得那末深刻痛切，那末真摯動人；在這裏，兩個青年的戀愛心理，真被寫得很活潑，很細膩。」〈巴黎國家圖書館中之中國小說與戲曲〉，《中國文學研究》（下），頁 432。

80 在粵語寫作和出版的歷史上，木魚書都比粵謳來得早，故本節集中介紹木魚書的情況，關於粵謳的介紹，詳見本書第三章。

81　楊寶霖：〈東莞木魚歌初探〉，《東莞詩歌俗曲研究》，頁 656-658。因為粵語字的寫法難以規範，故本書涉及的粵語作品都盡量按原文引錄。

82　游汝杰：《西洋傳教士漢語方言學著作書目考述》，哈爾濱：黑龍江教育出版社，2002 年，頁 198-199。游氏的著錄中，《曉初訓道》和《啓蒙詩歌》的作者即《天路歷程》粵語版的作者俾士（George Piercy, 1829-1913），可參考本書第四章。另外，著錄中尚有一種 1857 年香港出版的《千字文》，游氏稱為香港公立學校使用的讀物。

83　黃仲鳴：《香港三及第文體流變史》，頁 73。

84　劉聖宜、宋德華：《嶺南近代對外文化交流史》，廣州：廣東人民出版社，1996 年，頁 23。

85　清人印光任、張汝霖所著的《澳門記略》，書後附有葡語字表，以漢字記音。見〔清〕印光任、張汝霖原著，趙春晨校注：《澳門記略校注》，澳門：澳門文化司署，1992 年，頁 187-200。

86　〔美〕威廉・C・亨特著，馮樹鐵譯，駱幼玲、章文欽校：《廣州「番鬼」錄（1825-1844）》，廣州：廣東人民出版社，1993 年，頁 47。又見 W. C. Hunter, *The "Fan Kwae" at Canton: Before Treaty Days (1825-1844)*, Taipei: Ch'eng-wen Publishing Company, 1965, p.64.

87　〔英〕馬禮遜夫人編，顧長聲譯：《馬禮遜回憶錄》，桂林：廣西師範大學出版社，2004 年，頁 42。

88　R. Morrison, D.D., "Introduction", *Vocabulary of the Canton Dialect*, Macao, China, 1828.

89　E. C. Bridgeman, "Introduction", *A Chinese Chrestomathy in the Canton Dialect*, Macao, S. Wells Williams, 1841. 本書尚有一較早的版本，出版於 1839 年。見《西洋傳教士漢語方言學著作書目考述》，頁 176。

90　唐廷樞：中文〈序言〉，《英語集全》（*The Chinese and English Instructor*），廣州：緯經堂藏版，1862 年。

91　同上書，卷六，問答，晨早對話。

92　唐廷樞：「漢文字瓣乃無音相合而成字，而外國字瓣本身有一定之音，因其音乃相合而成字，故中國言語之中多有音而無字，惟外國字與音相連，有音必有字⋯⋯以外國文音漢文猶易，而以漢文音外國文字難，較茲以漢字音外國字多有其音而無其字，不得不擇其最近音之字，傍加一口拼得各字，編列一定切法，俾觀者易於晰覽⋯⋯」〈切字論〉，《英語集全》。

93　David Faure, "Becoming Cantonese, the Ming Dynasty Transition", *Unity and Diversity: Local Cultures and Identities in China*, p. 37.

94　Kinsley Bolton, "Introduction", in Robert Morrison, *A Vocabulary of the Canton Dialect*, London: Ganesha Publishing Ltd., 2001, p. xxxiii.

95　J. Dyer Ball, *Cantonese Made Easy*, Hong Kong: Kelly & Walsh Limited, 1907), 3rd ed., pp. xiii-xv. 本書尚有 1888 年的初版，由香港的 "China Mail Office" 出版。當代學者之中，亦有提出粵語不屬漢語方言者，參見李敬忠：〈粵語是漢語族群中的獨立語言〉，《語文建設通訊》第 27 期，1990 年 3 月，頁 28-48。

96　見〔美〕布龍菲爾德著，袁家驊等譯，錢晉華校：《語言論》，北京：商務印書館，1980 年，頁 47。又見 Leonard Bloomfield, *Language*, New York: Henry Holt and Company, 1946, p.44. 其後社會語言學對「言語共同體」的定義有所不同，本文採用布龍菲爾德的定義。參考 Joshua A. Fishman, *Sociolinguistics: A Brief Introduction*, Massachusetts: Newbury House Publishers, 1977, pp.28-35.

97　此詞屬筆者的引申發明，語言學無此概念。

98　例如 1919 年 8 月 1 日的《益群報》在專欄「妙蓮台」刊出粵謳〈人地

咁富〉，注明「諷振興國貨也」。1911 年 10 月 25 日的《南僑日報》則刊出歌謠〈瑞澄嘆五更〉，南音〈攝酉聞耗哭李鴻章〉；11 月 2 日刊出粵謳〈我哎過你〉，以另投別枝的妓女諷刺失勢的滿族。兩份報章均在新加坡刊行。

99　游汝杰：《漢語方言學導論（修訂本）》，上海：上海教育出版社，2000 年，頁 8。並參本章第二節注 20。

100　〔美〕韋勒克、沃倫著，劉象愚等譯：《文學理論》，南京：江蘇教育出版社，2005 年，頁 13-15。

101　〔美〕卡勒著，李平譯：《文學理論》，香港：牛津大學出版社，1998 年，見第二章「文學是什麼」。

102　胡適：〈答黃覺僧君《折衷的文學革新論》〉，見歐陽哲生編：《胡適文集》（二），北京：北京大學出版社，1998 年，頁 91。原刊《新青年》，1918 年 9 月 15 日，第 5 卷第 3 號。

第一章

曲線啟蒙，納怨為俳

——鄭貫公、黃世仲等人的粵語文體

昨日經過河南地，聽見一處巴咁閉。我急腳行埋走去睇，原來
演說講抵制，見佢聲高又聲低，講起番上嚟，痛哭兼流涕。佢
話西方有一處，國名叫花旗，苛例隨時起，刻薄我鄉里。去便
個陣時，上岸成日企，唔係指東就話西，的多唔啱困入木屋裏，
幾個月，無人理……咁樣待我地，就要出偈仔，點樣正係米，
就係大眾齊心嚟抵制。趁住呢吓勢，貨物唔買美，大家爭啖氣，
頂硬頂到底。土貨重便宜，幾多樣好駛。咪理人，問自己。各
盡各道各施為，爭勝人人多得你。佢聽見，人心咁硬自然長，
或者新例有轉機。若不然，賤過蟻，淖過泥，當你做奴兼做隸。
你地想吓係唔係。我見佢亂咁諦，想落真有味，有層兼有次，
合矩又合規。如果久堅持，爭番好多利。我就大聲發個誓，駛
親美貨係烏龜，駛親美貨係烏龜！[1]

1905 年 8 月 13 日，有一場演說在廣州海幢寺舉行，當時一份
流行的小報《唯一趣報有所謂》的記者，經過時駐足圍觀，並寫了
這篇急口令刊在該報上。不久之前的 8 月 4 日，仁聲演社又辦了一
場演說，專門呼籲罷買美貨，以抗議美國苛待華工，並要求修改禁
止華工入境的條約[2]。這場演說的聽眾多達五百人，他們深受感動，
對演說內容擊節讚賞。更令人驚奇的是，演說者是一個十三歲的少
年，名叫范兆廣[3]。也許因為這次演說的成功，同月的 16 日，范兆
廣又隨開化善社到長堤和北帝廟作拒約演說，聽眾反應同樣熱烈[4]。
據說城西另一位十三歲的少年，在學堂受業，聞得拒約運動的事，

都為自己的同胞抱不平，卻見家中有不少美貨，便氣得把留聲機砸爛。《唯一趣報有所謂》的創辦人鄭貫公大感欣慰，特別為此事寫作了一首粵謳[5]，鼓勵更多人罷買美貨。

　　這一年的 5 月，八大善堂和總商會發起拒約活動，隨即得到學界的支持和參與，計劃以演說宣傳拒絕和美國續訂有關禁例，上述的演說活動迅速成為廣州的街頭風景。雖然反美拒約運動是全國性的，但在廣東尤其激烈，而且形態略有不同。相對於上海的同類集會有不少名人壓陣，在廣東，主要的動員力量是普通的演說員，而非不會粵語的外省名人：「運動積極份子們並不是邀請著名人物登上公眾講壇，而是為訓練有素的演講人準備好已經寫就的演講稿，然後讓這些演講人到鄉村和城市地區巡講。有的演講人顯然是花錢僱用的，但大多數是志願者。」[6]

　　除了演說之外，印刷傳單和出版報紙，也是廣東民眾自發使用的宣傳手法。《拒約報》的創辦，最初由黃晦聞、王軍演和胡子晉發起，廣州的南武、進取兩所學堂籌辦，其後得到羅夢覺、黃展素和朱浣白三位女士的協助[7]，並於 8 月 21 日出版。為了使宣傳效果更佳，參與運動的報人、平民不止演說須用粵語，在報章上刊出的、在演說會上講說的，也常常借用廣東民間說唱文藝的體式，如拒約傳聲社就常在北帝廟唱「拒約龍舟歌」[8]。所以，在全國的反美禁約文學中，粵語作品就為數不少。可以說，1905 至 1906 年的拒約運動中，報章、演說和學堂作為傳播文明的三種利器都發揮了極大作用，而普通百姓、學童都聽得懂的民間說唱文藝，更是宣傳活動常

用的手段。這亦說明了晚清的一些粵語作品是在怎樣的氛圍下誕生
的，它們是政治宣傳和普通群眾互動之下的產物，既可能是事先寫
定，以便到街頭演說的講稿，也可能是報人為了某天能被「說」或
「唱」的「擬說唱」。不過，在詳細討論這些作品之前，應該先介
紹它們的作者——一個粵語寫作群體。

第一節　一個粵語寫作群體

　　1900 年 2 月間[9]，孫中山擬設革命宣傳機關的構想終於實現，
《中國日報》正式在香港面世，由陳少白任總編輯。除了日報外，
還出版《中國旬報》。此報從第 11 期起，改「雜俎」欄為「鼓吹錄」，
刊載粵謳、南音、曲文、班本等。馮自由指其為穗港報中，「設置
諧文歌謠之濫觴」[10]。此說雖未必經得起嚴格推敲，不過對革命派
所辦的報刊，《中國日報》的示範作用應該毋庸置疑。「鼓吹錄」
在出版 37 期後，於 1903 年 3 月併入《中國日報》[11]，成為該報的
文藝副刊。

　　以《中國日報》為中心，革命組織開始在香港集結一群在海內
外接受革命思想的人。從他們日後的寫作和辦報成就來看，鄭貫公
和黃伯耀、黃世仲兄弟無疑是領袖人物。鄭貫公和黃氏兄弟訂交的
細節缺乏資料可尋，但估計黃世仲到港後，很快就認識到鄭貫公。
雖然黃世仲在 1902 年冬加入《中國日報》時，鄭貫公應該已經離

開該報，着手籌組《世界公益報》，但此事黃世仲已經參與其中。
據高劍父、陳樹人回憶：黃世仲與陳少白、鄭貫公、陳春生等商議
別創第二、三陣營，以增加宣傳革命的聲勢[12]。黃世仲於是辭去《中
國日報》之職，協助鄭氏創辦《世界公益報》。1905 年，鄭、黃二
人隨馮自由會見孫中山，一同加入香港同盟會，並分任庶務和交際
兩職[13]。據馮雪秋回憶，鄭、黃二人「豪邁健談，朝氣蓬勃，經常
喜與工商學界一般群眾聯絡接近」[14]，可見二人性格略有相似。其
後鄭氏所辦各報，黃世仲和兄長黃伯耀都有參與編撰工作。1906 年
鄭氏病逝後，二人的辦報活動才轉趨活躍。可以說，自任職《中國
日報》之後，鄭、黃二人一直並肩作戰。除了黃世仲之外，陳樹人、
胡子晉、勞緯孟、王斧、李孟哲等，都一直追隨鄭氏。他創辦的《世
界公益報》、《廣東日報》、《唯一趣報有所謂》，以至在他逝世
後創刊的《東方報》、由黃世仲主辦的《香港少年報》，其編撰團
隊都大同小異，舉出這幾份報章的主要成員名單便一目了然：

《世界公益報》（1903 年）	鄭貫公、黃世仲、李大醒、黃魯逸、崔通約、譚民三
《廣東日報》（1904 年）	鄭貫公、黃世仲、陳樹人、胡子晉、勞緯孟 （其後由李大醒、黃魯逸接辦）
《唯一趣報有所謂》 （1905 年）	鄭貫公、黃世仲、陳樹人、胡子晉、王斧、李孟哲、易俠 （即風萍舊主）
《東方報》（1906 年）	謝英伯、陳樹人、胡子晉、易俠
《香港少年報》（1906 年）	黃世仲、陳樹人、易俠、王斧
《廣東白話報》（1907 年）	黃世仲、歐博鳴、易俠

鄭貫公在 1904 年編選《時諧新集》[15]，黃世仲則於 1907 年編選《三續時諧》。鄭貫公為表明為國犧牲之志，自號「死國青年」[16]，黃伯耀則依樣葫蘆，自稱「病國青年」[17]，另一位報人馮礪生亦自稱「生國青年」，可見鄭貫公在眾人心目中的地位。在鄭氏病逝前，革命派籌組另一份報刊《香港少年報》，由黃世仲任總編輯兼督印人，部份成員也就是《廣東日報》、《唯一趣報有所謂》的成員，可知在鄭氏的團隊之中，黃世仲是另一位領袖人物。鄭、黃的戰友，部份也有編撰其他革命報刊，如陳樹人也是《平民日報》的主筆；李孟哲也擔任《國民報》、《平民日報》、《人權報》的主筆等等。辛亥革命前夕，李孟哲、盧博浪在廣州辦《平民日報》，黃魯逸則在澳門創辦優天影劇團，其時，香港同盟會報人更是傾巢而出，全部到澳門支持。可以說，鄭貫公及其友人形成了一個彼此呼應的網絡，是晚清革命宣傳和啟蒙活動的重要群體。這個群體雖是以政治為基礎，基本上屬於香港同盟會的成員，旗下報館的人事變動，也可能由該會在背後調配，但不可否認的是，這也是一個粵語寫作的群體。他們在報章上發表多種粵語文體，構成了晚清粵語寫作中非常重要的部份，有時甚至逸出政治宣傳的需要，而滿足他們作為下層文人的寫作旨趣。

被譽為「熱血澎然，奇骨森然」[18]的鄭貫公（1880-1906），原名鄭道，字貫一，廣東香山人，主要的筆名有仍舊、鄭哲、死國青年等。1905 年底，鄭貫公遇刺幸免。之後，他以黑色幽默給自己寫了一篇祭文，雖可視之為遊戲文章，實抒發了一代人的沉痛：

快哉貫公！生既不辰，死亦何恨！重洋負笈，一學無成。祖國沉淪，有懷莫遂。矧乃時艱蒿目，恾恾何之。既失國權，奚談公理！馮夏威之自戕殉約，先導有人；曾少卿之待死遺書，後繼惟我。快哉死得時矣，何眷戀為！好放下三千毛瑟之責任，而隨六響連環以謝世也。……今既以開民智、除群害、攻國蠹、斥漢奸、揭陰謀、剖騙術，而受購兇暗殺以死。身雖死於一時，而名生於百世矣！快哉快哉！九泉之下，雙目可瞑，又何樂而不死！[19]

鄭氏的「熱血」與「奇骨」，可謂如在目前。大抵是這篇自祭文不無厭世情緒，同志紛紛致信慰問，「生祭文及挽聯等，絡繹惠至」[20]，使鄭貫公感慨萬千，並答應朋友們奮戰至最後一刻，絕不自暴自棄。可惜事隔半年，鄭貫公竟染疫症病逝。1906年5月12日，《唯一趣報有所謂》刊出「公祭鄭貫公文」，開首寫道：「（本）月之十三日，乃本社總編輯鄭貫公逝世之期」，可確知鄭貫公於陰曆四月十三日逝世，即陽曆5月6日。同月21日是追悼會翌日，該報刊出輓聯摘錄，第一聯為黃世仲所寫：

讀客冬自祭遺言，已增感喟。革命旗誅奸筆，竟消磨二十六載璀璨光陰。方期志願同酬，絕好頭顱留一擲。
憤大陸眾生如夢，慨任提撕。照妖鏡警世鐘，力振起四千餘年神明種族。試問英雄有幾，未枯血淚哭難乾。[21]

鄭貫公年幼時的家境非常貧困，父親在他幼年時已赴新西蘭謀生[22]。鄭氏在家鄉讀過私塾，據稱在十四歲時曾到香港，並就讀於皇仁書院一年多，其後返回故鄉[23]。十六歲時，因為家貧輟學，到橫濱在族人任職買辦的洋行當雜工。這次東渡，成為鄭氏一生的轉捩點，開啓了他往後十年短暫卻光輝的生命。

日本華商購買的《知新報》、《時務報》，是鄭貫公抵日初期的工餘讀物，以西學新知革新國家的思想，開始在他的心中萌芽。約於鄭氏十八歲那一年，橫濱大同學校成立，他獲得特別免費生的資格入讀該校。當時大同學校積極培養學生的救國思想，可以想像，鄭氏也在薰陶之中。翌年，即1899年，他又轉赴東京，入讀高等大同學校。從後來他創辦的《開智錄》看來，這個時期對鄭貫公的思想發展甚具影響力。當時和他同到該校就讀的，不少為日後堅定的革命派，或者始終主張以武力救國，如馮自由、馮斯欒、蔡鍔等。高等大同學校的創辦人梁啓超雖然是維新派中堅份子，但當時他與革命派過從甚密，思想傾向革命[24]。因此，高等大同學校諸生，不但可「高談革命」，學校的功課除了日文和英文之外，也包括歐美革命歷史和英法等國自由平等的學說。

1900年7月，唐才常領導的自立軍舉事失敗。雖然自立軍的旗號含糊，既是「勤王」又是「起義」，但畢竟突顯了后黨保守派的頑固。這次事件，對鄭貫公從改良轉向革命也應該有一定影響[25]。同年冬天，鄭貫公就創辦了開智會和印行會報《開智錄》[26]。被梁啓超譽為「錚錚者」的《開智錄》[27]，是中國留日學生最早創刊的

報章，也是在香港出版的《中國日報》之外，最早鼓吹革命的報刊。《開智錄》的論說文章、「譯書」、「偉人小說」幾部份，都着重介紹西方自由平等思想，可見東京高等大同學校教育的啓發。據馮自由的回憶，當時學生各以盧騷（Jean-Jacques Rousseau, 1712-1778）、伏爾泰（Voltaire, 1694-1778）等西方啓蒙思想家自居，而鄭貫公則自稱「中國之摩西」，並「著述《摩西傳》以見志」。[28]與此同時，鄭貫公也高度重視報紙的使命和責任。《開智錄》創辦初期，鄭貫公借用《清議報》的印刷和發行機關，所以流傳地區和《清議報》相同。但兩份報刊的立場畢竟有矛盾之處，據馮自由說，這種情況引起美洲保皇會的不滿和質詢，最終使《清議報》經理馮紫珊不許《開智錄》藉該報印刷，《開智錄》「無所憑藉」[29]，創辦不及半年就結束了。1901 年春，鄭貫公正式轉投革命派陣營。經孫中山的介紹，到香港任職於《中國日報》及《中國旬報》。據馮自由回憶，鄭貫公的到港參與該報工作後，「闡發其新名詞及新思想」[30]，為香港報界注入一股新氣息。不過，鄭貫公任職《中國日報》未及一年就辭職，另辦《世界公益報》。在任職《中國日報》期間，鄭貫公還譯寫了政治小說《瑞士建國誌》[31]。鄭貫公創辦《世界公益報》不久，又因不滿言論受股東干涉而自行告退，再與黃世仲、陳樹人、胡子晉、勞緯孟等人於 1904 年 3 月創辦《廣東日報》[32]。該報在 1905 年 4 月停刊，繼而，鄭貫公創辦了他一生中最為人熟悉、也最為人津津樂道的報章——《唯一趣報有所謂》（又簡稱《有所謂報》）。《有所謂報》創刊於 1905 年 6 月 4 日，班子和《廣東

日報》大抵相同。《有所謂報》甚受讀者歡迎，馮自由說它：「甚
為港中各界歡迎」[33]、「銷路之廣，駕各大報而上之」[34]，麥思源稱
「當時一紙風行，為省、港各報之冠」[35]。鄭貫公逝世後，編採團
隊略加改組，在 7 月出版《東方報》，然而不久即遭粵督岑春煊禁
止在廣州銷售，支撐半年後停刊。

　　當鄭貫公從日本到香港任職《中國日報》時，黃世仲（1872-
1912）仍在南洋謀生。黃世仲生於廣東番禺，一字小配，號棣蓀、
禺山次郎，筆名有世、棠、隸、棣、蓀、亞堯、堯、健、兒等。黃
家的先輩黃士俊曾仕明朝，明亡後協助南明反清。黃世仲兄弟三人，
以他和兄長黃伯耀最能讀書。黃伯耀（1861-1939）[36]，一字耀恭，
號耀公，筆名有光、公、伯、翟、老伯、光翟、耀公、耀光、病國
青年等。黃世仲小時候聰穎過人，九歲已讀《通鑒綱目》、《通鑒
紀事本末》，十歲讀《史記》、《漢書》、《資治通鑒》，十二歲
時能誦《文選》和《唐宋八大家》[37]，他又特別愛讀野史小說，這
使他雖然身在南方，卻能掌握流利的通用語書寫能力，為他日後成
為小說家、創辦小說雜誌播下種子。十三歲時，世仲入讀佛山書院，
先後與陳千秋、梁啟超成為同學[38]。在黃世仲的少年時代，黃家已
經家道中落，兩兄弟曾在鄉間教學以幫助生計。1893 年，他們又結
伴到南洋謀生，初時黃世仲在吉隆坡的賭場任書記，但因為在華人
團體中已有文名，先後被陳楚楠、張永福聘為文案。約於 1897 年，
黃世仲轉到新加坡謀生。在 1902 年 7 月，正式受聘為丘菽園創辦
的《天南新報》的主筆，黃伯耀稍後亦加入該報。在同年冬天，黃

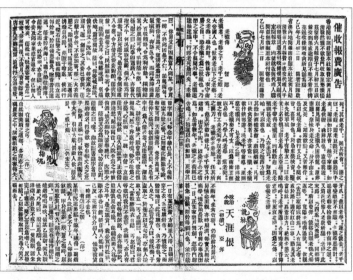

（上）《唯一趣報有所謂》（1905 至 1906 年）

（下）《唯一趣報有所謂》的諧部

《時事畫報》1906 年第 8 期（三月）

氏兄弟加入了尤列創設的興中會外圍組織中和堂，當時黃世仲傾心民族主義，喜讀《中國日報》，顯示其思想已明確地轉向革命。同時，他通過尤列的介紹，到香港任《中國日報》記者，翌年寫作《辨康有為政見書》。黃伯耀則在 1904 年離開《天南新報》，加入革命派的《圖南日報》任副總編輯兼主筆，但在翌年冬，《圖南日報》即告停刊，黃伯耀便到香港與弟弟會合，一同宣傳革命。

　　1906 年 5 月，鄭貫公病故一周後，《唯一趣報有所謂》刊出《香港少年報》的創刊廣告，介紹其宗旨、內容和成員，由黃世仲任總編輯兼督印人，黃伯耀、易俠、陳樹人、王斧等任撰述員。同年 9 月，黃氏兄弟又在廣州創辦旬刊《粵東小說林》，此後一直持續創辦多種報紙和小說雜誌。1907 年 5 月，黃伯耀創辦方言雜誌《廣東白話報》，黃世仲任撰述人。6 月《粵東小說林》又改刊為《中外小說林》，同年冬又冠以「繪圖」二字[39]，並於 12 月創辦《社會公報》，黃伯耀任主編，黃世仲任主筆。翌年 2 月，黃伯耀又創辦另一種方言雜誌《嶺南白話雜誌》。1909 年 9 月，盧博浪主編廣州的《南越報》，黃世仲出任特約撰述。辛亥革命前夕，黃世仲還主編《新少年報》和《新漢日報》[40]。這段期間，黃伯耀主理報刊編務，多用文言寫政論，用粵語寫作「擬演說」的文章。黃世仲除了用「黃小配」的筆名發表章回小說，一直持續用文言和粵語寫作諧文，用粵語寫作粵謳、班本、笑話等。1911 年 12 月，廣東民團協會成立，黃世仲出任總長。翌年 4 月卻遭粵省都督陳炯明以「貪污軍餉」的罪名拘捕，陳離任都督時留書指黃世仲應被槍決，繼任的胡漢民堅

持執行，多方營救無效，黃世仲最終在 5 月 3 日被冤殺[41]，殮葬時發現他家境貧困，身無分文。黃氏臨終前寫下遺書，駁斥陳炯明的指控[42]。據報道，黃氏行刑前與其他兩名處決軍官痛飲佛蘭地酒，醉時方被送往法場[43]。同志勞緯孟的輓聯曰：

> 恭為革命黨，不黨為官留後悔；
> 悔作革命官，為官不黨笑公愚。[44]

此事之後，黃伯耀轉而在香港聖保羅書院教書，對政治不再聞問，抗戰初年回鄉居住，不久病故。

第二節　寓箴言於諧謔

鄭、黃等人的群體在辛亥之後即風流雲散，不過他們留下的多種報刊，既有晚清報刊的共同特點，更有粵地啓蒙報刊的特殊考慮，並由此成就了一批粵語作品的出現。這與鄭、黃等人的辦報思想關係密切。從鄭貫公留日時所辦的《開智錄》看來，他的辦報思想在當時已略見體系。〈開智會錄緣起〉指出，辦報的目的是「代表國民之智慧，以企增人類之幸福」。鄭氏又引用拿破倫的話，認為新聞紙的力量比軍火還要強，同時指出，議會的議員乃「間接發言者」，相比之下，報章卻是「直接發言者」，比前者更為重要，又

宣稱：「嗚呼！新聞紙之權力大矣，責任重矣。」[45]《開智錄》每期最末兩欄為「時事笑談」和「粵謳解心」，前者仿筆記體式，以嬉笑怒罵的方式抨擊官員的怯懦和腐敗；後者以民間說唱形式，表達憂傷國事的情懷。二者正是鄭貫公辦報的主要特點，日後在《廣東日報》、《有所謂報》等報章中有更淋漓盡致的發揮。在主編《開智錄》時期，鄭貫公還著有《啓蒙韻語初集》，「其中皆以小子身心要務為旨。四字一句，押韻句末。立意甚深，措詞淺白。」[46]與日後《有所謂報》舉辦新童謠徵文比賽若有呼應。主編《廣東日報》時，他的排滿思想更為明確，反對君主立憲，同時受無政府激進思想影響[47]，但開啓民智的想法始終沒有改變。《廣東日報》和後來的《有所謂報》一樣，以「開智社」的名義印行[48]，《廣東日報》的副刊名為《無所謂》[49]，它的設立使鄭貫公主辦的報刊「用文藝體裁宣傳革命」的篇幅大大增加：「其中舞台新籟、社會心聲，係用廣州方言民間說唱班本、龍舟、南音、粵謳等形式演唱民族歷史故事，揭露清政府專制黑暗腐朽，反映人民疾苦。」[50]

　　保存得最為完整的《有所謂報》，使我們能充份觀察鄭貫公的辦報思想，也得見革命派報人的粵語寫作成熟的面貌。該報的體式更為自由，「先諧後莊」，把詼諧通俗的內容放在前面，篇幅達五分之二，而且種類多元化：「題詞」、「落花影」刊載「一切遊戲文章」，而「滑稽魂」則「一切笑談屬之」，「官紳鏡」多描繪官場醜態，「新鼓吹」專刊粵劇班本，「社會聲」專刊廣東民間曲藝，包括粵謳、南音、龍舟等，傳記小說亦偶爾闢出特別專欄連載。其

中粵語成份最多，固然是「社會聲」一欄，但亦不時「入侵」其他專欄。《有所謂報》創刊當日，諧部的重要欄目都以報紙面世為題。「落花影」的〈有所謂發刊辭〉是駢文，通篇活用古今典故，有捶胸頓足之痛：「縱觀大陸，盡是愁城。千重之毒霧長霾，半形之斜陽有限。新亭未坐，哭已失聲。故國頻危，起孟軻於今日；闋辯應詳，憶列子之當年。」[51] 由鄭貫公所寫的〈開智社有所謂出世之始聲〉是淺近的文言文，主題單一清晰，風格嚴正莊重：「異族獅睡於上，漢奸虎悢於中，同胞牛馬於下。罹此專制野蠻之網羅，凡有血氣，莫不怦怦然。」[52] 以粵謳體寫作的〈有所謂〉最直白地說出鄭貫公等人的心聲：

> 有所謂，今日係出世良辰。睇吓舌劍唇槍，幾咁認真。仲話監督住個的民賊獨夫，同百姓雪忿，又試婆心苦口，啓導愚民。咁樣子把世界開通，心亦太懇。真正逞頭浪角，不顧其身。君呀，試睇吓近日世界點樣子情形，實在唔忍再問，就係危同累卵，不久就大起風雲。況且舉國人心，好似染着長睡嘅症，若不力為喚醒唎，一味地黑天昏。唉，我今日重有一點精神，還想盡的我本份。心實不忍，望我同胞齊發奮。雖則我呢吓諧言諷世啫，未必係亂講時聞。[53]

班本《黃帝再世》則塑造了「黃帝」這個角色，遙想當年漢族的勇武，斥責利欲熏心之徒，認外族君主作父，並對《唯一趣報有所謂》

的創辦寄予厚望：「下頭一片喧笑歡迎之聲，我估為着何事，卻是我們有用的遠孫，在香港組織一間開智社，印刊《有所謂》新聞紙發賣，今天是出版之期，故而有如此熱鬧。」[54] 綜合上述幾篇不同風格體裁的作品，已可見《唯一趣報有所謂》的宗旨乃開啓民智、抨擊官紳劣行，正如創刊號首頁「本報之旨趣」的聲明：「監察政界之現象，改良社會之魔氛。伸民權，抒公理，淋漓大筆，慷慨悲歌，體備莊諧，賞兼雅俗」[55] 事實上，這也是當時穗港革命派報刊的宗旨。

鄭貫公辦報思想的主要特點，是非常重視通俗文藝的詼諧風格和娛樂功能。他認為在民智未開的社會，最能激動人心：「激社會之熱腸，莫善乎嬉笑怒罵之文字。大抵同胞智育久失，雅愛詼諧。今欲以寓言諷時，謳歌變俗，因勢利導，化無用為有用。」[56] 前文已經述及，在鄭貫公心目中，報章具有偉大的使命和巨大的影響力，這時他更視辦報為一種「無形的暗殺」[57]。鄭氏甚至認為，在報章中善用通俗文藝來傳播革命思想和開啓民智，是繼承《詩經》、《春秋》等「無形暗殺主義妙品」[58]，也就是善用報紙這種比軍火還要厲害的武器。從這種深刻的思想根據，可見滑稽小品、民間說唱在鄭貫公心目的特殊地位。其後在〈拒約必須急設機關日報〉[59] 一文中，提及辦報的諸種要素，他仍不忘提及民間文藝的作用：

> 謳歌戲本不能不多撰也。開智之道，開上等社會易，開下流社
> 會難。報紙為開智之良劑；而謳歌戲本，為開下流社會智識之

聖樂。故邇來報界漸次進化，皆知謳歌戲本，為開一般社會智
慧之不二法門，樂為撰作。[60]

但值得注意的是，鄭貫公雖然寫作不少民間歌謠，但對於以方言俗
語作為全國普遍使用的書寫文字卻有焦慮。透過報章開化民智，
或者鼓吹反美運動，對下層社會而言，他們的方法是間接的、曲線
的——先以「淺文」開化略有知識的社會群體，然後透過更具體的
手法傳播給完全不通文字的百姓：

查日本變法，全賴報紙之鼓吹，而報紙尤以淺文白話為普及。
彼原與中國同文，迫後自創數十字之字母，遂為日本之文字。發
明後，舉國習之為普為通，雖婦孺皆識。蓋以其字少而易於記憶
也。且字母之功用，可串為俗語白話。日本報紙，雖勞動社會，
如車夫侍役，亦能各手一篇，故武士道大和魂之主義，膨脹於全
國人之腦海者，未嘗非報紙之有以致也。吾國方言之雜，各省固
不同音，即一省中亦各有其語。白話之撰，戛戛獨難。即以吾粵
論，其俗語恒有其音而無其字者。無已，則惟有淺文之一法焉。
庶幾一般之社會，皆得其解，互相播傳，即互相警戒……[61]

這裏的「白話」，應指口語。因為日本以字母書寫的文字，能寫成
俗語白話，但中國既非拼音文字，方言又雜亂，以報紙普及新知，
還得依賴一貫使用的文言文，不過要把它盡量淺化。然後希望民眾

之間互相講解傳播，可謂一種「曲線啓蒙」的方法。

　　《有所謂報》曾經主辦一次饒有意義的新童謠創作比賽，選刊的十篇作品中，前八首都以純用粵語寫成，第九名雜有古字「汝」，第十名可能用官話寫成，沒有明顯的粵語詞，卻有官話詞語「嚇煞」。童謠的語言本來就該以淺白易懂為尚，但評判鍾朝袞卻收到不少「雅文」，這些作品自然沒有獲獎，但箇中原因，評判卻要特別聲明一番：

> 此場徵集童謠，僕之用意，注重有益於未就學之童子，以作唱歌之用。蓋童子智識未開，記憶不易，歌謠一門，頗為得法。惟惜賜教諸君，類多文人，下筆每鄰於雅，是以此場佳卷，大都名言奧理，美不勝收。然僕既以啓蒙起見，自不得不略為割愛，捨深取淺。有心蒙學者，其許我乎？[62]

　　「啓蒙起見」四字，深刻地點明了「雅」的語言風格不再適合時代需求，但從編者小心翼翼的辯解口吻看來，雅言的觀念仍然有牢固的地位。在《中國日報》寫作粵謳的作者，也想擺脫載道的要求，把粵謳寫得「有情兼有趣」，不要「正襟而談」：「成吋主筆，只會講康莊大道。雖則身列聖門，唔敢把言詞放蕩。聲聲道學，方比得個程子朱張。我話唔係代神聖立言，斷使唔怕犯上。文詞遊戲，風雅何妨」[63]。從中可見當時廣東報人徘徊在雅、俗之間的焦慮。

　　黃氏兄弟在南洋為華人報刊撰稿時多寫政論，不過黃世仲也曾

思考報章的角色。他特別強調報人的民族氣節和道德責任，不可趨媚權貴、錮民心思[64]。他認為中國古代忠臣的諍言，可與報館的清議相比，又同樣引用拿破崙的話，指出報館足為當政者所懼的，正是其清議的壓力：「此拿破崙所謂有一家反對報館，慘於四千枝快槍者」[65]。同時，兄弟二人也很重視粵語作品的啟蒙作用，黃伯耀在《社會公報》創刊時介紹該報內容時就說：「方言雅愛粵聲，不以艱深文淺陋；小說雖殊正史，依然記述寓箴規。則叢編白話，而署號稗官也。」[66]並用粵語介紹創辦該報的原因：「我地的同人，創辦此報社，力量雖薄，願望好大，一則扶進社會的智慧，一則掃去社會的窒礙，以完全普通社會的希望，宗旨係咁樣嘅。」[67]黃伯耀尤其關注粵語群體需要，寫作了大量「擬演說」，散見於兄弟二人主辦的報刊，尤其集中見於《廣東白話雜誌》和《嶺南白話雜誌》兩種粵語刊物，這在本章稍後將詳細論及。黃世仲在用官話寫章回小說之餘，也用粵語寫作不少粵謳、龍舟歌、笑話、班本等。他在編《時諧三集》時指出，廣東說唱文藝、詼諧的叢談雜錄，可以使讀者一新耳目，留下深刻印象：「粵謳、小說、詩歌、雜錄、小調、南音，亦若莊生之反語，滑稽之譬譚，旁敲側擊，借題鋪演，使目漁耳食者，一光眼簾新腦印也。」[68]當然，黃氏兄弟對小說這種文體特別注意，他們亦認為小說有鼓民氣、啟民智等功能。黃世仲還認為小說比報紙更普及化，雖然二者同樣有助於「啟迪性靈」，但小說比報章更立竿見影，也更為徹底：「如其人而為盜也者，與其說報紙而生其凜處決之刑，曷若閱《水滸》而生其懷英雄之志；如

其人而為智也者，與其閱報紙而浚其聰明之念，曷若閱《三國》而引其機警之思」，如此類推，有情慾的應以《金瓶梅》「範圍之」，有邪心者，應以《會真記》「救正之」。讀報有如「對山妻」，讀小說卻是「擁名妓」。小說如此無所不能，以至這位小說家用「神聖哉！」「慈悲哉！」來歌頌小說，並且總結說報紙之功在一時，而小說之功在萬世[69]。讀小說不但勝於讀報，也勝於觀劇，因為「觀劇本者聚於一堂，而觀小說佈諸四方；觀劇本者在於一時，而著小說者行論百世」[70]，憑藉著書和說書之力，小說的影響力無遠弗屆，所以改良小說，比改良劇本更迫切。黃伯耀認為西方的探險小說，比本國的小說更能激發冒險精神，因為《封神演義》、《西遊記》之類的小說，「每遇險處，非假神靈之呵護，即託邪術之轉旋。非有哥倫覓地之實蹟也，非有華生包探之妙悟也」，他感嘆中國固有的典籍已不能應付特定的社會需要：「六經陳腐，八索杳荒，翹文壇一幟而為扶翼社會之功臣者，是誠小說之倚賴。」[71]但值得注意的是，黃伯耀同時考慮小說的語言問題：

　　二十世紀開幕，為吾國小說界騰達之燒點。文人學士，慮文字因緣之未能普及也，曾組設《中國白話》，而內附小說，以謀進化。揆其內容，既非單純小說之性質，而所演文字，又純用正音，以吾國省界紛歧，土音各異，其曾受正音之教育者幾何哉？苟如是，吾料讀者圇圇莫解，轉不如各隨其省界，各用其土音，猶足使其普通社會之了於心而了於口也。[72]

黃伯耀和鄭貫公面對同一處境，鄭氏退而求次，建議多用淺近的文言文，但仍然用粤語新編多種說唱文藝；黃伯耀更進一步，試圖以土音啓蒙，於是有方言雜誌的創設。

　　鄭、黃等人的辦報觀念和啓蒙方案中，有一點必須強調的，是其對詼諧的信仰。這固然有其背景，清中葉以來，廣州作為唯一的通商口岸，商業迅速發展，民間娛樂形式也蓬勃起來，文人亦有參與擬作。晚清以降，知識階層在批評、改良通俗文學方面多有反省，戲曲、歌謠，乃至諧文擔當了娛樂和啓蒙的雙重角色。1898 年，裘廷梁創辦《無錫白話報》時，序文除了提倡「以話代文」，還同意「間涉詼諧，以博其趣」[73]。這時，《遊戲報》、《消閑報》等報章已經印行。儘管《唯一趣報有所謂》有多種不同的身份和使命，但其對滑稽的信仰的確可以視為推動滑稽文學的晚清小報之一[74]。不過，同樣不可忽略的是，這種詼諧傳統亦是繼承、發揚了傳統文人的傳統。除了報章之外，鄭貫公在 1904 年編纂出版的《時諧新集》，其用心與他在《唯一趣報有所謂》大量寫作通俗文藝，以開民智的思想，實同出一轍。

　　《時諧新集》選輯報章上有關政治風俗的「遊戲筆墨」，被譽為「晚清革命文學與諷刺文學的集大成者」[75]，由於「不能盡知出自誰手筆」[76]，故全都略去作者姓名。該書序文以駢文寫成，情理兼備，能見貫公情志。開首他批評過去的筆記小說叢談之類的故事「莫正人心，奚開民智」，而且沒意識到時代危機：「安知大地山川，芸芸待化，可憐黃種，被誘黑甜」，寫作這些作品，無異於「導世

於荒唐之境」,「難逃東野之譏」。這和他視民間文藝本是「無用」,
以之作思想傳播的工具後方為有用的想法互為表裏。繼而論述生平
志願[77],並表示在詼諧遊戲背後寄託救國悲情:

> ……事本離奇,語都遊戲;處草昧未開之世,為花樣翻新之文。
> 別有會心,獨開生面;上關政治,下益人群。偶誦何忍獨醒之
> 詩,激發與民同樂之念;就人人之言異,聊爾爾以效顰。……
> 須知嬉笑怒罵,即蘇子雄文。紀陋見以盧胡,質諸有道;寓箴
> 言於諧謔,豈盡無稽?聊破涕以為歡,假長歌以當哭。[78]

《時諧新集》分為文界、小說界、詩界及曲界四部份,「曲界」包
括粵謳、南音、小調及班本。文界包含的體裁既有賦、書、傳、序、
碑、檄等,亦有告示、章程、供狀等,前者以古典嚴肅的文體言荒
誕之事,或諷刺守舊派,例如〈文昌帝君致財帛帝星君書〉、〈八
股先生傳〉、〈科舉卦〉等;後者借簡明的形式突顯舊風俗之惡,
如〈剃頭辮髮會章程〉、〈纏足會章程〉,二者都以戲仿的手法取
得滑稽喜劇效果。「曲界」內容,或怨刺官吏揮霍、或呼籲戒除舊
習,表現晚清以來報界和知識界改造民間文藝的成果。事實上,顛
覆高雅的文體、模仿民間文藝形式,以抒發對時事不滿的情緒,這
種做法並非鄭貫公首創,在傳統文人的系譜上其來有自。故此《時
諧新集》的廣告介紹「是書仿《嶺南即事雜詠》、《文章遊戲》之
體裁」,並稱讚它「可讀可歌可泣,可以新民智,可以解人頤,雖

茶餘酒後之談，寓導世諷時之意」[79]。

　　《嶺南即事雜詠》是清末流行一時的讀物，不斷增減內容和重印，有的名為「雜選」，有的名為「雜撰」，民國時仍有《改良嶺南即事》出版。《嶺南即事雜詠》收錄通俗詩文一百四十多則，包括不少民間文藝體裁如龍舟、木魚、南音、竹枝詞等[80]，其中最流行的是〈嘆五更〉，相傳為順德人何惠群始作，原作是妓女自述本身的悲慘命運，晚清報刊中屢有出現仿作，以傳播新思想、改變舊風俗。《時諧新集》就收有〈國民嘆五更〉[81]，《有所謂報》亦曾刊登鄭貫公所寫、同情華工的〈金山客嘆五更〉[82]。《文章遊戲》於嘉慶、道光年間刻印，編者繆艮，字蓮仙，是當時廣東的文士。《文章遊戲》以具有嚴肅功能的傳統文體作遊戲書寫，不少亦屬戲仿作品，如〈討蚤文〉、〈祭齒文〉、〈何許人傳〉、〈致貧賦　以酒色煙賭呆懶大為韻〉等，表達對當時社會的種種不滿。

　　正如《有所謂報》的「內容力求多方面適應讀者不同的口味與要求、主張多式多樣」[83]一樣，鄭、黃等人所辦的報刊雖然以啟蒙為目的，但對象並非都是目不識丁的普通百姓，還包括文人、商賈、學生等階層。《嶺南即事雜詠》和《文章遊戲》正好道出為人的啟蒙和為己的趣味，同時並存在清末革命派的報刊中。前者多以民間說唱的形式出現，旨在開啟民智、宣傳革命、批評風俗，後者更多暗示了革命派報人心裏的文人認同，借文字作遊戲，博得同儕一笑。

第三節　謳歌變俗

清末革命派的報刊，內容不出幾個主題，包括：宣傳革命和種族主義、批判迷信風俗和不良社會風氣、諷刺和批評社會政策、動員群眾加入爭權運動等。為了配合下層社會的趣味，使他們能了解這些內容，報人大都以粵謳、南音、木魚或龍舟等民間說唱文藝，譜寫這些內容。大部份報刊都每天刊出一首粵謳、南音、木魚、龍舟歌以至笑話諧談，並常常以連載的方式刊出粵劇班本。在晚清之前，這些廣東民間文藝已經歷過複雜的生成和演變，其中亦不乏物質的介入。木魚書最早在明末已經出現，這種出版物對南音的形成有很大助力。到了晚清，介入戲曲的物質媒體還有留聲機和唱片。論者指出，「戲台」、「唱片」和「圖書」三者生產和傳播方式不盡相同，又互相影響[84]。事實上，在報章刊登民間說唱作品，其傳播過程和傳統民間曲藝的不盡相同，與上述三者也並非完全一致，亦頗值得玩味。民間歌謠本來誕生於民間，反映一般百姓關心的議題，在下層社會平面傳播，但報人志士把民間文藝的體式奪了過來，盛了新酒，由上而下再灌輸到民間，內容不再是民間自發的心聲，而是改革者的志願。民間說唱文藝的作者、目的、功能完全不同，首先使內容出現重大改變——不局限於兒女情長，而展現出特定時代的種種風雲變幻。

以說唱文藝呼應時事、號召運動，《有所謂報》可說是箇中佼佼者。在短短一年多的壽命中，它可說與廣州社會，以至整個時代

同呼同吸。報人、政治運動、粵語演說和書寫行為的互動，已見於本章開首的敍述。據冼玉清統計，在目前可見的材料中，以反美拒約為題材的粵謳有五十多首，她選錄的二十八首粵謳，出自《有所謂報》的達到二十首之多，可見《有所謂報》的這些作品「有代表性和具體史實」[85]。阿英指出「傳誦一時」的兩首說唱，〈海幢寺〉和〈弔煙仔〉都出自《有所謂報》[86]。以華工為題材的作品，是這次運動主要內容之一。鄭貫公等人以自己的想像，貼切地寫出了華工出洋謀生的苦況。鄭氏所寫的粵謳〈真正係苦〉[87]「真摯動人」[88]，頗常被論者引用，謳中抱怨：「真正係地球雖大，無處可把身容」。最後寄望光復神州：「唉！愁萬種，熱血如湧。但得漢人光復呀！重駛乜遠地為傭。」篇幅較長的南音〈華工訴恨〉描寫華工出洋的情況和心境[89]，包括 1. 遠別家人：「執生包袱將程動，家下如何嗣後可把信通。妻子爺娘來遠送，大家難禁眼紅紅。分離誰個心唔慟，薦〔餞〕別聊憑酒一盅。此後相逢唯有夢，可惜天涯作客好似斷梗蓮蓬。」2. 海上飄流：「聽得風聲如怒吼，料必打來大浪若山丘。全船動搖好樣風前柳，波心飄蕩任沉浮。幾十日淒涼捱到夠，想起出門人賤淚難收。只望上天來庇佑，等我安然到埠就把酒禮相酬。」3. 登岸受辱：「當我華人好似畜牲，重有木屋深深來鎖困，但凡違例就苦困層層。有病俾佢羈留唔在問，就係無病之人亦被困身，苛例重重真惡忍。」最後寄望以抵制美貨的手段解除苛約：「我地華人要力爭，政府若辦不來就要齊發憤，想條善法大眾遵行。講到抵制總要人多，萬眾齊心佢奈乜我何。」

除了反美拒約運動，科舉制度被廢、爭奪粵漢鐵路所有權等歷史事件，也是鄭貫公和他的戰友揮筆疾書的題材[90]。黃世仲就以龍舟歌編寫過粵漢鐵路事件的經過，其中說到九大善堂把持鐵路事務，正是當時革命派報刊時常批評的：「講罷認股，好事完工，點想善棍因財起意就各心雄，佢蔽住官場來串弄，不過想着荷包個一中。怪得話鐵桶山河有變動，咁嘅私謀有邊個服從？」[91]

除了投入歷史事件的洪流，呼籲民眾響應運動。鄭、黃等人的筆下，也有很多內容為開民智而寫，破除迷信是其中最重要的題材。每到節慶時，民眾湧向寺廟求福祈願的現象，都令鄭、黃等人非常不滿，視為民智發達的大敵，每逢節日必定批評一番。署名「若明」的粵謳〈觀音誕〉就集中地表達這種情緒：

觀音誕，興鬧如雲。睇吓今日個的愚婦癡男，到處咁奔。有的仲話清齋一月，至算心誠懇。若然唔清淨呀，點敢去參神。盛備花香和祭品，作福求籤問吓自身，又望菩薩保佑佢平安，行個好運。幾番膜拜，實在殷勤。唉，睇佢迷信得咁交關，真係可憫。一派糊塗太過鈍根。個的泥雕木塑，邊有神靈鎮。大抵濫廟淫祠，最易惑人。就算個個觀音，荒誕得很。唔好咁偵，令儂真肉緊。呢吓見你迷頭迷腦，就五內如焚。[92]

署名「蘆葦生」的龍舟歌〈力破神權〉列舉粵人信仰的神明[93]。這篇作品應寫於舊曆七月，所以作者說「神誕及燒衣，係呢個七月至

旺」，接着描述乞巧節、盂蘭節、拜財帛星君、拜城隍、拜地藏等，不但群眾「不辭跋涉，遠路茫茫」地去拜祭顯得荒唐，他們的迷信又成為許多騙局的溫床，例如鬼節燒衣，原本是祭祀枉死的冤魂，但又成了一些流氓發財的手段：「引動生鬼一班，到處嚟清唱。佢話燒衣唔打賞，生仔就少年殤。」民智問題似乎比外交問題更難解決，作者最後束手無策地唱道：「總之智識未開，心亂向。錢財枉用，放棄人綱。可惜舌璨蓮花，空悵悵。幾回難入，夢魂鄉。點得唱出歌聲，能有影響。把風俗留心，一自自去改良。」端午節賽龍舟釀成武鬥，又使鄭貫公反思中國民間的「尚武精神」能否用到救國圖強上去：「睇佢個的尚武精神真糾糾，獨惜野蠻爭競不計沉浮。」[94] 歌中詳細描寫武鬥死傷的慘狀：「有等當堂槍斃要下閻王殿，有等受傷難抵轆倒船邊。個陣鑼鼓無聲煙滿水面，你話冤沉海底命叫誰填。試想七尺身躬何苦咁賤，不死在刀槍就死在九淵。捨得肯救國捐軀唔怕死遍，永遠留名幾咁闊然。」[95]

　　監察官場也是清末革命派報刊的使命之一。鄭貫公寫作的粵謳〈官字兩個口〉成功地勾勒出貪官的可怕形象：「佢一個口打開，已是去將丁搵。況且兩個口開齊，佢就無碇避身。若係食到無人，佢又驚嚝吊癮。就把地皮來刮，絕不留情。佢剝盡脂膏，故係唔在問。刮到地無青草，刮到地無青草，佢重要向各處種曬奴根。」[96] 所謂「種曬奴根」，指酷吏的剝削，使不少官員、民眾為了自己的利益淪為奴才，在階級夾縫中討生活，頗為深刻地指出官場文化的深遠影響。署名「心時」的粵謳〈報效〉，明確地指責當時兩廣總

督岑春煊以「報效」為名掠奪鄉紳的財富，為了向清朝交代，不顧百姓艱苦，也不顧慮可能引起的社會動蕩：「睇吓一日日財盡民窮，真係可憫。呼號遍地，你都詐作唔聞，淨話庫款奇絀得交關響處震。慌死朝家唔話你出力，就不顧百姓艱辛。見你竭澤而漁，心亦太忍。真可恨，絕不求民隱。只恐鋌而走險呀，嚕激起個的貧民。」[97]支持革命的《有所謂報》對慈禧太后的作為也非常憤慨，主要控訴其窮奢極侈。陳樹人寫作的粵謳〈死了就罷〉，痛斥清太后斥巨資為自己興建陵墓：「死了就罷，免得整至世界咁艱難。可恨你老而不死，枉立人間。」[98]

　　民間創作講究即興的情感發揮，傳統龍舟是口頭創作、口耳流傳，很少刻印成書[99]，南音雖有木魚書作歌本，但演唱者的即興性表演仍然很重要[100]。報刊上的這些作品，首先出現於印刷品而非舞台，首先是閱讀的而非演唱的，一開始就有了修改、錘煉、寫定的空間。但弔詭的是，它們的作者都希望讓他們「回到民間」。所以，鄭貫公等人寫作民間文藝的狀態略近於文人擬作，但並不着重個人才華的展露、亦不以提升民間作品體裁的文學性為宗旨。《有所謂報》並非純粹的粵語報章，書寫的文字仍然以文言為主流，首先的讀者極可能是部份思想開明的學生和鄉紳，但這些說唱文藝作品最後的擬想聽眾仍然是普通百姓。儘管還沒有證據顯示，《有所謂報》的編輯們曾經系統化地組織瞽師女伶演唱自己創作的說唱文藝，但當時的確存在這種風氣。《有所謂報》就曾報道，有人將拒約事件編成班本粵謳，讓瞽師歌姬演唱：

> 開化下流社會，莫如戲子；開化婦女，莫如瞽姬。現在國民盛
> 倡拒約。戲行中人，已聯蓋圖章，擔任義務。近有某氏等，將
> 拒約事實，撰成班本粵謳，遍教各瞽姬度曲云。[101]

由於說唱文藝的終極讀者是平民百姓，加上有時這些作品帶有動員
群眾的目的，鄭貫公等人寫作這些「擬說唱」時，語言方面特別着
重以真切的口語表達情緒，方言諺語的成份大大增加。例如〈嘆五
更〉的曲詞原本比較文雅，這一類型的典範之作如何惠群的〈嘆五
更〉，以妓女的口吻訴說對情人的思念，古典詩詞的意象非常豐富，
明顯地使用粵語口語詞的地方只有七處，但前引的〈金山客嘆五更〉
雖然仍然有少量詞藻略為文雅，不配合華工的口吻，但口語成份已
經增加很多。但是，與此同時，民間曲藝在文人化的過程中，亦形
成了傳統風格，對鄭貫公等人造成不自覺的制約。在《有所謂報》
中，少量的南音作品特別文雅，例如〈天涯秋恨〉[102]就是典型例子，
遊子思鄉、憂傷國是的題材本來就極富傳統色彩，運用古典詩詞中常
見的景物和典故，七言句特別多，明顯較為遵守南音唱本的格式[103]。

第四節　諧文警世

　　晚清粵語區的報刊，有別於上海菁英文人所辦的報刊，並無文
體和語言的潔癖。《新小說》的同人自我批評說：「惟中有文言、

俗語互雜處，是其所短。然中國各省語言不能一致，而著者又非出自一省之人，此亦無可如何耳。」[104]《新小說》雖然發表文言、官話、粵語的作品，但強調「其書既用某體者，則全部一律」[105]，《新新小說》亦是如此[106]。但鄭、黃等人的文體，卻依賴語言的越界而獲得新意，在諷刺和詼諧中，完成反抗權威的使命。在這些報刊中，各自代表雅與俗的語言沒有明確的楚河漢界，反而常有混同的傾向。刊出諧談笑話的專欄本來都屬文言筆記體，但黃世仲本人就寫了不少摻雜粵語的笑談筆記，使所記之事更滑稽可笑。另一個值得注意的文體則是諧文。諧文不但在晚清報刊中數量可觀，而且繼承了深厚的寫作傳統。如果說創作民間說唱文藝，是鄭、黃等人為普通百姓代言，諧文則代表他們在文人系譜上的認同。當然，鄭、黃等革命志士怨刺清廷，已不僅僅意圖「抑止昏暴」，諷刺的對象也不限於君王貴冑，但仍然有不少諧文為了「有益時用」而作[107]。

劉勰把隱語的源頭追溯至荀子的〈蠶賦〉，這種以此物譬況彼物，旨在影射諷刺的寫作方式，在鄭、黃等人筆下亦不乏類似的文章，最常見的一個例子，是以「蟛」、「蛇」嘲諷把持粵漢鐵路的九大善堂。但是，在文體上更直接被鄭、黃等人以至近代文人追認的，卻是韓愈〈毛穎傳〉、〈送窮文〉這一脈。韓愈可說是革命派報人最常致敬的古文家，〈仿韓昌黎送董邵南序送康生之南洋〉[108]一文，聲聲「康生勉乎哉」之餘，譏諷康有為不察「民族主義澎漲人群」；又有仿〈獲麟解〉和〈龍說〉而作的〈獲蛇解〉和〈蟛說〉[109]，二篇均雜用粵語。值得注意的是，〈送董邵南序〉是一篇「反

詞」，〈獲麟解〉亦託意深遠[110]，可見作者選擇戲仿資源時是經過一番挑選的。論者以為，這種以嚴肅莊重的筆法寫微末之物的技巧，以沈約的〈修竹彈甘蕉文〉為最早[111]，晚清的諧文亦有戲仿這篇作品的[112]。至於鄭貫公編選的《時諧新集》，前文已略作介紹，他效法的是繆艮在道光初年編著的四輯《文章遊戲》。繆艮生於1766年，雖然是杭州人，但在1810年來粵後，寓居十年之久[113]，《文章遊戲》也在廣東文人間流傳甚廣。繆艮多情才子的形象，甚至被寫入粵劇戲曲〈客途秋恨〉，經名伶白駒榮演唱而家傳戶曉[114]。繆艮中秀才後仕途不振，在廣東生活貧困潦倒[115]。他的遊戲文章也就多懷才不遇，窮愁苦悶之辭，由此而生出對科舉制度的反省和反抗，推翻「以文章博功名」的功利價值觀[116]，如郭沫若所說，他在這方面成了一位「叛逆者」，給八股統治的時代吹入了一陣涼風[117]。《文章遊戲》對晚清文人影響不小，杭州的《遊戲世界》在1906年創辦，就以之為模範[118]。《文章遊戲》集中對各種嚴肅的應用文體的戲仿，也直接得到晚清報刊的繼承。

不過，和前輩很不一樣的是，諧文一向以文言為正體，但鄭、黃及其粵語寫作群體，卻援引了一種民間資源，為這種遊戲文章帶來新的動力，那就是粵語。粵語入侵高雅文體，主要的目的是製造滑稽諷刺的效果，說是以諧文警世，實則亦有粵地文人獨特的語文趣味在內。鄭貫公所寫的〈遊撈淨水記〉[119]，這篇「古文」全篇充斥帶「水」字的廣東俗語俚語，但是，勸人勿流連風月場所的題旨，始終非常清晰。「落花影」的文章前常有粵語「題詞」，總結正文

大意。〈遊撈淨水記〉前的題詞亦簡單易記：「咪估好過掣，跟人搵老契。總之有日好閉翳，喂，大帝。」正文開首脫化自〈赤壁賦〉：「咸淳之秋，臘月無望。有客遊於慾海之上，過迷魂洞，轉陷坑，至一處，忽香風徐來，水波不興。漁人曰：此撈淨水也。」撈淨水是「獨佔便宜」的意思，此處用作河流名字。接着描寫嫖客好色的情態，亦生動有趣：「時有水蟹出沒其間，原名整色水，多產水雞，而打水圍客耳此名，則口水流流，欲得一間津方合其心水焉。」打水圍即遊寮、嫖妓[120]。接着寫別的嫖客如何慕名而來，被妓女騙財：「水族動物，塗好胭脂水粉，儼然出水芙蓉，而客一頭霧水，欲求魚水之諧，不計及其食水之深也。」最後嫖客散盡家財，還為逃避「水師提督」的追捕而墮水送命。作者最後說：「吾不能不流些墨水，作此撈淨水記，以為一般之打水圍客鑒。」古文句法和廣東俗語互相撞擊的趣味瀰漫全篇，很明顯的是，它的對象應是文人鄉紳，而非一般百姓。粵語在本篇的角色主要增加幽默諷刺的效果，諷世同時警世，使讀者在嬉笑之中，對嫖妓問題有更深刻的印象。這種以一字串聯俗語及詞彙成文的寫法，鄭貫公和黃世仲頗為常用。黃世仲的兩篇諧文〈左東頑小傳〉和〈白霍仔先生傳〉便分別用「左」和「白」字做文章。後者諷刺好賭而不學無術的小人物，偽裝新人物混跡學堂和官場。粵人以「沙塵白霍」形容傲慢的少爺，該文開首即說：「先生姓白，名霍，無字，沙塵世界中人也。」文中記述他無法勝任學堂教習，最終被學生杯葛：「近來又趨風，講新名詞，竟夤緣為某學堂教習，然多讀白字，被學生貼白抄，聯而抵制之，

遂鼠竄而去。」[121]另一篇鄭貫公所寫的遊戲文章,〈擬科舉家送魁星文〉[122]亦寫入不少粵語,頗能曲盡科舉被廢時部份士人的狼狽情狀。當初為了祈求高中科舉出盡法寶,又是遷葬又是拜神:「老子搵埋風水,生龍口遷葬真多。亞媽拜盡廟堂,燒豬肉許酬不少」,最後卻只空夢一場:「迄今下諭一張,竟令淡如白水。家山冇福,我唔偏怨星君。國祚當衰,佢獨專欺士子。」

因為加入了粵語,不但諧文的風格有所變化,作法也大不相同。〈險過剃頭說〉就拿粵地俗語做文章,宣傳反清思想,頗見巧思。粵人有「險過剃頭」的俗語,表示僥幸逃過危險。作者在篇首說,不懂剃頭何險之有:「初以為剃頭之險,不知若何險法矣。及嘗親歷其境,則見有不甚險者。手剃頭佬之手勢,工多勢熟,眼快指輕,刀下髮隨,何險之有。」煞有介事地推敲一番後,才說:「吾嘗得諸史冊,溯厥由來,乃知險過剃頭四字之名詞,實出現於二百餘年前,而不自今日始者,當乎滿清入關伊始,下令剃髮,民不樂從。清乃命待詔拉人,右持刀,左執髮,監硬去剃,霍然一聲,否則一刀誓(平聲借用)來,又死一個。」[123]後二句描寫剃頭不從,立即被殺,生動地渲染清人的兇殘和異族統治的壓迫。戲仿古今各種應用文亦是這些諧文常見的題材,從奏摺、告示、照會、碑文、祭誥,到卦、檄、序、書、誄,再到章程、廣告、條款、辯詞等,甚至「焰口」都可以加以戲仿,來抒發作者對社會亂象的不滿,〈盂蘭焰口有序〉模擬道士超度鬼魂念誦的經文,超度的卻是賭鬼、煙鬼、熱心科舉和功名的舊鬼、一毛不拔的商紳劣鬼、有傷風化的姣鬼等等,

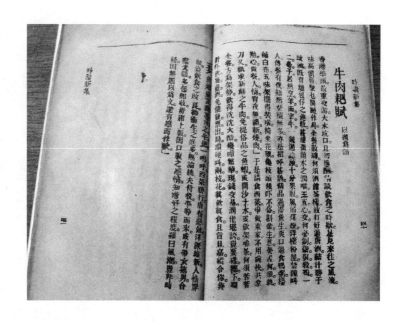

《時諧新集》（1904年）中的〈牛肉耙賦〉

序文控訴「世界已經成鬼（域），舟居陸處，盡是黃泉。」

也有少數的諧文，如風俗志一般記錄了當時的社會變遷。〈牛肉耙賦〉[124]音韻諧協，形容生動，描寫當時西餐廳逐漸在香港流行，既可以供「闊佬」宴客，「飲得沉沉大醉，幾咁繁華」，又歡迎下層社會的顧客，「無論挑夫侍役，平等而來」。作者似乎對西餐廳的食品、衛生、裝潢都大有好感，暫時拋棄了地道的點心和燒味：「斟盆生意，晏畫何須執點心；做餐人情，宵夜無謂斬燒肉。於是請食西菜，爭做東家；不用碗筷，只拿刀叉。祇求新鮮之牛肉，免提俗品之魚蝦；或開沙士水，或飲架啡茶……」卻又對西方文化的侵略性，有一絲憂慮：「嗚呼，西菜盛行，唐餐惡做；洋派維新，人情厭故；豈飲食之改良，抑衛生之進步？」在種族仇恨和社會問題之外，這篇諧文難得的輕鬆有趣，為晚清的香港社會存一寫照。

第五節　以筆墨作演說

雖然晚清的報刊都以啓蒙為號召，但真真正正以目不識丁的百姓為對象的報刊卻很少見。除了因為報人往往難以割捨自己的文人身份和趣味，更重要的是報刊作為必須以閱讀行為來完成的媒介，對直接的啓蒙構成一定的障礙。不過，也有報人有心跨越這種障礙，黃氏兄弟主辦的《廣東白話報》和《嶺南白話報》分別在 1907 和 1908 年創刊，全部用粵語寫作，把「演說」和「報刊」這兩種傳播

文明的利器混合使用，是晚清少數直面下層社會的刊物。黃伯耀等人認為白話報可補演說之不足。在論及廣東實行地方自治時，他們主張須辦白話報：「而今廣州擬行地方自治，應該照天津自治辦法，設立地方自治局，分設各課，選用員紳，按章治事，出白話報嚟幫助演說之不逮。」[125] 兩種雜誌都只有黃世仲的小說和部份班本用通用語寫作，就連廣告、編按都用粵語，而黃世仲極少在其他報刊用粵語譯寫外國小說，在《嶺南白話報》中卻這樣做了[126]。有趣的是，《廣東白話報》的創刊號刊出黃耀公撰寫的〈廣東白話旬報內容淺說〉，是粵語四言韻文，雙數句押韻，每節轉韻一次，並把「影相館」、「議事亭」、「大笪地」等專欄名稱直接嵌入文中，本身就是一篇別開生面的粵語作品：

廣東地面，時事大難。觸目驚心，圖畫非閑。當場傀儡，繪影繪聲。若影相館，無可遁形。

政界造事，純以壓力。人心懵昧，惴惴一息。救國主義，同胞猛聽。有議事亭，不明者明。

二十世紀，小說世界。如登舞台，影響實大。有大笪地，講古所在。諸君聽古，智識日開。

世界人類，賢否不齊。評批得失，兩無偏低。公是公非，諸君想吓，曰是非寶，人之鏡也。

地方風俗，各處不同。文明蠻野，見識交通。熟識地方，不啻掌管。有地保戳，寓言當玩。

世道日降，世事愈多。立立雜雜，滿斗滿籮，有聞必錄，件件新鮮，如雜貨舖，堆擺面前。

煙雲慘淡，下淚嗚咽。身世淒涼，拍案叫絕。拚搏一笑，與君解頤。飲門官茶，好笑嘻嘻。

少年身手，並肩登場。傀儡世界，鬚眉飛揚。鐵板銅琶，悲歌聲起。上垣戲台，動聽娓娓。

謳歌變俗，音韻移人。耳油聽出，入化入神。無限感情，悲歡離合。頂好油喉，不是亂嚙。

傷時之士，遇事感喟。記者於此，多重閉瞖。言者無罪，聽者有心。入時聞袋，敬告同人。[127]

雖然押韻不算非常諧協，文字驅遣略為生硬，卻可謂費盡心思。事實上，黃伯耀等人非常重視白話報的功能，有頗為清晰的理論和主張，他們稱白話報為「聖藥」[128]，並指出一般報紙是「含書識墨嘅人」做的，沒讀書的人看不懂，故此大家辦起白話報來，但「可惜佢唔係駛正廣東話，又唔係駛正廣東省城話」[129]，所以不能滿足本地讀者的需要。無論書籍和報紙做得多麼精彩，讀者不會看也是枉然，只有粵語白話報才能把新思想的種種道理說個明白，使讀者一看就懂：「究之整作白話，用意雖深，用筆較淺，凡我地廣東人，講番廣東省城的土音，了於目便了於心」[130]。而白話報的宗旨和精神，在於把社會上不當的言論、風俗等問題，說得清楚明白，使懂了的人又能清楚明白地傳出去。他特別希望透過白話報使婦孺的思

《廣東白話報》（1907 年）

解明漢人慘狀圖　　　　　　（亞七）

六

嗟嗟嗟。寫乜野傢伙。也打叫多個箍。唔係箍喺處。係圈喺。整乜野裹圈住個漢字咋。你估係漢字致解呀。係漢人致解喬。俾個圈箍得漢人住嚀。唔箍得就好嘞。知得時得都箍阻二百幾年咯。旗下還旗下。滿洲跟滿洲。漢人還漢人。點解呢。嗟。你地個個都曉得話旗下滿洲漢人咯。唔通你重唔曉解咩。專門箍我地漢人嗟。因為佢同我地漢人。唔同種。佢唔夫箍旗下佬。滿洲佬。架。佢就滿洲佬個天下。係我地漢人嗟天下咯橋。不過佢靳佔阻我地咯。佢唔箍死我地漢人。你就唔橫作致佢咖。佢箍陋咁耐。咯。出力一掏。佢就攤開嚟咯。你地肯出力唔肯唎。唔駛乜十分用力做。大衆齊心。一遍就破喺咯。嗟。個件野。你知唎嗎。

《嶺南白話雜誌》（1908 年）

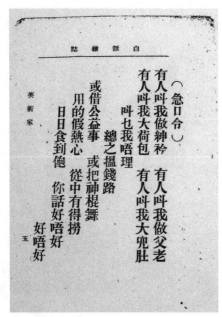

《嶺南白話雜誌》專欄「美術家」的諷刺畫（左）和粵語急口令（右）

想更文明開化，但又想到婦孺就連白話報也看不懂，因此責成男人和成人向他們講解報上的道理：

> 朋友，你地的男人，你地的大人，就勢唔辭得去個責任嘌，你地係識字嘅嗎？係曉事嘅嗎？故我望你地列位亞哥，睇過白話雜誌嘅，必要將白話雜誌裏頭所講的倫理，所講的事實，所講的奇奇怪怪嘅新聞，擇的有關國家，有關種族，關於立身涉世的緊要嘅，一五一十，講俾過佢聽，好彩得佢入耳，生出感情，我話白話雜誌的功效，便好似普及教化一樣囉。[131]

除了結合報刊和演說，黃伯耀還有意結合小說和演說。他提倡在鄉間設小說演講會，並且視之為一種「普及教化」：「小說之筆墨，巧而趣，其感人之妙，有寓於無形者，明乎此，則演說小說之捷於教化，其要務哉！吾故以為演說小說會之宜創辦也。」[132] 黃伯耀這種「曲線啟蒙」的想法，略近於鄭貫公提倡以淺文寫作，然後希望讀者「互相播傳」。黃氏等人用粵語寫作雜誌中的絕大部份內容，顯然是便於「一傳十，十傳百」，如此費盡心思，就正因為在把白話報看作一種「普及教化」。除了圖畫、演說、小說、南音、龍舟歌、班本、笑話等常見的欄目之外，黃氏兄弟還為他們的讀者量身訂造了一些別的內容，例如《嶺南白話雜誌》的「清潔局」談衛生常識、科學知識，「宣講室」把四書譯為粵語。這些都是兼具教育色彩，而又較少見於其他報刊。為了社會最底層的大眾也明白「筆

墨人所演說的事」[133]，作者把一些普通常識也不厭其煩地作詳細解釋，例如把「螳臂擋車」、「以卵擊石」說成「猶如螳螂伸起隻爪，想擋住駕車」，「擰起個雞蛋，想碰爛臼石」[134]。對敏感的革命議題，作者向他的聽眾和讀者解釋說：「革命唔係作反咁解㗎」，「我唔係叫你地周圍去攪擾，俾條命嚟教飛」。改過自新，是革自己的命：「無論做官嘅人，讀書嘅人，做生意嘅人，與及膊頭擔擔嘅人，個個都肯將舊時個哋見得佢唔好嘅，盡地改變晒，做一個好嘅出嚟，咁就亦都叫得做各人嘅革命」。而今日的「政治嘅革命」，則是反抗異族不合理的統治：「點解明明唔應咁做法，都監你要咁樣做唎，個的就係異族刻薄我地同胞嘅法子黎咯。佢要我地是必聽佢話，我地唔制，件件都要同佢相反，咁就係為之革佢哋命呼。」[135]

黃伯耀的「擬演說」非常注重與接受者的交流和語氣的模仿。比較以下三篇「演說」的開首可知見一斑：

各位，鄙人今日纔講時務兩個字，舊咯。但係新舊兩個字，必須比較，纔分得出的。比如有個女子，四十六歲，諸君一定話佢舊，但係比之七十歲老婆婆，仍算甚新的。又有幼女，十三歲半，一定話佢極新，但係比之未滿月嘅女仔，見佢舊得好慘咯。[136]

現在幼童讀書緊要，個句說話冇人話唔曉得嘅咯。大凡一個人，必要有個做人嘅資格，個資格唔係出世時候就帶來嘅，都係靠住少時教育，慢慢地養成一種好資格。你估資格到底點樣嘅？[137]

喂，朋友，今日中國嘅時勢，係點樣嘅時勢呢？今日中國嘅情
形，係點樣嘅情形呢？我估朋友攝高枕頭想一想，都知到係疲
難，都知道係危急咯。如一個人染了大病咁樣，斷咕唔係一兩
劑清涼散熱嘅藥，就可以好得嘅囉，諧，難的確係難咯。[138]

以上三篇都是「擬演說」，但感情色彩愈來愈濃烈。最後一段由黃
伯耀所寫，他多次提及聽眾，習慣用「朋友」來稱呼他們，用上很多
的疑問和感嘆的詞句，還常常重複自己提出的問題，常常想像聽眾
的反應，盡量記下口語中無意義的語氣詞，使之接近日常口語。演
說體裁不一定有很鮮明的個人風格，但又並非完全千人一面。黃伯
耀的演說文章最常見的也是涉及「你」和「我」的授受關係，但有時
又引入旁觀的第三者，以引起聽眾或讀者的好奇，並且說明主題：

喂，朋友，你地咕個間白話雜誌個先生，係顛嘅唔係呢？係戇嘅
唔係呢？佢成日咁噏，唔通係唔見口乾嘅？嘩、嘩、嘩，你睇佢
又試嚟噏咯，噏乜野呢？咪住乍，等我睇過佢講乜野乍。呀，原
來佢講造戲喎，佢講改良新戲，係轉移社會的妙藥嚟喎。[139]

如此費盡心思，要把「擬演說」寫得比真正的演說更富激情，更具
現場感，流露作者對啓蒙事業的熱情。

在《廣東》、《嶺南》兩種白話報之前，「擬演說」文章的寫
作雖然不那麼集中，但在《有所謂報》已有一些值得玩味的作品，

如鄭貫公所作〈睇吓，睇吓，官重弊過賊〉，同樣刊於該報的諧文專欄「落花影」，但因為性質和一向刊出的很不同，因此注明「特別白話」。全篇仿如演說底本，演講者的表情、觀眾的反應都在括號裏注明，如「抖氣介」、「搔首作想介」、「眾人拍掌」。內容控訴政府以「報效」之名，打地方富紳的主意。作者認為與「打荷包」、打家劫舍無異，並且呼籲一般民眾不要掉以輕心：

> 喂，鄉里，顧住播。就嚟輪到我地囉。咪話佢地大粒佬，冇緊要嘅，閻佬志在咩。唔係咁講咯，作完閻佬就作致到我地囉。點算好呢，等我想吓（搔首作想介）有咯有咯。唔怕唔怕，寫一張謹慎荷包嘅紙，通處去貼。唔啱又寫一個楊頤在此，個的妖怪就唔嚟喇。（眾人拍掌）呵，呵呵，呵呵呵。[140]

這篇「文章」充滿生動的戲劇效果，和演說關係密切。在「前人史」專欄刊出署名「大我」的〈俄羅斯虛無黨女傑蘇菲亞傳〉注明「白話」[141]，實際上則是一篇說書，開首作者就說：「諸君，今日天氣晴和，鄙人請與諸君講吓古人的故事。鄙人滿腔熱血，特地講與諸君聽吓。今日講嘅係乜野事呢，係一件最好聽最奇怪的事。此事係出於俄羅斯虛無黨裏頭，諸君待鄙人慢慢的說出來。卻說……」[142] 講說途中常有照應聽眾之處，有時在連載的結尾還說：「欲知後來更有更奇的事呢，諸君，不必忙，待鄙人慢慢說出來。」[143] 有時又呼應昨日的內容：「諸君，俄羅斯係地球第一個專

制國。昨日已經講過⋯⋯」[144] 有時故意引起聽眾的好奇或共鳴：「你話可佩服唔佩服呢」[145]、「你話他做什麼事呢」，有時又漏出一句文雅的古語以表達強烈的情感：「唉，孰謂女子不能救國呢？」[146] 結尾則說：「他君主是個同種，尚且如此，若是異種，便不知怎樣呢？鄙人不說，請諸君返去想一想罷了。」[147] 在整個演說過程中，說書人並沒讓人物自己說話，人物的行為、思想全都由說書人複述出來。

另一篇由「萍初四郎」寫作的〈民族偉人閻應元〉亦注明「白話」[148]，雖然刊於「小說林」，作者亦稱本篇為「白話小說」，但顯然停留在「聽小說」的狀態，未進入「讀小說」的階段。雖然說書味道比前引的〈蘇菲亞傳〉淡薄，但聽眾仍然是明顯存在的對象：「呢，你地想吓，着數唔着數。」[149]「你估呢個人，叫做乜野名，係點樣來歷，等我慢慢講過你地知。」[150] 在閻應元出場前，作者的議論更時常介入敍述。不過，人物說話的機會比較多一些，尤其是主角激動人心的說話，說書人常作直接引述。例如講述閻應元面對海賊入侵時：「個陣閻典史，見勢頭唔好，就立刻揸起一把大刀，騎一匹高馬，跑到市上，大聲對住眾人話：『你地要走，走去邊處？有膽嘅好跟住我嚟殺賊，然後至保得住身家性命！』」[151] 講到原本公推陳明選守城，抵抗清兵：「明選對住眾人話：『你地舉我守城，為保護百姓，我豈有推辭。惟係我自問奮勇唔及閻公，今日咁大件嘅事，事必閻公嚟，然後正有把握。』」[152] 到閻應元知道大勢已去：「個陣閻公，自知不免。嘆一口大氣話：『天不祚漢，心願難諧！我惟有一死，以謝江陰百姓而已！』」[153] 但這句話用的是淺白的文

言文。白話小說和說書關係密切,晚清時期的白話小說本就「話說」
與「看官」並存。可以說,以粵語寫作的〈民族偉人閻應元〉和晚
清以官話寫作的小說,基本形態一致,但前者說書痕跡較為明顯,
敍述者較少進入人物的思想和內心活動,語言仍然夾雜少量古文。

　　鄭貫公等人在主持《開智錄》的時候,已經注意演說的重要性。
馮自由就在該刊的第一期和第三期先後發表〈論演說之源流及其與
國民之關係〉及〈演說學之精神鍛煉〉二文。前者以演說權為天性,
為「文明進步之要點」。日本成為「亞洲之翹楚」亦是「演說之大
功」,又呼籲說:「開民智之法若何?曰:在於學校、報館、著
書、演說。今學校、報館、著書,已稍見其端倪,至於演說學則
闕如。」[154] 並指出因為「學校未盛,識字者寥」,演說可以「以
口代筆,化愚為智」。鄭貫公呼籲設立《拒約報》時,亦提到演說
和圖像對啓蒙下層社會的直接力量:「此報之設,非徒開民智,鼓
民氣,使抵制之普及已也。若祇欲開智鼓氣,則到處演說可,到處
以圖畫觸目警心亦可。」[155]

　　演說在晚清志士熱熾的啓蒙訴求下發展起來,日後擔當的歷史
角色愈趨吃重[156]。在廣東報人的眼中,演說也是傳播新知的重要手
段,它在拒約運動中的角色尤其重要,本章開首已有陳述。黃伯耀、
鄭貫公等人以粵語寫作的「擬演說」,可以視為「曲線啓蒙」的中
介,有助新思想、新知識滲透至社會最底層的受眾,其背後仍是「以
各省方言,開各省民智」[157]的思路。

小結

　　在穗港兩地的啓蒙報刊中，北方的通用語沒有多大的重要性。儘管當時這種通用語在很多地區已嶄露頭角，以「官話」和「擬官話」寫作的白話報普及多個省份，但限於當時的語言環境和長久以來言文分離的現象，鄭貫公等人不認為這種通用語可以成為直接而廣泛的書寫語言。事實上，當時粵人要擅長以通用語寫作，並非一件容易的事。在非官話區的報人要用官話寫作，都需要經過一段學習期，而寫出來的文章，其語言特徵也並非和官話區的完全相同[158]。鄭貫公甚至沒有在北方生活的經驗，對他來說，以通用語寫作既不如學習已久的文言，亦不如母語粵語般親切。在晚清以通用語寫作的白話報，還有教會讀者北京官話的意圖[159]，鄭貫公等人無疑較難勝任。在《有所謂報》中，鄭貫公最常以文言寫作論說體散文、以粵語寫作民間小曲，或並用二者寫遊戲文章。因為晚清時期的粵劇使用「戲棚官話」演唱，刊出的班本也只有少數在說白時用上粵語，但鄭貫公很少是它們的作者。在編輯《開智錄》時，鄭氏曾經模仿白話章回小說的語言和體例寫了五回的〈摩西傳〉，但並不很生動嫻熟，雜有文言用字和句法，例如：「即命小婢下河涯尋覓，卒在蘆葦間，尋出一小孩子」、「迨後埃及這事漸漸沉了，摩西即走歸猶太國」、「年長日久，憂勞過度，積思成疾，積疾日深，藥石無力」等等[160]，使鄭氏的官話讀來略覺生硬。在《瑞士建國誌》中，他的白話文雖甚有進步，但仍然時有夾雜淺文，而且第一回的回目已經

用上粵語詞「耕田佬」[161]。以《有所謂報》為例，成員掌握官話的水平甚不一致，「盧葦生」兼擅官話和粵語，既在粵劇班本《戲中戲》中靈活生動使用粵語，又以「京腔」寫作班本《陳情表》[162]。但亦有成員表明自己不大懂官話的，署名「喆」的作者在〈情一個字〉的粵謳後附注說：「作此粵謳甫畢，客言於旁曰：篇中『情』字，似宜讀作正音，方足為中國最近現象寫照。余不諳正音，因叩讀法。曰：讀若『錢』可矣。余乃以『錢』字讀之，不禁笑曰：亦佳。」[163]黃伯耀的語言能力和鄭貫公接近，據現存資料，幾乎難以確定黃伯耀寫過官話作品。黃世仲的官話流暢生動，但他專門用來寫小說[164]，與兄長和鄭貫公合辦的報刊上，他常用的仍然是文言和粵語。黃世仲以通用語寫小說，以文言寫政論，以粵語寫粵謳、龍舟歌等，一身而兼有南北兩地的語言習慣[165]。

像《有所謂報》等以粵語區為銷售網的報刊，北方的通用語並非有勢力的語言和文字。相比之下，《中國日報》雖然同是革命派報章，卻有不少官話的篇幅。以 1904 年的《中國日報》為例，附張多刊出「諧文」、「白話」、廣東民間小曲「粵謳」、「南音」或「龍舟歌」，還有「談叢」、「雜記」、「燈謎」等。其中「白話」一欄，有時是北方的通用語，有時指粵語。例如是年 3 月 8 日在「白話」欄刊出的〈聯俄的好結果〉是通用語寫作的，但兩天後同一欄目下刊出的〈提中飽〉卻是粵語。3 月 5 日刊出的傳奇〈風波亭〉注明「新錄白話出現」，卻以通用語寫作。當時《中國日報》的銷售網不止香港，已遍及上海、天津、北京、漢口及國外的大城市，

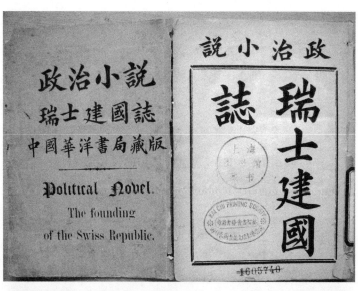

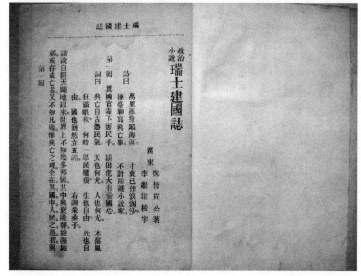

《瑞士建國誌》於1902年出版

而《有所謂報》只在港澳及廣東一帶流傳。在晚清多種粵港通行的報刊中，對話、格鬥的語言主要是文言和粵語。一方面，粵語主要的活動範圍被規限在民間說唱的欄目，但又不時「闌入」文言文，以製造滑稽可笑的效果，增加其諷世功能，對文言文體的莊嚴和純潔造成一定的顛覆和消解。正因為這種語言文字的不純，打破了雅俗、文白的限線，撞擊出一道別開生面的語言風景。依附演說的粵語書寫，和民間說唱的寫作異曲同工，背後都蘊含「曲線啟蒙」的目的。而在傳統文體和文言文中寫入粵語，對象則是了解其中語文趣味和此一寫作傳統的文人鄉紳，他們亦是報章的對象之一、革命陣營爭取的社群 [166]。

　　鄭貫公、黃世仲等人用文言和粵語寫作，兩種語言略有分工。除了必須用粵語譜寫的說唱文藝，粵語主要功能是製造詼諧、諷刺的效果，主題嚴肅的文章，通常還是用文言寫作的。《東方報》同一天刊的兩篇諧文，很清楚地表現了這種語言選擇。當天的諧文專欄「生花筆」刊出〈個人傳〉及〈章太炎出獄感言〉二文，前者諷刺新派人士以「個人自由」為理由敗壞道德，描寫「個人」愛尋花問柳：「時傍晚，即約友作遊河局，佇立河局。一般之蜑婦蜑妹一見，即群起招手，曰：個人呀！叫艇呀！」[167] 後者以駢文體式，控訴章太炎被囚乃異族統治的迫害，並以文王、孔子等例子勉勵革命志士：「天將大任，偏分筋骨之勞；未遇英雄，當養浩然之氣。昔者文王羑里，孔子在陳，嘗受囹圄之囚，卒建轟轟之業。」[168] 雖然都有文言文，但因為用上生活化的粵語，加上文體的選擇，形成了兩種頗

不一樣的語言風格。

　　革命派報人把粵語定調為一種詼諧、低俗、生活化的語言，或者在一定程度上限制了粵語寫作的可能性，但值得注意的是，這種詼諧、低俗、生活化的風格，卻含有飽滿的反抗和批判精神。無論是以民間說唱文藝的體式，譜上新時代的內容，或者為普通百姓指控苛捐太重，或者刻劃滿清官員懼怕洋人的嘴臉；還是以諧文揭穿紳商貴冑的假面，批判惡俗的社會風氣。晚清的許多粵語寫作繼承的，仍然是「內怨為俳」[169]的深厚傳統。

注釋

1. 風萍舊主（易俠）：〈海幢寺聽演説〉，《唯一趣報有所謂》，1905年8月14日。當時的廣州以「河南」指稱珠江南部地區。「的多唔啱困入木屋裏」一句中，「困」字下有括號注明「讀愠」。

2. 關於華工禁約運動始末，可參梁啓超：〈記華工禁約〉，《飲冰室合集》，專集22，北京：中華書局，1989年，頁149-184；又見〈一九〇五年反美愛國運動〉，《近代史資料》，第8號，北京：中華書局，1956年，頁1-90。

3. 要聞：〈十三歲演説動聽之可嘉〉，《唯一趣報有所謂》，1905年8月7日。

4. 要聞：〈內地拒約之運動彙志〉，《唯一趣報有所謂》，1905年8月17日。

5. 仍舊（鄭貫公）：〈好孩兒〉，《唯一趣報有所謂》，1905年8月5日。

6. 〔美〕王冠華著，劉甜甜譯：《尋求正義：1905-1906年的抵制美貨運動》，南京：江蘇人民出版社，2008年，頁122。

7. 訪稿：〈拒約報出版之先聲〉，《唯一趣報有所謂》，1905年8月7日。並參見上注。

8. 訪稿：〈河南演説拒約兩志〉，《唯一趣報有所謂》，1905年8月31日。

9. 論者多以為《中國日報》和《中國旬報》同時創辦於1900年1月25日。但李谷城據《中國旬報》的資料，提出兩者的實際面世日期應在1900年2月間，筆者從其説。參見李谷城：《香港中文報業發展史》，上海：上海古籍出版社，2005年，頁194-197。

10. 馮自由：〈陳少白時代之中國日報〉，《革命逸史》初集，北京：中華書局，1981年，頁66。

11. 李谷城：《香港中文報業發展史》，頁216。

12. 羅香林：〈革命宣傳小説名家黃世仲家世訪記〉，《乙堂札記》，第17冊。轉引自馬楚堅：〈宣傳辛亥革命之文字功臣：黃世仲行實考〉，

載胡志偉編：《黃世仲與辛亥革命國際學術研討會論文集》（第二輯），香港：紀念黃世仲基金會，2002 年，頁 173。筆者翻閱香港大學所藏《乙堂札記》，未見這份資料，本章引述羅氏所著的黃世仲家世訪問，均轉引自馬文。

13　馮自由：〈洪秀全演義作者黃世仲〉，《革命逸史》第二集，北京：中華書局，1981 年，頁 42。

14　馮秋雪：〈辛亥前後同盟會在港穗新聞界活動雜憶〉，載中國人民政治協商會議廣東省委員會，文史資料研究委員會編：《廣東文史資料：孫中山與辛亥革命史料專輯》，廣州：廣東人民出版社，1981 年，頁 99。

15　據《廣東日報》副刊《無所謂》於 1904 年 8 月 30 日（甲辰年七月二十日）所刊的廣告，《時諧新集》出版於 1904 年夏。廣告標題為「《時諧新集》即日出書告白」，篇末署日期「甲辰年七月十一日」，下款署「總代發行所世界公益社謹啟」。至於《時諧二集》，則出版於翌年，香港英華書社在《唯一趣報有所謂》1905 年 8 月 17 日刊出的「最新小說廣告」，其中就有《時諧二集》，編者很可能仍是鄭貫公，但未有資料可以核實。

16　貫公（鄭貫公）：〈死國之青年〉，《唯一趣報有所謂》，1905 年 12 月 7 日。

17　李默：〈辛亥革命時期廣東報刊錄〉，載丁守和主編：《辛亥革命時期期刊介紹》第五集，北京：北京人民出版社，1987 年，頁 742。

18　奮翮生（蔡鍔）：〈開智會序〉，《開智錄》，改良第 1 期，1900 年 12 月 21 日。

19　貫公：〈自祭文〉，《唯一趣報有所謂》，1905 年 11 月 16 日。

20　貫公：〈敬覆同志語〉，《唯一趣報有所謂》，1905 年 11 月 30 日。並參見醒公：〈生祭鄭貫公文〉，《唯一趣報有所謂》，1905 年 11 月 18 日。學呂：〈讀鄭貫公自祭文有感（調寄浪淘沙）〉，《唯一趣報有所謂》，1905 年 11 月 30 日。

21 《唯一趣報有所謂》，1906 年 5 月 21 日。據上聯有「竟消磨二十六載璀璨光陰」一語，可以推算鄭氏生於 1880 年。馮自由亦稱鄭貫公卒於 1906 年夏，其時「年僅二十有六」。見〈鄭貫公事略〉，《革命逸史》初集，頁 85。

22 李谷城：《香港中文報業發展史》，頁 190。

23 同上注。

24 梁啟超記自己：「既亡居日本，其弟子李、林、蔡等棄家從之者十有一人；才常亦數往來，共圖革命」、「啟超既日倡革命、排滿、共和，而其師康有為深不謂然。」見梁啟超著，夏曉虹點校：《清代學術概論》，北京：中國人民大學出版社，2004 年，頁 206。馮自由則指：「時梁方與總理、楊衢雲、陳少白諸人往還頗密，且有聯合組黨之計劃。」〈東京高等大同學校〉，《革命逸史》初集，頁 72。《梁啟超年譜長編》亦記：「夏秋間，先生因為和孫中山先生來往日密，所以漸有贊成革命的趨向，當時也曾磋商兩黨合作問題。」載丁文江、趙豐田編：《梁啟超年譜長編》，上海：上海人民出版社，1983 年，頁 181。

25 陳匡時：「當時（按：指鄭貫公就讀高等大同學校時）正值自立軍起義失敗，一些留日學生對清廷的幻想破滅了，開始從改良轉向革命。《開智錄》的創辦正反映了這一轉變。」見《開智錄》「整理者按」，《中國文化研究集刊》第四輯，上海：復旦大學出版社，1987 年，頁 326。

26 馮自由：「鄭（按：據前文指鄭貫公）乃約同學馮懋龍、馮斯欒同創《開智錄》，專發揮自由平等真理，且創作歌謠諧談等門，引人入勝。」〈橫濱開智錄〉，《革命逸史》初集，頁 95。

27 任公（梁啟超）：〈本館第一百冊祝辭並論報館之責任及本館之經歷〉，《清議報》第一百冊，1901 年 12 月 21 日。

28 馮自由：〈鄭貫公事略〉，《革命逸史》初集，頁 83。

29 馮自由：〈橫濱開智錄〉，《革命逸史》初集，頁 96。但梁啟超指《開

智錄》是因為「經費不支，不滿十號而今已矣。」，同上文。

30　馮自由：〈鄭貫公事略〉，《革命逸史》初集，頁 84。

31　馮自由指《瑞士建國誌》出版於 1901 年。見馮自由：〈辛亥前海內外革命書報一覽〉，《中國近代報刊史參考資料》（上冊），北京：中國人民大學新聞系，1979 年，頁 100。但鄭氏的自序和負責校對的李繼耀的序文均寫於 1902 年，見《瑞士建國誌》，中國華洋書局藏版。該書介紹可參見許翼心：〈近代報業「怪傑」，文界革命先鋒──愛國報人、作家鄭貫公百年祭〉，《作家月刊》，2006 年 12 月，頁 54-57，該文又見《學術研究》，2007 年第 7 期，頁 153-157。

32　方漢奇：《中國近代報刊史》（上），太原：山西人民出版社，1981 年，頁 169。

33　馮自由：《中國革命運動二十六年組織史》，上海：商務印書館，1948 年，頁 103。

34　馮自由：〈鄭貫公事略〉，《革命逸史》初集，頁 84。

35　麥思源：〈七十年來之香港報業──1864-1934〉，《中國近代報刊史參考資料》（下冊），北京：中國人民大學新聞系，1982 年，頁 792。

36　黃伯耀的生卒年暫無詳細資料可尋。有論者指他 1938 年返回原籍居住，一年後病故，終年 78 歲。筆者據此推算其生卒。見方志強：《黃世仲大傳》，香港：夏菲爾國際出版公司，1999 年，頁 303。

37　羅香林：〈革命宣傳小說名家黃世仲家世訪記〉，《乙堂札記》。轉引自馬楚堅：〈宣傳辛亥革命之文字功臣：黃世仲行實考〉，《黃世仲與辛亥革命國際學術研討會論文集》（第二輯），頁 165。

38　郭天祥：《黃世仲年譜長編》，北京：中國社會科學出版社，2002 年，頁 16 及 18。

39　吳錦潤：〈黃世仲的革命生涯、文學成就及其編輯的《中外小說林》〉，《中

外小説林》（上），香港：夏菲爾國際出版公司，2000 年，頁 101。

40　申友良編著：《報王黃世仲》，北京：中國社會科學出版社，2002 年，見附錄：〈黃世仲參與編輯、主編和創辦的報刊目錄〉，頁 298-299。

41　黃世仲之死，可以視為革命黨人權力鬥爭的犧牲品。關於其事實考證，可參見顏延亮：〈黃世仲生平諸問題小辨〉及〈關於黃世仲生平之筆者考誤辨正〉，載顏延亮：《黃世仲與中國近代文學》，蘭州：甘肅人民出版社，2000 年，頁 41-61。黃氏和陳、胡二人結冤的推測可參馬楚堅：〈宣傳辛亥革命之文字功臣：黃世仲行實考〉及〈五、六十年代專欄輯佚〉，分別見於《黃世仲與辛亥革命國際學術研討會論文集》（第二輯），頁 178-183 及 223-233。

42　黃世仲：〈黃世仲在押留中遺書〉，《華字日報》，1912 年 5 月 3 日。（遺書未完）

43　〈粵省又誅三軍官〉，《申報》，1912 年 5 月 8 日；〈粵都槍斃黃世仲等續志〉，《時報》，1912 年 5 月 9 日。

44　羅香林：〈革命宣傳小説名家黃世仲家世訪記〉，《乙堂札記》。轉引自馬楚堅：〈宣傳辛亥革命之文字功臣：黃世仲行實考〉，《黃世仲與辛亥革命國際學術研討會論文集》（第二輯），頁 180。

45　〈開智會錄緣起〉，《開智錄》，1900 年 12 月 21 日，見《中國文化研究集刊》第四輯，頁 331。

46　《開智錄》，第 6 期廣告，1901 年 3 月 20 日，見《中國文化研究集刊》第五輯，頁 474。

47　李默：「該報編輯與當時革命黨人一樣受到無政府主義思潮的影響，以暗殺手段作為革命鬥爭的一種行動。」〈辛亥革命時期廣東報刊錄〉，《辛亥革命時期期刊介紹》第五集，頁 737。方漢奇：「鄭貫公的革命思想是有一個發展過程的。這在他所主辦的幾家報紙的宣傳中，也有所反映。例如《世界公益報》開始一段時期的革命色彩就『不如《中國

（日）報》之鮮明」（馮自由：《中國革命運動二十六年組織史》，頁
74）。繼出的《廣東日報》在『力駁君憲之説』等方面，比《世界公益
報》進步，但是它的那個名為『無所謂』的副刊，和這個副刊所宣揚的
『浮生夢夢，大局塵塵』、『借酒澆杯，因詩遣興』的對時局的『無所謂』
態度，則是不夠積極的。這種消極的態度，在後來的《唯一趣報有所謂》
上就不大看得到了。」《中國近代報刊史》（上），頁 170-171。

48　李谷城：「鄭貫公念念不忘『開智』二字，其後，辦《廣東日報》及《唯
　　一趣報有所謂》時，仍用『開智社』的名義印行。」見李谷城：《香港
　　中文報業發展史》，頁 190。

49　1905 年 3 月由李漢生接辦後改名為《一聲鐘》，但整體宗旨變動不大。

50　均見〈辛亥革命時期廣東報刊錄〉，《辛亥革命時期期刊介紹》第五集，
　　頁 737。

51　駿男：〈有所謂發刊辭〉，《唯一趣報有所謂》，1905 年 6 月 4 日。

52　貫公：〈開智社有所謂出世之始聲〉，《唯一趣報有所謂》，1905 年 6
　　月 4 日。

53　漢存：〈有所謂〉，《唯一趣報有所謂》，1905 年 6 月 4 日。

54　蘆葦生：〈黃帝再世〉，《唯一趣報有所謂》，1905 年 6 月 4 日。

55　《唯一趣有所謂》首頁，1905 年 6 月 4 日。

56　貫公：〈開智社有所謂出世之始聲〉，《唯一趣報有所謂》，1905 年 6
　　月 4 日。

57　同上注。

58　同上注。

59　貫公：〈拒約必須急設機關日報〉，《唯一趣報有所謂》，1905 年 8
　　月 12 日、14 日、18 日、20 日、21 日及 23 日。

60　同上，1905 年 8 月 18 日。

61　同上，1905 年 8 月 20 日。

62　鍾朝袞：「童謠榜」志語，《唯一趣報有所謂》，1905 年 7 月 23 日。

63　儔竹喜報館：〈粵謳唔易做〉，《中國日報》，1904 年 3 月 30 日。

64　世仲（黃世仲）：〈論新聞主筆〉，載張克宏編：《黃世仲黃伯耀弟兄南洋詩文集》，香港：紀念黃世仲基金會，2001 年，頁 53。原刊《天南新報》，1902 年 10 月 22 日。

65　世仲：〈辦報館愛國之責任及其立論之要〉，《黃世仲黃伯耀弟兄南洋詩文集》，頁 60。原刊《天南新報》，1902 年 11 月 8 日。

66　耀（黃伯耀）：〈社會公報內容之解說〉，《社會公報》，1907 年 12 月 5 日。

67　耀：〈社會公報出版之原因〉，《社會公報》，1907 年 12 月 5 日。

68　禺山道人（黃世仲）：〈序〉，《時諧三集》，1907 年。

69　均見亞蕘（黃世仲）：〈小說之功用比報紙之影響為更普及〉，《中外小說林》，第 11 期，1907 年 9 月 28 日。香港：夏菲爾國際出版公司，2000 年。本文引錄之《粵東小說林》、《中外小說林》及《繪圖中外小說林》均出自此版本。

70　棣（黃世仲）：〈改良劇本與改良小說關係於社會之重輕〉，《繪圖中外小說林》，第 2 年第 2 期，1908 年。

71　均見耀公（黃伯耀）：〈探險小說最足為中國現象社會增進勇敢之慧力〉，《中外小說林》，第 12 期，1907 年 10 月 7 日。

72　老伯（黃伯耀）：〈曲本小說與白話小說之宜於普通社會〉，《繪圖中外小說林》，第 2 年第 6 期，1908 年。

73　裘廷梁：〈無錫白話報序〉，《時務報》，第 61 冊，1898 年 5 月 10 日。

74　在以遊戲文章寓勸懲之旨的精神上，《唯一趣報有所謂》與晚清許多滑稽小報並無二致。有關晚清滑稽小報的介紹和分析，見范伯群主編：《中國近現代通俗文學史》（下冊）第五編，南京：江蘇教育出版社，2000 年。

75　胡從經：〈第一本香港文學選集──「時諧新集」〉，《胡從經書話》，北京：北京出版社，1998 年，頁 59。

76　墨隱主人（鄭貫公）：〈凡例〉，《時諧新集》。

77　鄭貫公：「僕幾度東遊，半生西學。執世上新聞之筆，隱豹頻年；讀人間未有之書，斬蛇何日？才非倚馬，盡伸正則騷牢；時未獲麟，終切杜陵憂國。〔……〕既編日報，復輯《時諧》，非教世之敢言，亦傷時之難已。」見〈時諧新集序〉，《時諧新集》。

78　鄭貫公：〈時諧新集序〉，《時諧新集》。

79　不少論者以為「文章遊戲」乃「遊戲文章」之意，但筆者認為實有所指，因此加上書名號。

80　葉春生：《嶺南俗文學簡史》，廣州：廣東高等教育出版社，1996 年，頁 72。

81　鄭貫公編：《時諧新集》，頁 140-145。

82　仍舊：〈金山客嘆五更〉，《唯一趣報有所謂》，1905 年 8 月 26 日。

83　黃流沙：〈清末反美小報──《有所謂》〉，《中國近代報刊史參考資料》（下冊），頁 639。

84　容世誠：「中國最遲在宋代（960-1279），已經出現了結合『唱唸做打』的『舞台上的戲曲』。印刷術（科技）和出版業（商業）的興起，特別是晚明之後，拓展了廣大的圖書市場，將訴諸閱讀的『文本上的戲曲』帶進一眾讀者的私人書齋。到了晚清，留聲機的發明（科技）和唱片業（商業）的輸入，又催生了機械複製，訴諸聽覺的『唱片上的戲曲』。

以上分別依附在『戲台』、『圖書』和『唱片』的戲曲形式，雖然都屬中國戲曲藝術，但三者的表述形態、載體性質和生產模式，卻不盡相同。三者卻又互相影響，互相滲透。」容世誠：《粵韻留聲——唱片工業與廣東曲藝（1903-1953）》，香港：天地圖書，2006 年，頁 8。

85　冼玉清：〈粵謳與晚清政治〉，見黃炳炎、賴達觀主編：《冼玉清文集》，廣州：中山大學出版社，1995 年，308 頁。

86　阿英編：《反美華工禁約文學集》，北京：中華書局，1960 年，頁 10。

87　仍舊：〈真正係苦〉，《唯一趣報有所謂》，1905 年 6 月 13 日。

88　冼玉清：〈一九〇五年反美愛國運動與「粵謳」——紀念廣東人民反美拒約運動六十年〉，載中國社會科學院文學研究所近代文學研究組編：《中國近代文學論文集 1949-1979 戲劇、民間文學卷》，北京：中國社會科學出版社，1982 年，頁 579。

89　仍舊：〈華工訴恨〉，《唯一趣報有所謂》，1905 年 8 月 29 日至 9 月 3 日，30 日沒有出報。

90　需要補充的是，《唯一趣報有所謂》編輯同人也關注民間新聞和故事，即使一個妓女自殺的悲慘故事，也可以成為民間文藝的題材。

91　棣：〈粵漢鐵路歷史（十六續）〉，《香港少年報》，1906 年 7 月 11 日。

92　若明：〈觀音誕〉，《唯一趣報有所謂》，1905 年 7 月 21 日。

93　蘆葦生：〈力破神權〉，《唯一趣報有所謂》，1905 年 8 月 14 及 16 日。

94　仍舊：〈鬥龍舟〉，《唯一趣報有所謂》，1905 年 6 月 7 日。

95　同上注。

96　仍舊：〈官字兩個口〉，《唯一趣報有所謂》，1905 年 8 月 4 日。

97　心時：〈報效〉，《唯一趣報有所謂》，1905 年 12 月 3 日。

98　猛（陳樹人）：〈死了就罷〉，《唯一趣報有所謂》，1905 年 7 月 20 日。

《唯一趣報有所謂》中陳亞哲、猛進、猛，均為陳樹人筆名。參見〈辛亥革命時期廣東報刊作者筆名輯錄〉，《辛亥革命時期期刊介紹》第五集附錄。

99　葉春生：《嶺南俗文學簡史》，頁 56。

100　梁培熾指出：「木魚歌唱本的編訂，卻大都是有唱詞而無説白的。只是演唱者，或據師承、或出己意，平日演唱時才隨意加入説白。」《香港大學所藏木魚書敍錄與研究》，香港：香港大學亞洲研究中心，1978 年，頁 205。

101　鄧爾雅：〈要聞〉，《唯一趣報有所謂》，1905 年 8 月 12 日。

102　仍舊：〈天涯秋恨〉，《唯一趣報有所謂》，1905 年 10 月 7 日至 8 日。

103　簡單而言，處於原生狀態的龍舟和南音在語言上的最大分別，是前者比較口語化，字數不拘，沒有嚴格的拍子，多由簡單的敲擊樂器伴唱；後者較為文雅，音節也比較整齊，並且多由弦樂伴奏。《唯一趣報有所謂》中所見的「南音」，文字也比「龍舟」典雅，篇幅也比較長，大致上恪守這種分野。符公望指出，南音多是文縐縐的、字數多為七個字，而龍舟則多為口語，字數不拘；陳卓瑩則指南音有明顯而嚴格的拍子。分別見符公望：〈龍舟和南音〉，《方言文學》第一輯，香港：新民主出版社，1949 年，頁 50；陳卓瑩編著：《粵曲寫唱常識》，廣州：南方通俗出版社，1952 年，頁 84。

104　〈《新小説》第一號〉，《新民叢報》，第 20 號，1902 年 11 月 14 日。

105　〈中國唯一之文學報新小説〉，《新民叢報》，第 14 號，1902 年 8 月 18 日。

106　俠民：〈《新新小説》敍例〉，《大陸報》，第 2 卷第 5 號，1904 年。轉引自陳平原、夏曉虹編：《二十世紀中國小説理論資料》第一卷，北京：北京大學出版社，1997 年，頁 141。

107　均見〔南朝梁〕劉勰著，詹鍈義證：〈諧讔〉，《文心雕龍義證》（上），上海：上海古籍出版社，1989 年，頁 523-558。

108 大舞台之新少年：〈仿韓昌黎送董邵南序送康生之南洋〉，《中國日報》，1904 年 4 月 2 日。

109 均為「五少」所作，均見《珠江鏡》，1906 年 6 月 12 日。

110 〔唐〕韓愈著，馬其昶校注，馬茂元整理：《韓昌黎文集校注》，上海：上海古籍出版社，1986 年，頁 41 及 248。

111 劉寧：〈論韓愈〈毛穎傳〉的託諷意旨和俳諧藝術〉，《清華大學學報（哲學社會科學版）》，2004 年第 2 期，頁 55。

112 瑩：〈麒麟彈山君文（仿沈約修竹彈甘蕉文體）〉，《香港少年報》，1906 年 10 月 7 日。

113 魯金：《粵曲歌壇話滄桑》，香港：三聯書店，1994 年，頁 111。

114 此曲的受歡迎程度令廣東聽眾一直誤以為繆艮是〈客途秋恨〉的作者。同上書，頁 108-110。

115 可參繆艮：〈自悼〉，《文章遊戲合編》，道光乙酉（1825 年）重鑴，藕花館藏版。

116 繆艮：〈文章遊戲三編自序〉，《文章遊戲三編》，嘉慶二十三年（1818 年），經綸堂藏版。

117 郭沫若：〈陳雲貞〈寄外書〉之謎〉，《郭沫若古典文學論文集》，上海：上海古籍出版社，1985 年，頁 918。另唐弢在《海天集》（上海：新鐘書局，1935 年）中〈遊戲文章〉一文亦提到繆艮，錢鍾書在《圍城》中寫到李梅亭看見方鴻漸和孫柔嘉過橋時，提及繆艮《文章遊戲初編》的〈扶小娘兒過橋〉。

118 杜新艷：〈晚清報刊詼諧文學與諧趣文化潮流〉，《中國現代文學研究叢刊》，2008 年第 5 期，頁 65。

119 仍舊：〈遊撈淨水記〉，《唯一趣報有所謂》，1905 年 10 月 17 日。

120 梁松年《夢軒筆談》：「城間娼家曰寨，珠江沙面揚幫、潮幫曰寨寮；

遊寮曰打水圍……」轉引自蔣建國：《青樓舊影——舊廣州的妓院與妓女》，廣州：南方日報出版社，2006 年，頁 5。

121　棣：〈白霍仔先生傳〉，《香港少年報》，1906 年 7 月 28 日。

122　仍舊：〈擬科舉家送魁星文〉，《唯一趣報有所謂》，1905 年 12 月 7 日。

123　大聲：〈險過剃頭說〉，《珠江鏡》，1906 年 7 月 2 日。

124　佚名：〈牛肉耙賦〉，《時諧新集》，頁 40。「牛肉耙」應指「牛扒」，即牛排。

125　佚名：〈想地方自治至緊要辦白話報〉，《廣東白話報》，第 5 期，缺出版資料。該刊為旬報，按第 2 期為 1907 年 6 月 10 日推算，應為 1907 年 7 月 10 日。

126　今存的《嶺南白話雜誌》，刊有翻譯小說〈裝愁屋〉，由亞樂譯意，亞薨砌詞。

127　耀公：〈廣東白話旬報內容淺說〉，《廣東白話報》，第 1 期，1907 年 5 月 31 日。

128　盧亞：〈白話報係中國人嘅聖藥〉，《廣東白話報》，第 1 期，1907 年 5 月 31 日。

129　奕：〈辦呢間白話報嘅原故〉，《廣東白話報》，第 2 期，1907 年 6 月 10 日。

130　伯耀：〈辦白話雜誌於社會上好有關係〉，《嶺南白話雜誌》，第 2 期，1908 年 2 月 16 日。

131　同上注。

132　耀公：〈普及鄉閭教化宜倡辦演講小說會〉，《中外小說林》，第 3 期，1908 年。

133　伯（黃伯耀）：〈睇起舊年翻嚟各界同胞都好似冇乜進化敢播〉，《嶺

南白話雜誌》，第 3 期，1908 年 2 月 22 日。

134　公壯：〈哭廣東〉，《廣東白話報》，第 2 期，1907 年 6 月 10 日。

135　要咯：〈點解為之係革命〉，《廣東白話報》，第 2 期，1907 年 6 月 10 日。

136　大樗：〈演時務〉，《粵東小說林》，1906 年，第 3 期。

137　佚名：〈兒童教育談〉，《中國日報》，1904 年 4 月 1 日。

138　耀：〈愛國觀念當由歷史上生感發慨〉，《中外小說林》，第 6 期，1907 年。引文中的「諧」即「唉」。

139　伯耀：〈改良新戲係轉移社會的妙藥〉，《嶺南白話雜誌》，第 4 期，1908 年 3 月 1 日。

140　仍舊：〈睇吓，睇吓，官重弊過賊〉，《唯一趣報有所謂》，1905 年 11 月 26 日。

141　大我：〈俄羅斯虛無黨女傑蘇菲亞傳〉，《唯一趣報有所謂》，1905 年 6 月 9 日。

142　同上注。

143　同上，1905 年 6 月 12 日。

144　同上，1905 年 6 月 13 日。

145　同上，1905 年 6 月 10 日及 15 日。

146　同上，1905 年 6 月 11 日。

147　同上，1905 年 6 月 18 日。

148　萍初四郎：〈民族偉人閻應元〉，《唯一趣報有所謂》，1905 年 8 月 8 日。

149　同上，1905 年 8 月 10 日。

150　同上，1905 年 8 月 11 日。

151　同上，1905 年 8 月 12 日。

152 同上，1905 年 8 月 13 日。

153 同上，1905 年 8 月 20 日。

154 《開智錄》，改良第 1 期，1900 年 12 月 21 日。

155 貫公：〈拒約須急設機關日報議〉，1905 年 8 月 12 日。

156 陳平原指出，晚清的演說活動與日誌報、學堂結盟，乃現代學術文體得以建立的歷史契機。參見〈有聲的中國──「演說」與近現代中國文章變革〉，《文學評論》，第 3 期，2007 年，頁 5-21。

157 楚卿（狄葆賢）：〈論文學上小說之位置〉，《新小說》，第 7 號，1903 年。

158 可參見杜新艷：〈白話與模擬口語寫作──《大公報》附張〈敝帚千金〉語言研究〉，轉引自夏曉虹、王風等著：《文學語言與文章體式──從晚清到「五四」》，合肥：安徽教育出版社，2006 年，頁 379-410。

159 「北京一位『志士』擬辦京話報館，將一切論說新聞，全部演成白話，便於婦孺閱讀，同時令外省人一讀此報，就懂得北京官話。」《大公報》1903 年 2 月 26 日，轉引自李孝悌《清末的下層社會啓蒙運動：1901-1911》，石家莊：河北教育出版社，2001 年，頁 19。

160 分別見《開智錄》，改良第 1、2、3 期。

161 鄭哲貫公著，李繼耀校字：《瑞士建國誌》，香港：中國華洋書局，1902 年。

162 蘆葦生：〈陳情表〉，《唯一趣報有所謂》，1905 年 6 月 30 日至 7 月 1 日。

163 喆：〈情一個字〉，《唯一趣報有所謂》，1906 年 1 月 1 日。今天粵語的「錢」字和普通話「情」字讀音仍然非常相近。

164 關於黃世仲等粵人小說家為何沒有用粵語寫小說，可參見本書總論部份的分析。

165　這一點在總論部份亦有詳細分析。

166　有關這一點，李孝悌的說法可供參考，他指出白話報所設定的對象，
往往不局限於下層社會：「1900 年代的啓蒙運動的對象和影響，不僅
在下層社會，還包括了其他階層。」見《清末的下層社會啓蒙運動：
1901-1911》，頁 25。

167　亞慨：〈個人傳〉，《東方報》，1906 年 8 月 10 日。

168　哀漢：〈章太炎出獄感言〉，《東方報》，1906 年 8 月 10 日。

169　〔南朝梁〕劉勰著，詹鍈義證：〈諧讔〉，《文心雕龍義證》（上），
頁 526。

第二章

遊走於雅俗之間
——廖恩燾的粵謳及粵語格律詩

　　1902 年，梁啓超在《新民叢報》提出：「俗語文體之流行，文學進化之一徵也。」引用的例子正是本章要談及的兩種體裁：粵謳和粵語格律詩。他首先提到招子庸所編著的《粵謳》：「吾粵言語，與中原殊途。珠江女兒所常諷之粵謳一編，知文者常嘆為神品。尚矣！」然後介紹兩首在廣東流傳甚廣的粵語格律詩：「十年前有某學究，以詼諧著名者。嘗以粵語作詩二首，誦之令人絕倒。」最後又說：「非解粵語者，不知其趣，又俗字多不可書，不能如口誦之神妙也。」[1] 這位學究名為何淡如，可說是粵語格律詩的奠基者。這兩首重要的詩作，下文將再論及。從後面的幾則筆記看來，梁啓超引錄何淡如的詩，或多或少因為其詩作詼諧惹笑。但是，作為啓蒙的工具，梁啓超及其友人都相信以方言寫作的民間作品，對促成文學進化乃至思想進化有一定的功效。當然，以普及程度而言，粵謳自是比文人私底下的遊戲筆墨更勝一籌。1903 年，《新小說》首次刊出廖恩燾的粵謳六首，梁啓超的同鄉好友狄葆賢在同一期發表文章，引述梁氏的話：「飲冰室主人常語余：俗語文體之流行，實文學進步之最大關鍵也。」並提出「以各省之方言，開各省之民智」的想法，認為改良通俗文藝，就能改良社會：「如今者《海上花》之用吳語，《粵謳》之用粵語，特惜其內容之勸百諷一耳。苟能反其術而用之，則其助社會改良者，功豈淺鮮也？」[2] 稍後，梁啓超更在詩話中介紹鄉人「珠海夢餘生」的粵謳，並讚揚其作「皆絕世妙文，視子庸原作有過之無不及，實文界革命一驍將也。」[3] 可見為粵謳注入新內容新思想，在梁啓超眼中也是文界革命的一部份。

　　1902 年底，梁啓超已在刊物中發表關於新式歌謠的想法。黃遵憲建議「當斟酌在彈詞粵謳之間」，並應「棄史籍而採近事」，鼓勵梁氏向「能者」約稿[4]。黃、梁首先在《新小說》第一號「雜歌謠」發表〈愛國歌〉和〈出軍歌〉。不過，把二人的構思落實的，卻是滿清政府外交官廖恩燾[5]。廖恩燾（1865-1954）是廣東惠陽人，字鳳舒，廖仲愷的兄長，在晚清和民國先後擔任外交官員，長期派駐古巴，並任駐該國總領使，也曾擔任駐朝鮮代辦、駐日本代辦等職，在汪偽政權時期曾任政府委員，抗戰結束時曾入獄，其後移居香港，直至終老[6]。廖氏是清末民初時期，少數兼通雅俗的作家。除了寫作粵謳和粵語格律詩之外，晚清時又曾創作戲曲[7]、竹枝詞[8]，五十歲後醉心填詞，獲朱彊村等人充份肯定[9]。廖恩燾的粵謳和粵語格律詩，在這兩種體裁的發展過程中作出很重要的貢獻，是論及粵語寫作時不可繞過的作家。

第一節　粵謳的兩種類型

　　粵謳是清中葉興起的民間說唱文藝，又名「解心」[10]，代表作品為招子庸編著、1828 年（道光八年）刻印的《粵謳》。對於粵謳的來源和始創者等問題，論者的意見並不一致。當時的廣東文人多認為粵謳乃招子庸始創[11]，廖恩燾就說：「吾粵之有粵謳解心，其格調剏自招子庸，知文者夙稱為神品。」[12]許地山、陳寂等人也持此

125

說[13]，但容肇祖、梁培熾和冼玉清等學者從俗文學的觀點研究，認為並非如此，筆者比較認同後者的說法[14]。據丘煒萲的《客雲廬小說話》及賴學海《雪廬詩話》，粵謳最先就由妓女唱起來[15]，再由文人馮詢、招子庸改良和擬作而流行。當時廣州冶遊風氣極盛，招子庸及其友人馮詢等文士，在珠江妓艇聽到這種民間歌曲，競相擬作，加速了這種新聲在文人之間的傳播，使粵謳在嘉慶、道光年間盛行起來，其後歷百年而不衰。丘、賴二人的記載指馮詢首先改良粵謳，增加其音樂性，使之更便於歌唱，又把曲詞雅化。但馮詢所作的粵謳已經失傳，而招子庸的《粵謳》則流傳極廣，所以，招子庸的名作〈弔秋喜〉幾乎成了粵謳的同義詞，不但民間流行傳唱，廣東文人亦視之為「神品」。黃遵憲雖是客家人，但亦深受感動：「珠江月上友唱酬，酒侶詩朋次第邀。唱到招郎弔秋喜，桃花間竹最魂銷。」[16]而廖恩燾則謂：「粵人無男婦無老稚，無論知音與否，固無不耳熟而飫聞之矣。」[17]鄭振鐸指《粵謳》「好語如珠，即不懂粵語者讀之，也為之神移。擬《粵謳》而作的詩篇，在廣東各日報上竟時時有之。幾乎沒有一個廣東人不會哼幾句粵謳的，其勢力是那末的大！」他又稱其中名作〈弔秋喜〉是「溫厚多情的情詩」[18]。到了六十年代，《粵謳》仍然受重視，楊家駱指其「視唐妓之歌白樂天詩，宋妓之歌柳屯田詞，初不少讓。」[19]《粵謳》有英譯兩種、葡譯一種[20]，其中一種英譯更由香港總督金文泰（Cecil Clementi）在 1904 年翻譯[21]。

在體式方面，粵謳的押韻、篇幅、句法都非常自由隨意，許地山指出：

它〔按：指粵謳〕的章法是極其自由，極其流動的。平仄的限制，在粵謳裏，可以說是沒有，至於用韻一層，也不甚嚴格；通常以詞韻為準，但俗語俗字有順音的，也可以押上。押韻的方法多是一句平韻，一句仄韻；或兩句平間一句仄；或兩句仄間一句平。但這都不是一定的格式，只隨人的喜歡而已。[22]

粵謳的音樂風格以「百轉千回，纏綿往復」著稱 [23]。在招子庸的時代，粵謳唱起來「曼聲長哦，其聲悲以柔」[24]，對時人而言是一種充滿感染力的唱法，可說「將刀斷水，亦遜其纏綿」[25]。因為人們的趣味隨着時代轉變，後來粵謳也加快節奏，由七叮一板改為一叮一板，與早期粵劇使用的中板較為接近：「吾粵唱家，有取七叮一板，每句以四個板額，若一句中有三個板，或五個板者，是出於範圍之外，作為不合格論。惟現代所唱解心者，謂四板一句，雖合範圍，但七叮一板，則呀口太長，致令唱者難唱，聽者厭聽，是故近日唱者，多有改用一叮一板。」[26] 不過，「腔長詞短」還是不再為後世欣賞，成為粵謳被淘汰的一個原因，今天幾乎無人會唱 [27]。

　　在招子庸之後的道、咸年間，出現了一批非常重要的粵謳，見證了粵謳文體在鴉片戰爭前後的發展，即「燕喜堂抄本」《新解心》。這抄本保存了三十五首粵謳，沒有出版資料、作者不明，缺最後一頁，每頁下方依稀可見「燕喜堂」三字。雖然「燕喜堂」的來歷難以考究 [28]，作品也並非全屬佳作，但是，《新解心》中個別幾首作品帶有鮮明的時代色彩，不但說明了作品的寫作時間，更顯

示粵謳在鴉片戰爭前夕已受時局洗禮，在內容和風格上發生巨變。在寫作時間方面，〈人話怕死〉這首粵謳最後一句「富貴過葉伍潘盧」，指道、咸年間廣東著名的殷富之家葉、伍、潘、盧[29]。寫作時間更為明確、在粵謳發展的歷史上更重要的，是抄本中最令人矚目的〈顛地鬼〉（二首）。這兩首粵謳以顛地（Lancelot Dent）的口吻寫作，刻劃他在鴉片戰爭前夕被迫繳煙時，在商館被圍困的心情，諷刺鴉片販子的狼狽。第一首開首說：「顛地鬼，自心煩。被困洋行見影單，為奉狼主聽差，把鴉片帶慣。點想天朝新例，禁得非凡。」之後描寫顛地擔心如何向英國國王覆命，忖度怎樣通風報信，頗能反映民間的排外情緒。具體來說，〈顛地鬼〉在粵謳發展的軌跡上有兩個重要性：一是題材的擴大，招子庸的《粵謳》以妓女和愛情為主要的題材，內容風格較為單一化，〈顛地鬼〉顯示在鴉片戰爭的影響下，粵謳「眼界始大」，走出了歌樓妓院，不再局限於兒女私情；二是馮詢、招子庸等文士把粵謳從妓女的口中改良，加以文人化，但上述題材內容的擴大，又使粵謳有機會再次容納民間的心聲。集中另有〈義律鬼〉一首，寫一對金蘭姐妹因為戰爭形勢緊張而被拆散，妹妹斥責義律（Charles Elliot, 1801-1875）「造反」，令二人不得相見，希望早日打敗蠻夷，二人可以再會[30]。〈義律鬼〉的時代色彩不像〈顛地鬼〉那樣鮮明，但也顯示《新解心》中的作品很可能是寫於鴉片戰爭爆發期間。《新解心》的內容不但比較多元化，民間氣息也比較濃，除了愛情、悼亡等典型的粵謳題材之外，也有學子拜月以求高中秋闈、婦女借着抱怨女兒生下來就

要承受「錐耳纏足」的痛苦，哭訴封建社會中婦女的命運。「燕喜堂抄本」的字體端正秀麗，但常有錯別字，例如〈顛地鬼〉（其一）就把「鴉片」作「丫片」，〈凋零雁〉寫作〈雕零雁〉，〈憶別〉中「遺忘」寫作「遺忙」，顯示抄錄者可能來自識字水平不高的下層社會。

　　由上述的介紹可知，在鴉片戰爭時，粵謳已經存在兩種類型：第一類是以青樓女子的感情生活和漂泊命運為題材，涉及形形色色的愛情關係，勸誡聽眾遠離風月場所、情場慾海是這些粵謳的主調。在語言方面，招子庸的《粵謳》已頗為口語化，但因為充斥傳統詩詞的意象，風格比較典雅，也因為題材的狹隘和手法的雷同，今天讀來顯得陳舊。但這一類粵謳因其典範意義和流傳之廣，可視為粵謳之正體本色，其基本風格是「擬之樂府〈子夜〉、〈讀曲〉之遺，儷以詩餘『殘月曉風』之裔」[31]。關於這一類型的粵謳，李默等人有很恰當的描述：

> 粵謳起源於民間，而仿作於文人。從其音調來看，它是由廣東盛行的龍舟、蜑歌、南音、木魚和板眼等說唱文學，混合而成的一種新的文學品種；從文字來看，它又是古代詩詞演變而來，具有詩詞的格調，再加上方言土語的感嘆、音韻押尾和接頭，使詩詞通俗化。[32]

所以，典型的粵謳可說是民間創造和文人傳統的混合物，無論語言、

音樂、內容都自成一體。因為時代的變化，以方言土語寫成、又家傳戶曉的粵謳開始肩負抒情和娛樂以外的使命。這種新粵謳在《新解心》中已露端倪，日後啓蒙報刊發達、加上拒美禁約等政治運動和民族革命的興起，都進一步推動新粵謳的發展，向上諷刺時弊、向下開發民智是新粵謳的主題。這一類型的粵謳較少傳統詩詞的意象和套語，內容與時事息息相關。題材上的突破，使粵語作為方言作品的語言特點發揮得更淋漓盡致，更適合作為民間心聲的載體。當然，到了晚清，再次「民間化」的粵謳仍然不是純粹的民間作品，報刊文人是它們的主流作者，但其作品大都面向時代、民間而不是個人，也不只是妓女、文士抒情的文體。不過，值得注意的是，由招子庸奠定的傳統粵謳從來沒有消失。在光緒年間，有署名「香迷子」刻印的《再粵謳》，除了對答形式之外[33]，內容沒有脫離招子庸的框框[34]。但是，新舊兩種粵謳卻在新一代作者筆下出現微妙的交叉滲透，其中以廖恩燾的創作最堪玩味。

第二節　「解心」的新義

廖恩燾的粵謳作品分為兩批，第一批寫於晚清。除了以「珠海夢餘生」署名、發表於《新小說》的二十二首，這時期寫作的其他粵謳非常多，達「百餘首」[35]，可惜都沒有保存。鄭貫公所編的《時諧新集》收有部份發表於《新小說》的粵謳[36]。第二批寫於 1921 至

1923 年，收入 1924 年刻印的《新粵謳解心》。雖然已入民國，但這部集子和招子庸的《粵謳》有不少同題作品，兩者相較，最能看出廖恩燾對招子庸既有繼承，亦有超越。

首先應該提及的是二人集子中的第一首粵謳。招子庸的〈解心〉二首，以佛家「報應」、「悟破色空」等觀念，勸人「凡事檢點」、「積善心」、除去癡念，有濃厚的勸世意味和宗教色彩[37]。廖恩燾的〈解心〉首先謙稱自己的粵謳沒什麼價值：「解心啫，有乜新鮮，做乜又叫起新粵謳嚟，睇落唔值半個爛私錢。」並且向招子庸致敬：「你睇銘山當日，撥起琵琶線，對住珠江明月，唱到奈何天。春風一曲，教會多少雛鶯同乳燕。無限離愁別恨，訴向四條弦。彈出句句真情，兩行紅粉，都要憑眼淚洗面。」雖然繼承招子庸的佛家觀念，說：「自古風月繁華，邊個話唔艷羨。至好借佢多情風月，超拔你地苦海無邊。」[38] 但整體而言，廖氏之作更像一篇語調活潑的自序，並非苦口婆心的「格言詩」，顯示兩者立意不盡相同，廖恩燾的粵謳自成一格。

〈花花世界〉這首謳，是招子庸《粵謳》中的重要作品。《粵謳》的作意在於「普度世間一切沉迷慾海者」[39]，此謳正是宣揚這個題旨，「完全站在佛教觀點來講話」[40]。作者可能目睹同命相憐者的悲慘故事，因而覺悟說「我想到處風流都是一樣，不若持齋唸佛去把經看」、「呢吓朝夕我去拈香，重要頻合掌。參透色相，定要脫離呢處苦海，直渡慈航」[41]。廖恩燾的〈花花世界〉卻有為百姓鳴不平的力量，在 1923 年軍閥混戰的時候，很有可能針對貪得無厭

的軍閥和無日無之的戰亂[42]：

> 花花世界，累盡幾多人。捨得個個都問良心，使乜日夜咁奔。
> 你係話問到良心，就會安吓本分。本分唔安，貪字就會變貧。
> 棋局擺開，須要行得穩陣。到底輸贏，總會有分。你咁精時，
> 人地亦唔係笨。讓你先行，不過係先一均。做牛做馬，都係替
> 兒孫搵，等到收場，點帶得上身。富貴只可當浮雲，隨佢變幻。
> 好極繁華，都咪咁認真。搶到手嚟，就會招大眾怨恨。你搶得
> 他人，人地又向你搶番。冤冤相報，咁就何時滿。講到錢財，
> 邊個共你有親。唉，只知到着錢字綁緊，點重顧得叫苦連天我
> 地百姓平民。[43]

當時軍閥之間的爭鬥，無非為了個人的利欲，卻令中國陷於無法收
拾的亂局。廖恩燾筆下的花花世界，指的是軍閥醉心競逐的名利場，
而非招子庸筆下的情場。廖氏摸擬黎民百姓的口吻，勸這些軍閥憑
良心安本分，應該看破富貴榮華，都只是夢幻泡影，今天是勝利者，
明日可能成為階下囚。最後兩句才道出歌者是誰，無奈中流露怨憤
之辭，最為有力。

〈同心草〉這首謳的名字，本來很容易讓人聯想到男女之情。
招子庸的這首謳正是青樓女子以同心草自喻，原本希望種在回欄，
伴着牡丹，但因為情人遠別，成了孤零零的失群雁：「同心草，種
在回欄。只望移根伴住牡丹。點想花事係咁闌珊，春事又咁懶慢，

好似我共郎兩地隔斷關山。丟奴一去好似孤零雁。」[44] 廖恩燾之作雖然亦名為「同心草」，但不寫男女之情，借同心草批評國人不同心，能在平常意象中翻出新意。首句說：「同心草，莫問點嚟生。草亦結得同心，咪話草木冇情。」並慨嘆人心若似同心草，就不會像一盤散沙：「捨得人心似草，亦有欺霜性，受盡咁多寒冷，都重係色青青。點會心似散沙，隨地咁捲。漫講同心冇結，就係團體亦結唔成。」接着指國人對同胞甚至不願交朋友，但對洋人又是另一種嘴臉：「但係你對住同根，唔肯話苔岑訂。有的唔同種類，你偏去結同盟。佢生長在西方，你就當係靈芝認。」廖恩燾是外交官，長期派駐外地，和外國人來往甚密，這種話題對他來說原本是甚為敏感的。廖氏自己可能也想到這一層，於是說：「你果然想結同心，就要心先正。咁我又怕乜學佢地葵心，向日咁傾。」[45] 1923 年上半年，廖恩燾仍在出任駐日代辦，這首謳中說只要心正，就不怕像葵花一樣向「日傾」，很有可能是自喻。

〈情一箇字〉是招、廖二人另一首同題之作。廖氏之作在《新粵謳解心》中有兩首，分別寫於 1921 及 1922 年，後者的思想內容和招子庸的比較接近，都寫女子自怨多情。招子庸筆下的女子怨蒼天：「天呀，你又唔好敢樣。命薄如花，總不為我主張。怨只怨我生錯作有情，故此多呢種孽賬，當初何不俾我鐵石心腸。」[46] 但廖氏筆下的女子，有其率真、爽朗的一面，與招子庸的相比，有別於傳統閨怨詩中典型的女性形象，好像 1922 年的這首〈情一箇字〉，雖然也是慨嘆分離之苦，但結尾兩句卻說：「亦唔敢講過人聽咁笨，

怕佢地口疏傳出去，失禮同群。」[47]1921 年的〈情一箇字〉不涉男女之事，直寫人情冷暖，慨嘆人情不過和利益掛鈎，有如天氣般變幻莫測：

> 情一箇字，想落有乜相干。人地話人情淡過水，我想佢比水還寒。水到漲起番嚟，都會到岸。人情得到有咯，就怕一滴都乾。往日有過蚊錢，佢嚟孖你拜案，呢陣唔同世界，咁就反眼相看。重想佢再關吓添，攜帶你搵件事幹。除非佢承埋賭餉，叫你去做攤官。講到世界輪流，天唔係冇眼。咪估推人落井，自己就得上桅杆。唉，唔信你就看，天時都有變換。呢陣熱頭咁猛，歇吓又試大雨傾盆。[48]

〈身只一箇〉這首謳應該是最有趣的例子，一方面能明確地突顯廖恩燾如何繼承招子庸最常寫作的妓女生活題材，另一方面，又充份表現了關心時局的廖恩燾如何突破原有的框框，拓展粵謳的內容和關懷。招子庸的〈身只一箇〉寫妓女夾在兩個客人之間，害怕開罪任何一方的處境[49]，廖氏的〈身只一箇〉表面上寫同一題材，相比於招子庸的委婉，他大膽地說：「或者三個輪流，一人一晚，縱然係個件事，亦易得交班。」更特別的是，〈身只一箇〉並非真的寫妓女心情，而是旨在諷刺當時軍閥混戰的亂局，作者在題下注明：「天津報載三角同盟，感而成此」，表示此謳的寫作實有深意，李默指此謳「反映軍閥相互勾結的政治分贓」[50]。查民國史上的「三

角同盟」，實指 1921 至 1925 年間，孫中山聯合段祺瑞、張作霖組成「反直三角同盟」，合作聲討直系軍閥曹錕和吳佩孚。謳中寫妓女同時應付三個客人，感到為難，可能影射張作霖希望拉攏馮玉祥倒直。1922 年，張作霖已暗中聯絡馮玉祥商議此事，並付馮氏三百萬軍費[51]。〈身只一箇〉既是同題之作，表面上內容也很接近，有向招子庸致敬之意，但又言在此而意在彼，妓女的生活處境成了時代的隱喻，顯示廖氏繼承和創新之意識都非常明確。

　　除了〈身只一箇〉之外，廖恩燾還寫了不少以妓女或花卉影射民國政治的作品。據李默的看法，〈斬纜〉表面上寫妓女不堪嫖客因為自己不能及時應召而生氣：「人叫到就行嘅，人唔係扯線公仔。嚟遲一步，就揩起胞腮。我枱腳有番咁多，推亦係弊。」李默卻指其實「諷刺徐世昌總統是個扯線公仔」，〈癡亦唔癡得你住〉是「反映北洋軍閥內部分裂」。比較明顯的是〈牡丹花〉，李默指乃揭露奉系軍閥的靠山日本，即謳中的「野性櫻花」，而直系軍閥的後台美、英兩國，即謳中的「虞美人」。作者還在謳中勸軍閥小心列強的野心：「試睇落紅滿地，有邊個哀憐。櫻花野性，佢就終唔轉。虞美人咁好，亦會侵入你百寶欄邊。萬一佢牛口十金嚟牡丹，還重作賤。」〈泥菩薩〉[52]則諷刺黎元洪身為總統，卻受人牽制：「就算背後有個扯起線番嚟，你亦不過會叭頭。」〈龜佢都唔願做〉題下注：「癸亥六月十三日北京即事。」[53]梁培熾認為是「作者以隱喻的口吻，描寫了當年北洋軍閥間的訌鬥」[54]。〈怕乜同佢直接講〉題下注明：「魯案交涉凡二」，這兩首謳收於壬戌稿內，寫於 1922

年。是年 2 月中日雙方在華盛頓簽訂《中日解決山東問題懸案條約》
及《附約》，中國收回喪失八年的山東主權。不過，德國所佔的公
產雖然交還中國，但日本所佔的卻要估價收回。兩國隨即就撤兵等
事項召開一連串會議，日本為保留在山東的特權，在估價、償價支
付方式、公產的移交和使用權等問題上與中國討價還價。謳中所寫，
應是雙方商討的情形 [55]。當時中國駐日公使是汪榮寶，他的任期本
是 1922 年 6 月 12 日開始，但因為他要到 1923 年 12 月 25 日才到
任，之前任代辦的正是廖恩燾和江洪傑 [56]。魯案是廖氏親身參與的
外交事件，他和日方曾就廢除重要的「民四條約」有公函來往 [57]。
所以，謳中所寫是他的切身體會。廖氏先是鼓勵國家理直氣壯地爭
取權益，為國家終於「爭氣」而高興，並譴責日本貪得無厭：「怕
乜同佢直接講句，若果係話真情。至怕冇半句真情，就會上佢遍當
添。平日當妹係人，就唔會話咁樣攞景，監理廿一件，都要你應承。
見佬見盡咁多，唔曾見過咁嘅品性。妹唔係冰糖，點解一啖就想嗒
清。呢陣知到爭氣有人，唔輪到佢使頸。」[58] 不過，他同時也憂慮
談判有欠公允，其二〈佢又試嚟呃過你〉主要表達這種情緒：「佢
搶你件野收埋，不溜都話俾番，捨得係話當面問佢攞得番，使乜同
佢拚爛，但係佢口甜舌滑，你摸唔中佢心肝。臨時反骨，你妹見盡
千千萬，況且貪頭咁大，點共佢講得埋欄。」雖然認為國際社會可
以主持正義，但也不存厚望：「事幹擺白出嚟，睇吓佢地朋友點辦。
或者由天分付，打得過呢個通關，至怕朋友亦話事唔關，一拍仍舊
兩散。」[59]

　　廖氏以民國政治為題材的粵謳，並非全部都難以索解，例如〈估唔到你〉揭露陳炯明叛變，〈唔怕你惡〉亦明顯勸誡軍閥別濫用兵權，為國家大局放棄兵權才是真正的英雄[60]。用女性甚至是妓女的處境比喻國家大事，可以說是《新粵謳解心》的一種特色，在議政之上，披上詼諧的外衣，多了一分幽默感，但也令作品難以解讀。然而，影射民國政治的粵謳之所以值得重視，是因為這種手法的廣泛使用，代表新舊粵謳的交融。妓女行業和粵謳的發展息息相關，也是傳統粵謳很常出現的人物，此外，傳統詩詞常見的花卉也是典型粵謳常用的意象。廖恩燾賦予它們更複雜更深層的意義，雖然加強了今天的閱讀阻礙，但在粵謳的文體發展上卻不可不提。事實上，廖氏自己和他的友人，都頗為重視粵謳的隱喻作用。廖恩燾之弟廖仲愷有「香草美人知何託，歌哭憑君聽取」之句，為《新粵謳解心》寫序的李家駒指《粵謳》「託娼家之幽怨，寫人世之情偽。詞俚而旨遠，言小而喻大。」[61]廖恩燾自己也說這是「多託諸箇中人語」[62]，又說「心有話唔解得，先要把你心事嚟猜。猜中你條心事，正話解得你愁懷」[63]，可見廖氏期待讀者能夠猜到隱喻背後的意義。粵謳的別名為「解心」，在招子庸的《粵謳》，「解心」可以說是「解脫」之「解」，但在廖氏筆下卻是「解謎」之「解」。另一位為《新粵謳解心》寫序的李綺青最能道出其作意：

　　　　或假託娼樓，借嘲詼而寫志；或描摹客況，感飄泊以言愁。或
　　　　烈士暮年，而暗傷蒲柳；或才人失路，而寓意煙花。或藉兒女

之私情，而自抒騷怨；或指市廛之瑣故，而隱託箴規。[64]

「假託娼樓，寓意煙花」的手法，並非廖氏獨創，報刊上也曾借用妓女心聲談時事，發表的年代雖比較早，但不及廖氏運用得幽默而妥貼。例如《游藝報》就曾刊出一首粵謳，題下注明「聞許美禁約而作」，卻以漂泊海外的妓女的處境喻之：「埠都唔准我過，真正命蹇時乖，咁就要執埋果當皮肉嘅生涯。漂泊到呢處天涯，都係想填吓花酒債。……虧我出外行掟求收，歸去又無所依賴。兩頭唔到岸，有命亦難捱。」[65]美國禁約本是針對華工，聯想到海外妓女的處境，既無警醒群眾的力量，亦欠妥貼。

　　廖氏粵謳的內容、手法，也有和招子庸非常接近的，好像〈春花秋月〉、〈傳書雁〉、〈楊花〉等，都寫女子睹物思人，因為自然景物而興起思念情郎、感懷身世的哀思。難怪羅澧公說《新粵謳解心》的作品「置之銘山集中，無能辨別也」[66]。廖恩燾的〈春花秋月〉四首，每首首句都和招氏的相同。〈傳書雁〉的開首，招子庸的是「傳書雁，共我帶紙書還。唔見佢書還，你便莫個番。」廖恩燾的是：「傳書雁，替我帶呢幅彩雲箋。帶去搵着個薄情，交到佢面前。是必等到佢回書，你正好番嚟見我面。」語意相同，但廖氏的語言比招子庸的更口語化。又如〈銷魂柳〉這首謳，雖然意旨相近，但廖氏之作仍然有新意。招氏寫女子送別情人之後的傷感，叮囑他念舊情、莫負義：「東風一夜人千里。暮雲春樹，惹妹相思。關山迢遞，你妹書難寄。總要情同金石，永不更移。」[67]廖氏之作

乃是「我」對柳樹的獨白，感慨時光易逝、聚散無常的淒酸：「共你河梁一別，音塵渺。聽話你形容憔悴，瘦盡纖腰。為着越王台上烽煙擾。鶯忙燕亂，累到你蓬鬢飄蕭。況且羌笛聲聲，四面都唱陽關調，曲中吹起，都話折你長條。虧我依人王粲，獨上江樓眺。望斷白鵝潭水，千里迢迢。記得你當日嫩綠嬌黃，顏色咁肖。經幾耐秋霜春露，正話得到今朝。呢陣細柳藏鴉，空自聞啼鳥。」[68] 而謳中提及廣州風物和勝景，更富地域色彩，如十三橋、白鵝潭、波羅浴日、虎門潮等，在招氏的粵謳中非常罕見。

　　比較二人的同題粵謳時，我們可以發現廖氏的粵謳雖然有繼承招氏之處，但在繼承之中，又不無創新。有時，廖恩燾更注重人物心理描寫，如〈真正累世〉雖也寫女子懷人，但作者想像、鋪陳了很多細節，表達女性的癡情和多慮，頗能為舊社會的女子代言：「我上廟燒香，唔係為保佑自己。求籤問卜，第一句就先探你歸期」、「想起你臨別個陣，好似心事成籮，唔敢同妹講起。你到底有邊一件為難，怕乜講過你妹知」[69]。但是廖恩燾筆下的另一些女性形象更富時代感，又擺脫了閨怨詩中哀怨多愁的形象。例如〈瀨瀨仔〉一首，就寫妓女迷戀小白臉：「……佢靚溜又試衣服趨時，咁引人。自古年少風，邊個話唔恨，你睇偷香韓壽與及擲果安仁。佢面貌生成，件件合襯。唇紅齒白，點止剝殼雞春……」[70] 不但爽直大膽，配合「老舉湯圓」、「失匙夾萬」等俗語來模擬妓女的口吻，更是活潑生動。

　　有語言學家指出，從《粵謳》到《新粵謳》再到《新粵謳解心》，

語言逐步口語化，並以否定式的運用為例，指出廖恩燾較少用文讀的「不」，而多用「唔」的句式，「打破了前兩部作品中用字形成的文白對立」[71]。廖恩燾的粵謳大部份都比招氏的更具口語風格，更為豪放率直，固然可以代表廖氏的作品更具民間性；但同時廖氏的粵謳在細節的敷演和想像、詞藻的驅使和典故的運用，都表示廖恩燾寫作時以文人的才華作出精心錘煉，故又可以說同樣「文人化」。

第三節　民間的文人

　　廖恩燾寫作粵謳，也和梁啓超等人一樣，有「以一省方言，開一省民智」的想法。在上世紀二十年代，他仍然認為各省俗話作為下層社會的啓蒙工具，比通用的官話有效：

> 辛亥壬子以後，海內人士大聲疾呼，提倡白話文字。顧一省有一省方言，音別義異，以云普及，戛戛獨難。則惟有出於各藉其土音，以為誘掖之一道。然而為下流社會說法，又非擇其平日口頭慣語，衍為有韻之文，未易使聲入心通，蹷然感覺。[72]

在清末民初大量反映時弊、開啓民智的新粵謳中，廖恩燾也堪稱最重要的作者。在晚清時期，廖氏身為滿清官員，卻以粵謳、班本等通俗文體，和當時維新派的同鄉互相唱和，甚至主張廣東獨立，完

全背離了君臣之道[73]。事實上，縱觀當時粵謳的寫作，廖氏在題材上、思想上，和民間的報人乃至革命派的聲音亦有相通之處，但又各具特色，二者並讀，可見粵謳在風格上的細微變化。廖恩燾的〈呆老拜壽〉在 1904 年 1 月前寫成，借用了民間廣泛流傳的故事諷刺慈禧太后慶祝壽辰，痛心此舉令國庫枯竭、民脂民膏都被搜刮一空，內容直接針對真正的最高權力核心：「人地話你窮，做乜你金銀珠寶重亂咁用，有的應該要用，你又話打算唔通，睇吓工母個口壽辰，我真正心痛……祇有鏟起個塊地皮，當係神仙嚟供奉，削埋咁多膏血，正話釀得壽酒一盅。」1905 年《廣東日報》副刊《一聲鐘》亦發表了署名「參」的粵謳〈提起話拜壽〉：「提起話拜壽，自見心酸，腮邊難止，淚漣漣。虧我困在此間，偷自怨。睇人家拜壽，喜地歡天，百僚祝嘏，在鑾儀殿。誰念孤皇，在此太極殿前，自怨生成，條命賤。唉，無可打算，將來重怕唔知點。媽呀，大抵唔係親生骨肉，你就總不矜憐。」此謳題下有注說：「再困瀛台者，皇也；祝壽者，后也。相形之下，其憂喜當如何。」[74] 同情光緒帝命運，但批判色彩淡薄。

廖恩燾勸誡文人勿對科舉存有幻想的〈八股毒〉發表於 1904年，寫於科舉制度被廢之前。翌年鄭貫公以「仍舊」為筆名，在他主編的《唯一趣報有所謂》上發表〈哭科舉〉，主要描寫有志科場的人，聞得科舉被廢除後的反應。二者都描寫士子苦讀的情況。〈八股毒〉：「個的高頭講章及文府，都係引毒嘅的良媒。個陣你雪案埋頭，都唔想到身受害。你睇邊一個八股先生，唔係被毒氣攻到癲

呆。……睇吓你搜索枯腸，重辛苦過生仔。未清餘毒，問你點樣成胎。想起你識字讀書，都唔揸了幾耐。正學得個幾個且夫嘗謂今天下，與及之乎者也矣焉哉！」[75]〈哭科舉〉：「真正日無停刻，夜又通宵。心血耗清，精力漸少。若果博得個功名，怕乜俾命一條。虧我運滯時乖，天亦不弔。依然故我，兩鬢蕭蕭。」[76] 兩者相較，鄭氏之作較多同情感慨之辭，廖氏之作更具批判力量，更能道出科舉制度的禍害。

與題材相近的革命派報章上的粵謳相比，廖恩燾的粵謳文學趣味更濃厚，往往兼有發表思想和見解、描摹人情百態的內容，視野較為宏闊，詞彙亦比較豐富，並常以想像和翰藻鋪演作品，所以篇幅往往比較長。又例如同是描寫美國華工的苦況，廖恩燾的作品亦勝同期報人一籌。他所寫的〈離巢燕〉[77] 和《唯一趣報有所謂》署名「猛進」的〈南飛雁〉[78] 內容和意象都頗接近。廖氏之作以禽鳥的意象貫串全篇，如堂前燕、鷓鴣啼、鴻鵠志等，調動了不少古典文學的資源，但用意卻是新鮮的、充滿時代感的。〈離巢燕〉內容較複雜，除了提到華工漂泊異鄉的處境，又提醒他們要團結爭氣，方可免異族欺凌：「都為你個主人，總唔憐惜吓你，畫簾深處，重有的篆煙迷。你若念吓同群，就要爭一啖氣。咪個自相殘啄，好似梟鴟。……唔信你又睇吓印度波蘭，與及猶太，遭人踐踏，重甚過燕啄香泥。」猛進的〈南飛雁〉因為用了不少套語，如「飄零」、「羈困」、「憔悴」等，而有因襲之弊。

廖恩燾的粵謳在方言俚語之中，夾有較多古雅的詞彙，好像「唔

好一樣咁愚黔首」[79]，「黔首」見於《禮記》，廖氏為了押韻，不得不使用極少在民間文藝出現的詞語。廖氏寫作粵謳時，沒有避用典故，〈八股毒〉中的「雪案埋首」[80]，突出文人在八股取士時艱苦讀書的情景。〈珠江月〉：「虧我心血如斗，莫只向新亭泣楚囚。硬要把虎嘯龍吟，換一片婆心佛口，口頭禪語，便唱出一串珠喉。等到你鈞天醉夢醒來後，好共你唾壺擊碎咯，細說重頭。」[81]用了兩個《世說新語》的典故[82]，有效加強了激勵同胞奮發向上，來日國勢強盛再譜壯歌的激情和憧憬。在晚清時期，廖恩燾的粵謳發表於以高級文人為對象的《新小說》，民國的《新粵謳解心》是因為「不忍投敗紙簏」而付梓印行，於友儕之間傳閱的，可見廖氏的讀者以高級文人為主。這和革命派的粵謳以下層文人以至普通百姓為對象很不一樣。

在廖恩燾筆下，粵謳這種體裁呈現文人化的變奏。但是，這僅僅是廖氏新粵謳的一面。他的另一些粵謳，卻是為民寫心的作品，以文人的模擬和想像，描寫民間百姓的心理，卻又貼切動人。例如〈做我地呢份老舉〉以女子口吻，既寫民生，又寫國情，最是生動有趣。謳中模擬妓女的口吻，既描寫皮肉生涯的辛酸，又間接諷刺高官軍閥：「做我地呢份老舉，乜咁似佢地官場。想必前世在果塊花田，插落過秧，故此今世墮落風塵，還呢筆孽帳，一味迎新送舊咁去當娼。我地修整花容，嚟引脂粉大相，就有貪花蝴蝶，為着花忙，佢地獻佛借朵鮮花，容易巴結得上。烏蠅逐臭，重比蜂狂。」妓女把自己的生活比喻軍閥爭權的行為，頗為幽默生動：「我地問

客人開刀，佢地亦會敲竹槓，唔論你精還定吽，都夾硬嚟劏；有陣
我地呷醋嗌交，爭佬就唔使講，打到頭披髻甩，正得心涼。難怪佢
地揸起兵權，就話打仗。」最後還覺得自己的處境比軍閥略勝一籌，
勸官場中人小心形勢變幻莫測：「我地雖則係敗柳殘花，仲還講得
口響。折墮到收山嚟做寮口，姊妹仲係咁好商量。唉，唔似佢地
咁上當，淨係會彈唔會唱。勸佢地打醒十二個精神，正好嘆呢板二
王。」[83]

　　除了「老舉」，廖恩燾也寫「老將」的心態，〈老將自勸〉（凡
二）模擬他們的口吻，抱怨軍閥互鬥，為保權位不惜讓部屬送死。
第一首寫道：「做呢份老將，就算做到人尾，聽人號令，都係為口
奔馳。平日大帥喊哋招兵，情實就為自己。周時鬥殺，捨得我地條
命咁便宜。只要保得佢祿位安然，怕乜使我地嚟送死。」又表示不
想為了軍閥的私利而胡作非為，對不起繳納軍費的百姓：「兵餉咁
大筆開銷，百姓都唔容易擔得起，唔信你睇雜捐釐稅，剝到佢地好
幾層皮，估話養到我地兄弟齊全，替大眾爭得啖氣，單係幫佢個人
爭氣，點叫得做血性男兒。」1923 年，孫中山提出「先裁兵、後統
一」、「裁兵築路」等主張，但是要得各系軍閥支持並不容易。廖
恩燾在第二首借着寫兵將的心態，抒發自己對這政策的意見。他甚
為同意孫中山的看法：「天公庇佑有太平日子，使乜養到咁多兵。
就係上便話唔裁，我地亦唔着再害佢地百姓。趁早執埋包袱，番去
開耕，橋要修時，路亦要整，各行手藝都等我地去歡迎。」[84]

　　《新粵謳解心》中部份作品亦以低下階層的口吻，既講自己的

144

生活，也從小市民的角度論及時事，既有文人作品的章法和錘煉，又具備民歌的精神和韻味，其中以〈賣白欖〉最傳神：

丁香欖，盡在幾粒丁香。佢香入心嚟，味道更長。白欖生成，靚仔咁樣。青皮薄殼，只會裝腔。一味尖酸，怕唔係福相。落些鹽醋，等佢嚟嘗。色水太深，容易變醬。醃成鹹欖，人地笑佢係鹽倉。泡製得交關，唔得咁爽。俾的酛頭佢食，怕乜落的多糖。口味若係唔啱，唔怕直講。唔曾夠辣，又試落的生薑。總要辣吓又試甜番，纔知道唔係上當。未受過鹹酸苦辣，點識透世態炎涼。論起五味調勻，佢都消得毒瘴。使乜良醫國手，正話退得災殃。呢陣百姓瘡痍，你地都未曾知道病狀。萬一藥唔對症，你就枉費商量。究不若我白欖呢船，清得五臟。有人幫襯，就係普渡慈航。唉，唔係過獎，你食完還要再想。咁就何妨試多個，睇吓我有冇半句荒唐。[85]

賣白欖是廣州民間行業，小販沿街叫賣，衍生民間即興歌謠，廖恩燾很可能受到啓發。此謳全首模擬賣白欖的小販叫賣時的內容、語調，前面說用酸、鹹、甜、辣泡製白欖，又饒有智慧地總結說：沒嘗過不同的味道，怎會曉得世態炎涼？之後說他的欖比醫生的藥還要靈，反正這陣子百姓受苦，那些醫生都不知道如何救治，更可能藥石亂投。最後希望有客人光顧，就算是普渡慈航，做了大善事，最後又誇讚自己的白欖，令人吃完想再吃。想像若真有賣白欖的小

販唱着廖恩燾這首為他們「度身訂造」的粵謳，將是何等風味。

廖恩燾在民初寫的粵謳，也同樣涉及社會問題，可以〈廢娼〉（凡二）和〈鴉片煙〉為代表。〈廢娼〉（凡二）大致模擬妓女的口吻，設想她們在廢娼聲中的兩種心態：一種希望脫離皮肉生涯，但擔心將來的生活：「賤無話賤得過皮肉生涯，邊個話情願做。青樓墮落，重慘過地獄嚟都。呢會趁勢收山，唔算話早，清茶淡飯，總要有個倚憑為高。就怕叫起首上街，唔容易揀得着個好佬。……呢陣寨口係話執埋，你就先要替我地尋定後路。」其二寫反對被廢的娼妓的想法：「捨得平日係話入過學堂，學會一門手藝，咁就轉行容乜易，做過別樣生涯。無奈從小就在呢處煙花，流落了半世。除卻猜枚唱野，冇件叫得做精。……」[86] 篇末還說娼妓存在「無乜所謂」，引用管仲設女閭三百，以協助管理的典故。廖恩燾在晚清也寫過一首〈鴉片煙〉，發表於 1904 年，和寫於 1921 年的相比，除首兩句相近之外，內容全不同，顯示十七年來，社會上吸食鴉片的風氣仍然未絕。兩首刻劃癮君子的生活和外貌，都很具體詳細，以晚清的〈鴉片煙〉較有危機意識，把鴉片的禍患，在經濟和政治兩方面跟國運連繫起來：「只恨當初林則徐唔曾把個的煙來燒盡，呢陣通行十八省，重要抽到土稅膏。……雖則攞起煙槍，都唔計得數據。但係拈來當炮，怕唔敵得人地嘅鐵甲兵船。睇吓咁黑暗一個支那，怕乜你有煙燈點。問你一燈如豆，點照得遍世界三千。」[87]《新粵謳解心》的這些作品，很少用典，風格和民間作品更為接近。

廖恩燾的這些作品，是文人創作介入民間文體的傑出代表，是

他的粵謳中最為動人的部份。鄭振鐸認為元代散曲是優秀的俗文學，經過文學修養者的手筆，是傑出抒情詩人的傑作，但又仍然深入民間[88]。筆者認為廖恩燾的一些粵謳，達到了這種境界。需要補充的是，這不代表報刊上其他作者的新粵謳無一可取。事實上，其中優秀的作品亦能夠逼近民歌的直率可喜、天真爛漫，和耐人尋味的廖氏之作恰成對照。周作人指民歌真摯、誠信[89]，「真實表現民間的心情」[90]，「有一種渾融清澈的地方，與個性的詩之難以捉摸者不同」[91]，庶幾可以形容這些佳作。因為詞意的淺白、題旨的單純，可能比廖氏的作品更能獲得大眾的共鳴。如辛亥革命前夕的〈奴咁靚〉、〈唔等得幾耐〉[92]，寫新女性獲得解放的喜悅；以一男一女對答唱和的〈遊花地〉二首[93]，寫小情侶鬥嘴的活潑和約會的歡愉；寫新女性熱中觀看志士班戲劇的〈奴去睇戲〉[94]和〈奴係要去〉[95]。這些作品都沒有用典，僅以粵語唱出歌者的心情，詞意直接明白，毫不扭捏作態。雖然這些作品的確少之又少，但畢竟是在這些報人作者、下層文人的筆下，粵謳真真正正地重返民間。

第四節　雅俗的交鋒

始於近代的粵語格律詩，何淡如是開創性的人物。何氏名又雄，南海人，為同治元年（1862年）舉人[96]，曾任高要縣教諭，後在穗港等地設館授徒。與張維屏、梁九圖等均有交往。小說家梁紀佩更

指何淡如「聰明天亶，蘊藉風流，文妙工諧，名冠粵省」，講課時常常語涉詼諧，因此很受歡迎[97]。梁啟超在《新民叢報》引錄他的兩首粵語格律詩，在清末民初的廣東文人中流傳不衰：

〈賦得椎秦博浪沙〉得秦字五言八韻　試帖一首
話說椎皇帝，如何膽咁真。果然渠好漢，怕乜你強秦。幾十多斤鐵，孤單一個人。攔腰搬過去，錯眼打唔親。野仔真行運，衰君白替身。險些都變鬼，快的去還神。兇手當堂趯，差頭到處巡。亞良真正笨，為咁散清銀。

〈垓下弔古〉　七律一首
又高又大又峨嵯，臨死唔知重唱歌。三尺多長利劍入，八千靚溜後生哥。既然廩矷爭皇帝，何必頻輪殺老婆。若使烏江唔鋸頸，漢兵追到屎難屙。[98]

梁羽生稱這兩首詩「夾敍夾議，用詼諧的口吻評論歷史人物，堪稱通俗文學的上乘之作」[99]，在粵語格律詩的寫作歷程中，這兩首作品的確具有重要意義，無論是題材、語言和精神，都被後來的作者所繼承和發揚。口頭的、生活化的粵語，固然是廖恩燾及其他後來者的寫作原則。而廖恩燾的粵語格律詩，詠史題材佔去最大部份。〈垓下弔古〉使用的七律體，也成為粵語格律詩最常見的體式。末聯提及的「屎」、「屙」等以穢物入詩的手段，在廖恩燾的粵語格

律詩中更是常見。

　　由何淡如的粵語格律詩可見，雖然使用大致相同的格律模式，但當粵語「入侵」格律詩之後，產生的是完全不一樣的風格。雖然在近體詩的形成過程中，民間歌謠是不可缺少的推動力，但經過文人長期的淘洗，格律詩成為文學殿堂裏的詩體。歷代嶺南詩人在作詩時，或許多少借用了家鄉話的語音，但遣詞用字很少跨越書面語、讀書音的界線。事實上，如果只用書面語和讀書音，避過口頭粵語的種種助詞，用粵語寫詩也可以非常文雅。南社詩人鄧爾雅有「篋衍他時成亂稿，方言古語再狂搜」之語，但他追求的是古奧的風格。例如用「麻茶」而不是「蒙茶茶」，用「鏖糟」而不用「污糟」，用「穿煞」而不用「穿嬲」[100]，兩者的語言風格差異極大。但是，粵語格律詩的作者卻完全無視殿堂的神聖和語言的樊籬。粵地文人直接用口語寫作時，把民間語言和文化都移植到文人文學主流的詩體裏去，二者無可避免地形成了一種雅與俗的矛盾和張力。粵語在格律化的傳統詩體中，扮演了怎樣的角色，如何平衡詩體和語言，成為探討粵語格律詩這種「大俗大雅」的詩體時，最引人入勝的話題。

　　在介紹廖恩燾的粵語格律詩之前，可以先從他的「後輩」張江美說起[101]。張氏指出，粵語集專有名詞[102]、隱語、歇後語、拆字語、別用語、忌諱語、簡化語及洋化之大成，成為雅俗共賞的語言[103]。他的分析指出，除了粵語用漢字的書寫傳統之外，口頭粵語本身包含了豐富的資源，可供詩人選用。這些語言習慣，又蘊含廣東民間的創造力和幽默感，在文人引用入詩時，增強了粵語格律詩的趣味

性和生活感，在一定程度上，也決定了粵語格律詩幽默詼諧的風格。例如「忌諱語」，是指為了避過不吉利的字詞、名稱而作出改動，到今天仍然有不少。粵人的語言習慣頗多忌諱，例如改稱查閱日子吉凶的「通書」為「通勝」，因為「書」和「輸」同音不佳。廖恩燾的詩中亦有使用：「會搵堆柴嚟譬喻，皆因讀過兩篇贏」[104]。但在日常口語中，除了賭徒之外，「讀過兩篇書」，不會就改口說「讀過兩篇贏」。這裏廖恩燾的改動一方面配合押韻，也帶入民間語言習慣的趣味，用得甚為巧妙。

廖恩燾的粵語格律詩集《嬉笑集》，歷來甚受廣東文士歡迎，版本眾多。據現存資料，最早於 1924 年在北京出版，內頁題為「廣東俗話七律詩」，亦有與《新粵謳解心》合刊的版本，收錄「漢書人物雜詠」三十七首，「古事雜詠」二十七首，「錄舊」十四首，「辛酉東居」二十首，「癸亥春明紀事」六首，共一百零四首。1949 年在香港重印，但大部份是新作，或是舊題重寫，小部份是作者據記憶錄出，所以收錄的作品從晚清、二十年代到抗戰勝利初期都有，時間跨度很大[105]。可以說，廖氏前後寫了兩部《嬉笑集》。1970 年曾清據 1949 年的版本出版校正手抄本，在「信口開河錄」加入廖氏未編入的〈贈友〉一首。1971 年李澤甫在香港出版謄寫複印本，所據應是 1949 年的版本，並加上剪報而成，他沒有加入〈贈友〉，但附錄了〈八十四歲自壽詩〉一首及應為曾清漏抄的「著者附記」，並在「史事隨筆」補上三首：〈商鞅變法〉、〈毛遂自薦〉及〈西門慶〉，稱「疑是載初印本重印時剔去」。但今天所見，三首均未

嬉笑集

漢書人物分詠　　　　珠海夢餘生撰

秦始皇

荊軻嚇失佢三魂，好在良官冇搬親，
野仔執番條爛命，龜公害盡幾多人，
監生點解縈陪葬，臨死唔知重拜神，
萬里咁長城一座，後來番鬼當新聞。

廖恩燾著《嬉笑集》，曾清手抄本，約於 1970 年出版。

收於 1924 年的初版本。1973 年 10 月，梁寒操把李澤甫本轉刊於《廣東文獻季刊》三卷三期，加入了自己和一些友人的題辭。1995 年《澳門日報》據曾清本重印。2003 年，鍾允文據李澤甫本於香港修訂重印，加入何淡如、張江美等人的粵謳格律詩。合併曾清和李澤甫本，可以得出後期《嬉笑集》比較完整的面目，總計有「漢書人物分詠」二十七首，「史事隨筆」二十六首，「金陵雜詠」十四首，「信口開河錄」九首，〈八十四歲自壽詩〉一首，共七十七首。與初版本相較，完全相同者有十三首，同題異文或部份相同者有十九首[106]。因為粵語的變化和影射的手法，《嬉笑集》從序言到詩作都並不容易索解，正如羅忼烈所說：「方言俗語的新陳代謝，有些是很快的，而方言詞的寫法也不是『書同文』的。因時間的關係，就是操粵語的人也不一定能夠完全通解這七十幾首詩，我個人就已經有些不懂的了。」[107] 黃坤堯亦指：「由於方言詞彙的轉變，書中有很多舊時代的粵語詞彙現在也難於索解了。」[108]

　　粵語帶着民間的語言幽默、諧謔，配合文人巧妙的驅遣，或多或少把打油詩的趣味和風格融進格律詩，顛覆了傳統詩體的美學。羅忼烈指廖恩燾詠漢書人物的作品：「多從小事上品評，可以說在咏史詩中別開生面。」[109] 正如所羅氏的分析，廖恩燾常用俗語詮釋歷史人物的處境。《漢書》載劉邦斬蛇而知自己為「赤帝子」，所以廖氏云：「唔係打蛇隨棍上，江山點得到佢撈」[110]，「打蛇隨棍上」指做事滑頭，借勢達到自己的目的。這俗語既緊扣劉邦將為帝皇的徵兆，又指出了劉邦行事的特點，用得非常巧妙。羅氏未及見到的一

首〈漢高祖〉，首句云：「老蕭話佢大拋禾，一味麒麟訐詐多」[111]。典出蕭何的說話：「劉季固多大言，少成事」[112]，廖恩燾把這種人格準確翻譯成俗語「大拋禾」，讀者無法不嘆服其機智與生動。同一首的第三聯：「亂嚟射尿淋人帽，詐去屙屎避把刀」，並非作者故作粗鄙，而是生動、貼切地表現劉邦這個市井之徒的粗野狡猾。用方言寫詩，可以不避穢物，廖恩燾精彩地發揮了粵語格律詩的特點。〈漢高祖〉三首的語言和詩體，都和劉邦的個性非常吻合，筆者認為，是「漢書人物分詠」中非常成功的一組。〈楚項羽〉也是《嬉笑集》中較好的作品，相對於司馬遷渲染項羽的悲情，把他塑造成一位失敗的英雄，廖恩燾集中描寫指出他的愛面子、剛愎自用，和「聲大條腰又咁粗」的形象非常配合。俗語「吟詩都吟唔甩」指無法逃避災禍或無法洗脫嫌疑，廖氏「吟詩睇白吟唔甩，跑到烏江就一刀」[113]一句，寫項羽以歌哭別虞姬。這部份的詩作雖然題為「詠」，但往往是作者挪用風趣抵死的粵語，把歷史人物從高高在上的宏大敍事中拉下來，描繪其生存處境的難堪和狼狽，並寄寓作者的褒貶。又如兩首〈司馬相如〉的內容雖然不同，但都突出司馬相如的機心和薄幸，戳破了浪漫的愛情故事。梁羽生指此詩「隱隱道出此一大名士追求寡婦為的是錢」，並認為最後一句「茂陵重想裝埋艇，頭白吟成無嘢音」[114]，諷刺意味尤為深刻。梁氏所讀的是1949年的版本，事實上，在初版本中，廖恩燾對司馬相如的批評更明確：「滿肚密圈嚟賣賦，周身大話去題橋」。[115]

初版的《嬉笑集》中，有少數可以稱作「舊題新寫」，作者以

膾炙人口的傳統詩歌為題材，重寫詩中的事件和風物，卻改換了意境和格調，最能表現廖氏如何變化山水詩的風格，怎樣與傳統詩人對話。例如〈孟浩然夜歸鹿門〉改寫自〈夜歸鹿門〉，夏曉虹曾詳細分析此詩，認為廖恩燾「極寫孟詩人忙人之所閑，方可顯出其別有所好與詩癖之深」[116]。誠如夏氏所說，此詩將孟浩然的「自在行吟」，解讀成為了尋找靈感作詩，出門至夜深，弄得一身雪、兩腳泥，連自己養的狗都不認得而被吠，狀甚狼狽。但卻以詩人的生活瑣事為題材，能夠表現孟浩然的「詩癖」，詩中「白茫茫就成身雪，黑墨墨真滿腳泥」一句，擅用日常粵語中形容顏色的疊字，既富傳統詩歌的詩意，又別有另一番情趣。另一例子是〈題寒江獨釣圖〉改寫自〈江雪〉：

> 滿海鋪勻雪重飛，漁翁褸住件蓑衣。躉低隻鶴依還瘦，釣起條魚乜咁肥。連影計埋人兩個，冇聲拋落竹成枝。月光上到蘆花岸，詩屁唔屙等幾時。[117]

原作令人難忘的是孤絕幽靜的意境，本詩略作保留，但新創了「月上蘆花岸」之詩景，特別的是增添了「鶴瘦魚肥」的生活趣味，讓人想見漁翁的自得其樂，比原作多了一種歡愉。宋明畫家都畫過〈寒江獨釣圖〉，發揮柳宗元的詩意，在這一典型的文人詩畫傳統之上，出現廖恩燾這首不盡諧協，但又別有意趣的〈題寒江獨釣圖〉，為這一文化系譜賦予了新鮮的色彩。〈題陶淵明種菊圖〉[118] 其後題為

〈陶淵明採菊東籬〉[119]，二詩首尾兩聯相同。首聯「先生着件爛長衫，擔把鋤頭挽隻箕」，為陶淵明穿上長衫，簡潔地增添了他的文人氣質。羅忼烈指這是為了通俗，把陶淵明描繪得更有時代感。尾聯「彎到條腰弓字樣，自然放屁就成詩」，羅氏指這是讚美的俏皮話。廖恩燾對於《嬉笑集》中的幾位大詩人都給予「詩屁」、「詩屙」之詞，柳宗元、蘇東坡如是，陶淵明亦未能幸免，今人讀來不一定能明白其中作用。〈陶淵明採菊東籬〉也保留了第三聯「釗牆腳」、「鏟地皮」等「節外生枝」的影射，羅忼烈猜想廖氏可能借題發揮，影射當時的政治環境。〈題陶淵明種菊圖〉的第二聯為「趕去種埋藾嫩菊，得嚟補吓個疏籬」，頗為生活化。這兩句後來改為「人正淡如先日菊，花還靚過舊年枝」。「人淡如菊」取自《二十四詩品》，但與陶淵明的人格和陶詩的風格融合無間，而且對仗工整，雖在口頭粵語的運用上稍作讓步，只保留用字和語法，但雅俗之間取得完美平衡，是《嬉笑集》中令人矚目的佳句。

　　廖氏的粵語詩也不是常常能夠做到這一點，甲子本有部份詩句用了粗話，頗受論者批評。黃坤堯認為這些詩聯屬「低俗之作，低級趣味，使方言文學誤入歧途，絕不可取」[120]，曾清抄的是1949年的版本，仍指「只惜有些字句用得太俗一點」[121]。不過，筆者認為方言寫作中的粗話，應以別種眼光看待，不宜以傳統詩歌美學輕易否定。粗話本來也可以成為一種藝術手段，在廖氏的粗言穢語之中，也不乏情有可原者。像〈祖逖中流擊楫〉有「鬼楂咁樣嘈喧地，火起番嚟閃那星」[122]一聯。祖逖是北伐名將，擊楫的故事生動地表

現他對國家亂局的憤慨和澄清中原的大志。廖恩燾寫這首時，正是北伐困難重重，國家處於前所未有的亂局之中，此詩肯定有以古喻今之意。為了表現古人和自己的憤怒，「閃那星」這粗話未嘗不可用。至於〈大花炮〉[123] 並非純粹的咏物詩，似乎隱喻惡勢力中人，用上粗話可以強烈表現對這類人的厭惡情緒。當然，其他一些詩聯中的粗話，其必要性或有商榷餘地。如初版本的〈樊噲〉最後一聯用「閪」字罵呂后，單看詩歌的內容或顯得過激[124]。〈漢文帝幸細柳軍〉[125] 中，作者的立場似乎對周亞夫毫不同情，認為他使皇帝「丟架」，為何運用那麼激烈的字眼，作者很可能別有用心，今人卻不易理解。黃坤堯指，1949 年的版本沒有那麼多粗言穢語，反而多了一些「雅聯」，「可以表現粵方言的幽情和雅韻」[126]。除了上文提及的「人正淡如先日菊，花還靚過舊年枝」，還有〈勝棋樓〉「燕子入簾睄一下，鶯哥見水恨雙飛」[127] 一聯等等，而黃氏所肯定的〈天寶遺事書感二之二〉「千年戾氣埋冤鴿，一縷香魂心杜鵑」[128] 一聯，筆者卻認為過於文雅，沒有保留口頭粵語的鮮明特色，和一般嶺南詩人的作品無異。可見粵語格律詩的語言如何平衡雅俗，實不容易。總的來說，筆者對廖氏的粵語格律詩中的粗話支持多於反對，更不認為這種特殊的詩體應以表現「幽情和雅韻」為目的，因為這樣等於以傳統詩歌的美學觀收編方言詩歌的特色[129]。但是，從論者的批評可見，經典化的格律詩體和不拘一格的方言寫作之間的碰撞和滲透是個非常有趣的議題。

　　雖然古人史事是廖恩燾用力甚多的題材，但部份隱喻太深，部

份純屬遊戲之作。論者最為肯定的是他寫民生和風俗的作品，以其較具現實意義。廖氏膾炙人口的詩句：「風車世界啦啦轉，鐵桶江山慢慢箍」，正是以粵語格律詩的幽默諷刺描寫時事局勢的代表。在初版本中，〈自由女〉、〈新人物〉都以諷刺的筆調[130]，刻劃新派人物的虛偽可笑。〈自由女〉形容「別有懷抱」的新女性，從外貌到動作都繪影繪聲：

> 姑娘呷飽自由風，想話文明楝（揀）老公。唔去學堂銷暑假，專嚟旅館睇春宮。
> 梳成隻鬅鬆毛狗，剪到條辮掘尾龍。靴仔洋遮高腳褲，長堤日夜兩頭舂。[131]

寫於 1923 年的「癸亥春明紀事」第一首寫議場上議員大打出手，尤為繪聲繪影：「大家都為兩蚊錢，半句唔啱嗌定先。墨盒掟穿成額血，茶杯打爛幾牙煙。直頭燒到開花炮，錯手傷埋起草員。有個想溜唔得徹，飛嚟交椅當青磚。」[132]特別值得一提的是〈外江壯士〉。此詩描繪龍濟光這位獨裁者統治下的廣東，連他的隨從差役都氣焰十足，目無法紀：「戥起煙酒有幾斤，重還咁惡去蝦人。招牌擺出龍王字，號褂釘嚟虱乸春。四大金剛當統領，一班火（伙）記認鄉親。借題搶劫平常事，婦女行街亂摸身。」[133]龍濟光對民間活動採取高壓手段，當時廣東人對他的惡行不敢直斥其非，只戲稱他為「外江壯士」[134]。此詩雖只從側面着墨，但能使讀者管窺在龍

氏的暴政下廣東人民的生活狀況。在 1949 年的版本，這類作品數
量更多，羅忼烈詳細分析「金陵雜詠」和「信口開河錄」兩部份的
詩作，認為比「漢書人物分詠」更有意思，「前者借名勝古跡來反
映當年首都南京的烏煙瘴氣，後者反映當年廣州政治社會的腐敗」。
梁羽生最欣賞廖氏寫廣州的「時事諷刺詩」，認為他的「廣東話詩」
詠史紀事都能啟人深思，「尤其〈廣州即事〉等詩，描畫舊社會諸
般令人可笑而又可恨的事物，更是兼有『藝術性』與『思想性』的
佳作」[135]。

　　廖氏描寫民生時事的詩歌的成功，對後輩的鼓勵和啟發是不少
的。雖然粵語格律詩的歷史很短，作者群很小，民國時期坊間流傳
的作品亦難以搜集，幾乎不可能描述完整的文體演變史，但我們還
是可以從一些蛛絲馬跡，得知在廖氏之後，粵語格律詩這種詩體的
內容風格更趨穩定。據余祖明《廣東歷代詩鈔》，廖恩燾的同代人
胡漢民、梁寒操、李蟠等都曾寫作粵語格律詩[136]。胡漢民的兩首〈詠
張良〉和〈詠陳平〉應是和廖恩燾在日本時所作，主要仍是詠史詩
的趣味，梁氏的兩首都是向廖氏致敬的贈答之作，選收李蟠的詩歌
都寫於抗戰時期，和當時的重大事件關係密切。繼廖氏之後，羅忼
烈及香港的一些報人和通俗文學作家，也曾寫作粵語律詩[137]，作品
較多的要算是張江美。他對廖恩燾的詩作極為嘆服，詩集〈粵語吟
草自序〉亦模仿〈嬉笑集自序〉，以粵語四六文寫作，其中提到「何
況淡如一去，餘子無多；鳳舒長眠，更誰為繼？」〈粵語詩〉兩首
之一又說：「嬉笑間誰能後繼，展堂話佢未前聞。」[138]《粵語吟草》

全書描寫七、八十年代香港的各種現象，雖不再以董狐筆自任，但生活化的氣息得以加強，更集中揭露荒謬可笑的社會現象，發展了《嬉笑集》中的優秀品種。

小結

　　寫作粵語格律詩本是清末民初廣東文人私下流行的風雅活動，據說文思過人的陳少白在求學時期就曾即席作詩，諷刺趾高氣揚的新派文人，用的也是粵語詩[139]。更堪玩味的例子卻是來自外省的胡適先生。1935 年 1 月 9 日，胡適結束香港之行到了廣州，當時陳濟棠為加強統治提倡尊孔讀經。在香港已經宣傳白話文和新文化的胡適，與陳濟棠會面後方才醒悟自己立場之不妙，原定在中山大學和嶺南大學等地的多場演講全部取消，僅在廣州逗留兩天就轉往廣西。1 月 26 日北回時，胡適在船上翻閱朋友所贈的《粵謳》，並用從中學來的粵語做了一首詩：

　　〈黃花崗〉
　　黃花崗上自由神，
　　手揸火把照乜人？
　　咪話火把唔夠猛，
　　睇佢吓倒大將軍。[140]

雖說憑弔黃花崗的題材是受偶遇的朋友觸發的，細心玩味卻不無反抗陳濟棠之意。胡適以粵語詩揶揄統領廣東的「大將軍」，饒富反抗精神。

本文主要討論的作者廖恩燾則以他的粵語詩展現了一場雅的文體和俗的語言之間的格鬥。他以文人的修養、關懷和巧思，挪用民間的口頭語言和詼諧文化，改換了格律詩的風貌，為傳統的咏史詩、山水詩帶來別樣的趣味和風格。在用韻方面，他恪守詩律規範之餘，又盡量忠於粵音。黃坤堯指：「廖恩燾的粵語七律詩一般都恪守字句平仄粘對的限制，不敢逾越，因此絕大部份是和諧的律體……在用韻方面比較特別，大抵是折衷平水韻與粵韻之間，而以諧協現代粵語為主，絕不泥古，且見創新。」[141]以方言顛覆正統文體的例子，沒有比粵語格律詩更為生動了。廖氏的作品大大提高了這種詩體的可能性，同時試驗了律詩和粵語的彈性。古典詩歌在宋以後模仿漢唐，甚有保守性，因此和不斷發展的口語距離愈來愈大[142]，而粵語格律詩甚至比一般追求口語成份的詩歌更極端，更能呈現口語的面貌，是格律詩中非常特別的一支。在思考雅與俗、語言與風格、口語和書面語等問題時，都有獨特價值，應獲得更多重視。

粵謳在廖恩燾筆下，無論內容、風格、語言都得到全面的拓展，部份作品更在文人的修飾之中，保留了民間語言和天真的感情。雖然廖恩燾的粵語作品都以筆名發表和出版，詞作卻以真實姓名示人，也曾毀去大量的粵謳，但他其實非常珍視這些作品。在〈法曲獻仙音〉這首詞作題下注云：「三十年前作粵謳，有人採入詩話。

嗣在京師，偶有所作。柳溪、瘦公、季裴、琭青、公睦輒擊節，慫
恿付剞劂，重違其意，既而悔之。」[143] 廖氏的粵謳和粵語詩雖然是
遊戲筆墨，風格詼諧，但都經得起仔細的分析，是苦心孤詣而成的
作品。寫詞的廖恩燾善感多愁，寫粵謳和粵語詩的廖恩燾卻是雅愛
詼諧、滿懷童真的人，因此他在一首粵語詩中形容自己是「闊佬性
情窮鬼命，伯爺年紀嫩蚊心」[144]。有這樣多面性的人格，使廖恩燾
可以馳騁於雅與俗的文學領域，又得心應手。在本書的個案中，廖
恩燾是最富作家意識和才情的一位，他寫作粵謳和粵語詩的過程，
也是民間資源和文人創作如何互相滲透的過程。

注釋

1　〈小慧解頤錄〉，「雜俎」欄，《新民叢報》，第 5 號，1902 年 3 月 24 日。
未署作者，但應出自梁啟超手筆，見夏曉虹：《覺世與傳世──梁啟超
的文學道路》，北京：中華書局，2006 年，頁 32，注釋 4。

2　楚卿（狄葆賢）：〈論文學上小説之位置〉，《新小説》，第 7 號，
1903 年 9 月 6 日。

3　梁啟超〈飲冰室詩話〉，《新民叢報》，第 38、39 號，1903 年 10 月 4 日。

4　陳錚編：〈致梁啟超函〉，《黃遵憲全集》（上冊），北京：中華書局，
2005 年，頁 432。

5　夏曉虹：「直到廖恩燾的《粵謳新解心》開張，梁、黃兩位廣東人所熱
心的粵語詩歌才真正在《新小説》上露面。廖氏也很快成為『雜歌謠』欄
最重要的作者，以總計 22 首的產量高居第一。」參夏曉虹：〈近代外交官
廖恩燾詩歌考論〉，《中國文化》，第 23 期，2006 年 12 月，頁 100-101。

6　廖恩燾的生卒及生平，參見夏曉虹〈近代外交官廖恩燾詩歌考論〉一文。

7　廖恩燾在晚清以「春夢生」的筆名寫作傳奇《學海潮》和京劇《團匪
魁》、《維新夢》。參見夏曉虹：〈晚清外交官廖恩燾的戲曲創作〉，《學
術研究》，2007 年，第 3 期，頁 132-141。

8　梁啟超在《新民叢報》第 85 號（1906 年 8 月 20 日）刊出廖恩燾的〈紀
古巴亂事有感〉及〈灣城竹枝詞〉，梁氏指後者「感均頑艷，且可作地
方志讀」。

9　朱彊村指廖恩燾的詞「幾為倚聲家別開世界矣」，見朱孝臧：〈《懺
盦詞》題辭〉，《懺盦詞》卷首，1931 年。有關廖恩燾的詞作可參
考王韶生：〈紀香港兩大詞人〉，《崇基學報》，1964 年，頁 109-
117；王韶生：〈詞壇祭酒廖恩燾〉，《當代人物評述》，台北：文鏡
文化事業公司，1985 年，頁 65-72；夏曉虹：〈近代外交官廖恩燾詩
歌考論〉。

10　容肇祖及梁培熾曾考「粵謳」與「解心」兩詞的來源和關係，可分別參看容肇祖：〈粵謳及其作者〉，《歌謠》，第 2 卷第 13 期；梁培熾：《南音與粵謳之研究》，三藩市：舊金山州立大學亞美研究系，1998 年，頁 158-163。

11　關於招子庸的生年，梁培熾的研究為 1793 年（乾隆五十八年），和冼玉清所引錢林撰〈招桐坡壽序〉的 1789 年（乾隆五十四年）有差異，但生平事跡大致相同。同治《南海縣志》有招子庸傳，記招子庸字銘山，廣東南海橫沙人，是嘉慶丙子舉人，曾任山東知縣，政德受鄉民讚頌，又擅畫蘭、竹、蟹，精通音律。

12　懺綺盦主人（廖恩燾）：〈自序〉，《新粵謳解心》，1924 年。

13　參見許地山：〈粵謳在文學上的地位〉，《民鐸》，1922 年，第 3 卷第 3 號；陳寂評注：〈前言〉，《粵謳》，廣州：廣東人民出版社，1986 年，頁 5-6。

14　分別參見容肇祖：〈粵謳及其作者〉、《南音與粵謳之研究》，頁 154-157 及冼玉清：〈招子庸研究〉，見黃炳炎、賴達觀主編：《冼玉清文集》，廣州：中山大學出版社，1995 年，頁 150。

15　丘煒萲的《客雲廬小說話》及賴學海《雪廬詩話》都提到「珠娘」喜歡唱「解心」以抒發己懷，容肇祖以為「珠娘」是蜑戶，即以捕魚維生的水上人家。古代越俗確稱婦女或女孩為「珠娘」，但近代閩粵人士多用作對妓女的稱呼。錢泳《履園叢話·祥異·八月十五日晡》：「閩語謂夜為晡，屋為宅，妓女為珠娘。」《續修四庫全書》1,139 冊，據華東師範大學圖書館藏，清道光十八年（1838 年）述德堂刻本影印，上海：上海古籍出版社，1995 年，頁 220；袁枚《隨園詩話》卷七：「廣東珠娘皆惡劣，無一可者。」《續修四庫全書》1,139 冊，據上海圖書館藏清乾隆十四年（1749 年）刻本影印，出版社及年份同前，頁 351。

16　黃遵憲著，錢仲聯箋注：〈歲暮懷人詩·懷陳乙山工部〉，《人境廬詩

草箋注》，上海：上海古籍出版社，1981 年，頁 559。

17 懺綺盦主人：〈自序〉，《新粵謳解心》。

18 鄭振鐸：《中國俗文學史》（下冊），上海：商務印書館，1937 年，頁 453-454。

19 楊家駱：〈重印粵謳序〉，《粵謳 民間歌謠集》，中國俗文學叢刊第 1 集，台北：世界書局，1971 年。

20 陳寂指「葡人庇山」曾把《粵謳》譯為葡文。見陳寂：〈前言〉，《粵謳》，頁 7。

21 Translated with introduction and notes by Cecil Clementi, M.A, *Cantonese Love-Songs*, Oxford: The Clarendon Press, 1904. 金文泰的譯本一套兩冊，上冊為金氏寫作的序文、導言及全書譯本，附有金文泰的詳細批注，下冊刊載原文，並附索引，每詞均注明粵音及英文解釋。《粵謳》的另一英譯是英國人 Peter T. Morris（潘敏賢）在九十年代所譯，亦名為 *Cantonese Love Songs*，1992 年由香港大學出版社出版。

22 許地山：〈粵謳在文學上的地位〉，《民鐸》，第 3 卷第 3 號，1922 年 3 月。

23 陳寂：〈前言〉，《粵謳》，頁 2。

24 石道人序，《粵謳》，廣州：登芸閣，1828 年。除特別注明外，本章所引招子庸的《粵謳》均出自此版本。為免與陳寂評注的招氏《粵謳》混淆，注文稱為「《粵謳》（登芸閣）」。

25 玨甡序，《粵謳》，同上書。

26 丘鶴儔：《琴學新編》，缺出版資料，香港發行，1920 年，頁 260。

27 陳志清：「腔長詞短、過序冗長、一唱三嘆的粵謳，趕不上時代的步伐，也因為它沒有穩定地被吸納在粵劇唱腔中，所以日久失傳，至今幾乎無人能唱了。」陳氏又說，「現在粵劇唱腔中經常使用的是根據中板粵謳的旋律特點，按南音的板式結構重新創作的新粵謳唱腔，習慣叫『解心

腔』。這種『解心腔』，有起式，有收煞，獨立完整，是粵謳與南音結合的新唱腔，但粵劇中另有一種『解心腔』專腔，不能獨立，只依附在某些唱腔中，這種『解心腔』專腔比較短，而且只有幾個音符具有粵謳的特色。」所以，今天保留在粵劇中的粵謳，已經過改造。見陳志清：《南音粵謳的詞律曲韻》，香港：香港文學報社出版公司，1999 年，頁 80 及 120。

28　李默和冼玉清都認為「燕喜堂」乃書坊之類的機構，不是作者。許翼心在接受筆者訪問時，亦持相同看法，有個別論者以「燕喜堂」為《新解心》的作者，不足信。

29　曼殊庵主：「吾粵溯殷富者，道咸間，曰盧，曰潘，曰葉。」〈序二〉，載黃小配（黃世仲）：《廿載繁華夢》，天津：天津古籍出版社，1986年。該文亦提到「曩有伍氏者，亦以富稱」，見阿英編：《晚清文學叢鈔》，小説 3 卷下冊，北京：中華書局，1960 年，頁 314。

30　《新解心》有部份作品描寫女子之間親密的姐妹情誼，除了〈義律鬼〉之外，〈秋景好〉及兩首以書信往還形式寫的粵謳，都肯定以此為題材。可參考本書附錄一「清末民初粵語作品提要」。這些作品可視為廣東固有風俗的反映。就筆者目力所及，《時事畫報》最少三次繪畫這種風俗，例如 1912 年 11 月第 6 期刊出一幅《女桃源》的畫作，繪順德繅絲廠女子「持無夫主義」，並合購置「姑婆屋」。

31　見同治《南海縣志》招子庸傳記。

32　李默、徐巍：〈粵謳淺談〉，載李默、徐巍選箋：《多情曲》，廣州：花城出版社，1990 年，頁 3。

33　《再粵謳》這兩首作品〈唔好大話〉及〈答〉，模擬妻子懷疑丈夫去賭去嫖，大興問罪之師，然後由丈夫來辯解，見《再粵謳》，廣經閣，光緒三十三年（1907 年）。這種形式極富民間韻味，但現存作品不多。除了《再粵謳》保留了一組，1910 年的《最新改良粵謳》收錄的〈遊

花地（二首）〉，以男女對答形式，記一對小情人打情罵俏的説話，活潑可喜。另燕喜堂抄本有兩組以書信還往的形式寫作的粵謳，也可以歸入這類作品。

34　陳寂：〈前言〉，《粵謳》，頁 7。

35　懺綺齋主人：「余曩客美洲，嘗仿其（按：指招子庸）體作百餘首，稿輒棄去，不復記憶。」〈自序〉，《新粵謳解心》，1924 年。除特別注明外，以下所引均據此版本。

36　《時諧新集・曲界粵謳》收錄了廖恩燾的〈自由鐘〉、〈自由車〉、〈天有眼〉、〈地無皮〉，四首均發表於《新小説》，此外尚收錄了 16 首粵謳。胡從經指〈太平山〉、〈水坑口〉為廖氏詠香港之作，惟未陳理據。見胡從經編纂：《歷史的跫音：歷代詩人詠香江》，香港：朝花出版社，1997 年，頁 92。

37　《粵謳》（登芸閣），頁 1-2。

38　珠海夢餘生（廖恩燾）：「辛酉稿」，《新粵謳解心》，頁 1。

39　見招子庸《粵謳》卷首。

40　陳寂評注：《粵謳》，頁 17。

41　《粵謳》（登芸閣），頁 4。

42　李默亦指廖氏的〈花花世界〉「揭露軍閥爭奪權益，互相傾軋，連年混亂，搜刮民財，不顧百姓死活」。見許翼心、方志欽編：《香港文化歷史名人傳略》，香港：名流出版社，1999 年，頁 118。

43　珠海夢餘生：「癸亥稿」，《新粵謳解心》，頁 1。

44　《粵謳》（登芸閣），頁 13。

45　均見珠海夢餘生：「辛酉稿」，《新粵謳解心》，頁 20。

46　《粵謳》，（登芸閣），頁 52。

47 珠海夢餘生：「壬戌稿」，《新粵謳解心》，頁 7。

48 珠海夢餘生：「辛酉稿」，《新粵謳解心》，頁 3-4。

49 《粵謳》，（登芸閣），頁 55。

50 許翼心、方志欽編：《香港文化歷史名人傳略》，頁 118。

51 可參見唐德剛訪錄，王書君著述：「三角同盟」，《張學良世紀傳奇》第八章，濟南：山東友誼出版社，2002 年。

52 梁培熾指「作者透過曲中一些設問的句子，揭發了泥菩薩的虛假，此乃全是欺騙民眾的偶像……在反封建、反迷信，破除偶像崇拜、開啓民智的運動中，不能不有過其中一家的積極社會作用的。」《南音與粵謳之研究》，頁 237。

53 珠海夢餘生：「癸亥稿」，《新粵謳解心》，頁 5。

54 梁培熾：《南音與粵謳之研究》，頁 237。

55 黃尊嚴：「魯案善後交涉與收回山東」及「『山東問題』大事年表」，《日本與山東問題 1914-1923》第七章，濟南：齊魯書社，2004 年。

56 黃紀蓮編：「附錄二　職官表」，《中日「二十一條」交涉史料全編》，合肥：安徽大學出版社，2001 年，頁 686。

57 黃紀蓮編：《中日「二十一條」交涉史料全編》，頁 660-663。

58 珠海夢餘生：〈怕乜同佢直接講〉，「壬戌稿」，《新粵謳解心》，頁 3。

59 同上注。

60 珠海夢餘生：「癸亥稿」，《新粵謳解心》，頁 1。

61 李家駒：〈序〉，《新粵謳解心》。

62 懺綺盦主人：〈自序〉，《新粵謳解心》。

63 懺綺盦主人：〈自題解心後〉，《新粵謳解心》。

64　李綺青：〈序〉，《新粵謳解心》。

65　《游藝報》，乙巳年六月十二日（1905 年 7 月 14 日）。

66　廖公（羅廖公）：〈新粵謳題後〉，《新粵謳解心》。

67　《粵謳》（登芸閣），頁 51。

68　珠海夢餘生：「辛酉稿」，《新粵謳解心》，頁 8。

69　珠海夢餘生：「辛酉稿」，《新粵謳解心》，頁 2。

70　珠海夢餘生：「辛酉稿」，《新粵謳解心》，頁 10。

71　楊敬宇：《清末粵方言語法及其發展研究》，廣州：廣東人民出版社，
　　2006 年，頁 158。

72　懺綺盦主人：〈自序〉，《新粵謳解心》。

73　夏曉虹：〈近代外交官廖恩燾詩歌考論〉，《中國文化》，第 23 期，
　　頁 102。

74　均見《廣東日報》副刊《一聲鐘》，1905 年 11 月 7 日。

75　外江佬戲作：〈新粵謳三章·八股毒〉，《新小説》，第 11 號，1904
　　年 10 月 23 日。

76　《唯一趣報有所謂》，1905 年 9 月 11 日。

77　珠海夢餘生：〈離巢燕〉（為旅美華人而作），《新小説》，第 16 號，
　　1905 年 5 月。

78　《唯一趣報有所謂》，1905 年 10 月 19 日。

79　珠海夢餘生：〈粵謳新解心四章·倡女權〉，《新小説》，第 10 號，
　　1904 年 9 月。

80　《新小説》，第 11 號，1904 年 10 月。

81　同上注。

82　「新亭泣楚囚」出自《世説新語·言語》，「唾壺擊碎」出自《世説新語·豪爽》。參見〔南朝梁〕劉義慶著，劉孝標注，余嘉錫箋疏，周祖謨、余淑宜、周士琦整理：《世説新語箋疏》，上海：上海古籍出版社，1993 年。

83　珠海夢餘生：「辛酉稿」，《新粵謳解心》，頁 11。

84　珠海夢餘生：〈老將自勸〉（凡二），「癸亥稿」，《新粵謳解心》，頁 2。

85　珠海夢餘生：「壬戌稿」，《新粵謳解心》，頁 9。謳中從酉從某一字，即今天的「醃」字。另「怕乜落的多糖」應為「怕乜落多的糖」之誤。

86　均見珠海夢餘生：「壬戌稿」，《新粵謳解心》，頁 9。

87　外江佬：〈粵謳新解心四章〉，《新小説》，第 9 號，1904 年 8 月。

88　鄭振鐸：《中國俗文學史》（下冊），頁 157。

89　仲密：〈歌謠〉，《晨報副鐫》，1922 年 4 月 13 日。

90　周作人：〈中國民歌的價值──《江陰船歌》序〉，《歌謠》，第 6 號，1923 年 1 月。

91　豈明：〈《海外民歌》譯序〉，《語絲》，第 126 期，1927 年 4 月。

92　二首均見於《改良最新粵謳》下卷，1910 年，缺出版資料。

93　同上注。

94　見冼玉清：〈粵謳與晚清政治〉，《冼玉清文集》，頁 369。冼氏錄自鄭廣權抄本，原作及出處不詳。

95　櫻郎：〈奴係要去〉，《南越報附張》，1910 年 3 月 19 日（庚戌年二月初九）。

96　見梁守中：〈粵語詩與《嬉笑集》〉，《嬉笑集》，澳門：澳門日報出版社，1995 年，附錄頁 27。

97　均見梁紀佩：〈緒言〉，載梁紀佩編纂：《何淡如先生妙聯》，廣州：

華興書局，序文寫於「中華民國甲寅」，即 1914 年。

98　〈小慧解頤錄〉，《新民叢報》，第 5 號，1902 年 4 月 8 日。〈賦得椎秦博浪沙〉第七聯從走從易一字，原文有小字注「讀葉笛，走也」。

99　梁羽生：《筆不花》，香港：三聯書店，1989 年，頁 9。〈垓下弔古〉一首的第三聯，梁書排印作：「既然凜泵唔鋸頸，何必瀕淪殺老婆」，並指「凜泵」為紛紛貌，「瀕淪」為匆忙貌，均為字典所無，只能用同音字代替。

100　鄧爾雅：〈丁丑秋冬雜詩〉。轉引自鍾賢培、汪松濤主編：《廣東近代文學史》，廣州：廣東人民出版社，1996 年，頁 432-433。

101　張江美，學名康年，南海人。嶺南女畫家張紉詩之弟，雙親早逝，幼年隨乃姊授業於葉士洪門下，十歲會作詩，後歷任廣州各大報館編輯，抗戰時任韶關陣中的日報記者，戰後移居香港，組織多個詩社及文社。見蔡念因及何竹平的序文，《康廬詩鈔》，自資出版，2002 年，頁 1、4。

102　張氏所說的「專有名詞」，實指形容物件狀態和顏色時，粵語常使用疊詞，例如「瘦蜢蜢」、「肥嘟嘟」、「紅當蕩」、「黃禽禽」等。本身就有音樂性，適合用於詩歌。本文的導言部份曾略作介紹。

103　張江美：〈粵語成詩妙趣多〉，《康廬詩鈔·粵語吟草》，頁 52-56。

104　懺綺盦主人：〈汲黯〉，《嬉笑集》，1924 年，頁 6。

105　羅忼烈指「金陵雜詠」和「信口開河錄」兩部份作品的寫作時間為 1927 至 1949 年間。

106　關於《嬉笑集》的版本，除筆者搜集到的版本外，還參見夏曉虹：〈近代外交官廖恩燾詩歌考論〉，《中國文化》，第 23 期，頁 96 及注 15。黃坤堯：〈廖恩燾「廣東俗話七律詩」的詩律探索〉，「粵音及詩歌格律國際研討會」，香港中文大學中文系舉辦，1999 年 10 月 28、29 日，會議論文集，未正式出版，頁 2。本章參考了黃文的統計方法，但

對後期的版本略作整合，所以數據稍有不同。

107　羅忼烈：〈憶廖恩燾‧談嬉笑集〉，《文史閑談》，香港：現代教育出版社，2001 年，頁 239。

108　黃坤堯：〈廖恩燾「廣東俗話七律詩」的詩律探索〉，頁 2。

109　羅忼烈：〈憶廖恩燾‧談嬉笑集〉，《文史閑談》，頁 243。

110　〈漢高祖（其二）〉，《嬉笑集》，1924 年，頁 3；〈漢高祖（其一）〉，《嬉笑集》，1999 年，頁 3。

111　〈漢高祖（其一）〉，《嬉笑集》，1924 年，頁 1。

112　〔漢〕班固著，〔唐〕顏師古注：〈高帝紀第一上〉，《漢書》第一冊，北京：中華書局，1962 年，頁 4。

113　此詩的兩個版本完全相同。可參懺綺盦主人：〈項羽〉，《嬉笑集》，1924 年，頁 3；廖恩燾：〈楚項羽〉，《嬉笑集》，澳門：澳門日報出版，1999 年，頁 5。除特別說明外，筆者主要以 1924 年的版本及 1999 年澳門日報的版本為據。

114　梁羽生：〈廖鳳舒的《嬉笑集》〉，《筆不花》，頁 97-98。

115　懺綺盦主人：〈司馬相如〉，《嬉笑集》，1924 年，頁 5。

116　夏曉虹：〈近代外交官廖恩燾詩歌考論〉，《中國文化》，第 23 期，頁 98。

117　懺綺盦主人：〈題寒江獨釣圖〉，《嬉笑集》，1924 年，頁 14。

118　懺綺盦主人：〈題陶淵明種菊圖〉，《嬉笑集》，1924 年，頁 8。

119　廖恩燾：〈陶淵明採菊東籬〉，《嬉笑集》，1999 年，頁 58。

120　黃坤堯：〈廖恩燾「廣東俗話七律詩」的詩律探索〉，頁 2。

121　曾清：〈《嬉笑集》校正題跋〉，《嬉笑集》，缺出版資料及頁碼，曾清的跋寫於 1970 年冬。

122　懺綺盦主人：〈祖逖中流擊楫〉，《嬉笑集》，1924 年，頁 10。

123　懺綺盦主人：〈大花炮〉，《嬉笑集》，1924 年，頁 14。

124　懺綺盦主人：〈樊噲〉，《嬉笑集》，1924 年，頁 3。

125　懺綺盦主人：〈漢文帝幸細柳軍〉，《嬉笑集》，1924 年，頁 6。

126　黃坤堯：〈廖恩燾「廣東俗話七律詩」的詩律探索〉，頁 10。

127　廖恩燾：〈勝棋樓〉，《嬉笑集》，1999 年，頁 32。

128　廖恩燾：〈天寶遺事書感〉，《嬉笑集》，1999 年，頁 45。

129　關於這個問題，筆者在總論部份再有申論。

130　懺綺盦主人：《嬉笑集》，1924 年，頁 13。

131　懺綺盦主人：〈自由女〉，「錄舊十四首」，《嬉笑集》，1924 年。

132　懺綺盦主人：〈外江壯士〉，《嬉笑集》，1924 年，頁 19。

133　同上，頁 13。

134　民初年間香港的白話劇社「琳琅幻境」就曾演出〈外江壯士〉一劇，諷刺龍濟光，龍去信港督抗議，結果該劇被禁演，「琳琅幻境」被停牌三個月。見陳非儂口述、余慕雲筆錄：《粵劇六十年》，原於 1979 年 10 月起在《大成》雜誌連載，缺出版資料，1984 年，頁 5。

135　梁羽生：〈廖鳳舒的《嬉笑集》〉，《筆不花》，頁 96。

136　余祖明：《廣東歷代詩鈔》第三冊，香港：能仁書院，1980 年，頁 1031-1036。又羅章龍：《椿園載記》，記胡漢民「嘗戲用廣東方言寫詠史詩多首，亦極有風趣」，並引錄其〈垓下詩〉，北京：三聯書店，1984 年，頁 298。

137　據方寬烈稱，羅忼烈曾作〈粵語竹枝詞‧溫哥華見聞〉十首。方寬烈：〈談廣東方言的格律詩〉，據筆者所知，此文僅見於網頁 http://www.cantoneseculture.com/page_CantoneseDialectStyle/index.aspx。

138　張江美：〈粵語吟草〉，《康廬詩鈔》，頁 2-3。

139　馮自由：「據少白所談，在乙未前讀書時期，一日自香港赴廣州，同舟有鼻懸眼鏡而蓄鬚之長衫客，自稱李杜復生，謂當向客前題詩獻技，一顯身手。於是踥蹀眾中，哦聲不絕。施得句云：『萍水相逢未有期』，良久不能賡續，眾敦促之，則作色謂詩以思慮久而愈工，非不通文墨者所能置喙。少白至是不能復忍，乃起言曰：『先生佳句久不賡續，容小弟代為續貂可乎？』於是吟曰：『憐渠顛戇學吟詩』。指其鬚曰：『鬍鬚八字成官樣』，復指其長衫曰：『三尺咁長光棍皮』。」見馮自由著：《革命逸史》初集，北京：中華書局，1981 年，頁 3-4。

140　胡適：《南遊雜憶》，上海：國民出版社，1935 年，頁 130-131。

141　黃坤堯：〈廖恩燾「廣東俗話七律詩」的詩律探索〉，頁 7。

142　郭錫良：〈漢語歷代書面語和口語的關係〉，《漢語史論集》，北京：商務印書館，1997 年，頁 315。

143　廖恩燾：〈法曲獻仙音・序〉（1930 年作），《懺盦詞》卷六。

144　懺綺盦主人：〈五十七初度感言六首錄一〉，《嬉笑集》，1924 年，頁 18。

第三章

粵劇語言本土化
——從梁啓超的《班定遠平西域》說起

　　粵劇並非以一種地方戲曲作為基礎,再吸收外來劇種特色而成,恰好相反,粵劇是由多種外來劇種流傳到粵語區,再與當地民間藝術結合而成的。所以,粵劇的地方色彩,是在發展過程中剔除部份外省戲的元素而逐漸突顯出來的,從桂林官話到粵語的轉換,是這一過程中非常重要的里程碑,它牽動了粵劇在說白、唱腔、音樂等多方面的變化。

　　本來,外來戲曲的本地化,在它們傳入兩廣後就無時無刻地進行着。從明末開始,廣州及廣東一帶的商業繁榮帶來了各省的商賈,以他們為對象的戲班也紛紛自五湖四海而至。今天粵劇的腔調仍然以梆子、二簧為主,梆子的源頭可追溯至明代中葉,隨弋陽腔傳入廣東,二簧則在清中葉由徽班帶進來,並與梆子結合。在萬曆年間,昆腔已深受廣州上層社會喜愛[1]。雍正年間（1723-1735）,廣州的戲班有唱昆曲的,也有唱「不昆不廣」的廣西鬱林土音,但更多的是唱「一唱眾和,蠻音雜陳」的「廣腔班」。學者對「廣腔」的理解不盡一致,但總的來說,是一種受弋陽腔以至更多外來聲腔影響,並且經過本土化的腔調[2]。1759 年（乾隆二十四年）,廣州獨口通商時期開始,廣東的對外貿易更為蓬勃,在廣東活躍的外江班也更為鼎盛,有近百個之多[3],它們主要來自五個地區,有姑蘇戲班、安徽戲班、江西戲班、湖南戲班、河南戲班。但是各省戲班並不執着於自己的腔調,既受外省同行影響,又務求適應觀眾的耳音和當時流行的口味[4]。好像湖南戲班有的唱昆腔,也有的唱西皮二簧,而廣州的本地班,不少是由外省師傅傳授演唱昆腔的。這種現

象，很能說明地方戲曲聲腔互相影響的彈性。影響粵劇的外來腔調，
以昆腔和弋陽腔為主，它們唸字都依《中原音韻》，昆腔有南北之
分，北曲固然如此，南曲按《洪武正韻》，也不脫官話的影響。弋
陽腔更是「非北曲不能唱」，全按《中原音韻》的唸法。但這是各
劇最初的情形，當該劇到了別的地方演唱，唸字必定有所變化，這
或多或少對聲腔也有影響。按齊如山的說法，有兩種原因：一是演
員是當地人，傳授　　、兩輩之後，難免夾雜本地土音；二是在該地
演出久了，就要適應當地觀眾的耳音[5]。齊氏雖未以粵劇為例，但
可以想像，在廣東的外省戲班也有類似情況。

　　乾隆之後，昆曲式微而梆簧漸興，本地班的演出開始呈現粵劇
的雛形，以梆子、二簧為基礎，但仍然未有自家面目，它的演出劇
目、唱腔音樂、表演程式都和當時在廣東的其他地方戲劇類似[6]。
太平天國時期（1851-1864），粵劇面臨一次嚴重的危機。粵劇伶人
李文茂響應反清起義，率領紅船子弟從廣東戰至廣西，攻下柳州後
自稱「平靖王」。清廷剿平太平天國之後，嚴禁本地班演出，在城
市的活動尤其受到破壞，本地班只能在廣東、廣西的鄉郊小鎮發展。
有清一代，粵劇禁令不曾正式撤銷，只是管束放寬而已。在光緒
年間（1875-1908），粵劇還曾借京劇之名演出，當時清廷或有所
察覺，但沒有干預[7]。同治初年，廣西鄉鎮的粵劇演出恢復得很快，
在 1865、1866 年間（同治四、五年）廣西的粵劇演出已甚為活躍[8]。
直至 1868 年（同治七年）後，廣州的粵劇戲班開始公開演出，在名
伶鄺新華等人的努力下，粵劇進入同治中興時期。在光緒中葉，本

地班成為戲壇的主流，建制日漸完善，當時演出的劇目，除了乾隆年間（1736-1796）流行的《江湖十八本》和同治年間（1862-1874）的《大排場十八本》之外，也有以現實題材和民間故事編演新劇。但光緒年間，還沒有專業的編劇，多由「開戲師爺」想出故事線索，按「排場」寫成提綱，便成一個新劇目[9]。本地班在廣州站穩陣腳後，開始有文人參與撰曲和編劇，他們有時挪用較重文采的南音，使粵劇唱詞有雅化的現象，例如一位舉人就替鄺新華撰寫《大牧羊》一曲，當時著名的新劇《山東響馬》，就是《公言報》記者陳聽香編寫的[10]。至於同治以來的粵劇語言，雖然仍舊沿用類似桂林話的舞台官話，用假嗓高腔演唱，但丑角已嘗試用粵語說白。所以，粵劇粵語化的過程，在同治年間已經開始。在 1871 年（同治十年）出版的班本《芙蓉屏》，其中的花面說了幾句粵語對白[11]，《大排場十八本》之一《金蓮戲叔》的演出本就把粵語對白標示出來，唸的角色也是丑生[12]。歐陽予倩指出：「粵劇在同治年間已經在戲棚官話中插進了廣州話，一步步逐漸增加，以至唱詞（韻文）也加入廣州話。」[13]但是這個過程非常緩慢，在光緒末年，本地班成為劇壇主流，但唱白仍然以舞台官話為主，在 1901 年（光緒二十七年）印行的班本《幻醉廣寒》是「武生新華首本」[14]，應是本地班的劇目，但粵語成份很少。

粵劇語言和聲腔的重大變化，確是在晚清才見端倪，但卻不代表外省腔調和語言在之前完全沒有本土化，其後從戲棚官話到粵語的轉換，也並非一蹴而就，而是既受當時其他相關表演形式的影響，

又經過幾代伶人、編劇、樂師不斷的嘗試。如此不厭其煩地介紹廣
州戲班唱腔的情形，為了說明早期粵劇接受的複雜血緣，也能更好
地理解粵劇語言蛻變的艱巨和漫長，益顯晚清時期文人、報人、伶
人的開創之功。

第一節　改良派的粵劇

　　光緒末年，粵劇進入另一個重要的階段。當時的文人深感小說
戲劇變化氣質的力量，但舊小說和舊劇都充滿陳舊思想，與時代無
涉，因而掀起一場戲劇改良運動。粵劇的問題也引起不少廣東文人
的反思，梁啓超是其中的代表。梁啓超對故里感情深厚[15]，對廣東
文藝也很感興趣。在 1902 年底出版的《新小說》，是少數在廣東
省外流通，而又甚具廣東色彩的文藝刊物。梁氏的粵劇《班定遠平
西域》[16]（以下簡稱《班》劇）在 1905 年夏天於橫濱大同學校演出，
既是晚清粵劇改良運動中不可繞過的作品，也代表粵劇語言本地化
的初步嘗試。而此劇的誕生，和當時戲劇救國的思潮是分不開的。
　　梁啓超的粵劇改良思想，可以從他在 1902 年發表的兩篇傳奇說
起：《劫灰夢傳奇》和《新羅馬傳奇》兩篇作品，在今天看來都甚
具戲劇理論價值。《劫灰夢》只有楔子「獨嘯」一回，梁啓超在劇
中借杜撰之口，說明欲以西方為楷模，借戲劇喚醒國民的危機感和
責任感：

你看從前法國路易十四的時候，那人心風俗，不是和中國今日一樣嗎？幸虧有一個文人，叫做福祿特爾，做了許多小說戲本，竟把一國的人，從睡夢中喚起來了。想俺一介書生，無權無勇，又無學問可以傳世；不如把俺眼中所看着那幾椿事情，俺心中所想着那幾片道理，編成一部小小傳奇。等那大人先生，兒童走卒，茶前酒後，作一消遣，總比讀那《西廂記》、《牡丹亭》強得些些。這就算我盡我自己面份的國民責任罷了。[17]

　　在劇中，梁啟超借人物之口，說出了小說戲劇有喚醒國民的功能，隱然有改良戲劇的意識：傳統的《西廂記》、《牡丹亭》並不適合這種需求，要達到啟蒙目的，以新編劇為佳。數個月後發表的《新羅馬》，梁啟超又借但丁之口，說自己「借雕蟲之小技，寓遒鐸之微言」，並說自己與但丁當日「同病相憐」[18]，但丁所做的亦是以寫作小說傳奇重振民氣的事業：「念及立國根本，在振國民精神。因此著了幾部小說傳奇，佐以許多詩詞歌賦，庶幾市衢傳誦，婦孺知聞，將來民氣漸伸，或者國恥可雪。」所表達的期待與《劫灰夢》正相同。在稍後計劃《新小說》的內容時，梁啟超就設有「粵謳及廣東戲本」，雖然只說是「專為廣東人而設，純用粵語」[19]，沒詳說用心所在，但在創刊號刊出的《黃蕭養回頭》亦是感時傷勢、救國圖強的新編粵劇，可知梁啟超有意借《新小說》的出版改良廣東文藝。

　　發表於 1903 年的〈觀戲記〉[20]，由另一位廣東人、梁啟超在萬

木草堂的同學歐榘甲所寫。歐榘甲稱廣東戲乃「舊曲舊調，舊弦舊索，舊鼓舊鑼，紅粉佳人，風流才子，傷風之事，亡國之音」，廣州班工價二三千金的伶人，卻只「善演男女私情，善鼓動人淫心」，就是上演蘇武牧羊的故事，也沒有取其忠義，反而妄造胡鬧惡俗的情節。總而言之，廣州班的演出就是一齣齣「陳腐之曲本」，一陣陣「誨淫誨盜之毒風」，不可不大加改革。廣州班不但遠遜法國、日本的新劇，亦比不上江笑儂的新編京劇和外江班的尚武精神。歐榘甲還申論廣東東、西江人的性格差異[21]，也是由於廣州班、潮州班所演宗旨不同：「潮州班重鼓鼕，廣州班重弦笛。鼓鼕之聲，使人聞之心壯；弦笛之聲，使人聞之心頹。」歐氏還呼應梁啟超說：「論世者謂學術有左右世界之力，若演戲者，豈非左右一國之力哉？」最後呼籲說：「中國不欲振興則已，如欲振興，可不於演戲加之意乎？加之意奈何？一曰改班本，二曰改樂器，改之之道如何？曰請詳他日，曰請自廣東戲始！」如此推論，就把改良廣東戲和振興中國扯上關係。廣東戲的陳舊因循，黃世仲亦有同感：「廣班之劇本，殆每況愈下，大都從野史擷拾一二，而參以因果禍福之說，串插而成。」而且對民智風俗沒有裨益：「吾粵戲本也，惟於平蠻討外，則誠足以觸發觀者種族之感情，而此外其有關係於民智與風氣者，吾未之見也。」他建議改良舊戲，應以「去錮習而導以新思，順眼光以生其意境」[22]為原則。

晚清政局，令文人深感軍備和團結的重要，因此不分地域和政見，在論及戲劇改革時，都特別注重尚武精神和民族思想。陳去病

也說：「苟有大俠，獨能慨然捨其身為社會用，不惜垢污以善為組織名班，或編《明季稗史》而演《漢族滅亡記》，或採歐美近事而演《維新活歷史》，隨俗嗜好，徐為轉移，而潛以尚武精神、民族主義，一一振起而發揮之，以表厥目的。夫如是而謂民情不感動，士氣不奮發者，吾不信也。」[23] 另一位署名箬夫的作者亦認為：「彼觀者激刺日久，有不鼓舞奮迅，而起尚武合群之觀念，抱愛國保種之思想者乎？」[24]《班》劇發表和出版單行本時都題為「通俗精神教育新劇本」，梁啓超在「例言」中就說明「主意在提倡尚武精神」。早在 1902 年時，梁啓超已經希望透過宣揚尚武精神，來改造當時中國柔弱的文化個性。他首先在《新羅馬》和《俠情記》裏，借人物之口說：「貪着轟轟烈烈的從軍樂」[25]、「勖以國民責任，振以尚武精神」[26]。其後又在〈新民說・論尚武〉列舉斯巴達、德意志、俄羅斯、日本等國因為尚武而能屹立於競爭激烈的世界舞台，詳細分析了導致中國輕武的原因，其中第四項「習俗之濡染」尤為值得注意。除了廣東諺語「好鐵不打釘，好人不當兵」後來在《班》劇再被引用之外，梁啓超還闡釋了尚武精神與文藝的關係，無論西方還是日本，「一切文學詩歌戲劇小說音樂，無不激揚蹈厲，務激發國民之勇氣，以養為國民」，而中國則相反：「小說戲劇則惟描寫才子佳人旖旎冶狎之柔情，其管弦音樂，則惟譜演柔蕩靡曼亡國哀思之鄭聲。」他又注意到此種氛圍對下一代的影響：「雖有雄姿英發之青年，日摩而月刓之，不數年間，遂頹然如老翁，靡然如弱女。」[27] 而此前不久，他在〈飲冰室詩話〉中剛剛提出這一觀點，

並引錄了黃遵憲的〈出軍歌〉、〈軍中歌〉和〈旋軍歌〉，其中的兩首後來直接用在《班》劇裏。《新小說》原來也有「軍事小說」的構思：「專以養成國民尚武精神為主，其取材皆出於譯本。」[28] 如果說〈論尚武〉針對知識階層而作，那麼，寫於 1904 年冬的〈中國之武士道〉就主要以教師和學生為對象，富有明確的教育目的。梁啓超在〈凡例〉中說明，根據一二友人的意見，他把〈中國之武士道〉寫成了中小學教科書，「欲使全國尚武精神，養之於豫」，因而在教與學兩方面都設想周到[29]。至 1905 年中完成的《班》劇，既為學生編寫，也有意以一般老百姓為對象。培養尚武精神是這幾年梁啓超念茲在茲的問題，只是到了 1905 年才付之戲曲創作。

除了思想內容之外，《班》劇的音樂性也深深打上時代烙印，實現了戲劇改良的構想。對國樂的關注貫徹梁啓超的一生。早在 1897 年發表的〈變法通議‧論幼學〉中，他就認為應當學習西方以戲劇和音樂教育幼童的做法。其後在〈飲冰室詩話〉中，他又先後著錄法國國歌、黃遵憲的軍歌、曾志忞為中小學生編寫的教育歌曲、新樂府和粵謳等，其中又曾分析音樂與尚武精神的關係、提倡建設音樂教育和發展符合民族文化的中國新音樂。到晚年撰寫《中國近三百年學術史》時，他在樂曲學部份追述清儒的成績，目的仍在為改造音樂提供參考，更不忘呼籲設立國立音樂學校，以「知我國數千年之音樂為何物，而於其間發見出國民音樂生命未殰之卵」[30]。既然中國人無尚武精神，其中一個原因是「音樂靡曼」，向無軍歌[31]，而改造國民品質，音樂又為「精神教育之一要件」[32]，作為「通

俗精神教育新劇本」的《班》劇，梁啓超重視其中的音樂實是順理成章。他在〈飲冰室詩話〉中，談及俗樂改良的問題，並以《班》劇作例子，自豪地表示：「自謂在俗劇中開一新天地也」，接下來他提到自己改編的〈從軍樂〉，說明梁啓超認為《班》劇的成功，和音樂運用很有關係：「中有〈從軍樂〉十二首，乃用俗調〈十杯酒〉（又名〈梳妝臺〉）所譜，雖屬遊戲，亦殊自憙。」而他挪用黃遵憲的〈山軍歌〉和〈旋軍歌〉，節奏明顯借用軍隊步操的旋律，更為《班》劇增加了激昂的氣氛，足以感染觀眾的情緒。程美寶指《班》劇的〈從軍樂〉的樂譜不合粵語平仄，假設〈從軍樂〉真的以粵語唱出[33]，其押韻確有不盡諧協的地方，但其實劇中三首軍歌，無疑都是用官話演唱的，並無合不合粵語平仄的問題。據 1916 年出版的《弦歌必讀》，丘鶴儔就注明〈梳妝臺〉等二十五首小調，其歌詞必須以北音唱出。後來在粵劇中外江小調部份用作伴奏音樂，不是全部都適合譜上歌詞[34]。梁啓超譜詞的〈從軍樂〉，如果是用粵語唱的，將不能達到劇本中所說的：「通國裏頭，無論大人細蚊，男人女人，個個都記得呢個調，就個個會唱你呢隻歌。」[35]把俗曲時調譜上新歌詞，以利啓蒙，在晚清流行一時，開風氣者正是《新小說》「雜歌謠」欄中的樂府和粵謳，此後《繡像小說》的「時調唱歌」，經常出現「仿紅繡鞋」、「仿梳妝臺五更」等[36]，梁啓超為〈梳妝臺〉譜新詞，更接近這個思路。

　　與同期的粵劇班本或案頭劇本相比，《班》劇固然有不少值得注意的藝術特色，參照粵劇語言本土化的歷程，《班》劇甚至不無

先驅地位。本章最為關注的是粵劇語言的轉變，《班》劇中的軍歌雖然沒有用粵語，但整體來說粵味仍然很濃厚。劇中「平虜」和「軍談」兩幕中非常口語化的粵語對白，是該劇令人矚目之處，本來粵語在同時期省港報刊上的班本中並不少見[37]，但在北京、上海的報刊上卻實屬少有[38]。同在《新小說》刊出的幾個「廣東戲本」，《黃大仙報夢》和《易水餞荊卿》的粵語運用都比較拘謹，把粵語運用得精彩生動的，只有《黃蕭養回頭》可以和《班》劇相比，但前者純為案頭劇本，後者卻經實際演出。從「平虜」和「軍談」兩幕，我們更可以看到梁啟超如何迴避粵語和高腔的矛盾，但同時又對粵劇發展有所貢獻。「平虜」一幕中，班超用戲棚官話唱白的部份，才有標明板腔，夾有英、日語的匈奴欽差和隨從以對白為主，只有「小鑼鼓」和「唱雜句」等鬆散的陪襯音樂。「軍談」一幕的對白全用粵語，完全不用梆簧板腔，其音樂性以龍舟歌和改編小調為主，既可增加地方色彩，又能改良原有的音樂，使之符合「精神教育」，並繞過艱巨的唱腔改革問題。對梁啟超來說，便捷而又能配合創作目的。同時，引入民間歌謠和小調，使曲牌和唱腔佈局更多變化，正是日後粵劇唱腔本土化後出現的變革。梁啟超不但為《班》劇創作兩首龍舟，又重譜小調歌詞，可見他對此劇付出不少心力，絕非遊戲之作。「軍談」一幕以士兵閑聊的情景開始，宣傳當兵的義務和好處：

幕內設野營景。二軍士席地隨意坐，飲酒食麵包。開幕。二軍士對談。甲：今晚真好月色呀咧！乙：真好真好。我哋在呢處，

真係快活咧！甲：我哋做軍人嘅，就有呢種咁好處。你想佢哋哮起屋吓，開廳叫局，三弦二索，酒氣醺醺，煙油滿面，有我哋咁逍遙自在嚹？乙：我哋中國人，都話好鐵唔打釘，好仔唔當兵，真係紕繆！呢種咁嘅狗屁話，個個聽慣了，怪不得冇人肯替國家當兵咯！甲：我哋元帥真係好漢。你睇佢當初唔係一個讀書仔嗎？一摙摙落個枝筆，立心要在軍營建功立業。呢陣平定西域三十六國，整得我哋中國咁架勢，你睇有邊個讀書佬學得到佢呢……[39]

士兵屬於低下階層的角色，用非常生活化的粵語說白，增加地域色彩之餘，也符合當時編寫粵劇的慣例。之後二人輪流演唱在民間廣為流行的歌謠龍舟歌，雖然雜有「泄沓」、「娟娟」等文雅的詞彙，但確為全劇增加不少粵語色彩。甲兵唱的是國家昔日的威風不再，陷入被列強環伺的困境，青年誓以尚武精神作武力反抗：

平沙漠漠白連天，萬里關山月正圓。
大將功成兵士樂，等我自敲檀板說吓當年。
我哋中華本係一個豪強國，萬國全球哪個敢共我比肩？
有咁好長城鐵壁北方障，有咁好翡翠明珠南海船。
西面昆侖王母係我宗邦國，東面神山三島係我殖民圈。
四鄰有多少嘅蠻夷長，說到天朝個兩個字呀都當作神仙。
誰想太平日久人心倦，枉被泄沓庸臣弄國權。

士氣民風日日趨文弱，睇我哋軍人唔值半文錢。

無端海外又生出幾個文明國，尚武精神度度着我先鞭。

因此主客情形咁就一變，整得我赤縣神州氣黯然。

今日呢邦插手話要我居留地，明日個國出頭又要佔我勢力圈。

有的明講瓜分唔在計，有的口說成全也是枉然。

就係無情木石聽着都起心頭火，況我堂堂男子立在中天！

我就結連同志去注軍人籍，不斬樓蘭我誓不旋。

哎！海有日東還天也有日右轉，莫話中華好欺負咧，你睇吓我呢一輩青年。

乙兵唱的是軍隊如何克敵制勝，重振國家雄風，使全球刮目相看：

戰書宣下九重天，全軍大隊出居延。

凜凜帥旗迎着風搖曳，更有十萬輪蹄踏着月娟娟。

聞得昨夜敵營預備來迎戰，又只見傳論三軍盡向前。

想起百年多少仇和恨，我恨不得把佢全軍作口水嚥。

我全憑今日要爭個啖無窮氣，呢個七尺頑軀值乜嘸錢！

男兒一死總係尋常事，死向沙場正算福壽雙全。

我合營兄弟志氣個個都同樣，已經是氣吞氣敵有乜俄延。

果然鼓聲一動齊齊進，殺得佢轍亂旗靡實在可憐。

短兵肉搏同佢拚個生和死，斬將搴旗我獨佔先。

跟着追奔逐北千餘里，處處敵人境內都係我哋國旗懸。

但一片降旛掛着求停戰，等到城下盟成我正凱旋。

環球各國嚇得無顏色，都話呢隻獅子醒來力可撼天。

你想約我同盟佢又想還我侵地，不煩兵力咁就復我全權。

萬國平和我就做個齊盟長，呢陣認得中華有咁大坤乾。

我奏着鐃歌就歸去也，走上昆侖山頂咧謝吓老祖軒轅。[40]

《班》的時代背景是東漢，這兩首龍舟歌唱的卻是晚清變局，不但使此劇的時間設計更堪玩味，更總結了全劇的故事內容和中心思想，在全篇作品中有很重要的作用。其後志士班搬演的粵劇，也開始更多運用廣東歌謠和小調。

《班》劇的語言另有突出之處，超出粵劇改良的需要，而源於文學家梁啓超的創造力。關於梁啓超劇作的語言藝術，季鎮准曾作過準確扼要的描述：「作者寫戲曲比寫小說藝術上成功得多，韻散文結合，舊風格含新意境，運用新舊語言詞彙自然純熟，無撏扯新名詞的痕跡，足見作者在文學方面的革新努力。」[41]其時《班》劇的著作權尚未弄清楚，這番話主要針對《劫灰夢》、《新羅馬》和《俠情記》而言，尤其可以《新羅馬》為代表，並可與韓文舉的批注互相發明。韓文舉亦注意到《新羅馬》人物語言和身份背景錯位的情況，尤以第三齣「黨獄」中燒炭黨被殺前一番痛罵和述志的獨白最為奇特。意大利革命女英雄口吐中國古典詩詞套語，竟令其任俠氣概不單純模仿男英雄口吻，而別有巾幗風韻；為國事「損腰圍、懶茶飯」，「不解道夫婿封侯怨」，使詩詞套語脫離原有的語境，添

上別種生命力。怪不得韓文舉甚為欣賞地批道：「最奇者，文中連篇累牘，堆滿香奩語，『羅袂生寒』、『芳心自警』、『辜負香衾』、『封侯夫婿』皆係癡情兒女嬌態語，豈可以入革命史，更豈可以入黨獄記？乃經作者舞文鍛煉，竟自生氣勃勃起來。才子之筆，可愛煞人；才子之筆，可畏煞人！」[42] 正如韓文舉總結說：「作者生平為文，每喜自造新名詞，或雜引泰東泰西故事。獨此書入西人口氣，反全用中國典故，曲中不雜一譯語名詞，是亦其有意立異處。」[43]

這種立異之心也見於《班》劇，「平虜」一幕的匈奴欽差口出英語，隨員則粗通日語，雖然在梁啓超寫作時有一定的遊戲性和隨意性，但在當時卻是「石破天驚」的粵劇語言。麥嘯霞所著〈廣東戲劇史略〉的「粵戲劇作家考略」部份，在「梁啓超」一條之後，著錄了「曼殊室主人」，特別指出他「以粵語撰劇《班定遠平西域》刊行於光緒三十一年（一九〇五年），劇中引用英文及日文」[44]。麥氏的著錄只列出劇作家的簡歷和作品，這種特別說明，顯示《班》劇引用英語及日語，是非常矚目的特例。「平虜」中的匈奴欽差和隨員由「雜」扮演，梁啓超注明「一驕容，一鼠鬚」。其對白內容主要是渲染二人的傲慢，不把班超和他那三十六人的部下放在眼內。其中梁啓超的日語運用頗為準確，使人物的神情語態生動活潑。例如隨員「モモタロウ」即桃太郎的說話中有不少詞彙都帶貶意，如「叫老班箇嘅ヤツ來ウルサイ」一句，即「叫老班那傢伙來吵吵鬧鬧」之意，「ヤツ」用作代詞時解作「那小子、那個傢伙」[45]，「ウルサイ」意為「麻煩、吵鬧」[46]。反之，隨員形容自己時，就用了不少正面的詞語，

如「エライ」即「偉い」，指出色、非凡、地位高[47]；又如「今日錦節皇華幾咁リッパ，你話ハナタカイ唔タカイ，你話ハナタカイ唔タカイ」一句，「リッパ」指漂亮、出色、優秀[48]，「你話ハナタカイ唔タカイ」乃隨員「手指鼻狀」說出的自白，直接意譯為「你說（我）鼻子高不高」，意思是「你說（我）厲害不厲害」。「ハナ」意為「鼻」，「タカイ」意為「高」，日語有「はながたかい」（鼻が高い）和「はなたかだか」（鼻高高）的表達方式，都有得意洋洋、趾高氣揚之意，[49]所以此句用以表示其人的驕傲自大。另一方面，欽差以粵語「烏理單都」為名，即「亂七八糟」之意，通常指做事沒條理、不成功。以之命名，顯然有取笑之意，與欽差在舞台上瞧不起班超等人的大話相映成趣。他的隨員又名叫桃太郎，把日本家傳戶曉的民間故事人物編派給一個驕傲可笑的隨從，也能撞擊出強烈的喜劇效果[50]。在作品中用上外語，對梁啟超而言並非首次。《新中國未來記》中，作者就直接抄錄了陳猛所唱的拜倫英文詩篇，但為使讀者明白，又將之轉譯為中文，同時附在小說裏。《劫灰夢》中，亦有「領約卡拉 Collar，口銜雪茄 Cigar」之語，雖以中文為主，仍然注明英文原詞。另外，在通俗文藝中雜用外語，可能也是當時時髦的做法。一首發表於《新小說》的歌謠有「早晨一句骨摩寧 Good Morning，逢人三字阿拿大『アナタ』」[51]之句，表示當時那些崇洋者的可笑情狀，也是中文和英、日文並列。把原文和譯文對照刊出，明顯是為方便閱讀。但《班》劇本為演出而寫，因為「會員有請布之者」，才有了排印本，或者因此而沒有按照當時的慣例加上中文。

　　《班》劇還有一個獨特之處：雖然是粵劇，卻又有話劇色彩。這與梁啓超在為大同學校編劇時，有意參照西方學校劇，「追摹的是歐美戲劇傳統」有關[52]。「軍談」這一幕，龍舟歌和軍歌沒有和梆簧板腔互相穿插，而是獨立存在的，除此之外演員只有說白，可以說是最具話劇特點的一幕。全劇結束時，教師學生上台，用粵語說：「今日做戲做到班定遠凱旋，我帶埋諸君，亦嚟做一個戲中人，丈行歡迎禮。」觀眾走入劇中，成為劇中人，為的是把劇中的教育意義宣講得明明白白，卻打破了戲裏和戲外、觀眾和人物的界限，甚有現代話劇的味道。《班》劇又有別於其他中國戲劇的分場，不以「折」、「齣」，而用「幕」，有論者認為「中國戲曲之分幕演出，當以此為最早」[53]，可見《班》劇受西方話劇影響的痕跡。

　　《班》劇顯示了戲棚官話和口頭粵語、傳統戲劇和西方話劇、文學家和啓蒙者如何互相滲透。如本章開首所說，粵劇語言本土化的過程，是一個漸變的過程。在《班》劇的前前後後，都有舞台演出的粵劇用上粵語。例如流行於同治年間的《大排場十八本》之中，《金蓮戲叔》有注明用「廣白」，顯示其他對白用的並非粵語；《李忠賣武》的丑角鄭桃有不少粵語對白[54]。清末的《山東響馬》，雖然部份唱詞典雅，但次要角色也有粵語對白，有時主角也因為和他們對話而說上粵語[55]。1909 年（宣統元年）發表於香港的《志士救國》以粵劇排場演古羅馬故事，全部使用梆簧板腔，間中使用粵語，甚至注明用「廣白」吟誦新編的騷賦[56]。整體而言，光緒末年至民國初年的演出，對粵語的態度明顯比同治年間開放和明確[57]。粵劇

中有粵語，雖然不自《班》劇始，但卻是這個過程中一次不可忽略的嘗試。粵劇史家沒有注意《班》劇曾經在橫濱演出，因此視之與一般案頭劇本無異。事實上，《班》劇與同期經過實際演出的劇本相比，無論在使用口頭粵語的篇幅和融入歌謠小調兩方面，都有過之而無不及。

第二節　革命志士登台

在戲劇改良運動進行的同時，集結廣東的革命派成員已被凝聚起來，挪用粵劇來宣傳種族革命思想。孫中山曾多次親自與志士班成員和粵劇伶人接觸，身為伶人而加入革命黨的大不乏人，例如帶領粵劇同治中興的鄺新華，後來也加入同盟會[58]。在同盟會的組織下，革命家如陳少白、程子儀、李紀堂等，更團結一批有革命思想的報人組織戲班，如黃魯逸、黃軒冑、李孟哲等[59]。志士班因為曾作實際演出，對粵劇本土化的貢獻廣受粵劇史家肯定。他們以粵劇宣傳反清思想的同時，又有意改良粵劇界的風氣，但因他們的「半專業性」，不受很多戲班行規限制，很快突破了不少演出慣例，加速粵劇語言的蛻變，正是志士班的主要貢獻。值得注意的是，志士班的出現，並不是孫中山等革命領袖可以獨力鼓吹的，而是粵劇本身有其反抗、戰鬥的傳統。在明正德十六年（1521 年），戲劇活動的反叛性就已經引起疑懼，政府在廣東興辦社學，以整頓民風為

由，提刑案察司副使魏校勒令廣東全省「不許造唱淫曲，搬演歷代帝王，訕謗古今，違者拿問」[60]，並下令拆卸演戲場所。入清時，南明政權和鄭成功的反清隊伍中，都有廣東伶人的身影[61]。至太平天國時，更有李文茂反清。這時廣東戲班所演的多為武打戲，甚富尚武精神。李文茂是戲班中的「打武家」，曾經參加地下反清會黨「三點會」[62]。志士班的成員，部份本是革命黨人，然後參加粵劇的編演，或者本為戲劇界中人，而富革命思想，於是加入志士班的。這種構成形態，使志士班能夠為後來的現代粵劇培養不少人才，例如在「采南歌」出身的名伶就有靚元亨、揚州安、賽子龍、余秋耀、靚榮等[63]，著名伶人陳非儂曾於1924年參與創辦「甲子優天影」，而他在晚清時已是「優天影」（1907年創辦於澳門）的戲迷，看過很多「優天影」的演出。陳非儂由謝英伯介紹，在馮自由的監誓下，加入革命黨，並由馮氏帶領謁見孫中山[64]。不少名伶在志士班度過他們的成長期，也有助粵劇的戰鬥精神延續至民初和抗日時期。

志士班一開始演的是話劇。1907年2月春柳社在日本首次登台演出[65]，文明戲傳到廣東，據歐陽予倩回憶：「最初是一個春柳社的社員從日本回國組織劇團，在廣州、香港演出，粵劇立即受了影響：首先在舊式的舞台上添了前幕，時裝戲和西裝戲搬上了舞台；大量採用方言俗話。」[66]他還說，文明戲傳到廣東後，並沒有像在上海那樣發展，而是迅速「投降了粵劇」，「優天影」、「琳琅幻境」等劇社最初演新劇，後來都演粵劇[67]。粵劇語言的蛻變受到春柳社的間接影響，大抵是不錯的，但因為當時廣州、香港已瀰漫排

滿革命思潮，革命黨人已利用戲劇改良、啓蒙教育等力量宣傳革命，故此志士班的種子在春柳社來粵前已在省內萌芽。在 1904 至 1905 年間，興中會會員陳少白、李紀堂在廣州河南海幢寺創辦戲劇學校「采南歌戲班」，招收了八十名十二至十六歲的學生，編演了《地府革命》、《黃帝征蚩尤》、《文天祥殉國》等劇，並曾到港澳開演 [68]。「采南歌」雖是戲班但兼有學校的性質，可以視為志士班的雛形。馮自由稱，「采南歌」的創辦就因為民眾識字太少，用文字宣傳革命難以普及，而從教育兒童學戲開始，而且可以「滌除優伶平時不良之習慣，一新世人之耳目」，可見亦有改良粵劇界風氣的想法 [69]。但當時新編粵劇衝擊固有的社會風氣和粵劇成規，給演出帶來一些困難，據說「采南歌」的演出曾因此受到阻礙 [70]。「采南歌」未及兩年解散，曾一度擔任「采南歌」編劇的革命派報人黃魯逸，在 1907 年與其他革命派報人黃軒冑、歐博明、盧騷魂、黃世仲、李孟哲、盧博浪等，在澳門組織「優天社」，未及演出而解散，但黃魯逸沒放棄，再與黃軒冑和陳鐵軍組織「優天影劇團」，一年之後面世，奠定志士班的形態，馮自由稱為「新學志士獻身舞台之嚆矢」 [71]。黃魯逸（1869-1929），字複生，號冬郎，筆名魯一，是「九江先生」朱次琦的外甥，少年時已經熱愛廣東民間文藝，先後任多家省港報章的記者、評述，並創作大量粵謳和粵劇 [72]。「優天影」這個志士班「演出數載，成績斐然」 [73]。陳非儂指，當時「優天影」的票房紀錄極高，和當時正規的「三班頭」不相伯仲 [74]。「優天影」所編演的著名劇目有《火燒大沙頭》、《黑獄紅蓮》、《與煙無緣》、

《周大姑放腳》等，雖是業餘戲班，一年僅演三數次，但社會效應
頗大，有粵謳為證：

奴去睇戲，睇吓新班。聽見話改良戲本，不怕道路行難。告白
都登明，係初五嗰晚；頭台定實，開演在西關。你睇咁多志士
出嚟，來把風俗挽，故此歌舞登場，不似往日咁悠閒。「優天
影」嗰一個名詞，奴聽到爛；總係未曾睇過，至記在心間。今
日話開台，奴要過吓眼。唉！睇過佢點扮？若然係好咯，定必
喚醒不少愚頑。[75]

這首謳證明「優天影」曾在廣州市中心地區西關演出，而且名氣甚
大。正如冼玉清所言，此謳反映「優天影」有一定的社會影響，受
到群眾好評[76]。「優天影」解散後，陳鐵軍在1908年組織「振天聲」，
他們的演出仍然令觀眾耳目一新，亦有粵謳為證：「奴係要去。睇
吓振天聲。呢班新戲委實係文明。佢不止繪聲，還重繪影。別開生
面，幾咁時興。個等志士熱心，還更可敬。不惜粉墨登場，激發社
會嘅感情。重有一齣《自由花》，係將我地女界喚醒。」[77]由此可
知在辛亥革命前夕，「振天聲」仍有演出，而由陳少白編寫的《自
由花》一劇是以婦女解放為題材的。陳少白還為「振天聲」寫作《剃
頭痛》、《父之過》、《賭世界》等劇[78]，《剃頭痛》為「有興味
之滑稽歷史劇」，將思想激進的遺民詩編入劇本唱白，曾經引起官
員干涉[79]。志士班並非科班出身，頗受當時正規的過山班、廣府班

排擠，初時被譏笑為「九和堂」，即指他們在「八和會館」之外，是不入流的[80]。日後志士班漸受歡迎，才使粵劇界改觀。

省港澳在辛亥革命前後的十年間，湧現三十多個志士班。它們廣受歡迎，除了反清思想有一定的群眾基礎外，其演出更富地方色彩應為原因之一。志士班編演的是新劇，粵劇觀眾並不熟悉，為使觀眾更容易產生共鳴，他們在語言方面更大膽地運用粵語。但是，用粵語唱粵劇，勢必牽動原有的唱腔和音樂結構，演唱方法必須重新摸索和實驗。粵語聲調普遍比官話低，粵語的陽平就比官話的陽平低不少，原有的高腔唱法便不能配合[81]，需要修改原有的梆簧腔調和格律，採用民間小曲和歌謠等等，就連舊有的樂器都需要變更。粵語的九聲和民間音樂的加入，使粵劇的音樂和唱腔更多元化[82]。黃魯逸為晚清的「優天影」創作新劇時，已開始用平喉演唱。陳非儂指「優天影」是第一個改用平喉唱粵劇的班子，而首部用平喉唱的粵劇則為《周大姑放腳》[83]，比金山炳和朱次伯更早。相傳金山炳（生卒不詳）是「粵劇界第一個用真嗓唱粵曲的小生」，演出的是《季札掛劍》。據香港上世紀二十年代文藝家、粵劇研究者羅澧銘指出，其時約 1918 年，而朱次伯（？-1922）則約在 1920 年試用平喉演唱[84]，二者都極可能晚於黃魯逸的志士班。朱次伯也是在志士班成長的伶人，十歲時就加入鼓吹革命的「移風社」學戲和習武，後來「移風社」和「優天影」合併，朱氏就在該社當小武。辛亥革命後朱次伯家道中落，遂以演戲維生，而他因自己的聲線較低沉，故要求樂師把音樂的定弦降低，用平喉演唱《寶玉哭靈》[85]。

金山炳和朱次伯的演唱都極受歡迎，推動了後來的粵劇名伶探索粵語和唱腔的關係。

志士班演出的《溫生才打孚琦》，以 1911 年溫生才行刺官員孚琦為題材，在香港演出兩場就遭殖民政府禁止。據現時流傳的印本看來，部份對白用粵語，唱詞大致都用戲棚官話[86]。而據《改良優天影時事碎錦》這部歌集，也可以想見當時「優天影」演出的面目。這本小冊子收錄粵劇唱段十九篇，木版刻本，其中一篇的題材是江精衛行刺攝政王載灃不遂下獄，此事發生於 1910 年，可知此書出版最早為 1910 年以後，集中大部份作品都以諷刺、批判清朝官員為題材，因此很可能在辛亥革命前夕出版，而內容應有不少選自晚清「優天影」的劇目。透過這本選集可知，「優天影」為了在粵劇使用粵語，有時多用有韻的唸白，有時選用鬆散自由的板腔。除了「優天影」的名劇《火燒大沙頭》之外，《龜公訴情》亦選錄了一篇「數白欖」，《賭乃盜之源》和《龜公訴情》各選錄一篇急口令，「數白欖」是一種唸功，在後來的粵劇表演中仍然沿用[87]。志士班的粵劇中插入這類通俗的唸白，既不必度曲，又適合下層人物角色，而且可以帶動觀眾情緒，令觀眾容易記憶。在板腔方面，集子中選錄了《黑獄紅蓮》和《佛口蛇心》兩劇的一段「滾花」，在後來的粵劇發展中，「滾花」仍然是規範較少的板腔，對唱詞的要求很不嚴格，節奏也比較自由，分頓沒有規定，四、五、七、十字的句式都可以[88]。當然，亦有部份的唱段明顯由粵語演唱，而又選用了正規的板腔，如用中板的《發瘋佬自嘆》。此外，亦有一段以「左撇

掃板」唱的《志士剪辮》，「左撇」是粵劇引入廣嗓後喪失的唱腔，專門表現武生的雄壯和激昂[89]，所以這篇唱詞應該用戲棚官話演唱的。由此可以窺見，「優天影」的演出處於廣嗓探索初期，但為了增加劇目的地方特色，爭取下層人民的認同，用了各種方法開拓粵語在晚清粵劇中的空間。事實上，在上世紀二十年代廣府話成為粵劇語言的主流之前，粵劇都是雜用南腔北調的。1916 年出版的班本「愛國新劇」《雲南起義師》，講述蔡鍔為了阻止袁世凱稱帝，聯合梁啓超、袁世凱之侄袁英挽救共和，又在青樓女子的協助之下，裝瘋逃出京城，再在東洋會合妻子，與唐繼堯等人在雲南起義[90]。劇中唱段多屬比較短促細碎的傳統梆簧句式，故應存在不少戲棚官話的唱段[91]。但值得注意的是，劇本中的對白非常多，有時夾在對白中的唱詞非常短，各階層的人物都有部份對白是粵語的，顯示在粵語唱腔的蛻變尚未完成時，新編粵劇的演出往往得加重對白的比例來表現地方色彩。

　　特別值一提的是，除了志士班和戲班伶人之外，省港歌壇用粵語唱曲的改變來得更快[92]。歌壇戲班的互動滲透，也推進了粵劇曲詞和唱腔的本土化。對粵劇唱腔有過貢獻的歌姬如燕燕、蓮好，都是香港歌伶。燕燕以平喉唱的《斷腸碑》歌詞典雅，流行一時。在上世紀三十年代仍然有其他歌伶演唱[93]，而水坑口著名的歌姬蓮好，在 1906 年就開始登壇。她試用平喉唱小生，較容易以女聲唱出男性韻味，因此甚受歡迎。改用平喉後，有些曲詞不再適宜用舞台官話，而要用粵語演唱。同時，演唱場所也影響唱腔的發展，昔日在

鄉村郊野演唱的本地班，高腔的唱法有助歌聲遠播，二、三十年代是粵劇進入城市、戲院的階段，更有條件探索平喉的唱法。而朱次伯唱《寶玉哭靈》的方法雖與歌姬略近，但戲院和歌廳的空間不同，又使朱次伯必須改良歌姬的唱法才能在舞台演唱，所以他用「左撇」的運氣方法唱平喉，才能把唱聲傳得較遠[94]。除了朱次伯之外，在改唱平喉方面較重要的伶人是白駒榮（1892-1974）[95]。白氏對平喉方面的探索證明了這個過程的艱巨。白駒榮也在志士班學戲，他在十九歲（1911 年）時加入志士班「天演台」，拜鄭君可為師，班中多是愛國青年，白駒榮經常聽到演員議論「揚州十日」、「嘉定三屠」及「廣州十八甫路大屠殺」等。白駒榮回憶「天演台」所演劇目亦是「反映現實生活的改良戲，曲詞多用廣州方言」，也有演「優天影」的名劇《火燒大沙頭》及《徐錫麟》、《秋瑾》、《戒洋煙》等，演出甚受群眾歡迎，各地農民送給戲班不少錦旗和帳掛[96]。「天演台」解散後，白駒榮在 1913 年加入戲班「國豐年」，這戲班屬於大班，隸屬寶昌公司，是當時廣州戲行最大的公司，下有四大戲班及四大戲院。在「國豐年」首次擔演主角的《金生挑盒》一劇中，他嘗試改用粵語唱部份唱段，因為不能用假嗓而改唱平喉，這種創新使他在省港劇壇嶄露頭角。在這過程中，他有時用小武腔去解決假嗓和粵語矛盾，因為演小生而唱小武腔，遭到一些老前輩批評。白駒榮在 1917 年加入「周豐年」任正印小生，翌年開始與千里駒合作，二人合作的第三年，即 1920 年，白駒榮開始全用粵語唱白，在日場演出時用平喉唱新編粵劇，晚上則用假嗓演出傳統粵劇。數

月之後，他發現兩種唱腔都不能運用自如，求醫後才發現同時使用真假嗓，使聲帶過勞，於是改為全用平喉，又為了減少肺部的壓力，把音樂定弦降為 C 調，才能運腔自如[97]。

　　到了二、三十年代，雖說戲棚官話並非就此絕跡粵劇舞台[98]。例如 1933 年巴金在廣州觀看薛覺先的演出，就仍然聽到「廣州國語」和「廣東話」夾雜。但是，在粵劇劇本中見到粵語已是屢見不鮮[99]。1927 年的《遊龍戲鳳》由薛覺先擔演，第二場店主唸急口令，固然是粵語，且能配合他的身份，生旦的對白亦用粵語，這與晚清時官宦人物不用粵語的習慣相比，有了長足的進步。二人的唱詞，據句式和押韻判斷，亦應該是粵語，例如第四場正德皇帝的唱詞：「觀不盡、殘花野草、有多少人來往、車馬紛勞、久聞得、江南中風光偏好。孤平生最愛是，大邑迫都。嘆人生、果真是、修短有數。轉眼兒，變成水面浮蒲。」[100]好、都、數、蒲四字，需是粵語才能押韻，句型也與傳統梆簧的不同。同時，當時的劇本為了配合人物背景和戲劇效果，有時在劇本注明要用東莞話、客家話、順德話等，有時又夾雜許多英文音譯的外來詞，如「丫路」或「蝦路」（hello）、「燕梳」（insurance）、「士的」（stick）、「咖啡」（coffee）、「括擺」（goodbye）、「士擔」（stamp），語言更多元化。在通俗語言之外，部份情節如思鄉、懷人、餞別、自傷身世等，則較多用文雅的粵語[101]。

第三節　案頭上的風雲

案頭劇本因為沒有經過演出試驗，影響力不如曾經上演的劇目，因此甚受粵劇研究者輕視，不過，若要觀察粵劇語言本土化的過程和晚清改良粵劇的時代特色，許多案頭劇本仍然值得注意。案頭劇本雖然未必能真正在舞台上演出，部份班本的藝術水平也未如理想，例如有些在報刊連載數月，劇情拖沓牽強。但在粵劇唱腔將變未變之際，報刊提供了一個比較自由的實驗場，讓文人在比較少的技術顧慮下，試驗粵劇語言的本土化和音樂的多元化，緊貼時事的案頭班本也為粵劇提供更多可以搬演的題材 [102]。像黃魯逸和李孟哲這些身兼報人的粵劇編劇，他們在報刊發表的班本，必定和實際演出有所互動。

縱觀清末民初省港報刊上的班本，大抵符合粵劇語言和唱腔本土化的軌跡，但也有不少班本已出現粵語唱段，卻只注明「唱」，並無板腔指示，難以判斷是否真的可以演唱。《唯一趣報有所謂》中一個較長篇的班本《宦海風流》[103] 就是非常典型的例子。此劇對白運用大量粵語，唱詞大都用戲棚官話唱出。《廣東日報》一篇《淫盲報》[104] 的班本，故事講述江湖術士偽裝通靈非禮婦女，唱白都屬粵語，但說白佔去很大部份，粵語唱段僅注明「唱」一字，沒有板腔指示。《廣東日報》1905 年起開設的副刊《一聲鐘》語言觀念甚為正統，其所謂「白話」無一例外指通用語而非粵語。《淫盲報》這樣的班本在《一聲鐘》並不常見，之後由「哲郎」寫作的班本則較合

演出規範，唱段大都用戲棚官話演唱。1911 年刊出的《紮仔走火》[105]
寫纏足的妓女走火逃生之難，亦可窺見案頭班本的作者如何繞過尚
未突破的唱腔限制，增加班本的粵語成份。此劇開首，以「雜」唱「滾
花」，旦角雖也有唱段，但很短，對白的篇幅約佔去一半。晚清省港
報刊上的班本，下層社會的角色極多，語言亦力求通俗，但在寫到
嚴肅的題材時，則較少夾雜粵語。例如寫章太炎出獄的《英雄出獄》
[106] 和《南越報附張》上幾篇辛亥革命成功時的班本如《滇閩獨立》、
《祝廣東獨立》和《軍民赴義》[107]，都全用戲棚官話，唱段多而對白
少，句式大都為典型的「二、二、三」七字句或「三、三、四」十字
句的梆簧唱腔格律。

　　因為下層人物的對白較早用粵語，在晚清的報刊中，這些人物
不時憑藉生動傳神的方言脫穎而出，使讀者留下深刻的印象。《唯
一趣報有所謂》的班本《全套出頭戲中戲》[108] 尤其令人印象深刻。
故事講述「三江司巡檢」陳照在辦公時間開小差，領着師爺李唔喙
去看戲，戀上男旦蘭花米。戲還沒看完，就急急回家佈局，請蘭花
米過府　聚，又強要他留宿。誰知陳照的女兒陳明寶苦於無父親
作主，遲遲未出嫁，見蘭花米一表人才，竟裝作丫環金枝，效紅拂
夜投李靖。最後，陳照只得無奈接受，讓二人成親。故事連載至此
[109]，本來甚為完整，但其後的發展非常拖杳牽強[110]，結尾亦甚草草。
雖然如此，前半部仍然非常有時代意義和文學價值，作者利用蘭花
米演出的《黃帝魂》來宣傳革命和婦女解放思想，其中提到法國的
羅蘭夫人和美國的批茶女士。戲演過後，蘭花米還慨嘆地唱：「適

才間，我出台萬人引領。但不知，他愛我花容還是看戲動情。想世人，有誰個曉得國亡悲境。一定是，注重我這副玉貌娉婷。」並說：「適才出台唱演《黃帝魂》新戲，只見人山人海，一片笑聲，未見有一個有些感情，真是枉費我一番精神也。」[111] 這些細節都非常耐人尋味，富有時代氣息。陳照好色、庸碌，加上有嚴重近視，形象生動可笑，而粵語的作用則具體表現於師爺李唔嚟一角。李氏見到陳照對蘭花米癡迷的樣子，在旁唱道：「你睇到入神，容乜易嚕單思病。人唔睬你，駛乜你自作多情。話佢唔聽，重喺處眼定定。你想作致佢，就要問吓你先生。」其後蘭花米到了陳照處，陳照藉故要李唔嚟離開，他出門回頭說：「心照咯，我得屁閑，我唔好返去共我地師奶傾吓偈。」得知陳照招的女婿竟是蘭花米，李「失笑離位」說：「唉，又奇怪呀。昨日成日，見佢同蘭花米，呫呫嗒嗒，周身鹹豆癮，今日招阻嚟做女婿，重話前時相許過，我知到咯。一定係引蛇入屋拉雞仔，去貨咯。」陳照命他少講閑話，講些吉祥的祝賀說話，李果然說了一通。李唔嚟雖然是配角，他的行為對劇情沒有影響，但對白卻很多，並且為全劇生色不少，其中原因便是他那些活潑的、明白如話的對白，神情語態盡出，活現他對陳照的諷刺、戲謔和奉承。

　　芸芸案頭班本之中，最令人矚目的要算發表於 1902 年《黃蕭養回頭》[112]，雖然有不少不必要的情節和人物 [113]，但在粵語運用和時代特色方面卻是不可不提的作品，劇中粵語的比例在當時來說非常驚人。黃蕭養是明初農民，廣東南海人，曾聚眾起義，得到省內多處響應，自立為「順民天王」。《黃蕭養回頭》開首講述仙童指點

黃蕭養「再生廣東」，名叫黃種強。接着講述文人駱自由辦《橫議報》而被捕，出資的顧民智拒絕廣東布政司的捐款要求而被誣告入獄，駱自由的朋友寧自強和寧自立兄弟劫獄成功，救出眾人。官府以眾人與黃種強之父黃開化有關連，因而到黃家查問，致令黃開化逃亡出走。這時已長大成人的黃種強聯合寧自由等人在香港、菲律賓等地籌集資金和軍火，準備起義……此劇大量運用粵語對白，作者似乎為了增加地方氣息，有意安排眾多雜、丑角，因為他們在語言分工方面，比較方便說粵語，好像由丑角扮演官員招鳳祥，他的跟班亞茂由「雜」扮演，女丑扮演禁子（即獄卒）「湯豬刀」、龜婆（即鴇母）馬氏，就連比較重要的角色如寧自強、寧自立也分別由二花面和男丑扮演，城門守將韋大局由小武扮演，但也稍為例外地被分配到一些粵語，透過這些角色，作者不但插入了不少民間歌謠，還編入國情時事。在招鳳祥和亞茂的一節粵語對話中，招鳳祥閑來無事，叫亞茂拿報紙給他消遣，作者就借亞茂之口，批評《申報》巴結官場，是「守舊鬼報館」，《清議報》則是維新黨所出，怕招老爺「唔敢看」，至好還是《新小說報》，還介紹《黃蕭養回頭》在廣東戲的結構上如何如何創新，直至招鳳祥說「老爺是外江佬」方才作罷。但這段略有帶「後設」意味的插科打諢又引發出駱自由的冤獄，有帶動情節的功能。後來安排鴇母馬氏唱粵謳自娛，訴說自己的生平。馬氏原是大戶少奶，大抵因為家道中落而淪為鴇母，故此慨嘆人生枯榮無定。她的妓女林黛玉，以新編粵曲唱義和團亂事，雖則不是用粵語唱，但與時局關係密切，讓一位名叫太平的聽

眾深受感動，並說「不若一一謄記，交與寧自立義兄，付登於《新小說》，等人傳誦一時，知道當時拳匪之亂，京津之慘罷了。」

作者有意借粵劇班本、廣東民謠來開民智、議時政，以城樓失火一節最明顯。寧自立為協助劫獄，故意在城樓放火，卻與守門的韋大局談得投契，結成義兄弟。二人在城樓飲酒聊天，大局提議請盲妹、妓女來唱曲，自立拒絕，表示想唱歌助興，還說唱的東西「新出到極」，並非「山歌、水歌、京調、河調、昆腔、南音、班本、粵謳」，而是用板子唱出六組「童謠問答」，表達對朝廷國家的憂慮和期望，開首三節就云：

（問）冊零歲天皇，真係好。好都好咯，總係被廢被幽兼被套。王孫喇燕喙，點解敬業遁逃。

（答）唉！既然係好，應該思德思恩兼思報。勤王喇誅佞，咁就蓋世英豪。

（問）千萬個官員，真係盛。盛都盛咯，總係無廉無恥兼無行。桀紂喇暴虐，點解阿諛奉承。

（答）唉！既然係盛，應該盡心盡力兼盡命。新民喇變法，咁就濟世才能。

（問）得幾位忠良，應該可欽可敬兼可怕。尊賢喇育士，咁就鞏固邦家。

特別的是，作者還在劇中插入一篇演說，在「鑼鼓離位」、「停

205

弦索」之後，由黃種強痛陳「國為我國之國，外人不能亡吾國！君相不能亡吾國，所亡者國民自亡其國耳！」並稱國人遊歷外國，但知外國人民「好富強，好規矩，好快樂」，而不知「好富強者，民權之發奮也！好規矩者，民權之平等也！好快樂者，民權之自由也！」指出伸張民權，並非無父無君之言。晚清時期粵劇與演說的結盟，並非只在案頭班本中出現，而是實有其事：

> 在「五四運動」前二十年間是粵劇（廣府大戲）和「文明戲」混化時期。在劇本方面充滿時代思潮，民族革命、社會改進和教育群眾意識，演出的劇目中，除了傳統劇目，包括出頭戲、整本戲，和一些類似武技式的「打真軍戲」、「三上吊」、「打大翻」、「耍軟鞭」等表演，還盛行一類稱為「演說」的演出，多由一些「新劇家」的伶人大談國運、社會，實現「戲劇為社會教育」的目標。[114]

粵劇和演說聯袂來作啟蒙事業，代表傳統民間娛樂形式與新興群眾教育手段的融合。

　　為了達到以戲劇教育大眾的目的，演說場面在案頭班本中亦不時出現，作為劇中一節甚至劇本題材。《珠江鏡》的一篇班本雖然略去了演辭，人物朱剛敬也是作演說「福善禍淫及勸戒狀」，感化醉心金錢的妖魔，使聽者「拍手歡喜」[115]。另一篇晚清班本《梁鶴琴演說感香娘》對白幾乎全用粵語，梁鶴琴的演說則用板腔唱出，

說的應是用舞台官話。故事講述梁鶴琴在街上派發「鐵路招股白話傳單」，呼籲國民爭取粵漢鐵路路權，香娘聽後熱心附股。後來梁氏演說受到官兵阻撓，幸而得到開明的同鄉官員馬子和介入，梁氏沒有被捕，最後眾人高呼「祝廣東萬歲！民族萬歲！」但更值得注意的是《宦海風流》，比起《黃蕭養回頭》以文言寫成的演說，這裏的演說形式更為通俗。人物黃之裔在星期天到長壽寺演說，把原因唱得明白：「開智雖然，推報紙，還恐下流社會，未周知。演說為今，當務急。身擔國民責任，實在義不容辭。」按押韻推斷，這段唱辭是官話的。之後上場的兩個平民百姓「李老大」和「亞彎」的對白則用粵語，亞彎興奮地說：「去定喇，咁得意都唔去聽吓咩，個日謝先生，講解自由平等四個字，佢話我的窮鬼，坐喺處，就嚿同財主佬平等嘅咯。」[116] 他們也有粵語唱段，但非常簡短，且無注明板腔：「（李唱）去聽演說，好過聽古。（彎唱）前日謝先生講得舞手動腳，好似畫靈符。」古、符二字在粵語也是押韻的，只是如何唱，劇本沒有指示。黃之裔來到後，用粉筆在黑板上寫「劣官強姦民女非驅逐不足以紓民憤」，把班本中的主要故事：民女唐玉蓉被高官誘姦一事，編為木魚唱出，並說：「文言難傾動下流社會，等我演成謳歌，庶幾俚言易入。」[117] 值得注意的是，在這裏演說作為一種通俗教育的手段，轉換為人人熟悉的民間說唱形式，使粵劇的表現方式更多樣化。

小結

從舞台官話到粵語、從高腔到平喉的轉變，是粵劇發展的里程碑。多種粵語寫作在民初年間逐漸消褪，但粵語在上世紀二十年代開始成為粵劇的主要語言。在這個過程中，清末民初一段轉折時期顯得饒有趣味。粵劇作為久已廣為各階層接受的娛樂形式，成為維新派文人和革命志士爭奪的對象。梁啓超的《班定遠平西域》既表現出他作為啓蒙者的思想教育，又展示了他作為文學家追新立異的創作手法。在粵劇發展上，《班》劇也有不可忽略的重要性，它是當時少數由菁英文人寫作而又曾經搬演的粵劇劇本，很多粵劇史家都忽略了這一點而低估了它的重要性。雖然《班》劇沒有為唱腔改造的問題提供很多解決辦法，但在光緒末年粵劇語言本土化初期，梁啓超在劇中創作了兩首龍舟歌，並且大大增加了粵語對白，就給粵劇增添了不少地方色彩。這方面的嘗試比志士班還要略早。梁啓超又給外江小調譜上新詞，為了使全國人都能唱，仍以北方話演唱，卻也較早地作出了這方面的嘗試。到了二十年代，戲曲藝人開始吸納小曲和廣東音樂到粵劇中使用，增強劇中音樂的豐富性和表現力。〈梳妝臺〉也有譜上粵語在板腔中穿插使用，表現輕快歡樂的情緒[118]，但若論創意和時代特色，也許比不上梁啓超的〈從軍樂〉。緊接着《班》劇出現的志士班，繼承又延續粵劇的反抗和戰鬥的傳統。為了更有效宣傳劇中訊息，在唱腔改造上更為大膽，「優天影」就成為較早以平喉演唱的戲班，它們又用各種手法增加粵劇的通俗

性和地域性。這些流傳不廣的劇本，顯示了粵劇語言在過渡期的特殊色彩。至於晚清報刊上的粵劇班本，雖然未經演出，部份也嚴格遵守既有的唱腔規範，但也有敢於以報刊作為實驗場的，用對白、唸功等增加粵劇的「說」，淡化「唱」的比例，令粵劇能透過粵語的運用，充份表現其生活色彩和喜劇性。

注釋

1　梆子、二簧到底於何時傳入廣東，粵劇史家的看法不盡相同，本文主要採納賴伯疆的看法。參考賴伯疆、黃鏡明：《粵劇史》，北京：中國戲劇出版社，1988 年，頁 8-11。賴伯疆、黃雨青：〈粵劇源流初探〉，載廣東省戲劇研究室編：《粵劇研究資料選》，廣東：廣東省戲劇研究室，1983 年，頁 373。

2　賴伯疆、黃鏡明：《粵劇史》，頁 10；黃鏡明執筆：〈試談粵劇唱腔音樂的形成和演變〉，《粵劇研究資料選》，頁 506。

3　冼玉清：〈清代六省戲班在廣東〉，載黃炳炎、賴達觀主編：《冼玉清文集》，廣州：中山大學出版社，1995 年，頁 265。冼氏指出，清初廣州戲班分為外江班和本地班，並非因為唱腔或藝術的原因，而是建制組織和權力的問題。冼氏強調兩類戲班的唱腔你中有我，我中有你，正好說明了當時外江戲亦有受粵腔影響。

4　參考冼玉清〈清代六省戲班在廣東〉一文。

5　齊如山：〈皮簧唸字法〉，《國劇藝術彙考》（二），瀋陽：遼寧教育出版社，1998 年，頁 483。

6　黃鏡明執筆：〈試談粵劇唱腔音樂的形成和演變〉，《粵劇研究資料選》，頁 507。

7　賴伯疆、黃鏡明：《粵劇史》，頁 20。

8　在同治年間，湖南人楊恩壽常常在廣西梧州、北流一帶看戲，可見當地戲劇演出頻繁。他記述一次在河邊演出的《六國封相》：「登場者百餘人，金碧輝煌，花團錦簇；惟土音是操，啁雜莫辨，頗似角抵魚龍耳。」演出場面盛大，而且伶人所唱雜有土音。見楊恩壽著，陳長明標點：《坦園日記》，上海：上海古籍出版社，1983 年，頁 114。

9　參見黃鏡明執筆：〈試談粵劇唱腔音樂的形成和演變〉，《粵劇研究資料選》，頁 509-510。丘松鶴、區文鳳編撰：《三棟屋博物館粵劇藏品》，香港：香港區域市政局，1992 年，頁 26-27。

10　何建青：〈粵劇唱詞、劇本略説〉，載劉靖之、冼玉儀主編：《粵劇研討會論文集》，香港：香港大學亞洲研究中心、三聯書店，1995年，頁217-220。何建青指，本地班進入廣州劇場，最早約在1894年（光緒二十年），場地為廣州河南昇平戲院。

11　黃寬重、李孝悌等主編：《俗文學叢刊》，第135冊，台北：新文豐出版股份有限公司，2002年，頁279-280。並參見程美寶：《地域文化與國家認同：晚清以來「廣東文化」觀的形成》，北京：三聯書店，2006年，頁136。

12　丘松鶴、區文鳳編撰：《三棟屋博物館粵劇藏品》，頁27。

13　歐陽予倩：〈談粵劇〉，《歐陽予倩戲劇論文集》，上海：上海文藝出版社，1984年，頁75。

14　黃寬重、李孝悌等主編：《俗文學叢刊》，第130冊，頁475-547。原由廣州以文堂印行，書後注明：「此書乃武生新華首本，自光緒廿七年交省城太平新街以文堂刊印發客，諸君光顧請認招牌為記。」

15　梁啓超在〈世界史上廣東之位置〉一文中，把廣東比作東方的腓尼西亞（Phoenicia，約相等於今天的黎巴嫩），同樣是不同文明之間溝通的媒介。他指出，西方多種宗教和學術都透過廣東傳入，而羅盤、火藥、造紙、印刷、蠶絲等技術，則由廣東輸出到中東。梁氏還提到，廣東人因為受地理上的「天然感化」，「其剽悍活潑進取冒險之性質」，在中國民族中頗有特色。梁啓超以交通史來把握廣東的重要性，自然不得不提列強侵華的歷史。廣東成為列強向內陸入侵的踏腳石，其中爆發的軍事衝突，廣東常常首當其衝。梁啓超分述葡萄牙、西班牙、法國、英國侵佔廣東地區的歷史，並以鴉片戰爭後《南京條約》的簽訂為標誌，説明西方的勢力已經越過廣東而伸入內陸。他不禁感慨地説：「追想唐、宋時代，市舶使、裁判官等堂皇之威嚴，與夫波斯灣、亞丁岬上國旗之搖曳，古亦日月，今亦日月，先民有知，其謂我何？吾敍述至此，而不禁獲麟之涕也。」

16　梁啓超用其弟梁啓勛的筆名「曼殊室主人」發表《班定遠平西域》，曾引起著作權問題。可參見夏曉虹：〈梁啓超曲論與劇作探微〉，《閱讀梁啓超》，北京：三聯書店，2006 年，頁 93。

17　如晦庵主人（梁啓超）：〈劫灰夢傳奇〉，《新民叢報》，第 1 號，1902 年 2 月 8 日。

18　飲冰室主人（梁啓超）：〈新羅馬傳奇〉，《新民叢報》，第 10-13、15、20 號，1902 年 6 至 11 月。

19　梁啓超〈（中國唯一之文學報）新小説〉，《新民叢報》，第 14 號，1902 年 8 月 18 日。梁啓超有意號召「新粵謳」的寫作，可參見第二章的有關介紹。

20　本文最初於 1903 年美國舊金山《文興日報》，署名無涯生。引文據無涯生：〈觀戲記〉，載於橫濱新民社輯：《清議報全編》，附錄一〈群報擷華〉「通論」，頁 161-168。

21　無涯生：「廣州受珠江之流，故其民聰明豁達。衣冠文物，勝於他土，然智過則流於詐偽，文多則流於柔弱，此其敝也。惠潮嘉以東，稟山澤之氣，故其民剛健猛烈，樸魯耿介，勝其他土，然過猛則戰鬥時作，過介則規模太隘。」出處同上注。

22　棣（黃世仲）：〈改良劇本與改良小説關係於社會之重輕〉，《繪圖中外小説林》，1908 年，第 2 期。據 2000 年香港夏菲爾國際出版公司影印合訂本。

23　佩忍：〈論戲劇之有益〉，〈二十世紀大舞台〉，第 1 期，1904 年 10 月。原刊《警鐘日報》，佚名，1904 年 8 月 21、24 及 26 日。

24　箸夫：〈論開智普及之法首以改良戲本為先〉，同上書，頁 61。

25　飲冰室主人：〈新羅馬傳奇〉，《新民叢報》，第 10-13、15 及 20 號，1902 年 6 至 11 月。

26　飲冰室主人：〈俠情記傳奇〉，《新小説》，第 1 號，1902 年 11 月。

27　中國之新民（梁啓超）：〈新民説・論尚武〉，《新民叢報》，第
　　28、29 號，1903 年 3 月 27 日及 4 月 11 日。

28　梁啓超：〈〈中國唯一之文學報〉新小説〉，《新民叢報》，第 14 號，
　　1902 年 8 月 18 日。

29　該書〈凡例〉各條，大部份都屬老師教學和學生學習的指引，可見梁啓
　　超培養國民尚武精神的殷切願望。見梁啓超：〈凡例〉，《飲冰室合集》，
　　第七冊，專集 24，北京：中華書局，1989 年，頁 1-2。

30　梁啓超：《飲冰室合集》，第十冊，專集 75，頁 363。

31　梁啓超：〈飲冰室詩話〉，《飲冰室合集》，第五冊，文集 45，頁 34。

32　同上，頁 47。

33　程美寶：〈近代地方文化的跨地域性——20 世紀二三十年代粵劇、粵
　　樂和粵曲在上海〉，《近代史研究》，2007 年第 2 期，頁 16。

34　陳卓瑩編著：《粵曲寫唱常識》，廣州：南方通俗出版社，1952 年，頁 4。

35　曼殊室主人（梁啓超）：《通俗精神教育新劇本　班定遠平西域》，「軍
　　談」一幕，《新小説》，第 19-21 號，1905 年 8 至 10 月。

36　李靜：〈從「雜歌謠」到「俗曲新唱」——近代中國歌詞改良的啓蒙意
　　識〉，《中國現代文學研究叢刊》，2008 年第 3 期，頁 101-102。

37　當時案頭劇本的情況，參見本章第三節詳述。

38　當時粵劇演出在上海亦未形成風氣。雖然早在 1870 年代，已有粵劇戲
　　班到上海演出。但要到 1919 年，上海才真正形成粵劇演出的高潮。見
　　宋鑽友：《廣東人在上海（1843-1949 年）》，上海：上海人民出版社，
　　2007 年，頁 156-157。

39　曼殊室主人：《通俗精神教育新劇本　班定遠平西域》。

40　同上注。

41　季鎮准：〈梁啓超簡論〉，《來之文錄》，北京：北京大學出版社，
　　1992 年，頁 380。

42　梁啓超：《飲冰室合集》，第十一冊，專集 93，頁 14。

43　同上，頁 20。

44　麥嘯霞的〈廣東戲劇史略〉寫於 1940 年，收入廣東省戲劇研究室編：《粵
　　劇研究資料選》，頁 44。

45　上海譯文出版社編譯：《日漢大辭典》，上海：上海譯文出版社，2002
　　年，頁 2184。

46　同上，頁 212。

47　同上，頁 244。

48　同上，頁 326。

49　同上，頁 1741。

50　「平虜」一幕隨員曾向欽差唱日本歌，欽差不覺得動聽，隨員答說：
　　「你估有聽新華喉底咁好咩？」所謂「新華喉底」，梁啓超自注為「廣
　　東現在名角名也」，應指當時著名武生新華。據麥嘯霞所著〈廣東戲劇
　　史略〉，其人原名鄺達卿，曾「編《蘇武牧羊》，創戀檀曲名作有《太
　　白和蕃》、《李密陳情》等劇」。參見《粵劇研究資料選》，頁 49。
　　賴伯疆等的《粵劇史》則指鄺新華又名鄺殿卿，同治年間以武生行當出
　　名，辛亥革命期間曾加入同盟會，因為善於運用傳統排場而很受觀眾歡
　　迎。見該書，頁 135。

51　燕市酒徒：〈辛壬之間新樂府・二毛子（痛奴性也）〉，《新小說》，
　　第 2 號，1902 年 12 月 14 日。

52　夏曉虹：〈梁啓超曲論與劇作探微〉，《閱讀梁啓超》，頁 121。

53　連燕堂：《梁啓超與晚清文學革命》，桂林：灘江出版社，1991 年，頁 301-302。

54　中國戲劇家協會廣東分會、廣東省文化局戲曲研究室：《粵劇傳統劇目彙編》第八冊，廣東：廣東省文化局戲曲研究室，1962 年 4 月。

55　同上，第二十一冊，1962 年 5 月。

56　同上，第二十五冊，1962 年 7 月。〈志士救國〉在 1909 年 2 月 25 日至 3 月 16 日（宣統元年二月初六至二月廿五日）於香港《實報》連載。小生擔演的人物利芬用「廣白」誦：「我有短劍兮，以斬佞臣。丈夫生世兮，以救兆民。功耀日星兮氣凌雲，震天地兮驚鬼神。是男兒之本分兮，又何畏乎患難。君不見世界之擾擾，咸壯士之風雲。」見頁 36。

57　由於早期粵劇不一定有完整詳細的劇本，即使印刷出版，通常不注明日期，加上每次演出都由不同的伶人作出不同的修改。因此，同治以降粵劇的語言狀態，我們難以作巨細無遺的陳述。但《粵劇傳統劇目彙編》較集中地整理了這些早期粵劇劇本，使我們得知其脈絡。書中所載部份清末民初都有演出的劇本，都粵味甚濃，如《痛除四大害》及《擔枷》曲白均全用粵語，雖然二劇在清末開始演出，但其後經歷多次改動，加上現時彙編所收的劇本，是邀老藝人憶述的，所記的可能是民初的情況。二劇見《粵劇傳統劇目彙編》第十一冊。

58　賴伯疆、黃鏡明：《粵劇史》，頁 135。

59　同上，頁 22。

60　〔明〕魏校：《莊渠遺書》，卷九「公移・諭民文」。賴伯疆、黃鏡明轉引自《粵劇史》，頁 6。

61　黃兆漢、曾影靖修訂：《細說粵劇——陳鐵兒粵劇論文書信集》，香港：光明圖書公司，1992 年，頁 77-80。

62　賴伯疆、黃鏡明：《粵劇史》，13 頁。

63　《中國戲曲志》編輯委員會編：《中國戲曲志‧廣東卷》，北京：文化藝術出版社，1993 年，頁 369。

64　陳非儂口述、余慕雲筆錄：《粵劇六十年》，缺出版資料，1984 年，頁 5。原於 1979 年 10 月起在《大成》雜誌連載。

65　據 1907 年 3 月 20 日的上海《時報》報道，春柳社在該年 2 月 11 日於東京演出《茶花女》，為江北水災籌款。參見黃愛華：《中國早期話劇與日本》，長沙：岳麓書社，2001 年，頁 39-40。與歐陽予倩回憶的「1907 年初春」吻合，見〈回憶春柳〉，《歐陽予倩戲劇論文集》，頁 142。

66　歐陽予倩：〈談粵劇〉，《歐陽予倩戲劇論文集》，頁 75。

67　同上，頁 76。

68　參見馮自由：〈廣東戲劇家與革命運動〉，《革命逸史》第二集，北京：中華書局，1981 年，頁 222。郭秉箴：〈粵劇古今談〉，《粵劇藝術論》，北京：中國戲劇出版社，1988 年，頁 45。賴伯疆、黃鏡明：《粵劇史》，頁 23。

69　馮自由：〈廣東戲劇家與革命運動〉，《革命逸史》第二集，頁 222。

70　陳倉谷（羅澧銘）曾指「采南歌」在番禺仁和墟演出，因為墟中有幾間煙館，佔店戶五分之三，而演出的新劇以諷刺吸食鴉片為題，墟主以票房將大減為由，要扣減「采南歌」的戲金。又當「采南歌」開戲之初，曾有意把落鄉演出必先演的《玉皇登殿》改為《大禹治水》，以破除迷信，但遭反對而作罷。見陳倉谷原著，黃滔重印：《中國戲劇漫談》，2003 年，頁 258。此書原為陳倉谷在香港報章連載的專欄「戲劇漫談」，黃滔據剪報在加拿大自資重排出版，原刊《星島晚報》。

71　馮自由：〈廣東戲劇家與革命運動〉，《革命逸史》第二集，頁 223。

72　許翼心、方志欽：〈新聞界、戲劇界的革命志士黃魯逸〉，《香港文化歷史名人傳略》，香港：名流出版社，1999 年，頁 55-60。

73　同上注。

74　陳非儂口述、余慕雲筆錄：《粵劇六十年》，頁 4。「三頭班」指當時粵劇界的主流戲班，擁有一群名伶。

75　見冼玉清：〈粵謳與晚清政治〉，頁 369。冼氏錄自鄭廣權抄本，原作及出處不詳。

76　同上注。

77　櫻郎：〈奴係要去〉，《南越報附張》，1910 年 3 月 19 日（庚戌年二月初九）。

78　論者以振天聲的「白話劇」為廣東話劇之始。見張福光整理：〈廣東早期及抗戰前的話劇概述〉，中國戲劇家協會廣東分會、廣東話劇研究會編：《廣東話劇運動史料集》第一集，1984 年，頁 3。《父之過》發表於 1918 年，全用粵語演出，屬於話劇，殘卷排印本見前書，頁 205-216。

79　馮自由：〈廣東戲劇家與革命運動〉，《革命逸史》第二集，頁 225。

80　參見賴伯疆、黃鏡明：《粵劇史》，頁 27。

81　《中國戲曲志》：「由於粵語字調有『九聲』，一字一音，十分嚴謹，粵劇使用方言，唱腔必須以粵語唱詞字聲來構成唱腔的骨幹音，再不能隨意套用曲牌和傳統唱腔，致使民國前後的粵劇唱腔發生重大變革。」《中國戲曲志》編輯委員會編：《中國戲曲志·廣東卷》，頁 152。並參見歐陽予倩：〈談粵劇〉，《歐陽予倩戲劇論文集》，頁 76。

82　梁沛錦：「廣州話活潑生動，刻劃入微，聲韻齊備，每一字能辨九聲調甚至更多，語音內涵充實，語法變化極大，鼻音、音變和變調豐富，詞彙多而表達力強，用在戲劇曲文和道白上，效果令人滿意，尤其在露字方面，準確貼切傳神，只要譜曲配字時用心，莫不自然妥切，絕少有強姦工尺的毛病。」見《粵劇研究通論》，香港：龍門書店，1982 年，頁 7。但也有論者指出，正因為粵語有九聲之多，作曲填詞受到的限制比國音

多一倍以上，難度更大。見黎鍵：《黎鍵的音樂地圖》，香港：國際演藝評論家協會（香港分會），2007年，頁62。並參廣東省戲劇研究室主編、黃鏡明等撰：《粵劇唱腔音樂概論》，北京：人民音樂出版社，1984年，頁29-30。黃鏡明：〈試談粵劇唱腔音樂的形成和演變〉，《粵劇研究資料選》，頁513-514。黃鏡明：〈粵劇聲腔善變與華南近代文化特點〉，載劉靖之、冼玉儀主編：《粵劇研討會論文集》，頁336-343。

83　陳非儂口述、余慕雲筆錄：《粵劇六十年》，頁4。

84　禮記（羅灃銘）：《顧曲談》，出版社不詳，1958年，頁4。羅氏在書中談到金山炳用平喉演唱為「遠在四十年前」，而朱次伯則「約在民國十年」用平喉演唱。

85　黃鏡明：「較早採用真嗓唱『平喉』的嘗試者，有小生金山炳、小武朱次伯等著名藝人，隨着是白駒榮、薛覺先、馬師曾等紛紛仿效。金山炳演出《季札掛劍》時，開始只是在基本唱『官話』的唱詞中，間插唱廣州話，後來逐漸增加粵語唱曲，引起觀眾強烈反響；朱次伯演《寶玉哭靈》時，則把過高的定弦降低兩度，成為『密指合』，即『小工調』，在韻白中加入了粵語對白，在唱詞中逐漸增加粵語發音，用『平喉』唱曲，同時試用短筒參加伴奏，音色諧和，大受觀眾歡迎。繼之，名小生白駒榮在《泣荊花》中採用更多的廣州話進行演唱。」〈試談粵劇唱腔音樂的形成和演變〉，《粵劇研究資料選》，頁510。按「密指合」即C調，短筒為一種低音管樂器。

86　佚名：〈溫生才打孚琦〉，收入張庚、黃菊盛主編：《中國近代文學大系》第五集，第17卷，「戲劇集二」，頁1-25。志士班的演出未必都有劇本可尋，此印本原由崇德書局印行，並非正式的劇本，而是由當時一些讀書人看戲時筆錄而成的。

87　陳非儂口述、余慕雲筆錄：《粵劇六十年》，頁26。

88　廣東省戲劇研究室主編、黃鏡明等撰：《粵劇唱腔音樂概論》，北京：

人民音樂出版社，1984 年，頁 67-68。

89　陳非儂口述、余慕雲筆錄：《粵劇六十年》，頁 56。

90　黃寬重、李孝悌等主編：《俗文學叢刊》，第 144 冊，頁 43-76。

91　丘松鶴、區文鳳編撰：《三棟屋博物館粵劇藏品》，頁 28。黃鏡明指出：
　　早期官話粵劇的梆簧唱詞格律基礎為「二、二、三」七字句或「三、三、
　　四」十字句，用粵語來唱時，需要在每句第二、三頓之間加插活動句或
　　襯字，所以上下句的頓數會增加，也產生了「長句」。見〈粵劇聲腔善
　　變與華南近代文化特點〉，《粵劇研討會論文集》，頁 339。

92　黃鏡明：「『改官話為白話』，改假聲為平喉』的革新，歌壇的步伐要比
　　粵劇來得猛捷。」〈試談粵劇唱腔音樂的形成和演變〉，《粵劇研究資
　　料選》，頁 514。

93　黃鏡明稱燕燕為「第一個以唱『平喉』著名的歌伶」，出處同上。關於
　　燕燕學藝經過、《斷腸碑》的故事及歌詞，可參魯金：《粵曲歌壇話滄
　　桑》，香港：三聯書店，1994 年，頁 81-88。

94　魯金：《粵曲歌壇話滄桑》，頁 39-44。

95　陳守仁：「把粵劇和粵曲從官話及古腔時期過渡到『白話』及『平腔』
　　（泛指生角及旦角的現代唱腔）的伶人中，以朱次伯和白駒榮的貢獻最
　　大。」〈序〉，《香港粵劇劇目概說：1900-2002》，香港：香港中文
　　大學音樂系粵劇研究計劃，2007 年，頁 1。

96　白駒榮口述、尚德賢記錄整理：〈藝海沉浮〉，中國戲劇家協會廣東分
　　會編：《粵劇藝術大師白駒榮》，廣州：出版社不詳，1990 年，頁 3。

97　白駒榮口述、尚德賢記錄整理：〈藝海沉浮〉，《粵劇藝術大師白駒榮》，
　　頁 18-19、29-31。

98　見〈薛覺先〉，《巴金全集》，第 12 卷，北京：人民文學出版社，1989 年，
　　頁 172。原刊《申報 · 自由談》，1933 年 9 月 3、4 日，題為〈薛覺

先——旅途隨筆之一〉。齊如山亦説,他在 1930 年以前看過幾次粵劇,
「完全保存着梆子形式,話白亦係中州韻,自然夾雜了許多本地土音,
但大抵未改,廣東人管此叫舞台官話,我們還聽懂六、七成。」見《國
劇藝術彙考》(一),頁 30-31。

99　二、三十年代的粵劇劇本出版雖然很蓬勃,卻極少注明年份。據林鳳珊
　　指,在三百多種班本中,只有《遊龍戲鳳》、《滴滴淚》和《蟾光惹恨》
　　印有出版日期。見林鳳珊:《二、三十年代粵劇劇本研究》,香港大學
　　碩士論文,1997 年,頁 9。

100　《舊本粵劇叢刊》第二輯,香港:神州圖書公司,1980 年,頁 5。

101　參考林鳳珊:《二、三十年代粵劇劇本研究》,頁 15-20。

102　謝彬籌:〈清末民初的粵劇改良活動〉,《學術研究》,1982 年第 1 期,
　　頁 87-88。

103　風萍舊主(易俠):〈宦海風流〉,《唯一趣報有所謂》,1905 年 11
　　月 24 日起連載。

104　佚名:〈淫盲報〉,《廣東日報》,1905 年 5 月 11 日刊出二續。

105　軒冑:〈陳塘即事札仔走火〉,《南越報附張》,1911 年 10 月 23 日。

106　飛電:〈英雄出獄〉,《珠江鏡》,1906 年 7 月 3 日。

107　伶隱:〈滇閩獨立〉,1911 年 11 月 10 日;明:〈祝廣東獨立〉,
　　1911 年 11 月 13 日;醒曹:〈軍民赴義〉,1911 年 11 月 15 日。均發
　　表於《南越報附張》。

108　蘆葦生:〈全套出頭戲中戲〉,《唯一趣報有所謂》,1905 年 6 月 6
　　日至 28 日、7 月 2 日至 15 日。

109　即《唯一趣報有所謂》1905 年 6 月 6 日至 7 月 4 日連載的部份。

110　同上,1905 年 7 月 5 至 15 日的部份。

111　均見蘆葦生：〈全套出頭戲中戲〉，《唯一趣報有所謂》，1905 年 6 月 10 日。

112　新廣東武生：《新串班本黃蕭養回頭全套》，《新小説》，第 1 至 7 號，1902 年 11 月 14 日至 1903 年 9 月 6 日。

113　需要補充的是，昔日的粵劇分場極多，也有不少閑戲。《黃蕭養回頭》的寫作甚花心思，並非粗製濫造之作，因為它的情節枝蔓可能是模仿當時的慣例。

114　梁沛錦：《粵劇研究通論》，頁 175。

115　悲人：〈朱剛敬釋蟮（略仿《辨才釋妖》）〉，《珠江鏡》，1906 年 5 月 30 日。「朱剛敬」即報刊名稱「珠江鏡」的諧音，其時該報剛遷香港，以逃避言論封鎖。《辨才釋妖》是《大排場十八本》之一，是同治年間就流行的折子戲。

116　風萍舊主：〈宦海風流（六十續）〉，《唯一趣報有所謂》，1906 年 3 月 4 日。

117　風萍舊主：〈宦海風流（六十二續）〉，《唯一趣報有所謂》，1906 年 3 月 7 日。

118　廣東省戲劇研究室主編，黃鏡明等撰：《粵劇唱腔音樂概論》，頁 224-293。

第四章

兩部傳道的粵語小說

——《俗話傾談》和《天路歷程土話》

　　1670 年（康熙九年），清聖祖頒佈了「聖諭十六條」。清世宗即位不久，將之擴充為萬言的《聖諭廣訓》，並進一步確立地方定期宣講的制度，還成為科舉考試必須默寫的內容。事實上，早在明朝，在地方上宣講善書作為全民教化活動的風俗已經非常普遍，學校和善社都是重要的講壇。刊於康熙朝的《感應篇直講》，就是按文言本的《太上感應編》而寫成的白話宣講底本，方便善士「照文口唸」的 [1]。清朝承襲舊制，沿用固有的民間風俗，進一步以道德力量和果報思想維持社會穩定和傳統倫理。在雍正年間，各縣童生考試須默寫《聖諭廣訓》其中一條，每條約六百字，如果錯了十個字以上就會被判為不及格。在嘉慶年間（1796-1820），又規定歲科兩試並貢監生錄科考遺，都要默寫《聖諭廣訓》一二百字 [2]。同時，地方官員也致力把「聖諭」普及化。康熙年間的廣東連山縣知縣李來章，堪稱其中一個最勤奮的宣傳者 [3]，他為宣傳「聖諭」編撰了不少專著。據他的規定，在城市宣講《聖諭廣訓》需要遵從一套禮儀。每月朔望前一天，在縣堂開講。先由官員迎請安放了聖諭的龍亭，講壇的長桌放在龍亭前，桌上要放好香爐、花瓶和燭台。宣講前，官員和士紳須向龍亭行三跪九叩之禮，這時門外聽講的老百姓要下跪。然後由講正、講副恭請李氏所著的《聖諭衍義》，放在堂中高桌上。由講副唱：「鳴講鼓」三次，再唱：「恭聽宣講聖諭」，宣講才算正式開始 [4]。

　　枯燥刻板的《聖諭廣訓》並沒有多少讀者。光緒中葉，廣州幾乎每天都有宣講聖諭的活動，但有時卻為了徇眾要求而變成演說歷

史故事[5]。因此，《聖諭廣訓》逐漸派生出不少宣講故事，由講生在戶外宣講，有的仍然亦步亦趨，有的已經頗具自家面目，對白全用粵語寫成的短篇故事集《俗話傾談》堪稱其中最有特色的一部宣講文學。同時，隨着傳教士的到來，基督教讀物也譯介到中國來，借用種種手法，把西方宗教讀物變換成繡像小說，全用粵語譯成的《天路歷程》便是其中之一。早已習慣了說書和宣講活動的中國老百姓，對傳教士的演說很可能不以為怪。有趣的是，當學子在考場內寫下「敦孝悌以重人倫，篤宗族以昭雍睦」時，一些西方傳教士在考場附近的大街上派發《聖經》和其他宗教讀物，同時宣講基督教教義。王韜就曾經在赴昆山科試時，見到慕維廉（William Muirhead, 1822-1900）也在當地作露天演說[6]。也就是說，傳統倫理之道和西方上帝之道同時在爭取地方學子為信徒。這不但構成了晚清社會特殊的景觀，還促成了兩部粵語小說的出現。

第一節　被遺忘的小說

《俗話傾談》和《天路歷程》兩部小說，因其性質的特別，為粵語寫作提供了非常獨特的實驗場，以不一樣的修辭和手法，創造了當時粵語作品中少見的文體風格，在粵語寫作的歷程上有重要意義。《俗話傾談》初、二集最早見於 1870 年，各分兩卷，初集十一篇，二集七篇，合共十八篇，均由廣州五經樓刻印[7]，其後多

合訂出版。直至民初，《俗話傾談》仍然有再版，現時可知的版本約有十個，大部份流傳到日本[8]，這些版本尚未包括善堂或個人私下刻印者[9]，可知當時此書曾經在粵語區廣泛流行。《俗話傾談》見於多種小說目錄，作為一種「小說」，大抵已為學術界所接受，但其性質的複雜、文學技巧的多樣，卻甚少被詳細探討。日人魚返善雄對《俗話傾談》情有獨鍾，他認為此書尚未得到足夠的重視。他在上世紀六十年代點校此書，並以《廣東語小說集》之名在日本出版。在以粵語寫作的序文中，他說：

> 《俗話傾談》呢一部短篇集，係嶺南地方嘅精華，呢部書嘅內容，同埋形式，都有加以保存的價值。所謂「宣講」文學，有人話不過係啓蒙嘅開端，冇乜緊要，但我估呢種作品，應該佔有中國文學史之一頁，係不能忽略嘅。[10]

在日文的跋和〈華南の舊小說〉[11]一文中，他以「宣講文學」的概念高舉《俗話傾談》和《天路歷程》等書的價值。魚返指出，中國的通俗小說，許多都可以視為「宣講物」，具有勸善懲惡的精神，而有故事、人物、地點的《俗話傾談》，比《太上感應篇》那些讀物更生動可感。事實上，清初以來，受異族統治者重視的《六論衍義》、《聖諭廣訓》，在宣講時若不加插很多技巧，就無法收效。因此宣講師的底本就有可能超越聖諭的各種衍義，轉化為一種通俗小說。魚返的這個觀點，正道出《俗話傾談》的來源。他又指出，

在西方也有類似的作品，《聖經》就充滿勸善懲惡的故事，而且被認為是最出色的文學作品之一，《天路歷程》亦可作如是觀。他反對魯迅等文學家因為舊小說的果報思想，或者過於重視文學的藝術性而忽略勸善懲惡乃一種原始的文學精神。魚返善雄認為，木魚書和《俗話傾談》雖然同是勸善懲惡，但後者已提升為一種讀物，與木魚書作為民間說唱的價值並不相同。確如魚返所言，《俗話傾談》可以視為宣講文學之一種，但是，僅僅以「勸善懲惡」來作為判辨宣講文學的標準，則顯得過於寬泛。《天路歷程》雖然有口述史詩的痕跡，其文本也多處指涉《聖經》這部源於口述傳統的經典，但畢竟屬於個人創作，供個人讀者閱讀的作品，與宣講活動沒有直接關係。

　　《天路歷程》由約翰‧班揚（John Bunyan, 1628-1688）所著。1677年，班揚因為傳教而第二次入獄，期間他開始寫作《天路歷程》的第一部，講述基督徒（Christian）在信仰之路上的心路歷程，1678年在倫敦出版。《天路歷程》的第二部是基督徒之妻基督女徒（Christiana）帶同四個兒子和一位鄰居「心慈」（Mercy）行走天路的過程，相對於第一部刻劃男性的、個人的屬靈經驗，第二部以婦孺和群體為描寫對象。全書內容均為敍述者「我」的夢中所見，人物和地名多以其特徵命名，例如「盡忠」（Faithful）、「唇徒」（Talkative）、「無知」（Ignorance）、「將亡城」（City of Destruction）、「虛華市」（Vanity Fair）等等。《天路歷程》是英語世界公認的文學名著，其研究論著不勝枚舉，但從清末到民初，

中國讀者一直以「宗教讀物」來接受。周作人稱許此書「其文雄健簡潔，而神思美妙」，「蓋體制雖與 Faerie Queene 同，而所敍虛幻之夢境，即寫真實之人間」[12]，正是西方學者一再申論的觀點[13]。周氏認為此書「於小說為益近」，卻沒有得到時人的普遍認同。小說目錄亦不多著錄《天路歷程》，僅近年出版的《中國近代小說編年》例外，但資料非常簡略[14]。陳平原指出，中文世界長期忽略《天路歷程》的文學價值，直至近三十年方有改變，他把《天路歷程》定位為「最早介紹到中國的英國長篇小說」，並認為此書在翻譯文學史、文化交流史上亦應有重要的一頁。[15]

《天路歷程》的中文版，在 1853 年由英格蘭長老會（Presbyterian Church of England）首位宣教士賓為霖（William Chalmer Burns, 1815-1868）譯為文言文。他於 1847 年抵達香港，曾在郭實臘（K. F. A. Gützlaff, 1803-1851）介紹的老師下學習粵語，但因為在廣州的傳教成果未如理想，在 1851 年轉往廈門，期間譯成文言版的《天路歷程》第一部，在當地甚為流行，1856 年在香港、上海等地再版，翌年又在福州再版[16]。1865 年他以官話翻譯第一部，翌年再譯第二部[17]。官話版的目的，是為了擴大讀者群：「庸眾之流，僅能識字，未能解理，仍非予與人為善之心也。緣此重按原文，譯為官話，使有志行天路者，無論士民，咸能通曉。」但賓氏也知道官話版無法滿足所有中國讀者，所以說：「雖不諳官話之處，細閱此編，亦較初譯，易於解識。」又「於白文旁，加增小注」[18]，有時解釋書中的比喻，有時解釋北方話的意思[19]。《天路

《天路歷程土話》，羊城：惠
師禮堂，1870 至 1871 年。

歷程》後來出現了閩南話（1853 年）、寧波話（1855 年）、福州話（1855 年）的拼音版，以至上海話版（1895 年）。本章關注的粵語版，在 1870 年由循道會（Wesleyan Missionary Society）傳教士俾士（George Piercy, 1830-1913）譯出。

俾士在 1851 年自費到達中國，翌年到達廣州，加入循道會，同時學習粵語。他在 1864 年初返回英國，1866 年攜家眷再來廣州。在翻譯《天路歷程》之前，他已勤於翻譯各種宗教讀物，絕大部份都在廣州出版，尤重童蒙之書。在俾士的努力學習和長期浸淫之下，他的粵語水平日漸提高。在 1862 年先譯出《曉道初訓》（*Peep of Day*）的廣東土話版本，兩年後譯出此書的文言版。在 1863 年，又用粵腔譯《啓蒙詩歌》，內有一百一十六首聖詩。難怪到了 1870 年，他有信心用粵語翻譯長篇作品《天路歷程》[20]。俾士翻譯的《天路歷程土話》，有可能先出版續篇。據哈佛大學燕京圖書館藏的《續天路歷程土話》出版於 1870 年，扉頁印有「同治九年」及「羊城惠師禮堂鐫」，此版並無序文，插圖附於文中。藏於倫敦大學亞非學院圖書館的《天路歷程土話》，圖文分兩冊裝訂，扉頁與哈佛所藏的《天路歷程土話》相同，均印有「同治十年」（1871 年）及「羊城惠師禮堂鐫」，此版本附有官話版和土話版的序，後者注明寫於同治十年。民初時，廣州的兩粵基督教書會（South China Religious Tract Society）先後在 1913、1925 年及上世紀三十年代三度再版《天路歷程土話》，可見此書甚受廣州讀者的歡迎。

天路歷程土話序

天路歷程一書英國賓先生於咸豐三年譯成中國文字雖不能盡揭原文
之妙義而書中要理悉已顯明後十餘年又在北京重按原文譯成官話使
有志行天路者無論士民婦孺咸能通曉較之初譯尤易解識然是書自始
至終俱是喻言初譯無訛誠恐閱者難解故白文之勞加增小註並註明見
聖書某卷幾章幾節以便考究今仿其法譯為羊城土話凡閱是書者瀆於
案頭置新舊約書以備兩相印證則聖經之義自能融洽胸中矣是書誠為
人人常瀆之書是路誠為人人當由之路苟能學基督徒將亡城直進窄
門至十字架旁脫去重任不因巍巍山而裹歡志不為盧華市而動歡心則
究竟可到郇山可渡永生斯人之幸亦予之厚望也爰為序
同治十年辛未季秋下旬書於羊城之惠師禮堂

天路歷程土話卷一

本仁（Bunyan John, 1628-1688）著《天路歷程土話》，1930 年版本。

第二節　從宣講到文學

　　《俗話傾談》具備「宣講」與「文學」兩種性質。「宣講」方面，可以從它的編寫者邵彬儒說起。在何又雄筆下，邵彬儒作為一位成功的講生，形象非常突出：

> 四會邵紀棠先生，善士也。廣購善書，好為善言，日與人談善果。同治戊辰間，佛山廣善社延主講席。先生口一面授，心一面思，指一面畫，來者紛紛然，說者諄諄然，聽者怡怡然也……自是而省會而墟場而村落，無不樂延先生者，先生勞苦不辭，談論不倦，供億不計，人以是益慕先生。[21]

據何氏的說法，邵彬儒在 1868 年曾經擔任佛山廣善社的講生，因為演說生動，從此深受歡迎。對照方志的紀錄，何又雄之言似乎沒有誇張：

> 邵紀棠，區地鋪人，少讀書，明大義。患世人多不讀書、少明義理者，而世宗憲皇帝《聖諭廣訓》有司宣講，或舉或廢，知音甚稀。於是棄舉子業，遊歷南海諸名鄉大鎮墟市，到即為人講善書，聽者忘倦，而人心風俗默為轉移，紀棠樂之。會佛山起廣善社，聞紀棠善宣講，遂敦請為社中宣講生，每日講《聖諭廣訓》一條，次及古今人善惡事，可法可戒者，繼而省城復

初社、西南教善社，以及鄉場市鎮，無不延講。紀棠勞苦不辭，談論不倦，供億不計，故遠近無不知邵紀棠者。今善書宣講之風盛行，實自紀棠始也。著有《諫果回甘》、《活世生機》、《俗話傾談》、《吉祥花》等書行於世。[22]

這篇傳記作者很可能參考過何又雄的序文，但它更透露了另一個很重要的訊息：邵彬儒也曾經講解《聖諭廣訓》，他的著作和《聖諭廣訓》有密切關係。作為一種馭民之術，清廷從未放棄向民間灌輸《聖諭廣訓》，在清末的教育改革中，仍然不忘維護它的地位[23]。但在地方上向百姓宣講，尤其南方的省份，卻不能不解決方言的問題。地方官往往不懂所治地區的方言，因此需要下層官員的幫助。康熙年間的福建巡撫張伯行就為此頗費心思，規定宣講時先以官話唸一遍，再用方言。但因為地方官員多聽不懂福建話，擔心宣講者偷工減料或者有所遺漏，故此規定要安排兩三名社會賢紳在旁監督，又要求各府州呈上以方言注釋聖諭的文字，但府州的反應似乎不太積極，要張伯行再三催促[24]，可見方言在宣講聖諭時非常重要。與此同時，聖諭的內容畢竟沉悶，宣講需要小儒的幫助，添加故事元素，使之引人入勝。乾隆年間，聖諭開始與善書合流，添上了因果報應的思想[25]。要證明行孝悌、積善因方能有好報，沒有真實的「案例」就欠缺說服力，所以真人真事也就成了宣講聖諭的材料，宣講聖諭的形式也漸漸多元化，以故事說聖諭固然流行，廣東甚至出現《惠陽福報》這樣的木魚書，其例言也強調「或得之志書，

或得之目擊，或得耳聞。皆有證據，方敢採入，與憑空杜撰者不同」[26]。記述故事，寓意因果，而又摒棄虛構的觀念，重視真實性，這和源於史傳的中國小說傳統不謀而合。

《俗話傾談》的對話以粵語寫成，果報思想是全書的中心思想，其中的故事也以宣傳倫理道德為目的，這些特點都可以視為「宣講物」的胎記。此書從《聖諭廣訓》一脈的善書發展而來，是毫無疑問的，但此書已經脫出「宣講底本」的框框，不能單單以善書視之。考察宣講底本的形式[27]，可以讓我們更了解《俗話傾談》的創造性。同治年間莊跛仙仿《宣講集要》刻印《宣講拾遺》六卷[28]，以 1652年（順治九年）頒佈的六諭為全書基礎，先列宣講聖諭的規則，鳴金、擊鼓、叩、朝拜之後，由講生宣讀六諭、十六條、唸誦文昌帝君焦窗十則、武聖帝君十二戒規、孚佑帝君家規十則等六種。如史家所言，這六種民間神祇規條加入聖諭之後，顯示聖諭「庸俗化為善書的說教」[29]。列出宣講的聖諭戒規之後，又隆重其事地刊印「欽定學政全書講約事例」[30]，然後講第一訓孝敬父母：「萬歲爺說如何是孝順父母……」[31]滔滔地說了一番道理守則，然後方說故事。《宣講拾遺》的首篇故事為〈至孝成仙〉（目錄注明即〈楊一哭墳〉），但宣講底本中的敍事，夾雜不少俗講說唱，既提高趣味性，又讓聽眾記憶深刻。這些唱段往往以小字「宣」標示。1903 年又有一種《宣講最好聽案證》[32]，雖沒有先刊印宣講聖諭的規則和條文，但底本的形式大致如《宣講拾遺》。該書封面印有「仁人君子，重刻廣傳，互相勸化，助聽無邊。人皆好善，誠可格天，刀兵

水旱，庶乎免焉。」可見其果報思想。此書的一些故事以「聖諭上說⋯⋯」開首，有的仍如《俗話傾談》那樣，介紹人物背景作開場，有的先說一段教訓。在韻文說唱和散文敍事的部份，有時注明「宣」和「講」，有時沒有。例如〈楊一哭墳〉，部份字句和《宣講拾遺》所刊的略有相似，篇中有不少韻文說唱部份，但沒有標示出來。另一篇〈吉祥花〉也是如此，但在韻文說唱和散體對白夾雜時，把後者用小字兩行刻印，以示區分。這是善書常用的形式。《宣講拾遺》中的〈感親孝祖〉也是如此，但標明「宣」和「講」。故事講述一對夫妻厭惡父母囉嗦，把他們送到山上小屋。一對子女得悉後勸父母把祖父母接回來，多加孝敬供養。篇中敍事、對話及韻文、散語夾雜。「講」字以下，以淺文敍事；「宣」字以下，則是子女說唱的韻文，中間又夾着父母的官話對白：

講　二老每日以此誥誡，松華夫婦嫌他話多重敍，心中生厭。於是山坡修一矛（茅）房，造一小車，將父母送至其間，以免厭故。貴安自館歸家，不見二老，問其姐姐始知其情。姊妹二人心皆不安，又不敢阻攔，於是跪倒父母面前幾微進諫。
宣　七歲男，九歲女，齊跪堂前。尊一聲，雙父母，細聽兒言。父母曰：兒呀，有話但說不妨，何必行此大禮。問父母，盤養兒，何等樣款？把始終，養育恩，細向兒談。若問養育之恩，懷胎十月，關煞痘疹，條條關心。⋯⋯[33]

235

　　我們的確不難找到善書和《俗話傾談》的共通之處，《俗話傾談》的教育意味和果報思想仍然十分明顯，提到天庭、玉帝、今上等詞時，也如善書中空一字格，以示敬畏。但更多、也更重要的是相異之處，典型的善書都以聖諭為主體，附以詮釋聖諭的故事、唱詞、俗講等。《俗話傾談》卻是以故事和人物為主，完全捨棄了民間說唱，聖諭的身影已經很模糊，而以邵氏自己的一套倫理觀為主，其中所宣揚的道理，不單單為傳播一朝的聖諭、神祇的戒律，而是提升一層，與民間儒家思想契合，更豐富圓滿，自成體系。而且，雖然邵彬儒也和善書作者一樣，非常重視如何把道理說得通俗，但邵氏的宣講技巧卻更高明，也更富文學意味。

　　《俗話傾談》流行一時，邵彬儒被推許為帶領宣講風氣的人，與此不無關係。到了晚清，邵彬儒仍然沒有被遺忘，曾經刻印《聖諭廣訓疏義》的廣仁善堂在 1895 年 10 月招選講生，還提到邵彬儒的名字 [34]。邵氏的秘訣在於，他明白講道理需要講得有趣，有些聽宣講的人聽不下去，不是因為言語不通，而是因為講得沉悶：

> 惟講得有趣，方能入人耳、動人心，而留人餘步矣。善打鼓者，多打邊鼓。善講古者，須談別致。講得深奧，婦孺難知。惟以俗情俗語之說通之，而人皆易曉矣，且津津有味矣。[35]

邵彬儒怎樣令「聽者忘倦」？作為傑出的講生，他帶着不少技巧宣講，可以先從書中兩篇沒有故事的文章窺見一二。在《俗話傾談》

中，絕大部份都屬短篇小說的體裁，卻有一篇名叫〈修整爛命〉
的講稿，不涉及故事情節，可以窺見邵氏如何把道理講得趣致。
在這篇演稿中，他運用一種通俗的技巧，把勸人行善積福，可以
扭轉命運的道理說得透徹而有趣。這種技巧在全書都很常見，就
是生活化的比喻。邵氏用種荔枝的過程，比喻「種禍種福，由漸
而成」[36]，說明福報並非立竿見影，但卻可以惠及子孫。又以醫治
爛腳，比喻修整爛命，除去腐肉，就是改過之功，新肌再生，就是
福報漸修，最後還滿有幽默感地說：「曉醫病之法以醫命，依然好
腳色矣。」[37]在這篇講稿中，我們還可以發現邵氏的果報思想，雖
然也有天庭玉帝等角色，但並不鼓勵迷信，他告訴他的聽眾，「降
福消災，非叩求所能得。蓋人之禍福由於善惡轉移」[38]，必須透過
真誠悔改，努力行善，才能消除冤債。在其他篇章裏，比喻仍然常
常出現在大篇幅的議論中。例如〈張閻王〉講述秀才張繼興在夢中
得悉自己前身是十閻王之一，因為過失而貶謫凡間，因而決定悔改，
不再像昔日一樣多行不義，因而逃過三次雷擊，考中舉人，多享壽
十年。敍述者在篇末的議論中，以「父母打仔」比喻那三次雷擊：「譬
如父母打仔，其仔如果真知錯過，悔罪心誠，縮入床底避之，父母
亦時有忍住手而不打者。雷公⋯⋯因見繼興有改過之心，知其誠切，
故免其死」[39]。〈積福兒郎〉一篇篇末又結合看戲來說理，表示戲
未演到最後，尚未知忠奸善惡，報應不爽。結尾說：「古人戲棚對云：
『奸仔似虛花，盛極終須無結果；好人如夜月，缺時究竟有團圓。』
是經歷世情、見得世界之語。」[40]

〈修整爛命〉像一篇講稿，〈饑荒詩〉則像一則逸聞，記明朝時官員周文襄到陝西賑災，在回覆皇帝的奏章上附了兩首詩，描述災區的慘況。邵彬儒認為，常常吟咏這兩首詩，「可以止驕奢，可以省浮費，可以靜養氣，可以息貪心」[41]，令人知足。從這則筆記可知詩歌在邵氏心目中的教化作用，《俗話傾談》中不少篇章都引詩為證，既總結故事內容，又寄寓教訓，而且都用粵語寫作和押韻。例如〈閃山風〉寫姓關的放賬客「閃山風」多行不義，其後被欠債的殺死：「登門尋死罵聲多，罪滿難寬奈乜何。快的拈刀來殺我，即時要去見閻羅」[42]，又如〈好秀才〉講嫡庶兄弟相殘：「既知自己無情義，何必登門再逗刁。激起大哥唔抵得，拳頭相打不相譏」[43]。

作為宣講的遺留物，《俗話傾談》中的敍述語言有時也富有節奏感，運用排比的手法渲染氣氛，有助感動聽者之餘，又能使他們印象深刻。如〈橫紋柴〉中，沈氏與大成夫婦相處和睦：「珊瑚擇一件好雞肉，勸與家婆；橫紋柴就擇回幾件，勸與新婦。勸雞頸與珊瑚曰：『你一生好喉頸。』勸雞腸與珊瑚曰：『你後來日子長。』勸雞尾與珊瑚曰：『你將來好尾運。』又勸珊瑚飲雞酒話：『後生飲過好兆頭。』」[44]這一節的描寫不但能對比之前沈氏對珊瑚的態度有天淵之別，並能表達出一家和樂的情調。又如〈骨肉試真情〉講述克德因為損友而與兄長疏遠的敍事，幸得賢妻凌氏施巧計，使克德明白箇中利害。篇首敍述克德和錢、趙二人感情極好：「克德又唔明白，以姓錢為知心，以姓趙為知己」、「姓錢話兵房師爺係我姐夫，姓趙話三班總頭係我老契。克德拍掌喜曰：『有咁樣人，

隨便車天。』滿斟一杯，勸姓錢曰：『好手足。』又斟一杯，勸姓趙曰：『好兄弟。』」[45] 亦很生動地描畫出三人情狀。所以，重複地敍述某些小節，雖然宣講是為使聽眾更明白、更容易受感動，但同時有文學渲染的效果。

從上述的分析可知，邵彬儒的部份宣講技巧足以轉化為文學技巧。同樣明顯的是，宣講生的身份造就了一個強勢、超然、好發議論的敍述者。這位敍述者想要達到二種目的：包括講故事，說明道理和褒貶人物，還有就是要對故事中的情節和人物加以評價。為了達到這些目的，在同一篇小說中，往往存在來自敍述者的三種聲音，唯有如此，敍述者才能安放來自宣講生的各種訓話和評議。《俗話傾談》的首篇小說〈橫紋柴〉集中體現了邵彬儒使用的多種技巧，可以作為全書的、乃至宣講文學的典型。本篇開首，敍述者先介紹故事的時空座標和人物的背景資料，明顯繼承紀傳體的敍事傳統：「康熙間，四川重慶府，有一個舉人，姓安，名維程。為人和平，無甚過處。」[46] 因為《俗話傾談》以宣揚倫理道德為主，所以常常順帶接着介紹人物的家庭：「生二子，長名大成，次名二成。大成之性，生來孝友；二成之性，一片愚頑。」[47] 這部份的語言通常用非常淺白的文言，有時可疑地夾雜官話。在這一句介紹之後，即有小字刊出的評議：「兩兄弟同胞不同性。」[48] 接着介紹安維程的妻子，外號「橫紋柴」的沈氏：「稟性極偏，不循道理，隨意所發，以執拗為能。」下接小字夾評「此等賤婦潑婦，不是家庭之福。」[49] 夾評的語言，有時為求簡潔而用文言，有時為求生動而用粵語。故事

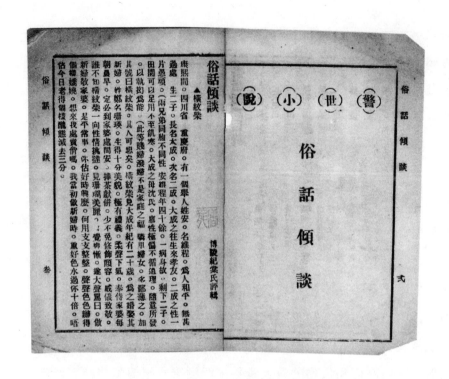

《俗話傾談》中的〈橫紋柴〉，粵海小説社，1935年。

從大成的新婚開始，大成的妻子鄭珊瑚早上向沈氏請安時被罵，敍述者隨即中斷敍事，加插一段議論，正面指出沈氏應如何回答方為恰當。在《俗話傾談》中，這種議論有非常重要的地位，必定以另起新行、低一字格排印。為了表現嚴正的態度，議論多數以淺文為主，但引述對話或者表達強烈的情緒時，仍會使用粵語。這三種聲音，分別擔當敍事、諷刺和教訓三種功能。概括來說，以淺白的文言文為主調，它們共同塑造一位高度個性化的敍述者。這位敍述者平時像長者一樣嚴肅敦厚，誨人不倦，但對負面人物卻用夾評的方式加以諷刺，有時甚至擔當了讀者的角色。諷刺式的夾評在書中比比皆是，例如描寫只顧疼愛妻子，不顧侍奉母親的二成，聽罷妻子一番歪理之後說：「亦是道理。」敍述者便在夾評諷刺說：「聽盡老婆咁多道理，豈有唔明白。」[50]

《俗話傾談》那位來自宣講壇的敍述者，其個性和另一部家傳戶曉的白話小說的敍述者非常相似，這部小說就是《拍案驚奇》。事實上，魚返善雄亦指出，和唐傳奇相比，《俗話傾談》更近於《今古奇觀》[51]。根據韓南的研究，凌濛初的貢獻在於「恢復敍述者的地位」，這包括賦予敍述者全面詮釋故事的能力和「清晰明確」的個性[52]。凌濛初的作意也是「勸誡」，他模仿宋元時期「意存諷勸」的小說家，以「聞之者足以為戒」[53]的奇事怪事為題材，並且有濃厚的宿命思想。議論同樣是凌氏的敍述者一種重要的任務，他的議論也如邵彬儒的敍述者一樣，常常以人物為嘲弄對象，「以評語溫和地譏誚其目標，使論者注意敍述者的機智，和他所描繪的故事情

節」[54]，而且「採用的是辯論家而非道德哲學家的技巧」[55]。人物受
到懲罰時，既有勸誡意味，但同時又是諷刺技巧，在〈橫紋柴〉一
篇中，沈氏因為晚上罵人太兇，「撞了生風」而生病，便是這樣的
情節。韓南又指出，《拍案驚奇》和《三言》的差異在於，前者是「模
擬的情況」（stimulated context），後者是「形式寫實主義」（formal
realism）[56]。《俗話傾談》的敍述者雖然很少使用說書人套說，較
常見的只有「且說」一詞。但其中的篇章也如《拍案驚奇》一樣，
很少注意時間連續性、不關心視覺效果，並且盡量維持簡單的小說
結構。韓南認為，中國的短篇小說發展至中期，「自作自受」的故
事成為主要的類型，其結構原則是以某個道德觀念為基礎的[57]。《俗
話傾談》的故事也是如此，〈積福兒郎〉中的楊崇蘭因為貪財好利
而迫害族弟，最後「門戶日衰，諸多不就」[58]。〈砒霜砵〉中的梁氏，
因為不孝順家婆，甚至把她殺害而染上毒瘡死亡。據此，我們不妨
把《俗話傾談》定位為中國傳統小說發展至中期的產物，它的小說
藝術與同期的作品較為接近。

　　不過，這兩部小說最少有一點是不同的。韓南認為《拍案驚奇》
的人物因為敍述者的強勢而弱化[59]，雖然《俗話傾談》中少數人物
有時也沒有全名，但面對如此滔滔不絕的敍述者，人物的聲音卻沒
有弱化，其奧秘在於粵語。書中的人物對話全以粵語寫出，使人物
擁有和敍述者不同的聲音，也擁有鮮明的立場和強烈的情緒，在敍
述者鋪天蓋地的議論和譏諷之中，仍然令讀者印象深刻。例如〈橫
紋柴〉一篇中，沈氏後來終於得悉珊瑚的孝義之後，性情有所改變，

聽珊瑚自責不孝，連忙說：「十分孝，十分孝，孝到冇人有。自古及今，都係你第一。總係我老懵懂，唔中用，罵人不分輕重，你勿怪我。食飯後，肯隨我回家，就是家門之福咯。」珊瑚回答說，望婆婆多多教導，沈氏即說：「不用教，不用教，照從前咁樣孝法便好過頭咯。」[60] 又例如二成夢得老父報夢，指責他對母親不孝，對兄長不敬，他告訴妻子臧姑，臧姑說了一通歪理，二成信以為真，還稱讚妻子說：「睇你唔出做女人咁伶俐呢。你個把嘴，真正係審死官咯。」又如二成被打，臧姑誤以為他的傷痕是刮痧所致，二成生氣地說：「刮刮刮，刮你個條命，分明係被藤鞭所打，重話我刮痧。」[61] 都是直接以生活中的語言入文，粵語區的讀者必定覺得人物如在目前。

邵彬儒非常明白粵語的作用。在〈橫紋柴〉中，沈氏逼大成休妻，珊瑚的母親勸女兒再嫁，珊瑚不肯，令其母異常生氣，便痛斥女兒一頓：「……你唔肯去，甘願捱飢抵餓，問你賤唔賤？你餓死勿怨我老母，你冷死勿怨我老母。你唔遵唔講，我此後割斷條腸，總之作生少你一個，個吓唔慌重嚟望吓你！」寫母親的憂極而怒，甚為傳神。夾評很少針對文學技巧而言，此處卻例外地評曰：「寫得老母火氣，句句如生。」[62] 又如另一篇小說〈好秀才〉中，寫繼業、繼功兩兄弟相殘致死，二人的妻子因此又打鬥致死。敘述者描述二人打作一團，亦用粵語，並且在夾評說：「寫得女人打法，情景極生。」[63]

事實上，在這部小說集中，我們不難感到作者對兩種語言的觸

覺，雖然其意識並非很明確。作者給書中的淺文和粵語之間作了粗略的分工，悲傷和嚴肅的情節或對白，常用淺近的文言，負面人物粗率的對白則多用粵語。例如〈橫紋柴〉中敍述大成被迫休妻一節，大成向妻子珊瑚說：「我聞娶妻所以事母，今致老母時時激惱，要妻何用。我將分書與你，你可別尋好處，另嫁他人，不宜在我屋住也。」[64]〈好秀才〉的對比更明顯，富人曾恭愚入殮時，有淚從眼中湧出。庶出的亞悌是曾氏唯一品行俱佳的兒子，他的話用淺近文言描寫：「父入棺而出淚，必有不祥。父親知我兄弟，平日好閑，將來必有禍患，故雖死不安，而流淚告我。眾兄弟務宜一團和氣，忍事為佳，免父在九泉，猶難閉目。」[65]其他兄弟取笑他的話則用粵語：「你勿講得咁廢，唔關個的事，總係嗱嚛先生，擇時辰唔得乾淨耳。」[65]但無論敍述或議論，都不嚴格使用淺文，常常用上粵語。例如〈橫紋柴〉中大成休妻後，沈氏想替他再娶，敍述者說：「誰知橫紋柴之名，通傳遠近，各家父母，見了佢個後枕，就怕了九分，誰肯將女嫁佢個仔呢。是以兩年之久，都無一紙年庚入屋。」[66]此處在淺文中夾雜粵語，為了取笑橫紋柴惡名遠播，而且她並不自知，有助創造滑稽的效果。下文就直接引述她自嘆不解，夾評諷刺她「人人都明，總係自己唔明」[67]。另一篇〈積福兒郎〉中，楊崇蘭因不滿同族兄弟楊宗諫阻止他侵吞族中財產，遣二子在路上故意撞倒楊宗諫，挑起事非，楊宗諫忍讓不加理會。敍述者此事蕩開一筆，評論說：「楊宗諫之忍氣也，大有見識矣。力能舉鼎，不與盲牛鬥工夫；快走如飛，不與癲狗鬥腳步。何也？佢盲我唔盲，佢癲我唔癲也。」[68]

244

敍述者在文言的比喻之後，用粵語再把意思反覆說明，使聽者明白。但因為邵彬儒區分文言和粵語的意識仍然被動，以至有時出現一些非常突兀的句子，如「官問其點樣原由」（〈七畝肥田〉）、「做個樣，就個樣矣」（〈九魔托世〉）、「各婦女信而問者，無數咁多人」（〈張閻王〉）、「不須計數，斷唔得也」（〈修整爛命〉）。至於通用語的身影，在《俗話傾談》中仍然比較模糊的。雖然有論者認為《俗話傾談》是「三及第」小說[69]，但筆者認為書中並無明確使用通用語的意識。有時敍述中夾雜可以稱為官話的語言，因為文言的界限本來也非絕對，尤其淺近文言更容易與通用語重疊，如：「橫紋柴飲了，喉嚨既潤，氣更高，聲更響，罵到三更，聲漸低，力漸微，氣漸喘。」[70] 除了「飲了」一詞，句中其他還部份更富文言文的節奏。另一個例子：「雍正初年，潮州普陽縣，來得一個新官，來做知縣，審事甚明白。」[71] 比較沒有疑問，但在書中並不多見。事實上，就算我們承認通用語的存在，三種語言在書中的比例還是非常不均的。無論在敍事、夾評和議論中都存在的粵語，是書中的最主要的語言。不過，《俗話傾談》的確率先以混合的漢語來寫小說，並在驅遣文言和粵語時，有意無意之間略有分工，可以視為三及第小說的雛形。

245

第三節　從西洋傳奇到繡像小說

　　文學理論家諾思羅普・弗萊（Northrop Frye, 1912-1991）反對把「小說」等同「虛構作品」，他在辨析各種文學體裁時指出，「散文體傳奇是一種獨立的虛構作品形式」[72]，並且以《天路歷程》為其中代表：「它的傳奇特色、原型人物的塑造及其對宗教感受的革命態度使這部書成為一種文學形式的完美實例。」[73] 如果我們接納弗萊的建議，無疑承認作為小說的《天路歷程》和中國讀者的閱讀經驗相距更遠。不止在小說類型上和中國固有傳統異趣，翻譯《天路歷程》這部宗教性文學名著，無異於試驗粵語的彈性和可能性。雖然原著淺白通俗的語言[74]，應該更適合用方言翻譯。但如何移譯基督教的各種文化符碼，確是一項艱巨的工程。因為廣州作為早期通商口岸的緣故，西方傳教士很早就對粵語發生興趣。在 1828 年馬禮遜的《廣東省土話字彙》出版後，傳教士編寫的英粵字典、粵語會話等書為數不少，為粵語寫作宗教讀物提供良好的基礎。到了十九世紀末，這種讀物陸續出現。1862 年《張遠兩友相論》出版粵語版[75]，在 1865 年，另一本為配合廣州街頭傳教之用的小書——《親就耶穌》出版，也是全用粵語寫作。1870 至 1871 年，《天路歷程土話》及其續篇出版。規模最大的粵語聖經版本比較複雜，1868 年傳教士成立委員會統其事，早期曾分別印行，如馬太、路加、約翰福音，就由委員會的多位傳教士譯出，並在 1868 年之前出版，《新約全書》的譯本在 1877 年出版，部份由委員會所譯，部份由俾士

所譯。但這個版本不大令人滿意，新成立的委員會進行修訂，在1882 至 1884 年間陸續出版新譯，到 1886 年才完成《新約全書》的出版，同時委員會也在進行舊約的翻譯，並在 1894 年脫稿。[76]

清末民初時期，粵語文體可分為雅俗兩種，雅化的粵語繼承了傳統詩詞的風格，多用書面語，少用口語俗語，嶺南詩人的作品、傳統的南音、招子庸的《粵謳》、文人化的粵曲歌詞都可以入於此類，這些作品外省人比較容易讀懂。俗的粵語文體在晚清大盛，直接用生活的、口語的粵語寫作，追求如聞其聲的效果，讓下層社會的讀者聽眾容易產生共鳴，革命派報刊上的作品、本章另一部小說《俗話傾談》都屬於這一類。《天路歷程土話》的粵語卻是這兩種以外的第三種粵語。《天路歷程土話》的粵語文體，最少有兩處和本書其他粵語作品不大一樣：一是從敘事到對話，全部用粵語寫作，沒有摻雜文言；二是很少廣東熟語、歇後語、口頭慣用語，較少地域和生活色彩，可以說是一種「翻譯體」。

但是，《天路歷程土話》保留了粵語的一個重要特色，就是集中於句末、充滿感情的助語詞[77]。例如：「你共我係至親嘅哩」[78]、「是必有人話你聽，應該點樣行嘅咯」[79]、「我唔係指示過你唎咩」[80]、「主唔肯收留你，你番去歸，都未遲吖」[81]、「前面有兩個人，好唔正經嘅」[82]、「快的擰出嚟試吓唎」[83] 等句中，「嘅哩」和「嘅咯」都可以作「的了」，但後者往往有更多感嘆的情緒，「唎咩」等同「了嗎」，但通常隱含責備的意味，疑問的語氣也比較強烈，「嘅」等同「的」或者「的模樣」，有肯定的意思，「唎」在這裏表示強烈

建議的意思、催促和焦急的情緒。粵語的這種語氣詞，能簡約生動地表情達意，包含很多種複雜的情緒，比官話的「嗎」、「呢」、「呀」、「吧」更多元化、更細膩。所以，有時雖然表達同樣的意思，但比官話的感情更強烈。例如基督徒遇見無知時，問他為何覺得自己能進天國，無知答：「我一向行善，去道待人，禁食祈禱，周濟貧窮，幫助聖會。如今又捨離我嘅本鄉，要去天城，咁都重唔入得去咩？」[84] 最後一句官話譯為「難道進不去嗎？」[85] 原文之中，無知沒有提問，只是更加肯定地說：「I know my Lord's will……」[86]，也就是說，這一句俾士也是參考官話版來翻譯的，但他用上「咁、重、咩」幾個字，渲染無知覺得自己所做的事已經非常多，並且向基督徒表示更強烈的質疑。對譯為官話時，可以寫作「都這樣了，還不得進去嗎？」又如基督徒和同伴盡忠在路上遇見看守窄門的釋示：

　　基督徒一睇，就話：「呢個係傳道，係我嘅好老師呀。」盡忠話：「亦係我嘅好老師播，指點我去窄門嘅，就係佢哩。」[87]

　　原文的感情色彩亦比較濃：Then Christian look, and said, "It is my good friend Evangelist." "Ay, and my good friend too," said Faithful; "for 'twas he that set me the way to the Gate." [88]

　　官話的譯文則比較平淡：基督徒一瞧說：「這是傳道，就是我的恩人。」盡忠道：「也是我的恩人。指點我到窄門去，就是他。」[89]

　　粵語的助語詞「呀」和「播」，前者表示驚喜，後者表示確認、同意，使二人見到釋示的感情盡出，十分傳神。原文生動豐富的感情色彩，往往藉着同樣感情強烈的生活化粵語保存下來。基督徒和

無知的辯論中，基督徒質疑無知的信仰有偏差，也屬一例。

　　原文是 Christian. How! Think thou must believe in Christ, when thou seest not thy need of Him![90]

　　粵語版直接用語調來表達基督徒反對、質疑的情緒：基督徒話：「嚇！你自己嘅罪，尚且唔知，又講乜野信耶穌呢！」[91]

　　官話版也有注意這一點，用比較迂迴的方法刻劃基督徒的訝異：基督徒怪道：「這是怎麼樣呢？你既然不知道自己有罪，……怎樣說信基督呢？」[92]但「怪道」的情緒，粵語能完全用直接引述表達，這種表現力，對《天路歷程》這部對話體小說來說，無疑是非常重要的。

　　翻譯《天路歷程》時，俾士多處參考官話譯本，比喻的解釋、書中的詩歌、人物的名字大部份抄錄官話版。第二部有多處和原著不同的地方，俾士也幾乎照單全收。一些成語俗諺的運用也借鑒官話版的翻譯，例如基督徒遇到魔鬼時，魔鬼曾遊說他說：Thou hast done in this, according to the proverb, changed a bad for a worse……[93]粵語和官話譯法相同：「俗話有講：拋磚引玉，你咁樣做，係拋玉引磚嘞。」[94]但是，有時兩個譯本意思相近，俾士也以比較口語化、生活化的粵語譯出來，如書中「唇徒」這個角色比喻只說不做的信徒，基督徒稱他們為「空口講白話嘅人」[95]，翻譯原文的 "talkative fools"[96]。又如書中另一個角色「利徒」，比喻愛好金錢的勢利之徒，用「要有風致好使㗎」[97]，翻譯原文的 "I am waiting for wind and tide"[98]，兩句都是非常生活化的粵語，定必使

廣州讀者感到很親切的。

　　賓為霖沒有用文言翻譯《天路歷程》第二部，所以書中的詩歌不能像第一部那樣，參考文言版而稍作修訂。第二部的詩歌，賓氏用官話翻譯時更為口語化，句式變得上長下短，押韻亦不嚴謹。俾士稍為改動，使之更貼近粵語。例如基督女徒和心慈初踏天路時，所唱詩歌最後兩句就云：「家中兄弟父母姊妹，無奈將佢離開。求主令他快的醒悟，大家跟我前來。」[99]賓氏的譯法是：「家中兄弟姊妹父母，無奈把他離開。求主叫他快些醒悟，大家跟我前來。」[100]將要到達天國時，眾人遇見一牧羊人，所唱聖詩，首兩句云：「唔飛得高唔跌得重，謙卑能破驕傲。虛心之人得主恩寵，主肯聽他禱告。」[101]官話版本只有首句不同：「飛的不高跌的不重」[102]末兩句云：「財多壞心正道難行，在世夠用便了。莫若死後天堂上升，據我睇來最妙。」[103]官話譯為：「財多只怕壞我心腸，難以直走正道。在世穀用死後天堂，據我看來最好。」[104]

　　但是，書中有些細節，俾士還是把它們譯得更富地域色彩。通過窄門之後不久，基督女徒等人到了釋示家休息，釋示向他們展示許多充滿寓意的景象，其中一個為一隻銜着蟲兒的鳥，比喻「假冒行善嘅人」[105]。原文為"a little robin"[106]，robin是歐洲一種知更鳥。官話版改為「紅點殼兒」[107]，粵語版改為「桂林相思」[108]。同樣有趣的是，故事說到眾人在釋示家中共晉晚餐，官話說「一班的樂工奏樂給人聽」[109]，粵語用更富民間色彩的「八音」這個詞：「釋示家中，每逢食飯個時，有一班八音作起樂嚟，俾過眾人聽，個時鼓樂

齊鳴……」[110] 俾士在第一部時用過「八音和鳴」一詞 [111]，指各種樂器一同演奏。這裏說「一班八音」，可能泛指演奏民間音樂的樂隊，也可能專指當時省港流行的「八音班」。「八音班」是一種和粵劇並存的娛樂團體，他們只有樂隊和演唱者，不講做手表情，也不須戲服道具，常在廟會及其他節慶場合應邀演出，對民間粵曲潮流的影響比戲班還大 [112]。無論哪一種解釋，都是經過本土化的翻譯，原著由歐洲中世紀的吟游藝人來演奏，這樣改動當然令讀者有親切感。

傳教士來到中國，敏銳地觀察到當地的社會問題、風俗信仰，在譯寫過程常作針對性的改寫。《天路歷程》著名的虛華市一節，賓為霖就加插原本沒有的「中華街」，並說那裏「三教的貨頂時興」[113]，俾士亦予採納。同時故事到了快要結束時，有一節講基督女徒的長子馬太和心慈的婚禮、次子撒母耳和非比的婚禮，譯者就安排他們的保護者「智仁勇」發了一段一夫一妻的議論：「上帝獨造一男一女，係令我地曉得一夫只係娶得一婦，一婦只係嫁得一夫，咁致係人倫嘅大道理。世上男人，有的唔止娶一個女人，個的係放縱私欲，唔依天理呀。若論女人，亦應該只有一個丈夫，或如丈夫死了女人，或係女人死了丈夫，再嫁再娶，上帝律法都唔禁止嘅。」[114] 然後又向兩對新人講述夫婦相處之道，先引述《聖經》的話，說明把夫婦比喻上帝和教會的關係。這部份俾士也接納了賓為霖的修改，除了說明傳教士關注當時中國納妾的社會問題之外，還借此宣傳基督教的倫理教義。

《天路歷程土話》的繡像插圖，在該書的眾多中文版本之中，

（左）《天路歷程》，上海：美華書館，1869 年。

（右）《續天路歷程土話》，羊城：惠師禮堂，1870 年。

以至同期的教會讀物之中，都難得一見。本來，1856年在香港印行的文言版就附有插圖。賓為霖恐怕崇尚信實的中國讀者，難以接受書中的比喻和想像。不但加上序言，解釋主要的本體和喻體，還特意附上插圖，以助讀者吸收：「恐讀者以為假設虛造之詞，不知書中之意，盡是聖經真實要理，今故繪以圖像，作一小引於首，使其知所由來」[115]。這個版本的插圖，服飾和建築略有中國化，但畫師對中國似乎一知半解，插圖看起來半中半西。例如「入美宮圖」中的「美宮」，只有飛檐明顯具有中國特色，其他部份要不作空白處理，要不混入西方元素，路上的基督徒衣服和鞋子略帶中國色彩，但帽子到底來自何方顯得曖昧不明。其他的如「入窄門圖」和「脫罪任圖」，人物衣飾仍是西方祭司和平民打扮，再加上光影畢現的典型西方繪畫技法，難以給讀者中國插圖的印象。官話版的第一部仍然沿用這些插圖，第二部更沒有插圖。其他方言譯本中，上海話版本也有插圖，但數量較少，而且比較簡陋。惟有粵語版配有精美的插圖，見證了晚清時期中國畫師和傳教士的通力合作。

第一部《天路歷程土話》的插圖共三十幅，獨立成冊：

指示窄門、救出泥中、將入窄門、灑掃塵埃、脫下罪任、喚醒癡人、上艱難山、美宮進步、身披甲冑、戰勝魔王、陰翳祈禱、霸王老伯、拒絕淫婦、摩西執法、唇徒騁論、復遇傳道、市中受辱、盡忠受死、初遇美徒、招財進山、同觀鹽柱、牽入疑寨、

脫出疑寨、同遊樂山、小信被劫、裂網救出、勿睡迷地、娶地暢懷、過無橋河、將入天城。

第二部《續天路歷程土話》的幅插圖共二十八幅，隨文刊出：

憶夫訓子、欲阻行程、始行天路、扶起心慈、私摘禁果、顧下忘上、觀雞論道、指樹言人、護送行人、懸屍懲惡、同歷艱苦、勸止惡人、迎進美宮、病遇良醫、觀雅各梯、觀碑知警、遇魔心怯、邀人論道、初逢心直、自疑畏縮、迦猶款客、新迎兩婦、辭別迦猶、焚毀疑寨、堅忍受辱、祈禱拒惑、天城來信、女徒辭世。

二書的插圖風格頗為一致，從人物的衣飾、建築物到自然環境，到小孩的髮飾、室內的几案擺設等等細節，全部徹底中國化，「除了十字架等個別細節，你基本上看不出所闡釋的是一部英國小說」[116]，而且用的是平面白描的技法，中國讀者最為熟悉。這些插圖除了能捕捉情節中最戲劇性的一刻，還特別注意以動作和表情表現人物情緒，例如續篇「同歷艱苦」刻劃「智仁勇」扶起哭鬧的小孩[117]，「遇魔心怯」中基督女徒身前互相擁抱表示驚恐的兒子[118]，都傳神而耐人玩味。同時，上下兩部的插圖都常以改寫的情節為題材，增加其獨立性，例如續篇中「勸止惡人」、「邀人論道」等節都是原著沒有的。這些情節都有配圖，證明是俾士認為重要的情節。

　　《天路歷程》的漢文譯者，都很注意細節的轉換。基督教許多關鍵詞，可能令讀者莫名其妙，譯者不得不在漢文語境中尋找最接近的觀念，有時無法避免遺漏或曲歪，例如把「最後審判日」（the Reckoning Day）譯為「收尾個日」[119]，把撒旦譯為「陰府王」[120]。前者實是粵人忌諱「死期」一詞而創作出來的委婉表達。粵語版的《天路歷程》，從語言到插圖都可以視為地域化的或中國式的轉換。繡像式插圖更是其極致的表現，成功地把幫助這部舶來的宗教讀物，變身成中國繡像章回小說。陳平原指出，《天路歷程土話》「將圖像單獨刊刻裝訂，而不是夾雜在文字中，有排版方面的考慮，但客觀上使得其具有獨立敍事的功能。」[121]三十幅插圖隱然把「五卷書」改為「三十回目」，乃是「章回小說的眼光」[122]。為了追求獨立敍事，繡像只以情節為題材，省去其他富想像力的細節和場景，又因為中國舊小說讀者不習慣第一人稱敍事，插圖完全沒有敍述者「我」的身影。插圖向繡像的模擬，加上譯者種種針對性的改動，使歐洲十八世紀捨身求道的故事，得以向中國傳統章回小說靠攏。陳平原強調：「當年廣州的讀者，確有將此書作為『長篇小說』來欣賞的傾向。」[123]

　　陳平原以《教會新報》、《天路歷程土話》和《畫圖新報》三個案例展示教會讀物先是「圖說」，繼而「繡像」，再到「漫畫」的「世俗化過程」[124]。他指出，這種圖像敍事的嘗試，經過《點石齋畫報》的「成功表演」，成為被廣泛接受的傳播方式，在中國二十世紀的文化史上發揮了巨大的作用。圖像的通俗功能日漸成為

共識，在這樣大潮中，廣東不可能不受影響。在粵語的報刊中，圖像是並肩作戰的盟友。方言和圖像不過是達到同一目的的不同手段，雙管齊下自然更有效果。廣東的報刊接過圖像傳播的方式，還有所創新，常常在單幅諷刺畫上，寫上富打油意味的粵語口令，又為這種方式添上新的元素[125]。

小結

當《天路歷程》被譯介到中國時，它經歷了一個「改頭換面」的過程，粵語版尤其生動地呈現了這一個過程。由於傳教士的終極目標畢竟是吸納信徒，《天路歷程》的文學性在一定程度上被犧牲。域外元素卻被淡化，例如敍述者「我」是原著的重要特色。伊瑟爾指出，限制敍事和對話融合了主觀和客觀兩種視角，使讀者只能透過敍述者的眼光觀看人物，形成視角轉換的戲劇性張力[126]。但在漢文譯作中，敍述者卻沒有很受重視。第二部開首兩段只有綜合翻譯，敍述者明確地招呼讀者為「尊敬的旅伴」（courteous companions）[127]，官話和粵語譯本都也沒有譯出來。但與此同時，本土的元素卻被植入。粵語版的《天路歷程》除了加注釋解釋比喻之外，宗教名詞被改譯，換上廣東人熟悉的風物，配上傳統的繡像，當然還包括語言全都改用粵語。作為一部粵語小說，《天路歷程土話》示範了一種不粗俗也不高深的、經過淨化的粵語文體，雖然不

脫翻譯的腔調，但因為保留了粵語神韻，可說成功地傳達了原著的人物原型之餘，又使廣州的讀者感到生動而親切。《天路歷程土話》的人物對話無法寫成《俗話傾談》那樣，一方面雖說是翻譯的限制，一方面也是因為宗教的題材，使之必須使用一定比重的概念修辭（conceptual rhetoric）[128]。弗萊指，概念修辭和說服性修辭一樣，「目的是要將感情和理智分離，但又試圖拋棄那感情的一半」[129]。雖然典型例子是哲學文章，但《天路歷程》在傳教的勸誡、宗教的辯論、引述聖經話語時，感情也很容易被淨化。當然，《天路歷程》的傳奇色彩和小說元素大大沖淡了這種概念修辭，這在閱讀粵語版《聖經》時，會更為明顯。弗萊所舉的例子，也正有出於《新約》的。

　　在本章中，我們也考察了同期在廣州流行的另一本粵語小說《俗話傾談》，如何從宣講聖諭中蛻變出來，向文學靠攏。它捨棄了說唱和聖諭，全以敘述、議論、對話來說故事，雖然仍有不少元素可以視為宣議的遺留物，但它們卻有效地為這部小說增加可貴的特色，使之兼有「宣講」和「文學」的性質，也許比典型的小說更耐人尋味。書中人物的對話直接取用生活化的口頭粵語，其強烈的感情色彩，有效抗衡了敘述者的多種聲音，但敘述者的議論、譏諷，他生動貼切的比喻，自成體系的果報觀，也是此書的魅力所在，可以說，是這個敘述者在吸引讀者的目光。

注釋

1　〔美〕包筠雅著，杜正貞、張林譯，趙世瑜校：《功過格——明清社會的道德秩序》，杭州：浙江人民出版社，頁 236-238。又見 Cynthia J. Brokaw, *The Ledgers of Merit and Demerit: Social Change and Moral Order in Late Imperial China*, New Jersey: Princeton University Press, 1991, pp. 222-223.

2　周振鶴：〈聖諭、《聖諭廣訓》及其相關的文化現象〉，載周振鶴撰集、顧美華點校：《聖諭廣訓：集解與研究》，上海：上海書店出版社，2006 年，頁 584。

3　Victor H. Mair, "Language and Ideology in the Written Popularization of the Sacred Edict", ed. by David Johnson, Andrew J. Nathan, Evelyn S. Rawski, *Popular Culture in Late Imperial China*, Berkeley: University of California Press, 1983, p. 332.

4　參見李來章《聖諭圖像衍義》卷首〈聖諭宣講儀注〉一文。轉引自《聖諭廣訓：集解與研究》，頁 534。

5　E. R. Eichler, "The K'uen Shi Wan or, the Practical Theology of the Chinese", *The China Review*, 11/2 (1882), pp.94-95.

6　參見王爾敏：〈清廷《聖諭廣訓》之頒行及民間之宣講拾遺〉，載台灣中央研究院編：《近代史研究所集刊》，第 22 期，1992 年 6 月，頁 257-276。

7　在《俗話傾談》二集的扉頁右下角刊有「三集嗣出」，但後來未見出版。

8　據《日本現存粵語研究書目》，《俗話傾談》在 1870 年由五桂堂出版，其後有 1876、1880、1903、1904、1908、1915 年的版本，尚有一種年份不詳、由守經堂出版的本子。見天理大學中國語學科研究室編：《日本現存粵語研究書目》，天理：天理大學中國語學科研究室，1952 年，頁 1。陳大康指此書在 1870 年尚有廣東華玉堂藏版本，缺〈修整爛命〉一篇，翌年又有一本子與華玉堂本相同，但未刊出版資料。見陳大康：

《中國近代小說編年》，上海：華東師範大學出版社，2002 年，頁 23
及 25。程美寶曾披閱 1871 年的本子，惟未詳出版資料，有可能與陳大
康所見相同。見程美寶：《地域文化與國家認同：晚清以來「廣東文化」
觀的形成》，北京：三聯書店，2006 年，頁 142。而 1915 年本子亦不
止《日本現存粵語研究書目》所列的五桂堂一種，亦有另一種由錦章圖
書公司印行的本子，但無序文。

9　據筆者查閱，有一種年份不詳的「番邑黃從善堂」刊本，封面有「張琼
瑤敬送」字樣。

10　〔日〕魚返善雄：〈校點者序〉，載邵彬儒原編，魚返善雄校點：《廣
東語小說集（俗話傾談）》，東京：小峰書店，1964 年。

11　〔日〕魚返善雄：〈華南の小説〉，《中國文學》，第 94 號，1941 年，
生活社，頁 9-17。

12　周作人：《歐洲文學史》，輯於周作人著、止庵校訂：《周作人自編文
集》，2002 年，頁 150。原於 1918 年 10 月由上海商務印書館出版。

13　論者認為，《天路歷程》雖然深受《聖經》影響，但仍然有自己的獨創
性，並多讚揚其語言的生活化和人物塑造的成功。可參見 John Brown,
John Bunyan: His Life Times and Work, London: Wm Isbister Limited,
1887, pp.282-298; John Livingston Lowes, *Essays in Appreciation*, Boston
& New York: Houghton Mifflin Company, 1936, pp.71-73; Stanley E.
Fish, *Self-Consuming Artifacts: The Experience of Seventeenth-Century
Literature*, Berkeley: University of California Press, 1974, pp.224-264.

14　陳大康：《中國近代小說編年》，頁 12 及 23。

15　陳平原：〈作為「繡像小說」的《天路歷程》〉，《大英博物館日記》，
濟南：山東畫報出版社，2003 年，頁 129。

16　《天路歷程》文言版的詳細版本情況，可參 Alexander Wylie, *Memorials
of Protestant Christian Missionaries to the Chinese: Giving a List of*

Their Publications and Obituary Notices of the Deceased, Shanghae: American Presbyterian Mission Press, 1867, pp.175-176.

17　Alexander Wylie, *Memorials of Protestant Christian Missionaries to the Chinese: Giving a List of Their Publications and Obituary Notices of the Deceased*, pp.176 & 282.

18　〔英〕賓為霖譯：〈自序〉（1865年），《天路歷程官話》，上海美華書館排印，華北書會印發，1906年。除特別注明外，本章引用的《天路歷程官話》均為此版本。

19　例如「砸，音雜，打也」（卷3，頁19），「溜搭，閑走、閑逛也，或做溜打」（卷4，頁10，原文「溜搭」的「溜」從走），「含毛眼兒渣沙，猶言驚恐之極或用扎煞」（卷4，頁12）。

20　Alexander Wylie, *Memorials of Protestant Christian Missionaries to the Chinese: Giving a List of Their Publications and Obituary Notices of the Deceased*, pp.207-208.

21　何又雄：〈吉祥花序〉，博陵紀棠氏輯評：《吉祥花》，序文寫於同治庚午，即1870年。據筆者調查，本書最少同治庚午、光緒壬寅（1902年）及宣統辛亥（1911年）三個本子。

22　陳志哲、劉德恒修，吳大猷纂：《四會縣志》，1896年（光緒二十二年），列傳編七下，頁107。除了《俗話傾談》和《吉祥花》之外，《諫果回甘》是邵彬儒另一部傳世之作。相比起純用文言寫作的《吉祥花》，《諫果回甘》（邵紀棠先生輯，羊城潤經堂藏版）的粵語成份較多，亦較有特色。它以四言或七言的句子組成一部生活化的韻語讀本，勸人遠離賭博和女色，勿打鬥相殘等等。押韻不甚諧協，惟語言活潑，明白如話。部份歌謠後附有文言寫作的短篇故事。節錄〈問賭新談〉一篇，以窺全豹：「有客心頭高，忽想去學賭。講起買番攤，問我好唔好。我話賭個字，想起笑一止。做別行生意，賒借有掛數。勞心或勞力，經營幾辛苦。唯

有賭錢事，順手係財路。若係有財氣，連中幾個寶。本利一齊收，好過開當舖。但讀賭行例，交易無主固。任你至精靈，都難決勝負。有輸亦有贏，輸贏總無譜……」

23　例如 1904 年頒佈的《奏定高等小學堂章程》，訂明高小第一年學習官話時，「即以讀《聖諭廣訓直解》習之，其文皆係京師語，每星期一次即可」。見陳元暉主編：《中國近代教育史資料彙編‧學制演變》，上海：上海教育出版社，2007 年，頁 320。1910 年頒佈的〈學部奏編輯《國民必讀讀本》分別試行折〉：「伏維我聖祖皇帝御制聖諭十六條，我世祖憲皇帝御制《聖諭廣訓》先後頒行天下。凡士子歲科試，敬謹默寫，着在令甲久經遵行。而地方官吏敬謹宣講，以曉舉民，以復垂為故事。且有以白話演為直解等書者，取其語意淺明，婦孺共曉，與現纂國民必讀（課本）之意穩合。臣等擬俟試行之後，熟察何種課本之尤為適用者，即據以演成通俗之文，作為定本發交各地方勸學所宣講等所廣為教授傳播，務使人人能明國民之大義，以植預備立憲之基礎。」見《中國近代教育史資料彙編‧普通教育》，頁 59。

24　周振鶴：〈聖諭、《聖諭廣訓》及其相關的文化現象〉，《聖諭廣訓：集解與研究》，頁 592 及 615-616。

25　關於聖諭與善書合流的過程，可參上注，頁 621-626。

26　《惠陽福報》在 1887 年出版，由村裏教師「鵝湖居士」編集。見王爾敏：〈清廷《聖諭廣訓》之頒行及民間之宣講拾遺〉，頁 268。

27　據筆者曾經披閱幾種在廣州、潮州出版的善書，結構頗遵《聖諭廣訓》，以文言和官話寫作較多。包括《聖諭廣訓衍說》（光緒辛卯年孟冬重鐫，即 1891 年，潮城文在堂）、《聖諭十六條宣講集粹》（光緒十四年太歲，即 1888 年，粵東省城合成齋）、《聖諭廣訓直解》（廣州時敏書局發行，序文寫於光緒三十二年，即 1906 年）及《宣講博聞錄》（光緒十四年新鐫，即 1888 年，羊城翼化堂）。

28 莊跛仙:《全圖宣講拾遺》,上海:宏大善書局,序文寫於 1872 年。

29 周振鶴:〈聖諭、《聖諭廣訓》及其相關的文化現象〉,《聖諭廣訓:集解與研究》,頁 625。

30 《全圖宣講拾遺》,頁 3。

31 同上,頁 1。

32 《宣講最好聽案證》,板寄存中湘十一總三皇宮,1903 年(光緒二十九年)。

33 《全圖宣講拾遺》,頁 7-8。

34 《華字日報》,1895 年 10 年 16 日。並參見程美寶:《地域文化與國家認同:晚清以來「廣東文化」觀的形成》,北京:三聯書店,2006 年頁 142。

35 邵彬儒:〈自序〉,博陵邵紀棠先生輯選:《俗話傾談》初集,五經樓藏板,1870 年。除特別注明外,本章引用《俗話傾談》初集、二集均出自五經樓版本。

36 邵彬儒:《俗話傾談》初集,下卷,頁 45。

37 同上,頁 52。

38 同上,頁 50。

39 同上,頁 43。

40 同上,頁 14-15。

41 同上,頁 32。

42 同上,頁 17。

43 邵彬儒:《俗話傾談》二集,下卷,頁 18。

44 邵彬儒:《俗話傾談》初集,下卷,頁 17。

45　邵彬儒：《俗話傾談》二集，下卷，頁 1。

46　邵彬儒：〈橫紋柴〉，《俗話傾談》初集，上卷，頁 1。

47　同上，頁 1。

48　同上，頁 1。

49　同上，頁 1。

50　同上，頁 38。

51　〔日〕魚返善雄：〈校點者跋〉，《廣東語小説集（俗話傾談）》，頁 177。

52　〔美〕韓南著，姜台芬譯：〈凌濛初的初、二刻拍案驚奇〉，載〔美〕韓南著，王秋桂編：《韓南中國古典小説論集》，台北：聯經出版社，1979 年，頁 134-135。原文參見 Patrick Hanan, "The Nature of Ling Meng-Chu's Fiction", in Andrew H. Plaks, ed., *Chinese Narrative: Critical and Theoretical Essays*, Princeton: Princeton University Press, 1977, p.89.

53　見即空觀主人：〈原序〉，〔明〕凌濛初著，王古魯搜錄編注：《初刻拍案驚奇》，上海：古典文學出版社，1957 年。

54　〔美〕韓南：〈凌濛初的初、二刻拍案驚奇〉，《韓南中國古典小説論集》頁 138；又見 Patrick Hanan "The Nature of Ling Meng-Chu's Fiction", *Chinese Narrative: Critical and Theoretical Essays*, p.91.

55　〔美〕韓南：〈凌濛初的初、二刻拍案驚奇〉，《韓南中國古典小説論集》頁 136；又見 Patrick Hanan "The Nature of Ling Meng-Chu's Fiction", *Chinese Narrative: Critical and Theoretical Essays*, p.90.

56　〔美〕韓南：〈凌濛初的初、二刻拍案驚奇〉，《韓南中國古典小説論集》頁 132；又見 Patrick Hanan "The Nature of Ling Meng-Chu's Fiction", *Chinese Narrative: Critical and Theoretical Essays*, p.87.

57　〔美〕韓南：〈凌濛初的初、二刻拍案驚奇〉，《韓南中國古典小説論集》頁 133；又見 Patrick Hanan "The Nature of Ling Meng-Chu's Fiction",

Chinese Narrative: Critical and Theoretical Essays, p.88.

58 邵彬儒：《俗話傾談》初集，下卷，頁 13。

59 〔美〕韓南：〈凌濛初的初、二刻拍案驚奇〉，《韓南中國古典小說論集》頁 140。又見 Patrick Hanan "The Nature of Ling Meng-Chu's Fiction", *Chinese Narrative: Critical and Theoretical Essays*, p.92.

60 邵彬儒：《俗話傾談》初集，上卷，頁 16。

61 同上，頁 30。

62 同上，頁 8。

63 邵彬儒：《俗話傾談》初集，下卷，頁 30。

64 邵彬儒：《俗話傾談》初集，上卷，頁 5。

65 邵彬儒：《俗話傾談》初集，下卷，頁 2。

66 邵彬儒：《俗話傾談》初集，上卷，頁 10。

67 同上注。

68 邵彬儒：《俗話傾談》初集，下卷，頁 10。

69 程美寶稱《俗話傾談》「典型地反映了粵語、北方白話和文言的混合使用」，黃仲鳴更稱此書為「最早的三及第小說集」。分別見程美寶：《地域文化與國家認同：晚清以來「廣東文化」觀的形成》，頁 143；黃仲鳴：《香港三及第文體流變史》，香港：香港作家協會，2002 年，頁 52。

70 邵彬儒：《俗話傾談》初集，上卷，頁 3。

71 同上，頁 47。

72 〔加〕諾思羅普・弗萊著，陳慧等譯：《批評的解剖》，天津：百花文藝出版社，2006 年，頁 453。又見 Northrop Frye, *Anatomy of Criticism: Four Essays*, New York: Atheneum, 1967, p.305.

73 〔加〕諾思羅普・弗萊著，陳慧等譯：《批評的解剖》，頁 454。又見

Northrop Frye, *Anatomy of Criticism: Four Essays*, p.305.

74　班揚在書前的詩中説明，以「方言」（dialect）撰寫此書。又見 Roger Sharrock ed., *The Pilgrim's Progress*, London: Penguin Books Limited, 1987, p.49.

75　宋莉華：〈第一部傳教士中文小説的流傳和影響——米憐《張遠兩友相論》論略〉，《文學遺產》，2005 年第 2 期，頁 120-121。

76　賈立言、馮雪冰：《漢文聖經譯本小史》，上海：廣學會，1933 年，頁 86-87。

77　關於粵語句末語氣詞的語言學研究，可參見方小燕：《廣州方言句末語氣助詞》，廣州：暨南大學出版社，2003 年。當代香港書寫句末語氣詞的情況，則可參見陸鏡光：〈香港粵語句末語氣詞的書寫方式〉，發表於香港理工大學主辦之「首屆漢語方言書寫國際研討會」，2002 年 6 月 21-22 日。

78　《天路歷程土話》，廣州：兩粵基督教書會發行，1913 年，頁 1。除特別注明外，本章所引均出自此版本。

79　同上，頁 2。

80　同上，頁 11。

81　《續天路歷程土話》，羊城：惠師禮堂，1870 年（同治九年）卷一，頁 14。除特別注明外，本章所引均出自此版本。

82　《續天路歷程土話》，卷二，頁 1。

83　《天路歷程土話》，頁 106。

84　同上，頁 111。

85　《天路歷程官話》卷四，頁 18。

86　Roger Sharrock ed., *The Pilgrim's Progress,* p.174.

87　《天路歷程土話》，頁 71。

88　Roger Sharrock ed., *The Pilgrim's Progress*, p.134.

89　《天路歷程官話》，卷三，頁 13。

90　Roger Sharrock ed., *The Pilgrim's Progress*, p.199.

91　《天路歷程土話》，頁 135。

92　《天路歷程官話》，卷五，頁 10。

93　Roger Sharrock ed., *The Pilgrim's Progress*, p.103.

94　《天路歷程土話》，頁 43。

95　同上，頁 70。

96　Roger Sharrock ed., *The Pilgrim's Progress*, p.133.

97　《天路歷程土話》，頁 92。

98　Roger Sharrock ed., *The Pilgrim's Progress*, p.151.

99　《續天路歷程土話》卷一，頁 12。

100　《續天路歷程官話》，上海：美華書館藏版，1869 年（同治八年），卷一，頁 5。除特別注明外，本章所引均出自此版本。

101　《續天路歷程土話》卷四，頁 3。

102　《續天路歷程官話》卷四，頁 2。

103　《續天路歷程土話》卷四，頁 3。

104　《續天路歷程官話》卷四，頁 2。

105　《續天路歷程土話》卷二，頁 8。

106　Roger Sharrock ed., *The Pilgrim's Progress*, p.263.

107　《續天路歷程官話》卷二，頁 4。

108　《續天路歷程土話》卷二，頁 8。

109　《續天路歷程官話》卷二，頁 5。

110　《續天路歷程土話》卷二，頁 11。

111　《天路歷程土話》，頁 147。

112　魯金：《粵曲歌壇話滄桑》，香港：三聯書店，1994 年，頁 3-6。

113　《天路歷程官話》卷三，頁 15。

114　《續天路歷程土話》卷五，頁 10。

115　《天路歷程》，上海：美華書館，1869 年。這版本的插圖應和 1856 年
　　　的版本相同。

116　陳平原：〈晚清教會讀物的圖像敍事〉，《學術研究》，2003 年第 11 期，
　　　頁 123。

117　《續天路歷程土話》卷三，頁 3。

118　《續天路歷程土話》卷四，頁 5。

119　《天路歷程土話》，頁 111。

120　同上，頁 117。

121　陳平原：〈作為「繡像小說」的《天路歷程》〉，《大英博物館日記》
　　　頁 133。

122　同上，頁 132。

123　同上，頁 131。

124　陳平原：〈晚清教會讀物的圖像敍事〉，《學術研究》，2003 年第 11 期，
　　　頁 123。

125　關於這方面的介紹，可參考本書總論部份。

126　Wolfgang Iser, *The Implied Reader: Patterns of Communication in Prose*

Fiction from Bunyan to Beckett, London: The John Hopkins University Press, 1980, p.9.

127 Roger Sharrock ed., *The Pilgrim's Progress*, p.231.

128 〔加〕諾思羅普‧弗萊著，陳慧等譯：《批評的解剖》，頁 490。又見 Northrop Frye, *Anatomy of Criticism: Four Essays*, New York: Atheneum, 1967,pp.328-329.

129 同上注。

第五章

向土話取經

——陳子褒的粵語教科書

晚清士人、教育家在反思傳統教育體制時，發現一種不可不治的痼疾：「躐等」。鄭觀應在 1892 年提出兒童教育必須分班分級：「每班必有一師，此班學滿，乃遷彼班，依次遞升，不容躐等。」[1]梁啓超在〈論幼學〉中指出「古之教學者之道」，依識字、辨訓、造句、成文的次序，「不躐等也」[2]。1902 年他撰寫〈教育政策私議〉時，批評各省紛紛擬設大學堂，士大夫不斷奏議廣設中小學堂，卻遲遲未見落實，呼籲政府推行強制性的基礎教育，並援引日本的教育次第為例子，總結說：「教育之次第，其不可以躐等，進也明矣。」[3]南洋公學的師範學生編纂的《蒙學課本》，其編輯大意云：「陵節躐等，古有明戒。瓶甕之不知而語以鐘鼎，犬馬之不識而語以麟鳳，非法也。」[4]

晚清教育的躐等之弊，很大程度上是八股取士造成的。入清以後，這種選拔制度已經日漸失效，既不能為朝廷選拔人才，也不能傳授學問，僅僅淪為籠絡士子的工具[5]。從晚明開始，兒童就過早進入準備科舉的狀態，以至有「小兒才讀《下孟》，即走從舉業」的風氣[6]，有些學塾只讀經不讀注，甚至四書本經都可以略過，而以八股文的選集代替[7]。這種只以考試為導向的教育方式，到了晚清進一步惡化，不但使下一代很早就有干祿之心[8]，嚴復更指出因為未能「由粗入精，由顯至奧」而有「錮智慧」之弊：「垂髫童子，目未知菽粟之分，其入學也，必先課之以《學》、《庸》、《語》、《孟》。開宗明義，明德新民，講之既不能通，誦之乃徒強記。如是數年之後，行將執簡操觚，學為經義，先生教之以擒挽之死法，

弟子資之於剽竊以成章。一文之成，自問不知何語。」[9]既然要兒童學習他們難以理解的經義，死記硬背就成為主要的學習方式。齊白石小時候也有類似的經驗：「讀書是拿着書本，拚命的死讀，讀熟了要背書，背的時候，要順流而出，嘴裏不許打哽嘟。」[10]據胡適的回憶，當時塾師工資極低，許多都無心教學，每天只叫學生背書，而從不講解。胡適的母親繳交的學金遠遠多於普通學生，為的正是請塾師詳細地講書[11]。

甲午前後，何啓、胡禮垣就觀察到，言文分離使教育者陷於兩難，對學習也造成障礙：「以文言而道俗情，則為未學者所厭；以俗語而入文字，又為讀書者所嗤。俗語、文言分為兩事，使筆如舌，戞戞其難。」[12]可以說，方言一直在民間教育擔當重要角色。芸芸學子所讀的經典雖然只有四書五經幾部，但各省學塾都以自己的方言教學[13]，因此讀音各省不同。所以，時人很早就察覺到以方言俗話講書的必要性。1878 年，張煥綸在上海開辦正蒙書院，教學方法就是以「俗語譯文言」、「講解與記誦兼重」[14]，強調講解時以方言翻譯文言的意思，重提不可缺少的講解過程。同時，在北方的通用語很快被吸納為教科書的語言。1895 年，鍾天緯創立上海三等公學堂，「以語體文編教本」，被譽為國語教科書之先河[15]。但是，在北方話不通行的地區，教科書應以何種語言淺白化，卻值得深思。陳子褒編寫的教科書，既繼承傳統教科書的形式，又有大量方言。無論在這些課本中，還是他的教育思想裏，粵語都擔當非常重要的角色。不過，在介紹陳子褒之前，必須先提及他的老師——康有為。

第一節　婦孺之僕

　　康有為早年已著有〈教學通義〉，足見他對教育的重視。其中〈公學〉一篇，提出「自庶民至於世子莫不學也」的構想，並且參考古制，詳列幼學的內容和等級[16]。在「公車上書」時，他又說明全民就學的必要：「夫天下民多而士少，小民不學，則農工商賈無才。」並指出西方列強之強，不在軍事而在教育，即推行強制教育，故人民識字率高，請求清帝「令鄉落咸設學塾，小民童子，人人皆得入學。」[17]1896年，康有為在廣州萬木草堂講學，並寫作《日本書目志》[18]。在書中，他設計了一份兒童教科書藍圖，交弟子執行：「康有為告其門人曰：吾中國小學無書，無以為天下計也。」同時為幼學之書定體例，包括：幼學名物、幼歌、幼學南音、幼學小說、幼學捷字、幼學文字、幼學文法、幼雅、幼學問答及習學津逮，康有為還認為童謠、土諺、南音都可以用於童蒙教育。童謠俗諺可以加上義理來唱誦，南音則「用荀子〈成相〉之調，楊升庵彈詞之體，因其方言，傳以事理，俾童子易識」[19]。以輔君側為理想的康有為，不一定樂見方言的存在[20]，但在幼學階段，康有為不介意借用歌謠說唱。

　　康有為的幼學思想，在幾位弟子身上得到極佳發揚。梁啓超在〈變法通議〉的申論，很大程度上以康有為的思想為藍本。以教育為變法之首，可見康門對教育的重視。梁啓超首先追慕西周的教育架構，並主張效法東西各國，增加教育開支，推行普及教育，以便

「士」以外的各個階層，都能為社會所用。他還批評當時所設的學堂如同文館、廣方言館、水師學堂、武備學堂之類的學校，不能「得異才」，因為「言藝之事多，言政與教之事少」[21]。在〈論幼學〉中，他更高度強調童蒙教育的重要性：「春秋萬法託於始，幾何萬象起於點，人生百年，立於幼學」，並認為傳統童蒙教育有兩個重要問題：師資質素惡劣和缺乏適合的教科書。他痛斥「蠢陋野悍，迂謬猥賤」的私塾學究足以「亡天下」，因而大聲疾呼：「非盡取天下之學究而再教之不可，非盡取天下蒙學之書而再編之不可」，並列出七種蒙學之書：識字書、文法書、歌訣書、問答書、說部書、門徑書及名物書。論及歌訣書時，他又在注文中提及：「此體起源於荀子〈成相〉篇……後世彈詞導源於此。吾粵謂之南音，於學童上口甚便。」[22] 翌年，他再提到「俚歌與小說」對「悅童子、導愚氓」的力量，更迫切地呼籲重視基礎教育[23]。日後，梁啓超更關注小說戲劇作為「新民」、「群治」的工具，在創作和理論兩方面都多有建樹，而他的同門陳子褒，則把大半生的心力投入小學教育的實踐中，成為近代重要的兒童教育家。陳子褒被友人稱為「東方之斐斯塔若藉」[24]，又被論者譽為「近代中國小學教科書的始創人」、「全國編寫通俗小學教科書的第一人」[25]，可見他在中國近代教育史上的地位。

陳子褒，名榮袞，字子褒，別號「婦孺之僕」，廣東新會外海人，生於 1862 年[26]。他十六歲入學而有文名，廿八歲起講學於廣州，當時他的學生並非兒童，是「年長應科舉者」[27]。1893年，他參加鄉試，

獲選五經魁之一，名列第五，一同參加考試的康有為僅列第八，但
他與康有為會面後大感佩服，因而拜其門下，成為萬木草堂的學生。
陳子褒的表弟盧湘父後來亦投康門，與陳子褒在編寫童蒙教科書方
面互相砥礪。據盧湘父憶述，陳氏在入康門之前，已經認識梁啓超，
常聽梁氏講述師訓，因此早已心儀康有為。陳子褒更曾在信中向盧
湘父表示：「上下三千年，縱橫九萬里，康先生盡之矣」[28]。加入
萬木草堂之後，陳子褒開始接觸新思想新知識。當時廣州雙門底有
聖教書樓，主持左斗山是一位基督徒，書樓專售上海「中國教育會」
及「廣學會」所著譯的新書，陳子褒因此而得知西方政教的概況。
更重要的是，他在草堂學習英文時，受初級英語讀本「花士卜」啓
發[29]，領悟到四書五經的語言和道理都太深奧，因而有改良兒童教
科書的動機，並且觸發他特重識字的教育方法：

> 余讀花士卜未半，讀至雞貓肥仔等句，恍然曰：吾國初學讀本，
> 其可廢乎！於是先作《婦孺須知》一本，康南海先生許之。[30]

戊戌之後，陳子褒流亡日本，得到老教育家橋本海關之助，詳細考
察日本小學的辦學情形，其中特別佩服福澤諭吉所創設的慶應義塾
的宗旨和方法。應該說，陳子褒對小學教育的關注，不待訪日之後，
但日本之行對他的啓發的確非常廣泛。今天我們主要透過他的學生
編校的《教育遺議》了解他的教育思想，書中就多次提到在日本考
察的見聞，從宏觀的教育理念到微觀的小學桌椅設計、習字帖製作

都有提及。陳子褒本來「素無宦情」[31]，1900 年返國後，不再過問政治，致力於童蒙教育的研究和實踐。他先在澳門開設蒙學書塾、創辦蒙學會、編輯出版《婦孺報》[32]，並設女義學。1907 年，陳子褒在香港道濟聖堂受洗為基督徒[33]，但晚年好談因果[34]。1918 年遷校香港後，先於堅道設立子褒學塾，後又於般含道設女校，男女學生有二三百人，論者指為「當時香港最具規模的學塾」[35]，又曾組織工讀義學[36]。1922 年 7 月 4 日，病逝於香港[37]。在得意門生冼玉清眼中[38]，陳子褒軀幹魁梧，聲如洪鐘，步履凝重，目不斜視，教學上總是親力親為，焚膏繼晷，不以為苦。在朋友眼中，他和其他康門弟子的氣質頗不一樣：「康門英俊，大抵多踔厲風發，俯視一切，獨君誠懇願樸，有憨直古風。」[39] 如此勤奮實幹的教育拓荒者，其動人的教育家形象至今仍如在目前。

　　陳子褒教育思想中，有兩根重要的支柱，使他對方言土話的包容度大於時人：一是他非常強調婦孺作為基層國民的重要性，二是他非常清楚母語在兒童教育方面的價值。在陳子褒心目中，婦孺寄託了美好的未來世界；俗話是成就大學問的第一步：「夫蓮花出於污泥，瑜璜出於太璞，婦孺之學，則大人聖人天人至人之基也」[40]，又說「金代銀代之世界，從婦孺始。天人神人至人聖人之學，從俗話始。」[41] 所以，他的學堂甚至有母子一同受業的[42]；他編的教科書，也總以婦孺為對象。他開明的語言觀，更為論者所熟悉。陳子褒認為語言無分雅俗：「講話無所謂雅俗也。人人共曉之話謂之俗，人人不曉之話謂之雅。」而且，俗話是學習其他語言的基礎：「譬如

人學京話，必先能講本地話而後學之有底也。」[43]在言文分離的狀況下，文字被認為是高尚的、雅的，但只能書寫的文言與日常生活無涉，而兒童教育卻和口頭語言、四周可見之物關係密切。陳子褒認為，長期無視這種關係，在教育上形成惡性循環，是民族衰敗之由：「世人行事顛倒，六歲童子，教之認無形無影之心性理氣，而於目可見、手可指之口頭言語，輒斥之曰俗話。及至年長，又將無形無影之件，人所少曉之件，造出裝模作樣之戲本。噫！此黃種所以不久變黑種也。」[44]仍然是反對傳統教育的躐等之弊。在《婦孺韻語》的序文中，陳子褒指古人的俗話，今天成為雅言，但用古人的俗話表達今人的思想，就好像用異地的語言來妨礙本地實用的需要，以至「手口異國，動須翻譯」[45]。在〈論報章宜改用淺說〉一文中，陳子褒指「文言禍亡中國」，提出「改革文言」，開啓民智，為農工商賈、婦孺童子等闢一光明大道，又把文言比喻為古玩店，把「淺說」比喻為米店，進而提出通俗語言的價值[46]。後來在《改良婦孺須知》中，他又重提這個比喻，其背後是關注普通百姓識字讀書的需要：「竊謂中國士人，向不講求逮下，正諺語所云，肚飽不知人肚餓者。今日編書，宜為極貧極愚之國民設法。」[47]他認為兒童的讀本，應為兒童代言，不應要兒童學寫「為古人代言」的八股文[48]。他在日本期間，發現該國小學第一年的教科書用談話體，因此認為初等小學的教科書，應以淺白為尚[49]。而且，教學之法，如果只能用在菁英身上才有效，乃不及格之法，要施於至愚者身上亦有效才可[50]。

　　但是，陳子褒痛斥文言，極重視方言的教學作用，卻不代表要以俗話代文言，也不代表他反對建立國家共同語。陳子褒的學塾，在 1906 年開始就設有國語科[51]。當他知道昔日接受國語教育的學生，在外交場合派上用場時，也感到很安慰[52]。粵語在他的教學中，主要用於「解字」、「識字」的階段，是為運用文言文而搭建的橋樑，為閱讀四書五經、鑽研傳統學問作鋪墊。陳子褒認為，小學課程須設有解字課，識字是為學之本。「訓詁，百學之礎也。欲成大廈，先造磚；欲博覽各學，先識字。」[53]這與傳統教育的思路基本一致，而他引入「口頭言語」作為門徑，強調學習的趣味，又使傳統的教學法生活化、現代化。陳子褒認為初期的識字過程中，先認「口頭言語」中的字，可使兒童覺得「好聽」、「得意」，有「一聞即解」之效[54]。以兒童常見之物、常做之事為出發點，教他們這些物件、動作的名稱，不但兒童覺得有趣，而且容易記憶。這是他所謂的「以指證為解」、「第一級之解」。認字的次序為先實後虛，實字如「茶」、「飯」、「筆」、「墨」之類，虛字則如「行」、「走」、「坐」、「企」之類。值得注意的是，這裏提到的「企」是粵語。在國語尚未通行的時候，中國大部份地區的教學語言都是母語，即各地土話。但陳子褒的教學法中，粵語並不僅僅是一種教學語言，部份粵語確實成為教授的內容，或者認識文言文的中介，以培養學生日後寫作文言文和從事訓詁之學。他所謂「以翻譯為解」、「第二級之解」，是「以今日語言解古時語言」，這時，就可以用「企」字解「立」字。陳子褒認為，解書時拘泥於古人之解是無意義的，

他以朱熹注解〈學而〉時，以「效」字解「學」字，因為「效」
是當時的「口頭言語」，今天則應該倒過來，以「學」字解「效」
字[55]。在兒童教育中，輔以「口頭言語」，當時在上海的另一位教
育家鍾天緯也有相同的主張。1896年，鍾氏在上海設三等公學。他
亦認為教兒童識字，可以先認「口頭言語之字」，默書時將之串成
句語，令兒童默寫，講書不必講四書五經，並且要「如俗話一般」，
使兒童覺得動聽[56]。但據鍾氏所編的《字義教科書》看來[57]，讀本
中所用的也是通用語而不是上海話。而且，鍾天緯主張為兒童講解
〈陰騭文〉，而陳子褒更多用自己編寫的新教材。

　　陳子褒編訂的童蒙教科書約四十六種，尚未包括其中多次改良
和再版[58]。陳子褒特別重視實效，認為教科書必須經過實驗和改良，
方能切合學生的需要。在戊戌（1898年）前，陳子褒已經編成《婦
孺須知》、《婦孺淺解》、《婦孺入門書》，盧湘父亦編有《婦孺
韻語》。據盧氏憶述，康有為見二人編輯小學教科書，甚為欣慰，
擬定了一份書目，鼓勵二人繼續這方面的事業，並在書目上寫道：
「中國文字，苦於太深。童蒙幼學十年，有不解文學，皆由童學無書，
遽讀經史」，還希望編者「以孫武令商君法行，期於朞月必有所成」，
可見康有為對這個計劃是非常認真的。這份蒙學書目包括：《童學
名物》、《童學南音》、《幼雅》、《童學或問》、《小說》、《文
法童學》及《讀書入門》，略近於《日本書目志》中所列。盧氏認
為「先生天份太高，視事太易，不能為低能之兒童設想」，覺得這
份擬想中的書目，對兒童來說還是太深奧[59]。以康有為的書目和陳

278

子褒一生所編著的教科書相比較，南音、小說沒有編成，名物、讀書、文法等元素都融入了教科書中，增加了大量史學的兒童讀物，體現陳子褒自己的教學理想和試驗成果。唯有在 1897 年出版的《幼雅》，因為直接在康有為授命之下編纂而成[60]，因此與康有為的構想非常吻合，連每部份之後「輔以歌」的計劃都沒有落空。只是陳子褒經過實驗之後，發現老師原本打算用的「荀子〈成相〉之調」，過於艱深。他改用「史游〈急就〉體」，仍然未能符合婦孺的需要，最後改用「七言截體」，方能使學生容易上口[61]。

作為兒童教育家，陳子褒有一種「俯首甘為孺子牛」的獻身精神，對處於蒙昧狀態的億萬孩童懷着一顆悲憫之心。他在批評聘請沒有小學教學經驗的「通人」編小學教科書時，忽略兒童的程度，不禁情辭懇切地說：「僕實不忍百千萬億之童男童女墮入荊棘地獄中」，「更不忍廣東之童男童女受以上諸苦，而讀外省人之讀本以加多一重窒礙也」[62]。陳子褒的教學方法，旨在彌補言文分離，在講授字義、理解文言文時，特別重視方言母語的作用。因為他深刻地意識到廣東兒童只會說粵語，卻要用外省的教科書的話，在學習上會遇到很多障礙。

第二節　以粵語為指點

在介紹陳子褒的教科書和粵語的關係之前，必須提及另一部著名的小學教科書。在國人自編的早期教科書中，無錫三等公學堂所編之《蒙學讀本七編》，極受時人論者推重，普遍認為這套教科書遠勝南洋公學的《蒙學課本》，甚至有稱之為「我國自有教科書以來之最完備者」[63]。在芸芸教科書中，陳子褒只選了兩種，認為「差強人意」的，《蒙學讀本七編》為其中之一[64]。這部教科書在1902年審定印刷，定名為《尋常小學堂讀書科生徒用教科書》，三四年間印刷十餘版，各地都有翻印，盛行近五六年[65]。陸費逵更說：「這本書寫畫都好，文字簡潔而有趣，在那時能有此種出品，實在是難得，我曾用此書教過學生——那時我十七歲——到現在還不忘記。」[66]無錫三等公學堂在1898年由俞復、吳稚輝、丁寶書等人創辦，這套教科書也確如各人所言，不但選文程度適中，而且圖文配合得宜，圖畫清新可喜。值得注意的卻是，這套廣受歡迎的教科書，排斥了北方官話：

日本尋常小學讀本一二編，皆用國音白話，然彼有通國所習之假名，故名物皆可用之。我國無假名，則所謂白話者，不過用這個那個、我們他們，助成句語，兒童素未習官音者，與解淺近文言，亦未見有難易之別，況兒童慣習白話，後日試學作文，反多文俗夾雜之病，是編一用淺近文言，不敢屬入白話。[67]

編者指日語為「國音」，表示他們意識到日本語為統一的國語，而
且是「白話」，一種日常生活中的口語。不但如此，這種白話還可
以用假名記音，兒童學會記音符號就能讀寫詞彙。而在晚清，北方
的官話不是國音，如果要使用它來編寫教科書，兒童先須學會這種
官話，再來學習文言。對無錫以至南方很多「未習官音」的學童來
說，不比學習文言文容易。語文老師同樣擔心的是，學生同時學習
雅俗兩種可供書寫的文字，將來寫文章會文言俗語夾雜。《蒙學讀
本》編者的考慮，生動地反映了在言文分離、語音尚未統一時，南
方一些語文老師的苦惱。既然任何一種方言都可以讀通文言，所以
直接學習文言文，比先學習北方官話更節省時間。在這裏，我們又
可以看到，在當時未習正音的南方，文言文和方言的關係，遠較官
話密切。和白話報不一樣，教科書用淺近文言編寫，教師的接納程
度不一定比通用語低。《蒙學讀本》的編輯不主張用在教科書「羼
入白話」，表面上看來與陳子褒的教學方法完全相反，但其實則相
反相成。他們同樣在思考教學語言的問題，只是因為無錫話不能用
漢字直接書寫，方言的教學功能僅限於口頭講授的層面。但他們的
選擇已經說明了為什麼陳子褒不得不用粵語——面對不會通用語的
兒童，要不在舊有的語文教育的框架內調整，以最淺近的書面語教
學；要不就直接運用方言和母語，使兒童的識字階段，先借助最親
切的口語，學會讀、寫部份詞彙。三等公學堂的塾師仍然拘泥於文
言的正統地位，而陳氏的教育主張更為大膽創新，沒有文言土話夾
雜的顧慮，甚至把粵語直接寫到教科書上。

　　陳子褒編寫的第一種教科書為《婦孺須知》，其成書時間，他自己有兩種說法：一是「僕以乙未之歲，草創《婦孺須知》一卷」[68]，一是「光緒丙申正月，余草《婦孺須知》」[69]，故很可能成於 1895 年底或 1896 年初，其間或有寫定和印刷的距離[70]。在 1901 年，陳氏鑒於原版「凌亂蕪雜，砂礫蕘錯」，而且有盜版隨意竄改，曾經編寫《改良婦孺須知》[71]。這個改良版的《婦孺須知》，附有詳細的例言，所收的字與《婦孺須知》不盡相同，分類亦略作整頓[72]。陳氏自言《婦孺須知》「全以口頭語言為之」[73]，僅用一日時間就完成了[74]，旨在用粵語解釋字義，提供生活化的用例，讓婦孺一目了然。例如「夜」字下注「消夜」，「閂」字下注「閂門」，「腩」字下注：「肚腩，音近南仄聲」[75]；連日常使用的粵語，也在解字之列。例如粵語字「佢」亦在解釋之列，下注「係佢」[76]，「俾」字則注「俾過你」。「色」字下沒有注「顏色」而注「好色水」[77]，表示編者很注意解釋的通俗化和生活化，並不在意培養文雅的風格和增加可供書寫的詞彙。此書最初是為了方便婦孺來向陳氏詢問字義而作[78]，體例近於字典。但陳氏的用心與今天的字典編纂者有明顯的不同：解釋字義來源或許不是重點，更重要的是把這個字聯繫到口語和生活中的詞彙。所以他在改良版的例言中說：「書多登粵語，有字書所不收者，有字書所收而不作是解者。」[79]原因在於他深信，只有以婦孺熟悉的語言和詞彙來教學，才能令他們印象深刻，易於吸收：「是書之字，乃婦孺樂認之字，婦孺所見所聞，知其語而不知其字。今於婦孺所知之語，示以婦孺所知之語之字，

聲入心通，樂何如之。」[80]《婦孺須知》在陳氏所編教科書中，是最基本的一種。嚴格來說，陳子褒先由學習讀寫粵語入手，迅速增加婦孺的識字率。這種門徑，特別適宜不從舉業，但需要識字以應付生活所需的普通百姓。

相比日後編訂的教科書，《婦孺須知》尚未表現出陳子褒編寫粵語教科寫的主要貢獻：以粵語作為橋樑，溝通兒童的口頭語和書面語，輔助他們學習文言文，以至從事訓詁之學。但在下一部教科書《婦孺淺解》之中，已能見出陳氏這方面的用心。《婦孺淺解》在 1896 年初版[81]，陳氏自言此書「訓詁鄙俚，無取文言」[82]，用口語解釋較為古奧的書面文字，是正式以粵語解字的教科書。如果說《婦孺須知》是幫助讀者理解口頭言語中的字詞實指何字，應如何書寫，那麼《婦孺淺解》就是把文言文的字詞翻譯為口頭言語，例如把「樵」解為「斬柴佬也」，「漁」解為「攞漁佬也」，「繼」即「咩帶也」，「忘」即「唔記得也」[83]。這樣能使讀者迅速理解文言文，有助補救在言文分離的情況下，兒童學習效率不高的問題。所以，陳子褒在序文中亦說，此書是針對「手口異國，動須翻譯」而作的。此書的釋文較《婦孺須知》詳細，不過有時文言和口語混雜。如「伯」字下注「共我父同兄弟而年大者叫佢做伯」，「賜」即「上人俾雜物過下人叫做賜」[84]。在這裏，粵語只擔當輔助角色，學生讀懂粵語的解釋，便能掌握較為文雅的書面字詞，因為這些解釋都是學童的母語，記憶尤其容易。

受康有為師命而編訂的《幼雅》於 1897 年出版，仿《爾雅》、

《廣雅》而作，體例嚴謹，每類之後所附的七言歌體，用字非常講究，印刷精美雅致。在陳氏所編的教科書中，《幼雅》的地位非常特殊。閱讀該書周詳的例言，可以考察陳子褒如何在正音、古語和粵語三者之間作出選擇，並且發現對陳氏而言，粵語的價值不僅僅在於通俗和生活化，它和古音較為接近的語言學價值，亦有助他達致教學目標：

——各省方言，難以周知。惟以正音解古，至粵東方言，另以粵字別之。

——正音稱名，間有晦義者，則以粵語為主，而以正音為附。如䯻，腦囟䯻也，粵語與古義為近；正音稱孝順毛，則令人索解矣。

——粵人著書，好用粵語。猶之公羊齊人，好用齊語也。如腹呼肚子，正音語也。粵俗只呼為肚，向無子字。姑用粵語，以便粵俗，不再贅肚子二字。

——各篇所釋，間有粵語無，而正音有者，皆遠遊目擊，乃敢登錄。如稂尾草、豌豆、苗腳綳等物是也。

——是書原以便粵東婦孺，凡正音有而粵語無者，除目睹一二外，一概不登。

——正音古語同稱，而粵語無之者，一概訓釋。如肘緣等字是也。

——粵東俚語，如謂畜母為嫲，乃市駔讕言，士夫不道然。嫲

字見於《廣雅》，古方言也。若厄寫作鈪，字書不錄，雖不駭人，亦不敢錄。[85]

雖然《幼雅》的體例是先以正音解古字，然後以粵語解釋，但從上述的例言可知，為了「通今便俗」，粵語在書中的重要地位，還是非常明顯的。當正音的意義對粵人來說不容易理解，便以粵語為主，如上述的「髻」字；粵人稱「腹」為「肚」，比官話「肚了」簡便，因此乾脆不列官話。為方便讀者，粵語沒有的字，就是正音有也不錄。只有當口頭字詞過於粗俗時，才不能出現在教材中。至於每類之後附以七言歌體，陳子褒編寫這些歌訣時，亦以粵語為重，因為「古語粵語，串成尚易。若古語、粵語、正音三者合為之，難之又難，故歌語惟以粵語古語為準」[86]。《幼雅》使我們看到陳子褒在多種語言的價值觀之間，仔細推敲、權衡利害，以編寫適合婦孺使用的字典。能夠理解古語、書寫文言，是他的教學目的，因此古語始終享有崇高的地位；粵語則因為和古語接近，又是學生的母語，因此自然得到重視；正音因為與古語差異較大，很可能師生也不甚了了，有時只擔當從屬角色。在晚清語言尚未一統的情況下，可知陳子褒如何充份利用粵語的特性：既是學生的母語，又保留了不少古音，這兩個特點都有利學生理解文言用字。

　　陳子褒在作文、虛字和閱讀淺近文言幾方面的教學方法，也體現了他契合淺近文言和方言的用心。在作文方面，陳氏批評八股取士引致的好古學風，以至文人士大夫不通時務，因此提倡以今文為

範本。他認為龔自珍之文遠勝唐宋八大家，又說學子讀嚴復的〈原強〉遠勝讀賈誼的〈陳政事疏〉[87]。在《婦孺論說階梯》中，他以自己的文章為範例，又呼籲編選「今文辭類纂」、「今文評注」[88]。但是，他反對兒童過早學習作文。1901 年，清帝詔廢八股，以試策論，但陳子褒沒有因此解憂：「旬日之間，父兄惶惶然以作論詔其子弟，先生孳孳然以作論誘其學徒。其托體過高者，以周秦兩漢唐宋長篇文字為學論之根柢。」[89]除了前朝古文之外，當時流行的議論文範本，如呂祖謙的《東萊博議》等，陳子褒都認為過於深奧。陳子褒還提出師資的問題，當時很多塾師都沒有好好為學生解釋字義，使學生無法準確了解虛字的意義和用法，讀書三四年仍然不甚了了。這種主張源於陳氏一代人的學習經驗。盧湘父回憶求學過程，讀完《四書》便立即作文，但當時許多虛字的解法他都不知道[90]。除此之外，陳子褒還認為以南方方言為母語的人，比較難把握虛字的字義。他在〈小學釋詞敍〉一文中指出，語助字本來就是通行俗語，只是後來語音轉變，故此難被今人理解。而「以文言解文言」，無法幫助兒童理解文言的神韻，尤其對廣東的兒童來說，必須以方言母語導引才行：

> 古今異言，南北異語。若以彼施之今日之學童，不可，施之今日廣東學童，尤不可。彼以文言釋文言，止可為成學之人言之。若以教授學童，則於解字之字已不了了，而況其所解之字乎。經傳皆北人為之，而廣東語言又為南方中之特別質。故經傳之語助字，與方言語氣渺不相屬，其枘鑿不入，固其宜矣。[91]

虛字對古文的語調文氣有重要作用，為了教好虛字的意義和運用，使兒童能夠在將來寫作文言文時運用自如，陳子褒編訂了不少這方面的專門教科書。《婦孺論說入門》在 1900 年初版，同年初版的《婦孺論說階梯》則為其進階版。《婦孺論說入門》第一種的序文批評以漢唐宋長文作範文，使兒童望而卻步，使陳子褒感到痛心，他自陳此書「文後另列起訖、轉落、聯屬等虛字，教授者當引申發明之，仍以俚語俗事為指點」[92]。該書的幾句為一段簡短的範文，題目包括修身、時務、女學等類型，對兒童心志有益，而貼近時事。每個題目之下有範文，由淺入深，淺易簡短的範文後列舉文言的語助詞、連接詞，以粵語作解釋：

〈女子宜讀書論〉

女子之責，以相夫訓子為最要。但女子不學，則不能明理，安能相夫訓子哉？然則外人譏我中華，以為半教之國，非無故矣。

但　作但係解　　　然則　作咁樣就知道解

以為　作算係解[93]

最能代表陳子褒的用心的，要算是 1902 年出版的《婦孺釋詞》，此書專門為掌握文言文的語氣而編寫，可使學童「讀書兩三年，斷無誤用虛字」[94]。此書模仿《經傳釋詞》改良而成，寄託了陳氏的教學的熱誠和理想：

> 國朝考據之書，汗牛充棟，而能歷萬劫而不朽者，《經傳釋詞》其一矣。雖然，古今異言，南北異語。執《經傳釋詞》以授學子，學子仍格格不入也。頃編《婦孺釋詞》一書，以粗俚之方言，解微妙之語氣。務使廣東百千億童男童女，乘汽船、坐汽車，欣欣然遊於電燈世界中，不可謂非童男童女之樂事也！十七行省中，如有同志以彼省之方言，解古國之語氣者，則數百兆童男童女，入塾三年，不特能識字讀書，且能執筆行文矣，何樂如之！何樂如之！[95]

追隨古人的步履，但又作適時適地的改良。在編寫教科書時，引入學生最熟悉的粵語，解釋古文微妙的虛字，期盼這種用心得到各省教師的呼應，最終普遍提高全國的教育水平。陳氏的各種教科書，其目的都大致如此。《婦孺釋詞》以粵語描摹文言虛字的意義和韻味，並指出此書必須配合新讀本摘句講解，學生方能領會[96]。例如虛字「而」，編者以粵語列出三種解釋：但係也、又也、嚟也，並舉文言短句以作說明[97]。事實上，粵語的句末語氣詞和文言的虛字，頗能在語氣神韻相通相合，對學生理解文言虛字，應該很有幫助。例如「矣」字，《婦孺釋詞》釋文作：「咯也、嘞也。如云：『夫煮飯之法，汝已知之矣！』是也。」又如「耳」字，釋文作：「嚧也。如云：『不過舉手之勞耳。』是也。」[98]如果把這兩句譯為粵語，應為：「煮飯嘅方法，你都已經知道咯（嘞、架啦）」及「不過舉手之勞啫（嚧）」，頗能以粵語的語氣模仿文言，幫助學生領會其中語調。

以文白互譯的方法來訓練學生書寫文言文的能力，陳子褒和盧湘父均好為之，梁啓超也曾經使用此法[99]。陳子褒發現以互譯法教學生寫信札，有事半功倍之效[100]。盧氏在 1903 年出版的《婦孺譯文》，是在陳子褒的啓發下編寫的[101]，開卷錄有陳氏所寫的〈論學童作論〉一文[102]。該書的目的亦在於讓學生學習虛字的運用，進而能執筆成文：

> 己亥冬自日本歸，授徒於濠鏡。男女弟子，粗解認字。思所以教之學文，使有塗徑，爰擬譯文之法。法先將至虛字，以吾粵俗語解之……然後隨擬俗語數句，使試譯之。譯之既久，則生徒之視文言，不啻其視俗語。凡粗淺之事，口所能道者，筆亦能述之矣。[103]

此書的粵語原文和文言譯文涇渭分明，不相雜廁，是教授虛字和作文極佳的課本。

《婦孺新讀本》初版在 1900 至 1903 年出版，在識字的基礎上，訓練閱讀和理解淺近文言的能力。從《再次改良婦孺新讀本》可見，陳氏編入陳白沙一首語言淺白、充滿童趣的詩歌[104]，課文的題材有「救火」、「戒晏起」等，內容和取材非常切合兒童的見聞和生活。每篇簡短的課文下，以粵語注解其中的文言虛字。為了使讀本的語言更接近兒童的語言，追上兒童成長和學習的進度，使他們容易理解和吸收，陳氏一再修訂他的教科書。在此書序文中，他說：「文

字者言語之替身也。童子讀本者，童子之言語之替身也。能於童子
所已曉之言語，代以童子未曉之文字，則為童子之好讀本矣。」[105]
例言則說：「此本是初次改良，已將舊文修改，使合童子言語之格
式，如倒裝等文法，已從刪削，間有未淨盡者，倉卒為之，未盡妥
愜，容待再三改之。」[106] 該書中的淺近文言，頗有節制地用上一些
富口語色彩的詞語。如〈一家勤懇〉一篇：「今日到黃先生家裏，
有兩個小孩在檯上認字，其母親以幾個字，解過渠聽。又有女小孩
兩人，阿姊在天階掃地，阿妹用檯布抹檯，抹得乾乾淨淨。看渠家
裏，子女均勤懇不懶，此皆由老母教來也。」[107] 又如「年初一」：「有
一班孩子，在門外燒爆杖，渠以此為快活也。」[108] 二文均有「渠」
字，「渠」本是宋朝的口語[109]，見於《集韻》[110]，後來保留在粵語
中，書寫時多作俗字「佢」，「解過渠聽」更為清末典型的粵語句
法[111]。陳氏認為，他編寫的這些淺近文言，對兒童來說比較容易理
解，可以幫助他們由淺入深，為將來閱讀深奧的典籍打好基礎。事
實上，陳子褒對他的教育成果甚為驕傲：「僕初編《婦孺新讀本》
卷三，為原生學堂課草，童子頗便之，蓋比之前時之讀古經，其遠
近難易，不可以道里計。」[112]

　　雖然陳子褒沒有把南音、小說編成課本，但在 1896 年已經編印
《婦孺八勸》。此書與盧湘父所編的《婦孺韻語》在民初仍然有再
版[113]。兩者都以四言句式編寫，前者卷首是「勸祀孔子」，內容以
修身和倫理為主，後者則以天文、地理等知識為主，文辭頗為典雅，雖
有粵地名物，但沒有口語的痕跡。其後，陳子褒又出版《婦孺淺史歌》

（1904 年）[114]、《小學地名韻語》（1907 年）、《小學中國歷史歌》（1907 年）[115]。《婦孺報》也常常刊登歌集，包括新編歌謠、樂府和古民歌等[116]。但是，最具代表性的韻語讀本，應是《三字經》的改編。陳氏的婦孺三、四、五字書都在 1900 年初版，改良後的《三字書》，分修身、趣味、名物、女兒、愛國五篇[117]，書中有「人客到，企起身」，「拍烏蠅，扯大纜」等語。《四字書》與盧湘父合編[118]，分幼儀、修身、衛生、人事、勸遊五篇[119]，有「衫須勤洗，鞋莫撻踭」、「人之口水，本係污遭」等句，充滿生活化的口頭粵語。《五字書》之作，是因為陳子褒認為坊間的五字書「陋劣不堪」，「金玉花街紅粉等語猥瑣賤俗」，有壞兒童心性。內容除了衛生、倫理等，還加入道德品行的勸誡，如「戒煙」：「莫食鴉片煙，一食魔鬼纏。煙癮忽然起，眼鼻水漣漣。」傳統的《三字經》內容包括封建倫常、四書五經的基本知識、歷史知識等，並且勉勵兒童發奮勤學[120]。清末民初時期為配合新知識新思想的傳播，改編也不少[121]。入民國之後，仍有值得注意的新編三字經，如章太炎重訂《三字經》，是有感當時的《三字經》「字有重複，辭無藻采」，又見當時的學子國學知識貧乏。他除了沿用通行的王應麟《三字經》外，增加了三分之一的內容，以切合時局[122]。可見章太炎對《三字經》的要求，尤重「適時」和「文采」。盧湘父後來亦著有童蒙三、四、五字經，但為「有裨聖教」[123]而作，文辭典雅，以孔子和儒學為主要內容。三者比較，益顯陳氏所編的三字書，雖然缺乏藻采，但的確更口語化、生活化：

我所住，係中國。地方闊，人又多。計人數，四萬萬。計地里，四千萬。[124]

赤道下，極溫暖。我中華，在東北。寒燠均，霜露改。右高原，左大海。[125]

萬物中，人最靈。學而知，教乃成。終乎聖，始乎士。聖者誰，曰孔氏。[126]

三者之中，只有第一種陳子褒三字經的有生活、衛生、禮儀的內容，語言亦最口語化。在章太炎眼中，很可能有缺乏藻采之弊。傳教士入華以來也創作了不少《三字經》，仍以淺近文言為主流。和陳子褒所見略同的是夏察理（Charles Hartwell, 1825-1905）在十八世紀用福州話編寫的《小學四字經》[127]，該書內容包括聖經教義、倫理道德、中國地理及西方文明。

陳子褒的教科書，從識字到讀寫再到作文，都頗合傳統語文教育的次第[128]；三字經等韻語讀本，又有助保留朗讀和記誦訓練[129]。但是他見時人之所未見的，是方言母語和文言文在童蒙教育的關係。儘管各省教師都用方言教學，但很少像陳子褒如此重視方言的作用，並透過教科書的編寫融入認字、理解和閱讀的教學中。對澳門和香港以至部份廣東學子而言，生活中的粵語和保留不少古音的粵語，自然是最佳的工具。

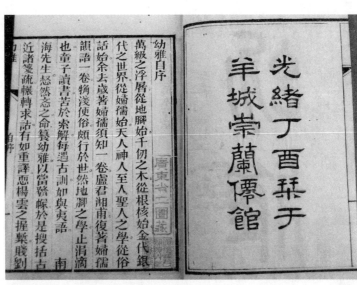

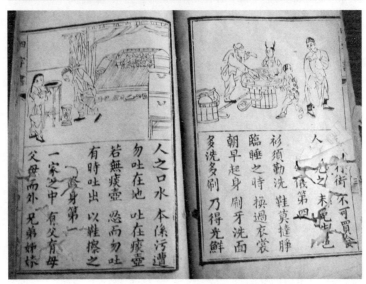

（上）《幼雅》，羊城：崇蘭仙館，1897年。

（下）《繪圖婦孺三四五字書》，羊城：守經堂，1903年。

第三節　教科書的邊上

陳子褒致力童蒙教育，但並非以教會學生數百個字，足以應付生活所需為滿足。他最終的教學目標，仍是為學生提供充足的知識背景，以繼續經學、史學等傳統學術研究。同樣地，他在教科書中採用許多粵語，也不代表他希望這些讀本只流行於廣州一城或廣東一省。他常常指示他省他縣的教師，在使用他的教科書時自行變通。如編寫《改良婦孺須知》時說：「是書以省會言語為主，若四鄉無此稱謂者，塾師可闕之，如客棧、住家、怎解等字是也。」[130] 又如《婦孺釋詞》的例言指：「此書全用省會方言，如各府縣有不合者，教師可變通行之。」[131] 在《幼雅》中又呼籲：「援引正音，什一千百。倘海內通人，各就本省方言，通釋古語，微獨百千萬億之婦孺，貫通古今，且《方言》一書，不勞而就，亦快事也。」[132] 但是，主要在澳門和香港從事兒童教育的陳子褒，他的教科書在廣東有多大的生存空間，卻是值得探討的。

晚清時，朝廷對教育問題反應遲緩，缺乏改革資源。可以說，有一段時期，民間教育家、出版社所凝聚的力量，主導了改革方向。清政府在 1902 年頒佈〈欽定小學堂章程〉時，並沒有很關心教學語言的問題，僅僅提及作文課上，可以「授以口語七、八句，使聯屬之」。但在兩年後頒佈的章程有了很大的變化，除了更強調俗話的運用，已有借用教育統一國語的構想。高等小學的「中國文學」課更要使學生學習「通行之官話」，「期於全國語言統一，民志因

之團結」。按章程編訂的課程和授課時間表，高等小學一年級透過
《聖諭廣訓》來學習官話，以後三年，每年都須學習官話[133]。雖然
沒有訂明教學語言的問題，但學部在審訂教科書時，都駁回了「俚
語滿幅」和「方言太多」的樣本[134]。1909 年學部奏編《國民必讀課
本》和《簡易識字課本》時，又指坊間的通俗讀物有「方言訛語，
不便通行」之弊[135]。這樣看來，一直身在澳門和香港的陳子褒，其
所編訂的教科書恐難以在內地刊行。但是，據陳氏的學生所說，他
的教科書曾經流行於中山、新會、恩平、開平等地的小學[136]。這說
明了中央排斥方言的教科書政策，在地方上不一定嚴格執行。陳子
褒所編的一部供婦孺用的詞典《小學詞料教科書》，是在教科書出
版商蒙學書局要求下出版的，其緣由是陳氏被開平一家塾聘為講師：

> 僕前數年，主開平鄧氏家塾專席，日以閱報為塾課。然偶有詞
> 料語，生徒輒不解。僕因隨手拈成語授之⋯⋯同業諸君有借鈔
> 者，謂甚便於學童之初學作文。然其中拉雜萬狀，方家見之，
> 必捧腹矣。適蒙學書局主人索印，姑付之，豈曰問世哉![137]

《小學詞料教科書》亦不乏粵語詞解，如「此番」解作「呢陣也」，
「氣盛」解作「唔好皮（脾）氣也、好罵人也」[138]，「重舌」解作
「言語不流利，嘍口也」[139]。這家位於廣州的書局，卻是編譯、出
版歷史和國文教科書，並且得到「廣東省布政司使兼廣東提學使
司」及「廣東全省巡警總局」批文。書局把兩則批文刊在《小學詞

料教科書》的扉頁，以示其出版物的質量和權威，雖不是直接宣傳該書，卻提高了它的認受性。《小學詞料教科書》在 1907 初版後，在 1910 年再版第三次，可見在廣州有一定市場。

1904 年，清廷頒佈《奏定學堂章程》，容許學堂和私塾自編教科書，送審後可以自行刊印發售，並擁有版權[140]。1906 年，學部設圖書局編譯教科書，其編輯大意的體例，大半仿效當時的教科書主流出版社文明書局和商務印書館[141]。宣統年間（1909-1911）地方政府曾經提出國定教科書[142]，立即受到群起反抗，其理由正是以各地的方言風俗不一：「我國疆域遼闊，風土習俗隨地不同，民情方言亦各有別，以是興辦教育，頗有不能整齊劃一之勢。各地情形既有不同，即於教育上之種種設施，亦應各相其所宜而為之，斷不可刻舟膠柱，一律辦理也。」[143] 論者還批評部編教科書「頗受人摘駁」[144]。這場不算很大的論爭，正顯示了當時民間自編教科書的自由已不容滿清政府輕易收回。事實上，民間自行編訂教科書，以配合不同的需要，是一直以來的做法。《三字經》、《千字文》、《百家姓》的多種改編，以及各種雜字韻文[145]，都反映這種編訂教科書的自由傳統。當時民間自編教科書風氣極盛，一定程度上為教科書的語言也留出一片自由的縫隙，不但讓北方通用語編寫的教科書和童蒙報刊廣泛流行，進而推動日後的白話文運動，同時也使方言出現在教科書這種大膽構想得以實現。

對於身處殖民地的陳子褒來說，弱勢的滿清政府駁回方言太多的教科書，未必是很大的威脅，至於頒令學習官話，也不違背陳氏

的教育理念。讓他更感壓力的，可能更多來自傳統文人對「雅言」根深柢固的信仰。陳子襃編寫的教科書中，有不少自我辯解之辭。對此，陳子襃有時以古人用方言注經來辯解：「是公羊作傳，間用齊言；高密注經，屢引漢制，亦便俗之悑也。深人見之，諒不置喙。」[146] 有時援引前代關注方言俗語的文人來抗衡「雅言」的傳統：「至於訓詁鄙俚，無取文言，殆亦《羌爾雅》、《蜀爾雅》之流，詎欺？」[147] 在《婦孺須知》的序言，他說：「至於鄙俚萬分，上不敢儷黃門史游〈急就〉一篇，下不敢屬錢可廬〈征君〉、〈邇言〉二卷。倘有大雅君子，嘲以不文者，正所謂聞而撫掌，是所甘心也。」[148] 但在改良版中，他卻稱《婦孺須知》是「模黃門之〈急就〉，屬揚雄之〈方言〉」[149]，可見他雖說「不敢」，實則確以〈急就〉、〈方言〉、〈邇言〉等書為模範，把方言俗語詞典的性質帶入童蒙教科書。

　　從上述一些蛛絲馬跡看來，陳子襃在廣東有一定的名聲，其教科書也稍能在當地流通。但可惜的是，他的教學方法，並未得到很大迴響。「字課」是陳氏教學理念的核心，最能體現他這種用心的教科書是《七級字課》[150]，他在晚年仍然念念不忘其淵源和出版過程。但陳氏亦自言，《七級字課》「世人駭為創作」[151]，這一套教學法知音寥寥[152]。一般課程只在小學初階設字課，但陳子襃卻把漢字分為七級，分級遞進，學至三級可以當工人，四級可為商人，五級為學人[153]，相當於初中畢業，六級接近高中或大學的文字學課程，七級為詞章用字，屬專門研究[154]。陳子襃遷港四年後逝世，這四年間，學至五級的學生僅四人，而在澳門時，學至第七級的學生只有

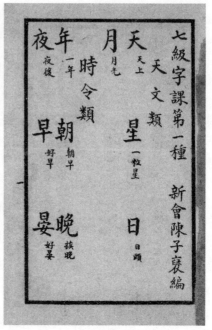

陳子褒編著《最新七級字課・第一種》，廣州：蒙學書局，1919年。

陳子褒的女兒陳翹學和冼玉清。七級字課的設想並沒有很流行，其中一個原因如學生陳德芸所說，識字太重記憶，不合新式教育原則，而另一個原因，也許和陳氏把方言列入識字課程內有關：

> 先生所編一二級白話字，及第三四級白話解釋，志在通俗，僅據廣州屬縣一隅之方言。如第三級立企也，立字在國語已是白話，在廣州反須以企字解立字；第二級農業器之鋤，似僅通行於台山、新會等四邑，不應當作普通白話字。其不合現代潮流之處，似無可諱言，應如何編輯自是另一問題，教育部能否採納又是另一問題。[155]

「以企字解立字」的批評，似忽略當時北方的通用語尚未在廣東一帶通行，也未能體會老師的用心。把台山、新會方言編入字書之中，或者可以質疑：把粵語編入教科書，以無視通用語的「多數」而為廣東的「少數」設想，那麼，在廣東非粵語區的「更少數」又應如何處理？在談及出版和流通時，當然成為問題，但以陳子褒教學精神而言，那裏的學童自然也應享有以母語學習的權利。

小結

　　把粵語寫入教科書，可能本來就是陳子褒這位教育家令人深為駭異之舉。雖然方言一直以來都是主要的教學語言，但方言出現在教科書中，卻並不多見。陳子褒卻極為重視粵語的作用，他認為，唯有以方言母語作指點，才能讓兒童學習文言文打下良好的基礎，否則教學成效將大受限制。加上他又期望各省仿效他的做法，其背後的思路，仍然是狄葆賢所說的「以各省方言，開各省民智」。陳氏的大量教科書顯示，粵語作為生活中的口頭言語，作為保留了不少古音的南方方言，足以在文言文教學上擔當重要角色。

　　陳子褒在香港一場演講中說：「鄙人當八股時代，入校二十年，教學三年後，復從康南海先生遊，此後一便教一便學，所謂惟教學半，其收效不少。然苟無康先生教導，則茫無門徑，雖十分勤勉，亦無所用之。」[156] 可謂所言非虛，如果沒有投身康門，陳子褒可能只是清末芸芸經師之一，而不是近代兒童教育的先驅。陳子褒的教科書所體現的獨特的教學思想，既得力於晚清尚未一統的語言環境，又源於其敢於接受新事物的個性，可以說，陳子褒是以其大膽創新的教學理念，在近代教育史上寫下特殊的一頁。

注釋

1　鄭觀應：〈學校〉（1892 年），載陳元暉主編：《中國近代教育史資料彙編‧教育思想》，上海：上海教育出版社，2007 年，頁 85。

2　梁啟超：〈變法通議‧論幼學〉（1896 年），《飲冰室合集》，第一冊，文集 1，北京：中華書局，1989 年，頁 45。

3　梁啟超：〈教育政策私議〉（1902 年），《飲冰室合集》，第一冊，文集 1，頁 35。

4　〈南洋公學蒙學課本初編編輯大意〉（1901 年），載宋原放主編，汪家熔輯注：《中國近代出版史料》（近代部份）第二卷，武漢：湖北教育出版社、濟南：山東教育出版社，2004 年，頁 534。這篇「編輯大意」並非初版本之《蒙學課本》所有，見該文附注。

5　陳東原指，清代州縣學和國子監有名無實，士子真正讀書受教育的地方是私人開設的學塾和書院。見陳東原：《中國教育史》，上海：商務印書館，1936 年，頁 425。

6　晚明文人陳際泰之父的告誡，原出〈陳際泰太乙山房文稿序〉，見陳東原：《中國科舉時代之教育》，上海：商務印書館，1934 年，頁 54；又見陳東原：《中國教育史》，頁 342。

7　見陳東原：《中國教育史》，頁 426。陳著引顧炎武論南北學塾：「愚幼時四書本經俱讀全注，後見庸師孱生，欲速其成，多為刪抹，而北方則有不讀者，欲令如前代之人，參伍諸家之注疏，而通其得失，固數百年不得一人，且不知十三經注疏為何物也。」顧氏指出明末清初北方學塾為求速成而不讀注，使北方出不了「經學訓詁之儒」。原出《日知錄》卷十三。

8　陶模：「蓋童子血氣未定，養其良知良能，導以孝悌忠信，尚慮不及，若令作文干祿，縱獲科名，懵未見道，處則無益鄉里，仕則貽誤民生……」〈培養人才疏〉（1895 年），《中國近代學制史料》第一輯，下冊，上海：華東師範大學出版社，1983 年，頁 539。

9 嚴復：〈救亡決論〉（1895 年），《中國近代教育文選》，北京：人民教育出版社，2001 年，頁 189。

10 齊白石：〈一個窮家孩子的求學經歷〉，見陸鴻基編：《中國近世的教育發展（1800-1949）》，香港：華風書局，1983 年，頁 82。

11 胡適：《四十自述》，見歐陽哲生編：《胡適文集》（一），北京：北京大學出版社，1998 年，頁 48。

12 何啓、胡禮垣：〈新政論議〉（1895 年），《中國近代學制史料》，第一輯，下冊，頁 37。

13 例如胡適到上海入讀梅溪學堂，那裏的教學語言應該是上海話。胡適：《四十自述》，見《胡適文集》（一），頁 66。

14 吳相湘、劉紹唐編：《第一次中國教育年鑒》，民國史料叢刊（第一種），台北：傳記文學出版社，1971 年影印初版，原刊 1934 年，頁 421。

15 同上，頁 421。

16 康有為：〈教學通義〉（1885 年），見姜義華、張榮華編校：《康有為全集》第一集，北京：中國人民大學出版社，2007 年，頁 21。朱維錚指，〈教學通義〉發表於《中國文化》第三輯（上海：復旦大學出版社，1986 年）時，他曾作編者按，指出據手稿內容考訂，可能寫於 1886 年，而之後修改的下限不會早於 1891 年。見朱維錚：〈導言〉，見康有為：《新學偽經考》，北京：三聯書店，1998 年，頁 18，注 11。

17 均見康有為：〈上清帝第二書〉（1895 年），《康有為全集》第二集，頁 41-42。

18 樓宇烈整理：《康南海自編年譜（外二種）》，北京：中華書局，1992 年，頁 33。

19 康有為：《日本書目志》（1898 年），見《康有為全集》第二集，頁 409-410。

20　康有為在〈教學通義‧語言〉明言：「以言語為用，必有定名，天下為一」，「方言之書，非治國所宜有也」，認為可以用通行的官話統一語言：「譬如今所謂正音，官話也。天下皆依於正音之名，而絕其方言，則莫不通矣。」康有為身處的廣東，是官話鞭長莫及之地，而且省內方言多變，因此對南腔北調的隔膜特別敏感。粵人不會官話，竟然要用外語和同胞溝通，更使康有為感到羞恥：「曾侯日記稱到聲架坡（星加坡），理事官粵人胡璇澤來見，胡不解官話，乃相與操英語問答。夫以中朝大使，而中土語言不能相語，致藉英言以為交質，此可嘆息者也。今閩、廣、江、浙交臂於國外，慮其皆不相通，而咸藉夷言以通語也，其辱國甚矣。」均見《康有為全集》第一集，頁 54-56。

21　梁啓超：〈變法通議‧學校總論〉（1896 年），《飲冰室合集》，第一冊，文集 1，頁 19。

22　均見梁啓超：〈變法通議‧論幼學〉（1896 年），《飲冰室合集》，第一冊，文集 1，頁 52。

23　梁啓超：「教小學教愚民，實為今日救中國第一義！啓超既與同志設《時務報》，哀號疾呼，以冀天下之一悟，譬猶見火宅而撞鐘，睹入井而怵惕！」〈蒙學報演義報合敍〉，《時務報》，1897 年 11 月 5 日，第 40 冊。

24　楊壽昌：〈陳子褒先生遺集序〉，見區朗若、冼玉清、陳德芸編校：《陳子褒先生教育遺議》（以下簡稱《教育遺議》），約 1952 年在香港出版，頁 2。斐斯塔若藉，今譯裴斯泰洛齊（Johann Pestalozzi, 1746-1827），瑞士著名教育家，亦曾經涉足政治，專注兒童教育。生平事略見趙祥麟主編：《外國教育家評傳》第二卷，上海：上海教育出版社，1992 年，頁 39-67。

25　譚彼岸：《晚清的白話文運動》，武漢：湖北人民出版社，1956 年，頁 17。

26　陳子褒的生平參見冼玉清：〈改良教育前驅者——陳子褒先生〉一文的「傳略」，《教育遺議》，附錄。

27 同上注。

28 盧湘父：〈初游康門〉，見盧湘父老師文存編纂委員會編纂：《萬木草堂憶舊》，香港：香港文化服務社有限公司，1959 年，頁 5-6。

29 梁啓超在〈論幼學〉一文提及花士卜：「彼西人花士卜、士比林卜等書，取眼前事物至粗極淺者，既綴以説，復繫以圖，其繁笨不誠可笑乎？然彼中人人識字，實賴此矣。」《飲冰室合集》，第一冊，文集 1，頁 51-52。從康門子弟對西方兒童教科書震驚的閱讀經驗，可以想見對於讀慣了四書五經的士子來説，淺易的教科書是一種新鮮的事物。對比陳、梁二人的反應，陳子褒明顯比梁啓超更信服淺近讀本的教育成效。

30 陳子褒：〈因果〉（1922 年），《教育遺議》，頁 99。又可見於〈無意得之之教授法〉（1912 年）：「在乙未歲，是時學習蟹行文，甫讀花士卜十一日，恍然曰：西人之蒙學讀固如是乎。因草《婦孺須知》……」，同前書，頁 41。

31 伍雨生：〈追悼會演説詞〉，《哀思錄》，版心有「荷李活道香遠承印」字樣，缺其他出版資料。惟本書乃陳子褒逝世後編印的紀念集，據書中資料，約於 1922 年 8 月出版。

32 約於 1904 年在廣州創刊，據例言，該報「以淺順為主，使婦孺讀書四年，即可閱看」。

33 參見崔師貫：〈陳子褒先生行略〉，《教育遺議》，頁 3；又見 Bernard H. K. Luk, Lu Tzu-Chun and Chen Jung-Kun: "Two Exemplary Figures in the SSU-SHU Education of Pre-War Urban Hong Kong", in David Faure, James Hayes, Alan Birch ed., *From Village to City: Studies in the Traditional Roots of Hong Kong Society*, Hong Kong: University of Hong Kong Press, 1984, p.127.

34 見學生朗若按語，陳子褒：〈因果〉，《教育遺議》，頁 99。

35 王齊樂：《香港中文教育發展史》，香港：三聯書店，1996 年，頁 196。

36　鄧協池：〈追悼會演說詞〉，《哀思錄》。另可參見陳子褒：〈聯愛會工讀義學緣起〉（1921 年）、〈培道聯愛會第十次徵求敍〉（1922 年）二文，均見《教育遺議》。

37　據「編輯概略」，《教育遺議》，此書約於 1952 年在香港出版。

38　陳子褒稱冼玉清為「老友」，而非「弟子」，典出朱熹與蔡元定的故事。見〈因果〉及冼玉清按語，《教育遺議》，頁 99。

39　楊壽昌：〈陳子褒先生遺集序〉，《教育遺議》，頁 2。

40　陳榮袞（陳子褒）的序文寫於光緒二十二年（1896 年），見《婦孺韻語》，民國元年（1912 年），粵東省城雙門底，福芸樓藏版。

41　陳子褒：〈自序〉，《幼雅》，光緒丁酉（1897 年），羊城：崇蘭仙館。

42　崔師貫：〈陳子褒先生行略〉，《教育遺議》，頁 3。

43　均見陳子褒：〈俗話說〉（1897 年），《教育遺議》，頁 1。

44　同上注。

45　陳榮袞：序文，《婦孺韻語》。

46　陳榮袞：〈論報章宜改用淺說〉，《知新報》，第 111 冊，1900 年 1 月 11 日。

47　陳子褒：〈例言〉，《改良婦孺須知》，光緒三十三年（1907 年）新刊。

48　陳子褒：〈三字書序〉（1899 年），《教育遺議》，頁 3。

49　陳子褒：〈初等小學教員須知〉（1912 年），《教育遺議》，頁 38。

50　陳子褒：〈論初等小學讀本〉（1907 年），《教育遺議》，頁 27。

51　學生冼玉清按語：「近人盛倡國語統一，惟先生所辦學校設有國語科，遠在光緒丙午年（1906 年），即此可見先生之遠識。」見陳子褒：〈國語〉（1922 年），《教育遺議》，頁 100。

52　陳子褒：「我校往者延直隸胡壽臣先生授國語，匆匆十四年矣。崔元愷

遊學日本，十三年乃歸。語余曰：日本遊學生為官費問題，公舉愷為代表，謁見公使。斯時以受教於胡先生之國語，脫穎而出，今而後知國語學之受用云。」出處同上注。

53　以上除特別注明外，均見陳子褒：〈論小學七級字〉（准辛亥），《教育遺議》，頁 30。

54　陳子褒：〈論訓蒙宜用淺白讀本〉，《教育遺議》，頁 11。粵語的「得意」即「有趣」、「可愛」之意。

55　陳子褒：〈論訓蒙宜先解字〉（1899 年），《教育遺議》，頁 11。

56　鍾天緯：〈訓蒙捷訣〉，《中國近代學制史料》第一輯，下冊，頁 585-586。

57　見《中國近代學制史料》第一輯，下冊，頁 593-594。

58　據「陳子褒先生編著書目」的著錄，《教育遺議》，頁 137-138。筆者所搜集的陳子褒教科書，大部份並非初版，部份可能屬坊間盜印。惟各書初版年份，悉據該書目。

59　見盧湘父：〈婦孺韻語〉，《萬木草堂憶舊》，頁 77-79。

60　見陳子褒：〈自序〉，《幼雅》。

61　陳子褒：〈例言〉，《幼雅》。

62　陳子褒：〈論初等小學讀本〉（1907 年），《教育遺議》，頁 27-28。

63　吳相湘、劉紹唐編：《第一次中國教育年鑒》，頁 117。

64　陳子褒：〈論初等小學讀本〉（1907 年），《教育遺議》，頁 26。

65　參見蔣維喬：〈編輯小學教科書之回憶〉，見張靜廬編：《中國出版史料補編》，北京：中華書局，1957 年，頁 139；汪家熔：《民族魂——教科書變遷》，北京：商務印書館，2008 年，頁 45-51。王建軍：《中國近代教科書發展研究》，廣州：廣東教育出版社，1996 年，頁 101。

66　陸費逵：〈與舒新城論中國教科書史書〉，見舒新城編：《近代中國教

育史料》第二冊，上海：中華書局，1933 年，頁 262-263。

67　〈蒙學讀本全書一編約恉〉，《尋常小學堂讀書科生徒用教科書》，江蘇無錫三等公學堂。《蒙學讀本七編》，1902 年至 1908 年由上海文明書局出版，每編卷首均有〈約恉〉一篇，說明該編的內容、教學目的、編輯大意等。此文為第一編要旨。並參子冶輯注：〈《蒙學課本全書》卷端〉，《出版史料》，2003 年第 2 期，頁 126。

68　陳子褒：序文，《改良婦孺須知》，光緒三十三年（1907 年）新刊。

69　陳子褒：序文，《婦孺淺解》，光緒戊戌秋月（1898 年），雙門底街經史閣。

70　就筆者搜尋，僅得 1900 年（光緒庚子）的版本，一卷，光緒帽月新鐫，粵東省城十七甫，明經閣藏版，序文寫於崇蘭草堂，未著日期。

71　《教育遺議》收錄 1901 年（光緒二十七年）的〈婦孺須知三版序〉，因知 1901 年該已出至第三版。就筆者搜尋，僅得 1907 年（光緒三十三年）重印的《改良婦孺須知》，守經堂發行，澳門蒙學書塾編輯。二者序文完全相同。

72　雖然 1900 年的《婦孺須知》是否與初版完全相同，我們不得而知，但它和 1907 的《改良婦孺須知》相比，的確是較早的版本。

73　陳子褒：序文，《婦孺淺解》。

74　陳子褒：序文，《婦孺須知》，光緒庚子卯月新鐫（1900 年），粵東省城十七甫，明經閣藏版。

75　陳子褒：《婦孺須知》，頁 1、6。

76　陳子褒：《改良婦孺須知》，頁 8。

77　陳子褒：《改良婦孺須知》，分別見頁 13 及 15。「俾」字在書中作從田從廿。

78　陳子褒：序文，《婦孺須知》。

79　陳子褒：〈例言〉，《改良婦孺須知》。

80　同上注。

81　就筆者搜尋，僅得光緒戊戌秋月（1898 年）的刊本，雙門底街經史閣發售。序文後附有「大清國全圖」。

82　陳子褒：序文，《婦孺淺解》。

83　陳子褒：《婦孺淺解》，頁 6、8 及 21。

84　陳子褒：《婦孺淺解》，頁 5 及 18。

85　均見陳子褒：〈例言〉，《幼雅》。

86　同上注。

87　陳子褒：〈論學童作論〉（1902 年），《教育遺議》，頁 23。

88　陳子褒：〈敍〉，《婦孺論説階梯》，光緒二十八年（1902 年），遠安堂。

89　陳子褒：〈論學童作論〉（1902 年），《教育遺議》，頁 22。

90　盧子駿（湘父）：「駿束髮就傅畢，塾師即令操筆學文。維時不知『且夫』，嘗思之為何訓？之乎者也之為何辭也？撟舌閣筆，半日不能成一語。晌午僅胡亂湊集數十字，以待塾師之塗乙而已。」〈自敍〉，《婦孺譯文》，光緒二十八年（1902 年），蒙學書塾。

91　陳子褒：〈小學釋詞敍〉（1901 年），《教育遺議》，頁 19。

92　陳子褒：〈婦孺論説第一種原敍〉，《婦孺論説入門》，光緒二十八年（1902 年），三次改良，四版，蒙學書塾。

93　陳子褒：《婦孺論説入門》，頁 7。

94　《婦孺報》廣告，光緒三十年（1904 年）六月，第 3 期。

95　陳子褒：〈自敍〉，《婦孺釋詞》，光緒二十八年（1902 年），蒙學書塾。

96　陳子褒：〈例言〉，《婦孺釋詞》。

97　陳子褒：《婦孺釋詞》，頁 4。

98　同上，頁 7。

99　梁啓超：「余昔教學童，嘗口授俚語，令彼以文言達之，其不達者削改之。初授粗切之事物，漸授淺近之議論……學者甚易，而教者不勞。」〈變法通議・論幼學〉（1896 年），《飲冰室合集》，第　冊，文集 1，頁 52。

100　陳子褒：〈無意得之之教授法〉（1912 年），《教育遺議》，頁 41。

101　盧子駿：「陳君子褒，遊歷日本，考求教育，歸而創蒙學書塾。編輯讀本，力求文字與語言合一，可謂良工心苦。譯文之法，即師其意。」〈自敍〉，《婦孺譯文》。

102　在《婦孺譯文》中題作〈論教婦孺作論〉。

103　盧子駿：〈自敍〉，《婦孺譯文》。

104　這詩亦曾編入陳子褒的《婦孺五字書》中：「記得細時好，跟娘去飲茶。門前磨蜆殼，巷口撥泥沙。隻腳騎獅狗，屈針釣魚蝦。而今成長大，心事亂如麻。」《再次改良婦孺新讀本》，光緒二十九年（1903 年）三版，明經閣藏版，頁 4。

105　陳子褒：序言，《再次改良婦孺新讀本》。

106　陳子褒：〈例言〉，《再次改良婦孺新讀本》。

107　陳子褒：《再次改良婦孺新讀本》，頁 4-5。

108　同上，頁 18。

109　《朱子語類》有「大尹出，有許多車馬人從，渠更不見，不覺犯了節」之句。見劉堅編著：《近代漢語讀本（修訂本）》，上海：上海教育出版社，2005 年，頁 71。

110　李榮主編、白宛如編纂：《廣州方言詞典》，南京：江蘇教育出版社，

1998 年，頁 276。

111 參見楊敬宇：《清末粵語方言語法及其發展研究》，廣州：廣東人民出版社，2006 年，頁 94-100。

112 陳子褒：序言，《再次改良婦孺新讀本》。

113 如民國元年（1912 年），粵東省城雙門底，福芸樓出版的《婦孺韻語》及民國丁巳年春（1917 年）廣州、佛山同文堂出版的《幼學婦孺韻語》，此版本包含《婦孺八勸》及《婦孺韻語》二書。

114 見《婦孺報》廣告，光緒三十年（1904 年）六月，第 3 期。

115 均見「陳子褒先生編著書目」，《教育遺議》。

116 如〈漁父歌〉、〈七步吟〉、〈黃台瓜辭〉、〈祝國歌〉、〈薰人碑〉、〈驪山泉〉等，見《婦孺報》光緒三十年（1904 年）七月、十月，第 4、7 期。

117 《改良繪圖婦孺三字書五種》，光緒二十九年（1903 年）再版，聚文書塾。

118 陳榮袞：「僕編婦孺五字書畢，再編四字書。數月以來，甫成幼儀一種。盧君湘父，欣然促成之，修身、衛生、人事、勸遊四種，即其著撰。修身首末節則僕所屬入也。」序文，《繪圖婦孺三四五字書》，光緒三十年（1904 年）三版，羊城：守經堂。

119 《繪圖婦孺三四五字書》，光緒二十九年（1903 年）三版，守經堂。

120 張志公：《傳統語文教育初探》，上海：上海教育出版社，1962 年，頁 18。

121 如 1870 年刊出的《三字鑒》，傳授歷史知識；1902 年刊出的《時務三字經》，講述中外知識和列強侵略。1928 年又有章太炎編寫的《重訂三字經》。見張志公：《傳統語文教育初探》，頁 20-21。

122 章炳麟：〈重訂三字經題辭〉（1928 年），見嚴貞敏校刊，嚴貞嫿重校：《章太炎先生重訂三字經》，成都。因扉頁有「閼逢閹茂刊於成都」字

樣，「閼逢閹茂」即甲戌年，推算應為 1934 年的重印本。

123 盧子駿：〈童蒙書三種自序〉，見盧子駿增修：《新會潮連蘆鞭盧氏族譜》，第 13 冊，25 卷下，藝文譜，1947 年，頁 44。該文末署「辛未」，推算為 1931 年作。

124 陳榮袞：《改良繪圖婦孺三字書五種》，頁 7。

125 《章太炎先生重訂三字經》，頁 3。

126 盧子駿：《童蒙三字書》，輯於《新會潮連蘆鞭盧氏族譜》，頁 44。

127 夏察理：《小學四字經》，同治十三年（1874 年），福州：美華書局。

128 張志公：《傳統語文教育初探》，頁 1。

129 語言學家指，揚棄朗讀和聲韻的訓練，是晚清以來教育改革的缺失。見張志公：《傳統語文教育初探》，頁 75-86；林燾：〈語音在語文教學中的地位〉，《林燾語言學論文集》，北京：商務印書館，頁 219-227。

130 陳子褒：〈例言〉，《改良婦孺須知》。

131 陳子褒：〈例言〉，《婦孺釋詞》。

132 陳子褒：〈例言〉，《幼雅》。

133 分別見〈欽定小學堂章程〉（1902 年）、〈奏定初等小學堂章程〉（1904年）及〈奏定高等小學堂章程〉（1904 年），《中國近代教育史資料彙編·學制演變》第二章。

134 吳相湘、劉紹唐編：《第一次中國教育年鑒》，頁 120。學部列入「批斥及無庸審定者」的名單中，有「鄂卓氏女子《必讀》一冊，則俚語滿幅」，「新學會本之《速通文法教科書》一部，則方言太多」。

135 陳元暉：《中國近代教育史資料彙編·普通教育》，頁 45。

136 見學生陳德芸按語，〈七級字課說略〉，《教育遺議》，頁 32。據《小

學詞料教科書》的序文，陳子褒在光緒末年曾到開平為鄧氏家族主持其家塾，這亦有助他的教科書流通該地。

137　新會婦孺之僕編輯：〈小學釋詞敍〉，《小學詞料教科書》，宣統二年（1910 年）十月三版，廣州蒙學書局發行。

138　《小學詞料教科書》，頁 29。

139　同上，頁 35。

140　王建軍：《中國近代教科書發展研究》，頁 91-92。

141　吳相湘、劉紹唐編：《第一次中國教育年鑑》，頁 119。

142　〈浙提學通飭劃一教科書〉，《申報》，1910 年 3 月 11 日。

143　佚名：〈論限用部編教科書有妨教育進步〉，《申報》，1910 年 3 月 11 日。

144　參見陸費達：〈論各國教科書制度〉，《教育雜誌》，1910 年 7 月 16 日，第 2 年第 6 期。另《教育雜誌》曾經舉辦徵文，發表的得獎文章亦多不贊成國定教育書。見張世杓、潘樹聲：〈論教科書與教育進化之關係〉二文，《教育雜誌》1910 年 6 月 10 日，第 2 年第 5 期。

145　參見張志公：《傳統語文教育初探》第一章。

146　陳子褒：〈例言〉，《改良婦孺須知》，光緒三十三年新刊（1907 年），澳門：蒙學書塾，守經堂發行。

147　陳子褒：序文，《婦孺淺解》。

148　陳子褒：序文，《婦孺須知》。

149　陳子褒：序文，《改良婦孺須知》。

150　第一至四級出版於 1908 年，翌年出版第五級，1910 及 1911 年又曾出三、四、五級的教授法。見「陳子褒先生編著書目」，《教育遺議》，頁 138。第六、七級從未刊行。

151　陳子褒：〈因果〉，《教育遺議》，頁 98。

152 學生朗若指陳子褒之教學，「無不以《字課》為骨」：「先生自光緒廿一年至民國四年，積二十年之經驗及改良，始著成其《字課》共七級。而第六第七兩級，尚未刊印也，其生平所注之心血，用於字課者為最多，亦最精……除先生外，能運用之甚少甚少，即能盡識其所課之字者亦少，所以教育界採之者無一焉。先生此腔熱血，欲灑無地矣。」〈論小學七級字〉按語，《教育遺議》，頁 31。

153 陳子褒：〈七級字課說略〉，《教育遺議》，頁 32。

154 見學生陳德芸按語，〈七級字課說略〉，《教育遺議》，頁 32。

155 同上，頁 33-34。

156 陳子褒：〈庇理羅士女師範演講〉，1909 年，載《教育遺議》，頁 89。在戊戌之後，陳子褒反對帝制、重視個人的獨立自主，所著〈論回鑾〉、〈論光緒帝之復權〉（均見《教育遺議》）二文，曾於 1901 年刊於革命派報章《中國日報》。他所編的《婦孺三字書》編於戊戌，書末本有「願我皇多福壽，願我皇萬萬歲」等語，但未幾刪去。陳子褒和康有為的政治思想有嚴重分歧，這很可能是陳氏在戊戌後不再涉足政治的其中一個原因，但他始終感激恩師的指導。

總論

　　本書把書面的粵語視為一種時代的存照和寫作的資源，嘗試從五個個案中，發掘它們的歷史、社會和文學意義。第一章專論鄭貫公、黃世仲等革命派報刊上的多種粵語文體。鄭、黃等人堪稱晚清最重要的粵語寫作群體。他們以生動活潑的「擬說唱」和「擬演說」開啓民智，傳播革命火種；以詼諧滑稽的風格「入侵」高級文體，更多的是繼承廣東文人的寫作傳統，滿足他們自許為文人的語言趣味，兩類文體的對象和作意都略有不同，但同樣有重要的貢獻。「擬說唱」和「擬演說」是新編的廣東說唱文藝，容納更多時代性的題材，整體來說，語言也更趨口語化。把粵語加入諧文，不但使這些文章有別於同期的遊戲文章，口語化的粵語更進一步加強諧文的諷刺效果和地域色彩。第二章介紹的方言詩人廖恩燾，是本書所談及的作者中最具作家意識的一位。他的粵謳也比革命派的作品更講究文采和想像，更難得的是，他那些為民寫心的粵謳，達到文人和民間創作融合無間的境界。至於廖恩燾的粵語格律詩，則表現了俗的口語和雅的文體二者之間的衝突。廖氏的這些作品，以形象生動和情緒激烈的方言，睥睨歷代帝王將相，揭露他們的私心和尷尬；又透過新編經典詩歌的內容和意境，與傳統詩人和詩體對話。在他筆下，刻劃民生、針砭時弊的粵語格律詩成為「正體」，受到後輩的繼承和發揚。第三章專論晚清的粵劇編寫，考察粵劇語言本土化的過程中，不同派別、體式的粵劇如何發揮作用，並指出在戲劇改良和民族革命的思潮下，粵劇成為「精神教育」的工具。梁啓超所寫的《班定遠平西域》在唱腔條件的限制下，加入粵語對白和廣東歌謠，《班

定遠平西域》和志士班的演出，以至報刊上的案頭劇本，共同記錄
了作為一種教育形式的粵劇，如何在粵劇轉向平喉演唱的過程中，
發揮重要作用。第四章以兩部在 1870 年出版的粵語小說為主。《俗
話傾談》源於民間宣講而有文學之跡，粵語譯本的《天路歷程土話》
本是西方宗教文學，經傳教士翻譯和改造而成為繡像小說。前者雜
用粵語和文言，後者純用粵語。二者帶給我們的啟示是，《天路歷
程土話》雖然保留了粵語句末語氣詞的神韻，但因為方言的過度使
用，反不像《俗話傾談》那麼容易被閱讀，在呈現方言的活力時，也
不那麼有效。最後一個個案為陳子褒和他的粵語教科書，在非文學
性的編寫行為中，粵語以其保留古語的特點，完成時代任務。在陳
子褒的教學思想和方法中，極度重視方言的入門功能，粵語是口頭
言語和文言文乃至訓詁之學的橋樑，堪稱近代教育史上特殊的一頁。

在晚清相對自由的語言環境中，粵語憑藉晚明以來的書寫傳統，
再次走到書面上，也走到歷史的舞台前。書面的粵語與其他書面語
（主要為文言文）、傳統文體（如格律詩、諧文）、外來載體（如
外省戲的曲式唱腔、教科書），有不同的互動，糅合出繽紛多姿的
形態。承接正文對清末民初粵語作品的分析和肯定，在總論這部份，
筆者將概括它們的整體特點和局限，並就其中一些具有伸展性的論
題，進一步分析和論證，提升粵語作品的文化意涵，以見作為書面
語的粵語對今後漢語寫作的價值。

第一節　廣義的教育

　　清末民初的粵語作品遍及各種文體，韻文如粵謳、龍舟、南音、班本等「擬說唱」，散文如諧文、小說，還有舊體詩歌和「擬演說」等別具特色的類型，可以證實粵語乃一種富有彈性的書面語。它們的作者，固然不乏菁英階層的文人，像廖恩燾和梁啓超，便是非常有代表性的人物。廖氏的粵謳和粵語格律詩，是討論同期的粵語作品所不能繞過的。無論在文學性和實驗性方面，廖氏都為粵語寫作帶來重要的貢獻。梁啓超的粵劇劇本《班定遠平西域》在粵劇語言尚未本土化時，率先用別致有趣的方法，大幅增加粵劇的粵味，並曾由橫濱大同學校的學生演出。但是，晚清的粵語作品大部份的作者都屬下層文人：報人、小儒、傳教士、教育家。這樣的身份結構，表示他們的寫作目的與宣傳、啓蒙、教化分不開。

　　清末民初的粵語書寫，可以概括地稱為「廣義的教育」。革命派報刊上新編的粵謳、南音、龍舟，為宣傳種族革命思想、開啓民智而作：梁啓超的粵劇劇本《班定遠平西域》，旨在灌輸尚武精神，粵劇在志士班的排演中正式開始以粵語演唱的蛻變過程；《俗話傾談》為以傳統倫理道德教化平民而作；《天路歷程土話》為傳播基督教而作；陳子褒的教科書為方便廣東兒童求學而加入粵語；廖恩燾的部份粵謳也帶有開啓民智的意圖。和傳統的文學創作追求永恆的目的相反，晚清的粵語寫作只爭朝夕，作者為了當下的人事而寫，讀者因此感動或醒悟，便即完成歷史任務。從一貫的文學批評思路

出發，太鮮明的功利色彩的確會導致文學性的流失，但筆者認為，晚清粵語作品的魅力正在這裏。在近代中國的轉折之路上，粵語作品在口頭言語的基礎上加工，記載了民間的、志士的聲音，在今天仍然清晰可聞。茲舉一首粵謳為例：

> 奴咁靚，怕乜行街，唔同往日在閨閣呢埋。脂粉與及裙裙，我亦拋棄嘞。絹遮革履业妙偕住，參扶不用丫環帶。沈且我足係天然，更覺舉步暢懷。一種尚武精神，年又咁少艾。呢陣平權時代咯，有邊個將我來嘅。總係舉動要文明，唔好咁腐敗。免致招人譏笑唎，果陣就噲破壞。我地同儕，自由兩字，奴亦纔能解。原有界限，至怕學梁亞玲敢樣，就會俾人擠。[1]

這首粵謳以年輕女性的語調出之：不再整日呆在閨房，不再穿傳統的裙褂，不再纏足，甚至響應尚武精神，追求男女平權。如此生動活潑的方言，傳神地再現了晚清婦女生活在這麼一個大時代的心情。因此，理解它們的價值，也不能以是否可以傳世、是否經得起時間淘汰等規條來作批評標準。作為當下的歷史存照，這些粵語作品打上了深刻的時代烙印，維新的、革命的、教化的、傳道的聲音，無不可在粵語書寫中得到迴響。其中以說唱文藝記載了民間心聲的作品，因為生動活潑的語言，足以把我們帶回清末的廣州，體味當時政治和社會的波濤洶湧。

因為與啓蒙運動關係密切，清末的粵語作品常常與圖像、演說

等大眾傳播形式結盟。《天路歷程土話》的繡像式插圖是西洋傳奇《天路歷程》成功蛻變為中國小說的重要元素。廣州和香港的報章，也善用漫畫來批評時政，並配上粵語寫成打油詩或急口令。1905年7月4日《唯一趣報有所謂》刊出「送圖廣告」：「是日隨報派送最警世最益人之圖一張，不取分文」。《珠江鏡》在1906年6月底刊出廣告，公告讀者「添入圖畫一門」，「務為光彩離奇，奸宄者莫能遁跡」[2]，並於7月初開始刊出諷刺漫畫，配上粵語急口令[3]。〈圖畫出世〉一首粵謳，頗能道出編者以圖畫諷世的用心：

> 今日圖畫出世，等我大略演唱幾句謳文。君呀，苦心煞費知否我為乜原因？未必好事形容心怪我狠，實在近日幾多怪像刻畫難勻。有種文字亦唔寫得出咁有引，唔係秦台寶鏡怕照佢唔真。……[4]

《廣東白話報》和《嶺南白話雜誌》更特設諷刺畫的專欄，輔以粵語的解說或急口令，傳宣反清思想，批評官員士紳。在畫報中，這種做法更為常見。廣州的《時事畫報》是最具代表性的例子，除了每期在圖畫之後刊出班本、南音、粵謳等，該刊的圖畫常與粵語結合。在名為「時諧」和「喻言」的諷刺畫專欄中，便常附有粵語急口令。前者由多幅圖畫組成，後者則多屬單幅圖畫。例如其中一幅畫了兩個人用鋸斬樹，題辭曰：「你又鋸，我又鋸，開幾十處。可憐呀，呢株枯樹！」[5]同時，該刊不少圖畫除了文言解說之外，還

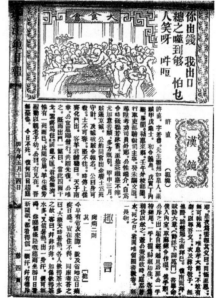

（上）《時事畫報》（1905 至
1912 年）名為「喻言」的諷刺畫
（下）《珠江鏡》上的諷刺畫，
1906 年 7 月 9 日。

附有粵謳。例如〈借富觀音圖〉，在說明「借富」風俗之後，還附有粵謳，以參神婦女的口吻寫成[6]。圖畫和粵謳相輔相成，如實地、生動地記錄了晚清廣州的風俗。除了圖畫之外，演說對晚清粵語寫作影響更深，除了在班本、粵謳不難找到演說場景之外，黃耀公創辦的粵語啓蒙刊物《廣東白話報》和《嶺南白話雜誌》，更直接把文章寫成演說稿。

藏之名山、傳之後世，本來就不是晚清粵語作品的寫作目的。如果能夠擺脫傳統的文學批評標準，閱讀當時的粵語作品，幾乎等於瀏覽了一遍晚清社會百態，思考過一遍時人面臨的種種困境，其面向遍及政治、社會、經濟、教育等等，堪稱一幅立體又生動的晚清圖卷。這是今天重估作為教育工具的粵語作品時，所發現的最大的意義。

第二節　以詼諧作反抗

「詼諧」是理解晚清粵語作品的關鍵詞。晚清的作者，始終視粵語為一種淺俗的、滑稽的語言。儘管遊戲之文在晚清蔚為大觀，遍及全國，但廣東的詼諧作品卻因為粵語的參與，更鮮明地表現了民間的語言及其蘊涵的文化，因而具有獨特的文學意義。晚清的粵語作品滲透着詼諧的元素，既可視為一種風格，也可視為諷刺的手段。鄭貫公的諧文因為加入粵語，滑稽可笑的諷刺效果更為突出。

廖恩燾的粵語格律詩加入廣東俗語、熟語，在寫作格律詩的同時嘲笑歷史人物。《俗話傾談》中的敍述者在說故事時多用淺近文言，但諷刺人物時常用粵語。而在鄭貫公等革命派報人和廖恩燾的筆下，詼諧和諷刺的旨歸則在反抗。革命派反抗以康有為代表的維新派和滿清的異族統治，廖恩燾反抗的是傳統的詩歌類型和歷史書寫的權威。

巴赫金的文學理論建基於歐洲中世紀的小說，在文體和時空兩方面都與本文關注的作品相去甚遠，但他對物質肉體和民間文化的分析，還是有助於我們理解革命派和廖恩燾的粵語作品。巴赫金認為，民間詼諧文化有三種基本的形式：一、各種儀式和演出；二、詼諧性語言作品（comic verbal compositions），其中包括戲仿體作品。值得注意的是，巴赫金特別指出這些作品可以用書面語或口語、共同語或土話寫作（對巴氏而言，即是拉丁語或其他歐洲民族語言）；三、各種形式的粗話、罵人話[7]。後兩者對本文的啓發特別重要。革命派報刊上的諧文，包括數量眾多的戲仿作品，還有廖恩燾的粵語格律詩，實乃粵語這種民間語言帶着其詼諧文化的特質，與傳統文體互動產生的結果。粵語作品詼諧的語言和風格，或顛覆固有的潔淨高雅的傳統風格，或加強諷刺的功能。這種高低文體和語言碰撞的效果，是晚清粵語作品的貢獻之一，也顯示作者們突破語言和文體規範的銳氣。

在廖恩燾的粵語格律詩中，這種雅俗的交鋒顯得特別富爭議性。廖氏在舊體詩中運用粗言穢語，頗受論者非議。我們不妨借

用巴赫金對拉伯雷的分析，進一步了解民間語言中髒話的意義。
巴赫金認為拉伯雷小說中的「物質－肉體因素」（material bodily
principle），是民間詼諧文化的遺產[8]。他認為「物質－肉體因素」
是一種普世的、全民的東西，是屬於人民大眾，與個人主義的個體
相對立，並且把一切高級的、精神性的東西降格，轉移到大地和身
體的層面[9]。這種「貶低化」（degradation）也意味着「世俗化」，
並且具有「生」與「滅」兩種意義：「它（按：即「貶低化」）不
僅具有毀滅性、否定的意義，而且也具有肯定的、再生的意義：它
是雙重性的，它同時既否定又肯定。」[10]在分析罵人髒話時，巴氏
的說法也是類似的：「這些罵人髒話具有雙重性：既有貶低和扼殺
之意，又有再生和更新之意。」並指出髒話可以造成一種「改觀」，
有助「創造狂歡節的自由氣氛和看待世界的第二種角度」[11]。如果
把巴赫金的理論略作引申發明的話，可以說，在廖恩燾的《嬉笑集》
中，粗言穢語也造成劇烈的「改觀」，並具備正反兩種功能。在評
論昔日的帝王將相時用上粗言穢語，是對他們的「降格」和「貶謫」；
在傳統詩體中釋放原本被禁止的語言，衝擊典型格律詩的美學，更
多是反面的、否定的意義；但在更新詩人形象和詩歌意境改造兩方
面，卻不乏積極意義。在形容陶淵明、蘇東坡時用「詩屁」，只是
把他們從詩人的神壇上拉下來，回到世俗化的人間生活，並無冒犯
之意。〈烏衣巷〉雖然也用到穢物，但卻是廖氏筆下，另一首與經
典唐詩並讀時，令人玩味再三之作：

夕陽斜就近黃昏，巷口搬家第幾匀。

燕子尋巢尋錯路，羊咩食草食埋根。

有毛再做雕陵鵲，冇血唔慌出竇蚊。

王謝堂前蠅咁靜，又聞狗吠倒屎人。[12]

廖氏這首舊題新寫，以豐富的想像力和細節，着力營造荒涼、人煙稀少的景象。末聯不直接寫倒糞的人，只寫狗吠的聲音，反倒更襯托出荒村的寂靜，實與「空山不見人，但聞人語聲」的手法相同。倒糞人的身份，與詩中的草根、蚊子、蒼蠅是非常吻合的。

巴赫金分析陀思妥耶夫斯基的小說話語時，提及「仿格體」（stylization）和「諷擬體」（parody）。兩者最大的分別是，前者的聲音是和諧的，模仿者無意要別人聽到他人的聲音；後者是衝突的，固有的和模仿的聲音互相對立[13]。我們不妨借此把鄭貫公、黃世仲等人的諧文加以分類，以便更明確地指出其特點。由於鄭、黃等人視粵語為一種詼諧滑稽的語言，在正面模仿嚴肅文體時，不會使用粵語。像「仿孔子世家贊體」的〈鄒容傳贊〉和「仿漢高祖入關告諭體」的〈擬革命軍某光復告諭〉[14]，模仿者為求接近原來的文體，追求語言風格上的一致，聲音是和諧的。這種仿格體在清末革命派報刊上很常見，有助表現他們鮮明的種族革命立場。至於黃世仲所寫的〈討妓女檄〉，其寫作目的雖與「檄」這種文體一致，並無反諷意味。但作者卻在駢文的體式中，雜用很多粵語，又使駢文這種脫離口語之文[15]，與本為口語的方言互相碰撞，形成這篇諧文的有趣之處：

> 自女閭始創，娼界旋興。引人惜玉憐香，遍設迷魂之陣；睇佢
> 搽脂蕩粉，大開買笑之場。至衰落到青樓，幫埋龜爪；專好斬
> 來白水，熟至蝦籠。每至黃昏，是必校光頭髻；但逢黑夜，愈
> 加支整身形……[16]

　　為纏足、嫖妓等行為煞有介事地訂立協會規則、仿作章程，是鄭、
黃等人筆下另一種戲仿文章，其文體特點頗近於巴赫金所說的「諷
擬體」。像〈擬創辦官場貯積民脂民膏貨章程〉[17]及〈擬創辦奴隸
報館章程〉[18]二文，章程本是嚴肅正當的公文，用在腔訴官吏剝削
和言論封鎖方面，把不公正的行為明目張膽列為章程，和原有的文
體風格背道而馳，產生強烈的諷刺效果。雖然這類文體因為原有風
格以莊重嚴肅為主，作者擬作或戲仿的，較少摻雜粵語，但作者也
是故意拔高理應被貶抑的惡行，造成滑稽的反差，可以視為另一種
的「降格」和「貶謫」，〈討妓女檄〉和這兩篇章程的寫作趣味和
意義都表現在不同「聲音」之間的衝突。

　　論者指出「談話語體」有用詞通俗廣泛、多感情描繪手段、句
式簡單，並且常作省略等特點，黃伯耀等人撰寫的「擬演說」也有
這些特點[19]。巴赫金的「言語體裁」（speech genres）理論把一切
口頭和書面的話語視為「表述」（utterances），並且分為簡單的
和複雜的兩大類，前者包括日常生活的對白、書信等，後者包括長
篇小說、戲劇、科學著述、政論等[20]。他把演說體裁歸入較為複雜
的第二類，並指出自問自答、自我駁難的現象，正是仿效言語交際

以及較為簡單的第一類言語體裁而來 [21]，「擬演說」正是如此。巴赫金認為絕大多數的言語體裁都不以表現個人風格為目的 [22]，這無疑是正確的。我們難以指出黃耀公的「擬演說」有何個人風格，但有趣的是，除了富有演說的典型特徵，黃氏「擬演說」的感情色彩比同類作品更為鮮明，顯示他把紙面的演說寫得比真實的演出更富煽動人心的激情。同時，借用巴赫金的複調理論，「擬演說」也可以視為有對話性的文體。演說者為了突顯自己作為被注目的主體，總是努力引起聽（讀）者的反應，他有時猜想受眾的質疑，在自己的演說中構成爭辯，一直考慮他人的言語，所以也具備「雙重指向」[23]。

回顧清末的粵語寫作，使我們發現雅俗語言之間的碰撞和滲透仍然是一場未完成的實驗。晚清粵語作品的作者普遍把粵語視為一種滑稽惹笑的語言，很少使用於嚴肅的題材，甚至在四十年代末香港的通俗文學作家筆下，粵語仍未擺脫這種形象和定位。口頭粵語轉化為書面語之後，是否仍然只能創造滑稽詼諧的風格，是值得深思和探索的問題。作為書面語的粵語能否吸收其他書面語的特點，拓展自己的可能性？至少廖恩燾的名句：「人正淡如先日菊，花還靚過舊年枝」，就告訴我們雅俗的調和不是沒有可能的，口頭粵語也可以創造溫婉詩意的風格。

第三節　尋找粵語小說

在晚清時，廣東說唱文藝已有二百年歷史，但大量印行的木魚書，大部份只刊出韻文，沒能滋養出散體小說。筆者雖然把《俗話傾談》和《天路歷程土話》視為粵語小說，揭示它們在清末的民間社會和傳教史上，作為方言作品的特殊意義，但若只以「方言小說」的文學價值而論，它們固然不像《海上花列傳》那麼令人滿意。宣講風俗導致《俗話傾談》的出現，卻後繼無人，不但沒有作者作進一步的文學化改寫，就連同類的宣講文學也不多。可以說，粵語寫作錯失了不少歷史時機，不能從說唱和宣講跨入小說的文學門檻。這個問題，或者可以透過吳語小說的誕生略知一二。

傳統小說和說唱文藝關係密切，吳語小說的出現也得益於地方文藝傳統。蘇州彈詞的寫作，已為書寫的吳語提供了一些約定俗成的基礎；部份名作經過不斷的修訂而提升了文學水平[24]，這些自不待言。更重要的是，彈詞體式的發展，具備了衍生為小說的潛力。據趙景深指出，彈詞有幾種形態，完全由第三人稱敍述故事的只在書齋裏閱讀，說書人演說故事，並且轉述故事人物的動作和心情。但大約發展至清初時，在茶館演唱的「唱詞」，聲音更為複雜，不只有說書人的敍事，還有由說書人「代言」人物心情的「表」，又有人物自己說的「白」。趙氏指出：「彈詞由敍事體變為代言體，實為一大進步。它有戲劇所不及的地方，即可以盡量的作內心的描寫。即如《雙金錠》打貪官一段，貪官和男女主角則用普通話，自

己心裏的話則用蘇州話。」[25] 從敍事變向代言，並且可以「盡量的作內心的描寫」，就有了小說生長的空間。由周殊士改定的《珍珠塔》，唱詞說書人以普通話說「卻說……」，進入人物說白後即雜有蘇白[26]。另一段男女主角對話中，人物語言韻散夾雜，主要為通用語，中間雜有說書人轉述和渲染，用的是蘇白[27]。另外，細膩地寫情狀物，也是彈詞的藝術特點。說一個動作，可以花上幾天時間，而這些動作往往也是心理描寫。更有趣的是，這些細節是聽眾好奇的所在，所以市場和藝術並無矛盾[28]。可以說，蘇州彈詞的出色作品，已經具備了小說的迷人力量。只不過彈詞的這些細節是說書人創作的，不一定見於刊本。彈詞在敍事藝術方面的發展，更形成「彈詞小說」這種類型。晚清的案頭彈詞小說，雖然有部份已不用方言，但有些吳語小說卻由此改編而成[29]。不但如此，吳語小說還有另一支催生的力量，即蘇州評話，論者以為，這種徒口演說故事的藝術更接近吳語小說。評話同樣有第一人稱的說書人語言和第三人稱的人物語言，以前者貫徹始終[30]。彈詞小說是閱讀性較高的文類，而部份已經不用方言；用方言的彈詞和評話的精彩部份，可能更多在口頭而不在刊本，其中暗示了方言書寫的困難。但這幾種說唱藝術，畢竟提供了用蘇白描寫神情語態和人物心理的訓練。吳語小說中，敍事用通用語、對白用蘇白，或者不同身份的敍述者各有其語言特徵，在蘇州說唱藝術中早就有了雛形。

晚清著名的小說家不乏粵人，但他們都沒有用粵語寫小說。晚清的粵語作品大部份用於宣傳、教育、啓蒙，顯示工具論在一定程

度上制約了廣東小說家的藝術創新。吳語小說《海上花列傳》的出現，除了文化和經濟因素[31]，作者並無啓蒙和商業的考慮也很重要。讀者面的大小顯然不是韓邦慶最關心的問題。對他來說，選擇吳語就是選擇一種最適合的表現手法。回答孫玉聲這位同行的質疑時，他的回答充滿作家主體的自信：「曹雪芹撰《石頭記》，皆操京語，我書安見不可以操吳語？」通過自行造字解決有音無字的問題，更見藝術創造的勇氣：「雖出自臆造，然當日倉頡造字，度亦以意為之，文人遊戲三昧，更何妨自我作古，得以生面別開？」[32]胡適稱韓邦慶的選擇是「有意的主張，有計劃的文學革命」[33]，是否稱得上「文學革命」可以按下不表，但這位小說家從文學藝術的角度考慮，以吳語作為表現人物語言最適切的手段，確是「有意的主張」。

　　相比之下，粵人寫小說，頗囿於既定的文體規範。據包天笑憶述，他參與《小說林》的編輯工作時，約為 1906 年，當時寫小說以文言為尚，尤其是譯文，因為受林紓的影響。但如果寫章回小說，因為一直沿用舊小說的體裁，所以自然地使用「白話文」[34]。梁啓超的語言觀比一般文人開明得多，但在民國之前，純用語體文寫作的著述和創作都不多，也許正是受這種書寫習慣影響。《佳人奇遇》是翻譯，故純用文言；《十五小豪傑》雖然也是翻譯，卻是章回體，本應用俗語，但又摻雜文言，所以梁啓超自言「體例不符」[35]。另一位粵語區的小說家黃世仲，長期居於廣州和香港，比較不受這種規範影響，他寫作的多部小說大都屬章回體，雖然沒有純用北京官話，有時人物對話也雜有文言，但無一例外地沒有採用粵語。黃世

仲少年時讀過不少章回小說，他的北京官話寫作能力，應由這時期的閱讀累積而來，這可能也使他認為小說應該用這種通用語寫作。同時，小說在梁啓超和黃世仲眼中都是全國性的啓蒙工具，也許正因為如此，他們認為小說不能只為廣東讀者服務[36]。至於吳趼人的情況，或者更有跡可尋。吳氏的身份認同是很明確的，不但因為他自號「我佛山人」。1905年的反美華工禁約運動時，他曾以旅滬粵人的身份參與其中，在同鄉之間頗有號召力[37]。而且，他認為上海粵人的同鄉組織「廣肇公所」不能發揮團結鄉里的作用，因而非常憤慨，曾與二三友人另組「兩廣同鄉會」，甚至因為痛惜同鄉子弟失學，參與籌辦「廣志兩等小學」[38]。吳趼人沒有把這種認同表現在小說寫作，甚至笑譚、筆記、戲曲全都沒有用粵語，除了受晚清小說寫作規範影響之外，更重要的也許是職業作家的身份，使他不可能用小眾的語言來寫作。同時，吳趼人很可能刻意淡化廣東人的身份，以便融入上海文壇。包天笑指他久居上海，「上海話說得很好，誰也看不出他是一個廣東人」，並稱他「有時又自諱為廣東人」，認為他在《二十年目睹之怪現狀》，以自己作為主人翁貫串全書，卻從未說出是廣東人[39]。吳氏在該小說中雖沒有表明敘述者的身份，但卻用上很多方言知識，以豐富小說的地域色彩[40]，由此可知，對小說家吳趼人來說，粵語和其他方言一樣，只是一種寫小說的材料，以及他作為小說家見多識廣的表徵。

　　黃世仲在以「黃小配」的筆名寫章回小說的同時，卻用其他筆名以粵語創作不少粵謳、班本和龍舟，又用文言文寫諧文、政論、

筆記。這裏隱然有文體和語言的分野。雖然他沒有用粵語寫小說，但作為一位以多種文體、多種語言寫作的作家，卻另有特殊貢獻。如前文提及那樣，很多研究者都注意到，黃世仲的章回小說的語言其實不那麼純粹：

> 《洪秀全演義》的語言還不是純正的白話……屬文白參半的文體。這一方面因為古人的語言習慣，特別是官場中人和文人的語言喜歡夾用文言詞語，即所謂「轉文」；另一方面，這也是古代演義體歷史小說的一種語言模式。演義體歷史小說是從古代「講史」演化而來。「講史」的作者，在講述史實時，需要抄錄史書，雖有些改頭換面，往往仍以文言為主要成份，因此半文半白的文體就成為演義體的語言模式，特別是人物語言更為突出。《洪秀全演義》也存有這個特點。[41]

范伯群更明白地指出，《洪秀全演義》的語言「糅合了傳統小說和近代白話小說的長處，從而顯得洗練、精悍、流暢並富有幽默和趣味性」[42]。范氏以第一回道光皇帝發怒踢倒太子一事為例，指出作者在轉述皇帝的動作和心態時，運用比較典雅的語言：「今見太子說他『欺君罔上，擅國專權』八個字，如何忍得住，登時憤火中燒，立起來飛起一腳，那腳不高不低，恰踢在膀胱上下」，接着進入太子的視角，語言更口語化，因而生動、有感染力：「那太子哎喲一聲，眼兒反了，面兒白了，氣兒喘了，喉兒響了，身兒浮了，腳兒軟了，

仰身倒在地下，眼見是沒有了！」[43]。還值得注意的是，黃世仲對
傳統小說的追摹，范伯群指《洪秀全演義》「對傳統小說藝術青睞
有加，小說中許多情節和藝術處理都有不少借鑒甚至直接搬用傳統
小說的地方」。他舉例說，小說中不少情節描寫都有學步《水滸傳》
和《三國演義》之處[44]。如果說《洪秀全演義》代表黃世仲對傳統
歷史章回小說的模擬，則他另一部作品《廿載繁華夢》代表了他對
傳統人情章回小說在精神上的亦步亦趨。有別於《洪秀全演義》和
《宦海升沉錄》以史事為線索，《廿載繁華夢》以人物和日常生活
為經緯。有論者認為，雖然小說的人物描寫不算很成功，但作者透
過刻劃人物、暴露官場黑暗來表現世態人情，可以看出受到《金瓶
梅》和《紅樓夢》的影響[45]。事實上，《廿載繁華夢》雖然以周庸
佑這個貪贓受賄、不學無術的官僚為軸心，但他的一群妻妾也佔有
重要地位，繼室馬秀蘭是周庸佑以外另一主要人物，小說中也不乏
飲宴、殯葬等生活場面的描寫，又略有反映當時香港和廣州的社會
風俗。《廿載繁華夢》的主題是描寫周庸佑由廣東巨富到一無所有
的過程，取法人情小說，與這個主題無疑是非常配合的。論者又多
以《廿載繁華夢》為清末譴責小說之一，則這部作品又可視為明清
人情小說和清末譴責小說的混合體。

　　很少人注意黃世仲的短篇文言作品，本書之前論及他的諧文，
其實他也寫過文言筆記小說。雖然現存的數量很少，但卻有令人印
象深刻者，如〈幻境〉一篇，主題和風格有追蹤《聊齋志異》之處，
但又充滿清末的時代氣息，更重要的是有反浪漫的意味，具有洗脫

傳統小說習氣的意義。〈幻境〉號為「理想小說」[46]，開首的描寫是這樣的：「何生，遊歷至巴黎。時暮春，岑寂客邸，偶步庭外。穠花閑（間）路，蒼翠交檻；半壁斜陽，返照鱗瓦。何佇立四顧，忽見兩麗人，由花間出⋯⋯」才子佳人偶遇的典型背景搬到巴黎，何生望與佳人絳珠有一夕之歡的念頭，卻自古如一。何生見佳人讓自己登堂入室，立即「狂喜」，一面聽絳珠泣訴身世，一面想：「何聆言，忖思巴黎多麗人，半以繁華相炫。此何以自甘高潔？豈此地為匏子坪，有馬克格尼爾姑娘其人者，再為出現耶？」因而要求「作竟夕話」，卻遭到拒絕。第二天再到該處，只見「與前夕所見，無少異，惟絕無苑宇」。才子在巴黎彷彿偶遇茶花女，想要一夕風流，結果事與願違。〈幻境〉的文體雖可入於文言小說，精神卻屬於近代中國，兩者的反差撞擊出令人難忘的趣味。

如果說黃世仲完全沒有寫過粵語小說，嚴格來說也不能算全對。現在僅存二至五期的《嶺南白話雜誌》，都有他用粵語譯寫的小說〈裝愁屋〉[47]。黃氏的譯法很可能和林紓一樣，由一名署名「亞樂」的人口述大意，由他執筆寫作。〈裝愁屋〉有偵探小說意味，亦屬章回體，全文都用粵語，雖有說書人的套語，卻缺少說書人作為敍事者的吸引力，生動活潑處反不如同樣全用粵語的「擬演說」。就如《天路歷程土話》所顯示那樣，直錄粵語成為書面語，全篇都用粵語寫作，未必就能把口頭粵語化為文學的語言。這個問題，在下一節將借助巴赫金的複調概念詳細論及。

在黃世仲的作品中，我們雖然沒有找到足以傳世的、傳統文學

批評標準意義上的粵語小說。作為一位小說家，他對敘事藝術的探索，也不如吳趼人那麼自覺和多變。但是，黃世仲使用多種語言寫作的貢獻，應該獲得更多注意。他用粵語寫說唱文藝、笑譚，有時也摻雜在諧文中，用文言和通用語寫作章回小說，還用文言文寫短篇筆記小說、政論和風俗筆記。章回小說的文體和語言，既追摹明清時期的成功範例，又不乏同期小說的影響。作為小說家的黃世仲，他不但熟讀傳統小說，還深受近代思潮和小說藝術影響，其作品可以視為傳統小說和近代小說的紐帶。

第四節　語言的格鬥

經過辛亥革命前約十年的勃興，內地的粵語寫作在上世紀二十年代後期漸趨式微。與此同時，仍在保守氣氛中的香港文壇，粵語寫作開始與商業報章結合，為戰後興起的「三及第」文體作準備。粵語寫作二十年代末在廣州的退場，一方面是保守勢力作祟，另一方面和新文學的佔位很有關係：方言寫作既受舊文學勢力蔑視，也不受新文學陣營的注意。在新文化運動以前，廣東幾乎沒有新文學刊物。辛亥革命之後，廣東在龍濟光治下，提倡孔教和封建思想[48]，加上部份傳統文人移居香港，港英殖民政府為鞏固統治而扶植復古的文化勢力，形成省港兩地都受舊文學勢力籠罩[49]。1919年之後，回流的廣東青年開始辦新文學刊物，《新青年》、《新潮》

和《每周評論》等刊物也相繼流入廣東。1920 年 12 月，陳獨秀赴粵就任廣東教育委員會委員長，提倡科學、婦女解放、反專制獨裁，才進一步推動廣東的新文化運動。方言寫作本來與文言白話都不矛盾，在香港流行的「三及第」文章和小說，結合白話、粵語、文言三種語言，便是最好的證明。但二十年代的廣州和香港成為文白的戰場，漠視方言寫作的問題。根據來自北京的新文化運動主張，新思想必須用活的、新的語言來表達，而且獨尊白話，在文言與白話二元對立的論述中，方言幾無立錐之地。

在 1928、1929 年，廣州的報章《現象報》上的粵謳和班本專欄漸漸消失，讓位於眾多以文言和白話寫成的連載小說，宣告粵語寫作在內地的退場。但在香港，當時還有幾位作者仍在繼續進行粵語寫作，或者在刊物上保留粵語文體的位置，其中黃燕清尤為值得注意。香港報人黃燕清（1891-1974）所寫的《老婆奴續篇》[50] 標誌着「三及第」小說的出現。黃燕清原籍廣東高要，十六歲加入同盟會，創辦《新少年報》，歷任多份粵港報章的編輯，同時以「言情」的筆名在報章上寫小說[51]。《老婆奴》於 1924 年在上海出版[52]，「翻印凡四次，共三萬餘本」[53]，很可能曾經改編為粵劇[54]，可見甚受讀者歡迎，但語言以文言為主，很少粵語。《老婆奴續篇》於 1926 年在香港出版，故事以張坤權這位嬌縱的媳婦因為婆媳爭執而離家出走，自立門戶，何其若因為怕老婆的關係不敢不追隨左右，最後仍以婆媳和解結局。這部小說雜用文言、白話、粵語，敘事多用文言，而對話活用三者，可謂渾然天成，尤其擅長以不同的語言撞擊

336

出喜劇效果。如第五回寫何氏夫婦和友人程自作在海邊聽鹹水歌，何其若和歌女唱和，令太太吃醋：

其若固為一百厭仔，忍不住故態復萌。對二女而歌曰：「兩隻蛋家雞，長日對住水。哥兄。總唔飲得，想到夭皮，你想我時，我亦唔想你呀姑妹。貼埋大床屎塔，委實相宜。」二女為其若反攻，相並立，對其若施以哚哚之聲，其若小拙頭拙頸，學成女喉，而以哚哚報之。二女笑，其若亦笑。蓋非舌戰，實頑耍也。坤權睹厥狀，不禁酸風陡發，怒沖沖饗以巨靈之掌。何其若受之固不得了，即程自作亦嚇了一驚。回顧坤權則雌威勃發，如同下山猛虎，張牙舞爪噬人，程知其若因與蛋女調笑，闖出彌天大禍。然屬老友，不能不盡方為之調解。程固善辭令，對坤權謂：「對付蛋家妹應要如何兄所為，否則被渠笑為老山，嫂嫂不宜誤會何兄為獵艷。先間若非何兄謔之，余當拈之幾句，勿視秦無人也。」坤權以程所言疑信參半，然以程之招待殷勤，不忍饗以貓麵，惟有以不了了之。[55]

以上引文中，粵語的部份主要表現在鹹水歌的唱詞，不但增加書面語的種類，又保存了老香港的地方風俗。值得注意的是，《老婆奴續篇》出版時以「滑稽小說」招徠，和傳統小說相比，雖以詼諧易勸誡，但沿用章回小說體例，亦以家庭倫理為題材，繼承傳統小說之跡甚明。黃燕清在 1921 年冬創辦的《香江晚報》，是香港首份

新聞晚報。《香江晚報》的粵味甚濃，甚至新聞報導記錄人物對話有時也用粵語[56]。它的諧部頗有晚清廣州小報的餘緒，內容有諧文、班本、粵謳、南音、筆記等，並間有關於粵劇的評論和掌故。值得注意的是，黃燕清用「言情」的筆名在報上發表不少粵謳、板眼等說唱文藝作品，其關懷現實的精神，頗有鄭貫公、黃世仲等人的餘風。例如〈唔怕死〉這首粵謳，寫的是北伐軍視死如歸的氣勢：

> 唔怕死，打衝鋒。騰騰殺氣，北伐軍容。人能拚死，斷冇唔中用。你睇佢炸彈橫腰，幾咁勢兇。比較庾嶺北軍，長日好似發夢。唔怪佢聞風先潰，個個都眼紅紅。君呀！死重泰山，誰不震動。千年俎豆，紀念精忠。好過老死家庭，誰個見重。唉，須奮勇。為國將身送，縱然一死亦英雄。[57]

另一首〈家家如是〉，也如晚清的粵語作品批判民間的迷信習俗：「家家如是，貼起個度朱砂符，你妹重估佢斬妖驅邪，重緊要過利刀，點想佢有名無實，難把平民護。⋯⋯」[58]另一位較為重要的作者為任護花。任氏祖籍廣東鶴山，筆名有周白蘋、金牙二等，1938年10月廣州淪陷後來港，創辦《先導》、《紅綠》等報章，新聞和副刊都有用粵語。他撰寫的《中國殺人王》和「牛精良」系列小說都頗受歡迎[59]，曾經改編拍成電影，又與袁步雲合作出版「牛精良」的漫畫版。任護花在上世紀七十年代病逝於香港[60]。

　　黃燕清的《老婆奴續篇》，代表粵語寫作正式進入多語的階段。

粵語在口語基礎上加工，成為一種書面語，和其他書面語共同構成
小說文本。在漢語發展史上，融合口語和書面語的文本從來就不少。
郭錫良指出，東漢以後的佛經、唐末五代的敦煌變文、《祖堂集》
和禪家語錄等書面談雖採用了大量口語，但又仍然沿用先秦的古
語[61]。不過，古代那些融合口語和書面語的文本、清末民初的粵語
作品和戰後香港的「三及第」小說，在作者的「語言意識」方面都
不大一樣。東漢以來糅合口語和書面語的作品，並未具備明確的作
家意識，而高雄在《新生晚報》以白話、文言和粵語寫作《經紀日
記》[62]，雖然是不無商業色彩的寫作行為，但作家的創造和遊戲意
識無疑是比較明確的。處在兩個極端之間的，是清末民初的粵語作
品。無論以作家的語言意識，還是「三及第」的成份來說，本書所
討論的這批作品，都在兩者之間。這麼說，並沒有降低清末民初粵
語作品的價值。事實上，鄭貫公和黃世仲等人只用文言和粵語寫作
的諧文、廖恩燾富有民間情味的粵謳及粵語格律詩、粵味濃厚的《班
定遠平西域》和主要用文言和粵語寫作的《俗話傾談》，也不過用
上一種或兩種語言，仍然可以寫就動人的、獨特的作品。而且，本
書對他們使用粵語作為書面語的精彩之處，已經作出深入分析和應
有的肯定。筆者想在這裏強調的是：與其爭奪唯我獨尊的地位，多
種語言交織下產生的文學語言意識，是方言寫作給我們最值得注意
的啟示：

　　我們清楚地看到當代文學語言意識是如何在多種語言、方言、

土語、行話錯綜複雜的交叉過程中形成的。多種語言和方言那
種純樸的、含混不清並存的時期結束了，文學語言意識，看來，
不是在統一和無爭議的牢固語言體系中，而是在多種語言之間
那種緊張的相互辨別和鬥爭中產生的。[63]

巴赫金的複調理論也來自方言的眾聲喧嘩[64]，他分析文藝復興時期
的作品，指出當時各種語言的互相活化突破了雙語的局限[65]。小森
陽一在分析方言在文學作品中的作用時也指出：「正因為與『標準
語』存在着差異，才使得『方言』作為『方言』，作為異彩的聲音
得以凸現。」[66]作為一種別具風格的書面語，粵語在其他書面語配
合之下，可以相得益彰。筆者認為，全以方言寫成的作品未必好讀，
方言不必以篇幅來顯示它的價值。在一部作品中，能成為一種有價
值的聲音，已經成功發揮了方言的角色。雖然「三及第」文體在上
世紀四十年代末的香港才得以流行，但在晚清已見端倪。晚清的作
者或為配合讀者的文化水平，或因自己的創作旨趣，把粵語作品寫
得更接近口語，不再以攀附文學殿堂為目的，使粵語和強勢的文言、
通用語的分別更為明顯。在諧文、班本和《俗話傾談》這部小說中，
我們都可以看到文言和粵語發揮了不同的功能。在晚清的粵語作
品，文言和粵語常常擔當不同的角色，文言文是嚴肅的、莊重的、
面向文人的；粵語是詼諧的、生活的、面向大眾的。除了在吳語小
說裏，敍述者和不同身份的人物各說不同的話之外，粵語作品也提
供了和另一些不同的語言互相活化的可能。雖然歐洲和中國的共同

語發展史很難比較，但是，如果文言、俗話、通用語並存的晚清時期，可以視為巴赫金所指的「多種語言和方言那種純樸的、含混不清並存的時期」，那麼，「五四」時期周氏兄弟在理論上和創作上呼籲吸納外來語、文言、方言，正是提倡以多種語言意識建設新文學。在普通話和白話文統一而穩固的今天，方言作為一種文學創作上的語言意識，實有再度提倡的必要。

注釋

1 〈奴咁靚〉，《改良最新粵謳》（下卷），宣統二年四月（1910 年），缺作者及出版資料。在 1906 年 8 月 14 日的《香港少年報》亦有提及梁亞玲，泛指作學生打扮而形骸放浪的女子，和當時廣州妓女以女學生打扮招攬顧客的風氣有關。

2 《珠江鏡》，1906 年 6 月 26 日。

3 參見《珠江鏡》，1906 年 7 月 2 日、5 日、9 日。

4 《珠江鏡》，1906 年 7 月 3 日。

5 《時事畫報》，第 30 期，1907 年 12 月 29 日。

6 廣東省立中山圖書館編：《舊粵百態：廣東省立中山圖書館藏晚清畫報選輯》，北京：中國人民大學出版社，2008 年，頁 173。原刊《時事畫報》，1907 年第 1 期。

7 〔俄〕巴赫金著，白春仁等譯：《拉伯雷研究》，石家莊：河北教育出版社，1998 年，頁 5、15。又見 M. M. Bakhtin, trans. by Helene Iswolsky: *Rabelais and His World*, Bloomington: Indiana University Press, 1984, pp.5, 12.

8 〔俄〕巴赫金著，白春仁等譯：《拉伯雷研究》，頁 22。又見 M. M. Bakhtin, trans. by Helene Iswolsky: *Rabelais and His World*, p.18.

9 〔俄〕巴赫金著，白春仁等譯：《拉伯雷研究》，頁 23-24。又見 M. M. Bakhtin, trans. by Helene Iswolsky: *Rabelais and His World*, p.19.

10 〔俄〕巴赫金著，白春仁等譯：《拉伯雷研究》，頁 25-26。又見 M. M. Bakhtin, trans. by Helene Iswolsky: *Rabelais and His World*, p.19.

11 〔俄〕巴赫金著，白春仁等譯：《拉伯雷研究》，頁 20。又見 M. M. Bakhtin, trans. by Helene Iswolsky: *Rabelais and His World*, p.16.

12 廖恩燾：〈烏衣巷〉，《嬉笑集》，澳門：澳門日報出版社，1995 年，頁 41。

13 〔俄〕巴赫金著,白春仁等譯:《詩學與訪談》,石家莊:河北教育出版社,1998 年, 頁 251、257。M. M. Bakhtin, ed. & trans. by Caryl Emerson: *Problems of Dostoevsky's Poetics*, London: University of Minnesota Press, 2006, pp.189, 194.

14 袂起:〈鄒容傳贊〉、勵武:〈擬革命軍某光復告諭〉,均見《唯一趣報有所謂》,1905 年 7 月 8 日。

15 郭錫良:「不難發現,駢文從語法和詞彙兩方面都嚴重地脫離了不斷發展的口語。」〈漢語歷代書面語和口語的關係〉,《漢語史論集》,北京:商務印書館,1997 年,頁 312。

16 棣(黃世仲):〈討妓女檄〉,《香港少年報》,1906 年 7 月 3 日。

17 貫公(鄭貫公):〈擬創辦官場貯積民脂民膏貨章程(並序)〉,《唯一趣報有所謂》,1905 年 6 月 19 日。

18 哲郎:〈擬創辦奴隸報館章程〉,《唯一趣報有所謂》,1905 年 9 月 4 日。

19 王德春、陳瑞端:《語體學》第五章,南寧:廣東教育出版社,2000 年。

20 〔俄〕巴赫金:〈言語體裁問題〉,見〔俄〕巴赫金著,白春仁等譯:《文本、對話與人文》,石家莊:河北教育出版社,1998 年,頁 140-149。又見 M. M. Bakhtin, trans. by Vern W. MeGee: *Speech Genres and other Late Essays*, Austin: University of Texas Press, 1986, pp.60-67.

21 〔俄〕巴赫金:〈言語體裁問題〉,頁 155。又見 M. M. Bakhtin, trans. by Vern W. MeGee: *Speech Genres and other Late Essays*, p.77.

22 〔俄〕巴赫金:〈言語體裁問題〉,頁 144。又見 M. M. Bakhtin, trans. by Vern W. MeGee: *Speech Genres and other Late Essays*, p.70.

23 〔俄〕巴赫金,白春仁等譯:《詩學與訪談》,頁 241-244。又見 M. M. Bakhtin, trans. by Caryl Emerson: *Problems of Dostoevsky's Poetics*,

pp.184-186.

24　張懷久、劉崇義編著：《吳地方言小說》，南京：南京大學出版社，1997 年，頁 2。

25　趙景深：《彈詞選》，上海：商務印書館，1938 年，頁 7。

26　見趙景深：《彈詞選》，頁 81。

27　同上，頁 11。

28　葉紹鈞：「《珍珠塔》裏的陳翠娥私自把珍珠塔贈給方卿，不便明言，只是說乾點心。她從閨房裏取了珍珠塔走到樓梯邊，心思不定，下了幾級又回上去，上去了又跨下來，這樣上下有許多回；後來把珍珠塔交到方卿手裏了，再三叮囑，叫他在路上要當心這乾點心：這些情節在名手都有好幾天可以說，於是聽眾異常興奮，互相提示說：『看今天陳小姐下不下樓梯』或者說：『看今天叮囑完了沒有』。」〈「說書」〉，《未厭居習作》，上海：開明書店，1935 年，頁 30。

　　阿英：「彈詞小說，在文學上有些怎樣的價值呢？據西諦的意見是：『彈詞之敍述與描寫，較之《好述傳》，《隋唐演義》諸書，不知高明了多少倍，即較之《紅樓夢》，《金瓶梅》諸書之寫敍瑣事者，亦更以描狀細物瑣情，無微不至見長。以前有人說過一個笑話，他說：聽人說唱彈詞，敍述一個婦人鞋帶散了，俯下身體去扣上，說了一夜兩夜，這婦人的鞋帶還沒有扣好，這當然是含有些嘲笑之意的，然彈詞敍寫之細膩深切，於此益可見之。』這『描狀細物瑣情，無微不至』，確實是說明了彈詞的特點。」阿英：〈彈詞小說論（一）〉，《彈詞小說評考》，上海：中華書局，1937 年，頁 2。阿英所引鄭振鐸言論，見〈西諦所藏彈詞目錄〉，載鄭振鐸：《中國文學研究》（下），北京：人民文學出版社，2000 年，頁 247-248。

29　張懷久、劉崇義編著：《吳地方言小說》，頁 2。

30　同上，頁 3。

31　晚清方言小説之所以在吳語區獨盛，胡適認為是昆曲三百年來的文學傳
　　統，同時，近代上海商業中心的地位，也使吳語地位得到提高。見胡適：
　　〈《吳歌甲集》序〉，《國語周刊》，第 17 期，1925 年 4 月 10 日。
　　陳平原則從晚清文壇的角度指出其他文化因素：新小説家都集中在上海；
　　狎邪小説盛行，吳語非常適合表現青樓女子個性神態的語言。見陳平原：
　　《中國現代小説的起點——清末民初小説研究》，北京：北京大學出版
　　社，2005 年，頁 179。

32　孫玉聲：《海上花列傳》，輯於《退醒廬筆記》下卷，上海：上海圖書
　　館，1925年。孫玉聲慨嘆吳語令此書不得風行，乃一「大誤」。但事實
　　上，《海上花列傳》不流行更可能因為韓氏顛覆了狎邪小説的類型，違
　　反市場趣味，運用吳語尚在其次。見〔美〕王德威著、宋偉杰譯：《被
　　壓抑的現代性——晚清小説新論》，北京：北京大學出版社，2005年，
　　頁103。

33　胡適：〈《海上花列傳》序〉（1926 年），見歐陽哲生編：《胡適文集》
　　（四），北京：北京大學出版社，1998 年，頁 408。

34　包天笑：《釧影樓回憶錄》，香港：大華出版社，1971 年，頁 325。

35　見《新民叢報》，第 2 號，1902 年 2 月 22 日。

36　陳平原：「大概粵語離普通話實在太遠了。寫點説唱文學做做宣傳教育
　　工作還可以，真要用來寫作長篇小説，流傳區域肯定有限。這或許是把
　　寫小説當作正經事業的梁啓超、黃小配等人之所以提倡方言文學而又不
　　願寫作粵語小説的原因。」見陳平原：《中國現代小説的起點——清末
　　民初小説研究》，頁 178。

37　李葭榮：〈我佛山人傳〉，載魏紹昌編：《吳趼人研究資料》，上海：
　　上海古籍出版社，1980 年，頁 11。原載《天鐸報》宣統二年（1910 年）
　　十月。

38　同上注。

39　包天笑：〈吳趼人的身世〉，載魏紹昌編：《吳趼人研究資料》，頁30。原載香港《文匯報》，1960 年 10 月 23 日。

40　陳平原：《中國現代小說的起點——清末民初小說研究》，頁 177。

41　申友良編著：《報王黃世仲》，北京：中國社會科學出版社，2002 年，頁 86。

42　范伯群主編：《中國近現代通俗文學史》，南京：江蘇教育出版社，2000 年，頁 125。

43　黃小配著：《洪秀全演義》，上海：上海古籍出版社，1981 年，頁 3。

44　范伯群主編：《中國近現代通俗文學史》，頁 124。

45　王長華：〈前言〉，《廿載繁華夢》，天津：天津古籍出版社，1986 年，頁 11。

46　黃（黃世仲）：〈理想小說幻境〉，《社會公報》，1907 年 12 月 20、21 日。

47　原著英國佳保肥，亞樂譯意，亞黃（黃世仲）砌詞：〈頂怪誕嘅小說裝愁屋〉，《嶺南白話雜誌》，現存 2 至 5 期。

48　丁身尊等主編：《廣東民國史》（上冊），廣州：廣東人民出版社，2004 年，頁 142。

49　香港文壇在二十年代的保守風氣，可參見黃仲鳴：《香港三及第文體流變史》，香港：作家出版社，2002 年，頁 57-71。

50　高要黃言情（黃燕清）著、中山方鵬萬校：《老婆奴續編》，香港：大中華國民公司、香江晚報館，1926 年。

51　李家園：〈黃燕清首創《香江晚報》〉，《星島晚報》，1987 年 5 月 14 日。

52　怡情居士著，晦隱道人校：《老婆奴》，上海：上海大明印書局，新小說共進社，1923 年。

53　「欲得《老婆奴》上篇者注意」，見《老婆奴續編》。

54　粵劇《老婆奴》劇照，見陳非儂口述、余慕雲筆錄：《粵劇六十年》，
原於 1979 年 10 月起在《大成》雜誌連載，缺出版資料，1984 年，頁
40。此劇照用作《老婆奴》出版時的封面照片。

55　高要黃言情著、中山方鵬萬校：《老婆奴續篇》，頁 38。

56　如《香江晚報》1922 年 4 月 30 日、5 月 8 日、5 月 11 日和 6 月 4 日，
都有在新聞報道用粵語。茲舉 4 月 30 日一則為例：「婦人被搶　昨有
一年約卅歲婦人，獨行踽踽於擺花街，忽遇一人迎面而來，叫聲：『亞
嬸你跌下一耳扣咯』，婦聞言低頭一看，其人即乘機將其頭上之金簪搶
去，如飛而遁，婦疾聲呼叫，而匪已遠遁，徒呼荷荷，迫得往中環警署
存案，開該金簪值卅元云云。」

57　言情（黃燕清）：〈唔怕死〉，《香江晚報》，1922 年 5 月 23 日。

58　言情：〈家家如是〉，《香江晚報》，1922 年 5 月 30 日。

59　任護花在報刊和小說運用粵語的情況，可參考黃仲鳴：《香港三及第文
體流變史》，頁 91-99。

60　梁秉鈞、黃淑嫻編：《香港文學電影片目（1913-2000）》，香港：嶺
南大學人文學科研究中心，2005 年，頁 14。

61　郭錫良：〈漢語歷代書面語和口語的關係〉，《漢語史論集》，313 頁。

62　高雄在 1947 年 4 月 20 日起，以「經紀拉」的署名於《新生晚報》副刊《新
趣》寫作《經紀日記》，當時在《新趣》上，他曾經同時寫作四個專欄，
其中三個都雜用白話、文言和粵語的「三及第」語言。並參見黃仲鳴：
〈香港報紙副刊的三及第文學〉，《作家》，第 19 期，頁 19-35。

63　〔俄〕巴赫金著，白春仁等譯：《拉伯雷研究》，頁 547。又見 M. M.
Bakhtin, trans. by Helene Isnolsky: *Rabelais and His World*, pp.470-471.

64　彼得·伯克：「他（巴赫金）反覆提到他所說的『多語性』（polyglossia），

347

『多音性』（polyphony）或『雜語性』（heteroglossia）的現象，當然他是用俄語的，並對這類現象着迷。這類現象其實就是不同語言之間的對話，或同一種語言中的各種變體之間的對話，其中包括巴赫金所説的它們之間的『互相活化』。『互相活化』的思想是指語言混合促進了語言意識，因而也促進了語言和文學的創造力。」〔英〕彼得‧伯克著、李霄翔等譯：《諳言的文化史：近代早期歐洲的語言和共同體》，北京：北京大學出版社，2007 年，頁 160。又見 Peter Burke, *Languages and Communities in Early Modern Europe*, New York: Cambridge University Press, 2004, p.113.

65　M. M. Bakhtin, trans. by Caryl Emerson and Michael Holquist: *The Dialogic Imagination*, Austin: University of Texas Press, 14th ed., 2002, pp.80-82.

66　〔日〕小森陽一著，陳多友譯：《日本近代國語批判》，長春：吉林人民出版社，2003 年，頁 221。

參考文獻

一、基礎文獻

1. 《東方報》

2. 《廣東白話報》

3. 《廣東日報》副刊《一聲鐘》

4. 《開智錄》

5. 《嶺南白話雜誌》

6. 《南越報附張》

7. 《社會公報》

8. 《時事畫報》

9. 《唯一趣報有所謂》

10. 《香港少年報》

11. 《香江晚報諧部》

12. 《新小說》

13. 《中國日報》

14. 《珠江鏡》

15. 《改良最新粵謳》下卷，宣統二年四月（1910 年）。

16. 《繪圖中外小說林》，香港：夏菲爾國際出版公司，2000 年。

17. 《舊本粵劇叢刊》一至十二輯，香港：神州圖書公司，1980 年。

18. 《全圖宣講拾遺》，上海：宏大善書局，1872 年。

19. 《瑞士建國誌》，中國華洋書局藏版。

20. 《時諧三集》，1904 年。

21. 《時諧新集》，1907 年。

22. 《天路歷程官話》，上海：美華書館排印，華北書會發行，1906 年。

23. 《天路歷程土話》，廣州：兩粵基督教書會發行，1913 年。

24. 《文章遊戲初編》，道光乙酉（1825 年）重鐫，藕花館藏版。

25. 《文章遊戲三編》，嘉慶二十三年（1818 年），經綸堂藏版。

26. 《續天路歷程官話》，上海：美華書館藏版，1869 年。

27. 《續天路歷程土話》，羊城：惠師禮堂，1870 年。

28. 《宣講最好聽案證》，版寄存中湘十一總三皇宮，1903 年。

29. 《粵東小說林》，香港：夏菲爾國際出版公司，2000 年。

30. 《粵謳》，廣州：登芸閣，道光八年（1828 年）。

31. 《再粵謳》，廣經閣，光緒三十三年（1907 年）。

32. 《中外小說林》，香港：夏菲爾國際出版公司，2000 年。

33. 博陵紀棠氏輯評：《吉祥花》，1870 年。

34. 博陵邵紀棠先生輯選：《俗話傾談》初集、二集，五經樓藏版，1870 年。

35. 懺綺盦主人：《嬉笑集》，1924 年。

36. 懺綺盦主人：《新粵謳解心》，1924 年。

37. 陳寂評注：《粵謳》，廣州：廣東人民出版社，1986 年。

38. 陳榮袞：《婦孺淺解》，廣州：雙門底街經史閣，1898 年。

39. 陳榮袞：《婦孺釋詞》，澳門：蒙學書塾，1902 年。

40. 陳榮袞：《婦孺須知》，粵東省城十七甫，明經閣藏版，1900 年。

41. 陳榮袞：《改良婦孺須知》，1907年。

42. 陳榮袞：《改良繪圖婦孺三字書五種》，聚文書塾，1903年。

43. 陳榮袞：《繪圖婦孺三四五字書》，羊城：守經堂，1903年。

44. 陳榮袞：《幼雅》，羊城：崇蘭仙館，1897年。

45. 陳榮袞、盧子駿：《幼學婦孺韻語》，廣州、佛山：同文堂，1917年。

46. 陳子褒：《最新七級字課》，廣州：蒙學書局，1919年。

47. 陳子褒著，冼玉清、陳德芸等編校：《陳子褒先生教育遺議》，約1952年於香港出版。

48. 婦孺之僕：《婦孺論說階梯》，遠安堂，1902年。

49. 婦孺之僕：《婦孺論說入門》，三次改良，四版，澳門：蒙學書塾，1902年。

50. 婦孺之僕：《小學詞料教科書》，廣州：蒙學書局，1907年。

51. 婦孺之僕：《再次改良婦孺新讀本》，三版，明經閣藏版，1903年。

52. 高要黃言情著、中山方鵬萬校：《老婆奴續編》，香港：大中華國民公司、香江晚報館，1926年。

53. 黃寬重、李孝悌等主編：《俗文學叢刊》第135冊，台北：新文豐出版股份有限公司，2002年。

54. 黃世仲、黃伯耀著：《黃世仲弟兄反清文集》，香港：紀念黃世仲基金會，2003年。

55. 廖恩燾：《嬉笑集》，澳門：澳門日報出版社，1995年。

56. 盧子駿：《婦孺譯文》，澳門：蒙學書塾，1903年。

57. 盧子駿：《婦孺韻語》，粵東省城雙門底街，福芸樓藏版，1912年。

58. 邵彬儒輯：《諫果回甘》，羊城：潤經堂藏版。

59. 邵彬儒原編，〔日〕魚返善雄點校：《廣東語小說集（俗話傾談）》，東京：小峰書店，1964 年。

60. 唐廷樞：《英語集全》，廣州：緯經堂藏版，1862 年。

61. 怡情居士著、晦隱道人校：《老婆奴》，上海：上海大明印書局，新小說共進社發行，1923 年。

62. 曾清：《〈嬉笑集〉校正題跋》，《嬉笑集》，缺出版資料及頁碼，約 1970 年。

63. 張汀羊，《康廬詩鈔》，香港：白資出版，2002 年。

64. Cecil Clementi, Translated with introduction and notes, M.A, *Cantonese Love-Songs*, Oxford: The Clarendon Press, 1904.

65. E. C. Bridgeman, *Chinese Chrestomathy in the Canton Dialect*, Macao: S. Wells Williams, 1841.

66. J. Dyer Ball, *Cantonese Made Easy*, Hong Kong: Kelly & Walsh Limited, 3rd ed., 1907.

67. R. Morrison, D.D., *Vocabulary of the Canton Dialect*, Macao, China, 1828.

二、史料及其他文獻

1. 《哀思錄》，陳子褒逝世悼念詩文集，出版資料不詳，約 1922 年於香港出版。

2. 《中國近代報刊史參考資料》，北京：中國人民大學新聞系，1979 年。

3. 〔清〕黃遵憲著，錢仲聯箋注：《人境廬詩草箋注》，上海：上海古籍出版社，1981 年。

4. 〔清〕印光任、張汝霖原著，趙春晨校注：《澳門記略校注》，澳門：澳門文化司署，1992 年。

5. 〔唐〕韓愈著,馬其昶校注,馬茂元整理:《韓昌黎文集校注》,上海:上海古籍出版社,1986 年。

6. 陳平原、夏曉虹編:《二十世紀中國小說理論資料》第一卷,北京:北京大學出版社,1997 年。

7. 陳學恂主編:《中國近代教育文選》,北京:人民教育出版社,2001 年。

8. 陳元暉主編:《中國近代教育史資料彙編》,上海:上海世紀出版股份有限公司、上海教育出版社,2007 年。

9. 胡從經編纂:《歷史的跫音:歷代詩人詠香江》,香港:朝花出版社,1997 年。

10. 黃炳炎、賴達觀主編:《冼玉清文集》,廣州:中山大學出版社,1995 年。

11. 黃雨選注:《歷代名人入粵詩選》,廣州:廣東人民出版社,1980 年。

12. 康有為著,姜義華、張榮華編校:《康有為全集》,北京:中國人民大學出版社,2007 年。

13. 梁鑒江選注:《鄺露詩選》,廣州:廣東人民出版社,1987 年。

14. 劉靖之、冼玉儀主編:《粵劇研討會論文集》,香港:香港大學亞洲研究中心、三聯書店,1995 年。

15. 舒新城編:《近代中國教育史料》,上海:中華書局,1933 年。

16. 魏紹昌編:《吳趼人研究資料》,上海:上海古籍出版社,1980 年。

17. 文史資料研究委員會編:《廣東文史資料:孫中山與辛亥革命史料專輯》,廣州:廣東人民出版社,1981 年。

18. 吳相湘、劉紹唐編:《第一次中國教育年鑒》,民國史料叢刊(第一種),台北:傳記文學出版社,1971 年影印初版,原刊 1934 年。

19. 徐載平、徐瑞芳:《清末四十年申報史料》,北京:新華出版社,1988 年。

20. 楊恩壽著，陳長明標點：《坦園日記》，上海：上海古籍出版社，1983 年。

21. 楊家駱：《粵謳　民間歌謠集》，輯於《中國俗文學叢刊》第一集，台北：世界書局，1971 年。

22. 余祖明：《廣東歷代詩鈔》第三冊，香港：能仁書院，1980 年。

23. 張靜盧編：《中國出版史料補編》，北京：中華書局，1957 年。

24. 趙景深：《彈詞選》，上海：商務印書館，1938 年。

25. 中國社會科學院文學研究所近代文學研究組編：《中國近代文學論文集 1949-1979 戲劇、民間文學卷》，北京：中國社會科學出版社，1982 年。

26. 中華全國文藝協會香港分會方言文學研究會編輯：《方言文學》第一輯，香港：新民主出版社，1949 年。

三、中文論著

1. 《中國戲曲志》編輯委員會編：《中國戲曲志‧廣東卷》，北京：文化藝術出版社，1993 年。

2. 〔南朝梁〕劉勰著，詹鍈義證：《文心雕龍義證》，上海：上海古籍出版社，1989 年。

3. 〔日〕稻葉明子、渡邊浩司、金文京編：《木魚書目錄》，東京：好文出版社，1995 年。

4. 阿英：《彈詞小說評考》，上海：中華書局，1937 年。

5. 阿英：《晚清文藝報刊述略》，北京：中華書局，1959 年。

6. 阿英編：《晚清文學叢鈔：說唱文學卷》，北京：中華書局，1960 年。

7. 白駒榮口述，尚德賢記錄整理：《粵劇藝術大師白駒榮》，廣州：中國戲劇家協會廣東分會編，1990 年。

8. 包天笑：《釧影樓回憶錄》，香港：大華出版社，1971 年。

9. 蔡元培等編:《晚清三十五年來之中國教育（1897-1931）》,上海:商務印書館,1931 年。

10. 陳倉谷原著,〔加〕黃滔重印:《中國戲劇漫談》,缺出版資料,2003 年。

11. 陳大康:《中國近代小說編年》,上海:華東師範大學出版社,2002 年。

12. 陳東原:《中國教育史》,上海:商務印書館,1936 年。

13. 陳東原:《中國科舉時代之教育》,上海:商務印書館,1934 年。

14. 陳非儂口述,余慕雲筆錄:《粵劇六十年》,香港出版,1984 年。

15. 陳平原:《中國現代小說的起點——清末民初小說研究》,北京:北京大學出版社,2005 年。

16. 陳守仁:《香港粵劇劇目概說:1900-2002》,香港:香港中文大學音樂系粵劇研究計劃,2007 年。

17. 陳志清:《南音粵謳的詞律曲韻》,香港文學報社出版公司,1999 年。

18. 陳卓瑩:《粵曲寫唱常識》,廣州:南方通俗出版社,1952 年。

19. 程美寶:《地域文化與國家認同:晚清以來「廣東文化」觀的形成》,北京:三聯書店,2006 年。

20. 丁身尊等主編:《廣東民國史》（上、下）,廣州:廣東人民出版社,2004 年。

21. 丁守和編:《辛亥革命時期期刊介紹》第一至五集,上海:人民出版社,1982-1987 年。

22. 東莞群眾藝術館編:《東莞木魚書》,北京:大眾文藝出版社,2006 年。

23. 范伯群主編:《中國近現代通俗文學史》（上、下）,南京:江蘇教育出版社,2000 年。

24. 方漢奇:《中國近代報刊史》,太原:山西人民出版社,1981 年初版,1983 年第 3 次印刷。

25. 方美賢：《香港早期教育發展史（1842-1941）》，香港：中國學社，1975 年。

26. 方志強：《黃世仲大傳》，香港：夏菲爾國際出版公司，1999 年。

27. 馮自由：《革命逸史》初、二集，北京：中華書局，1981 年。

28. 馮自由：《中國革命運動二十六年組織史》，上海：商務印書館，1948 年。

29. 廣東省立中山圖書館編：《舊粵百態：廣東省立中山圖書館藏晚清畫報選輯》，北京：中國人民大學出版社，2008 年。

30. 廣東省戲劇研究室編：《粵劇研究資料選》，缺出版資料，1983 年。

31. 廣東省戲劇研究室主編，黃鏡明等撰：《粵劇唱腔音樂概論》，北京：人民音樂出版社，1984 年。

32. 郭秉箴：《粵劇藝術論》，北京：中國戲劇出版社，1988 年。

33. 郭天祥：《黃世仲年譜長編》，北京：中國社會科學出版社，2002 年。

34. 胡志偉編：《黃世仲與辛亥革命國際學術研討會論文集》（一、二輯），香港：紀念黃世仲基金會，2002 年。

35. 黃愛華：《中國早期話劇與日本》，長沙：岳麓書社，2001 年。

36. 黃兆漢、曾影靖修訂：《細說粵劇——陳鐵兒粵劇論文書信集》，香港：光明圖書公司，1992 年。

37. 黃仲鳴：《香港三及第文體流變史》，香港：香港作家協會，2002 年。

38. 賈立言、馮雪冰：《漢文聖經譯本小史》，上海：廣學會，1933 年。

39. 蔣建國：《報界舊聞》，廣州：南方日報出版社，2007 年。

40. 蔣建國：《廣州消費文化與社會變遷》，廣州：廣東人民出版社，2006 年。

41. 蔣建國：《青樓舊影——舊廣州的妓院與妓女》，廣州：南方日報出

版社，2006 年。

42. 蔣祖緣、方志欽主編：《簡明廣東史》，廣州：廣東人民出版社，1993 年。

43. 賴伯疆、黃鏡明：《粵劇史》，北京：中國戲劇出版社，1988 年。

44. 李谷城：《香港中文報業發展史》，上海：上海古籍出版社，2005 年。

45. 李漢英：《陳子褒與清末民初的女子教育》，香港中文大學哲學碩士論文，2001 年。

46. 李默、徐巍選箋：《多情曲》，廣州：花城出版社，1990 年。

47. 李孝悌：《清末的下層社會啓蒙運動：1901-1911》，石家莊：河北教育出版社，2001。

48. 禮記：《顧曲談》，出版社不詳，1958 年。

49. 梁培熾：《南音與粵謳之研究》，三藩市：舊金山州立大學民族學院亞美研究學系出版，1988 年。

50. 梁培熾：《香港大學所藏木魚書敍錄與研究》，香港：香港大學出版社，1978 年。

51. 梁培熾輯校、標點：《花箋記會校會評本》，廣州：暨南大學出版社，1998 年。

52. 梁沛錦：《粵劇研究通論》，香港：龍門書店，1982 年。

53. 梁啓超：《飲冰室合集》第一冊，北京：中華書局，1989 年。

54. 梁群球主編：《廣州報業（1827-1990）》，廣州：中山大學出版社，1992 年。

55. 梁羽生：《筆不花》，香港：三聯書店，1999 年。

56. 林鳳珊：《二、三十年代粵劇劇本研究》，香港大學碩士論文，1997 年。

57. 劉聖宜、宋德華：《嶺南近代對外文化交流史》，廣州：廣東人民出

版社，1996。

58. 樓宇烈整理：《康南海自編年譜（外二種）》，北京：中華書局，1992年。

59. 盧湘父著，「盧湘父老師文存編纂委員會」編纂：《萬木草堂憶舊》，香港文化服務社有限公司發行，1959年。

60. 魯金：《粵曲歌壇話滄桑》，香港：三聯書店，1994年。

61. 陸鴻基、吳倫霓霞等：《變遷中之香港歷史與社會》，研討會論文集（手稿影印本），香港大學、香港中文大學，1981年。

62. 陸鴻基編：《中國近世的教育發展（1800年-1949年）》，香港：華風書局，1983年。

63. 羅忼烈：《文史閑談》，香港：中華書局，2001年。

64. 羅秀美：《近代白話書寫現象研究》，台北：萬卷樓圖書股份有限公司，2005年。

65. 歐陽予倩：《歐陽予倩戲劇論文集》，上海：上海文藝出版社，1984年。

66. 歐陽哲生編：《胡適文集》（一）、（二）、（四），北京：北京大學出版社，1998年。

67. 齊如山：《國劇藝術彙考》，瀋陽：遼寧教育出版社，1998年。

68. 秦艷春：《明清彈詞的「女性寫作」及其在近代的轉變》，北京大學碩士論文，2002年。

69. 丘鶴儔：《琴學新編》，缺出版資料，香港發行，1920年。

70. 丘松鶴、區文鳳編撰：《三棟屋博物館粵劇藏品》，香港：香港區域市政局，1992年。

71. 屈大均：《廣東新語》（上、下），北京：中華書局，1985年。

72. 容世誠：《粵韻留聲──唱片工業與廣東曲藝（1903-1953)》，香港：天地圖書有限公司，2006年。

73. 邵慧君、甘于恩：《廣東方言與文化探論》，廣州：中山大學出版社，2007 年。

74. 申友良編著：《報王黃世仲》，北京：中國社會科學出版社，2002 年。

75. 宋鑽友：《廣東人在上海（1843-1949 年）》，上海：上海人民出版社，2007 年。

76. 譚彼岸：《晚清的白話文運動》，武漢：湖北人民出版社，1956 年。

77. 譚正璧、譚尋編著：《木魚歌、潮州歌敍錄》，北京：書目文獻出版社，1982 年。

78. 汪家熔：《民族魂——教科書變遷》，北京：商務印書館，2008 年。

79. 王德春、陳瑞端：《語體學》，南寧：廣東教育出版社，2000 年。

80. 王建軍：《中國近代教科書發展研究》，廣州：廣東教育出版社，1996 年。

81. 王齊樂：《香港中文教育發展史》，香港：三聯書店，1996 年。

82. 王韶生：《當代人物評述》，台北：文鏡文化事業有限公司，1985 年。

83. 夏曉虹：《覺世與傳世——梁啓超的文學道路》，北京：中華書局，2006 年。

84. 夏曉虹：《晚清社會與文化》，武漢市：湖北教育出版社，2001 年。

85. 夏曉虹：《閱讀梁啓超》，北京：三聯書店，2006 年。

86. 夏曉虹、王風等著：《文學語言與文章體式——從晚清到「五四」》，合肥市：安徽教育出版社，2006 年。

87. 許翼心、方志欽編：《香港文化歷史名人傳略》，香港：名流出版社，1999 年。

88. 顏廷亮：《黃世仲與中國近代文學》，蘭州：甘肅人民出版社，2000 年。

89. 楊敬宇：《清末粵方言語法及其發展研究》，廣州：廣東人民出版社，

2006 年。

90. 葉春生：《嶺南俗文學簡史》，廣州：廣東高等教育出版社，1996 年。

91. 游汝杰：《西洋傳教士漢語方言學著作書目考述》，哈爾濱：黑龍江教育出版社，2002 年。

92. 袁家驊等著：《漢語方言概要》（第二版），北京：語文出版社，2001 年。

93. 詹伯慧主編：《廣東粵方言概要》，廣州：暨南大學，2002 年。

94. 張淦祥、楊寶霖主編：《東莞詩詞俗曲研究》，東莞市：樂水園印行，2005 年。

95. 張懷久、劉崇義編著：《吳地方言小說》，南京：南京大學出版社，1997 年。

96. 張克宏編：《黃世仲黃伯耀弟兄南洋詩文集》，香港：紀念黃世仲基金會，2001 年。

97. 張志公：《傳統語文教育初探》，上海：上海教育出版社，1962 年。

98. 鄭國民：《從文言文教學到白話文教學——我國近現代語文教育的變革歷程》，北京：北京師範大學出版社，2000 年。

99. 鄭振鐸：《中國俗文學史》（上、下），台北：商務印書館，1937 年。

100. 鄭振鐸：《中國文學研究》（上、下），北京：人民文學出版社，2000 年。

101. 鍾賢培、汪松濤主編：《廣東近代文學史》，廣州：廣東人民出版社，1996 年。

102. 周振鶴撰集，顧美華點校：《聖諭廣訓：集解與研究》，上海：上海書店出版社，2006 年。

四、中文譯著

1. 〔俄〕巴赫金著，白春仁等譯：《拉伯雷研究》，石家莊：河北教育出版社，1998 年。

2. 〔俄〕巴赫金著，白春仁等譯：《詩學與訪談》，石家莊：河北教育出版社，1998 年。

3. 〔俄〕巴赫金著，白春仁等譯：《文本、對話與人文》，石家莊：河北教育出版社，1998 年。

4. 〔加〕諾思羅普‧弗萊著，陳慧等譯：《批評的解剖》，天津：百花文藝出版社，2006 年。

5. 〔美〕班納迪克‧安德森著，吳睿人譯：《想像的共同體：民族主義的起源和散布》，台北：時報文化，1999 年。

6. 〔美〕布龍菲爾德著，袁家驊等譯，錢晉華校：《語言論》，北京：商務印書館，1980 年。

7. 〔美〕韓南著，姜台芬譯：〈凌濛初的初、二刻拍案驚奇〉，輯於〔美〕韓南著，王秋桂編：《韓南中國古典小說論集》，台北：聯經出版社，1979 年，頁 129-175。

8. 〔美〕卡勒著，李平譯：《文學理論》，香港：牛津大學出版社，1998 年。

9. 〔美〕王德威著，宋偉杰譯：《被壓抑的現代性——晚清小說新論》，北京：北京大學出版社，2005 年。

10. 〔美〕王冠華著，劉甜甜譯：《尋求正義：1905-1906 年的抵制美貨運動》，南京：江蘇人民出版社，2008 年。

11. 〔美〕韋勒克、沃倫著，劉象愚等譯：《文學理論》，南京：江蘇教育出版社，2005 年。

12. 〔日〕小森陽一著，陳多友譯：《日本近代國語批判》，長春：吉林人民出版社，2003 年。

13. 〔意〕利瑪竇、金閣尼著，何高濟等譯，何兆武校：《利瑪竇中國札記》，

北京：中華書局，1983 年。

14. 〔英〕彼得‧伯克著，李霄翔等譯：《語言的文化史：近代早期歐洲
的語言和共同體》，北京：北京大學出版社，2007 年。

15. 〔英〕馬禮遜夫人編，顧長聲譯：《馬禮遜回憶錄》，桂林：廣西師
範大學出版社，2004 年。

16. 祝畹瑾編：《社會語言學譯文集》，北京：北京大學出版社，1985 年。

五、外文論著

1. Alexander Wylie, *Memorials of Protestant Christian Missionaries to the Chinese: Giving a list of their Publications and Obituary Notices of the Deceased*, Shanghae: American Presbyterian Mission Press, 1867.

2. Benedict Anderson, *Imagined Communities (Revised Ed.)*, New York: Verso, 1991.

3. Cheung Kwan-hin and Robert S. Bauer, *The representation of Cantonese with Chinese characters*, Berkeley, CA: Project on Linguistic Analysis, University of California, 2002.

4. David Johnson, Andrew J. Nathan, Evelyn S. Rawski ed., *Popular Culture in Late Imperial China*, Berkeley: University of California Press, 1985.

5. Don Snow, *Cantonese as Written Language: The Growth of a Written Chinese Vernacular*, Hong Kong: Hong Kong University Press, 2004.

6. Elisabeth Kaske, "Mandarin, Vernacular and National Language : China's Emerging Concept of a National Language in the Early Twentieth Century China" in Michael Lackner and Natascha Vittinghoff, ed., *Mapping Meanings: The Field of New Learning in Late Qing China*, Leiden: Brill NV, 2004, pp.265-304.

7. Joshua A. Fishman, *Sociolinguistics: A Brief Introduction*, Massachusetts: Newbury House Publishers, 1977.

8. Leonard Bloomfield, *Language*, New York: Henry Holt and Company, 1946.

9. M. M. Bakhtin, trans. by Helene Iswolsky: *Rabelais and His World*, Bloomington: Indiana University Press, 1984.

10. M. M. Bakhtin, trans. by Vern W. MeGee: *Speech Genres and other Late Essays*, Austin: University of Texas Press, 1986.

11. M. M. Bakhtin, ed. & trans. by Caryl Emerson: *Problems of Dostoevsky's Poetics*, London: University of Minnesota Press, 2006.

12. Northrop Frye, *Anatomy of Criticism: Four Essays*, New York: Atheneum, 1967.

13. Peter Burke, *Languages and Communities in Early Modern Europe*, New York: Cambridge University Press, 2004.

14. Tao Tao Liu and David Faure ed., *Unity and Diversity: Local Cultures and Identities in China*, Hong Kong: Hong Kong University Press, 1996.

15. Trans. by Peter T. Morris, *Cantonese Love Songs: An English translation of Jiu Ji-yung's Cantonese songs of the early 19th century*, Hong Kong: Hong Kong University Press, 1992.

16. Wolfgang Iser, *The Implied Reader: Patterns of Communication in Prose Fiction from Bunyan to Beckett*, London: The John Hopkins University Press, 1980.

六、研究文章

1. 〔日〕魚返善雄:《華南の舊小說》,《中國文學》第 94 號,1941 年,生活社,頁 9-17。

2. 包睿舜、莫慶麟:〈香港成人漫畫的書面粵語慣例〉,見詹伯慧主編:

《第八屆國際粵方言研討會》，北京：中國社會科學出版社，2003 年。

3. 陳平原：〈晚清教會讀物的圖像敍事〉，《學術研究》，2003 年第 11 期，頁 112-126。

4. 陳平原：〈有聲的中國──「演說」與近代中國文章變革〉，《文學評論》，2007 年第 3 期，頁 5-21。

5. 陳平原：〈作為「繡像小說」的《天路歷程》〉，《大英博物館日記》，濟南：山東畫報出版社，2003 年，頁 126-139。

6. 程美寶：〈近代地方文化的跨地域性──20 世紀二三十年代粵劇、粵樂和粵曲在上海〉，《近代史研究》，2007 年第 2 期，頁 1-17。

7. 杜新艷：〈晚清報刊詼諧文學與諧趣文化潮流〉，《中國現代文學研究叢刊》，2008 年第 5 期，頁 56-69。

8. 胡從經：〈第一本香港文學選集──「時諧新集」〉，《胡從經書話》，北京：北京出版社，1998 年。

9. 黃坤堯：〈廖恩燾「廣東俗話七律詩」的詩律探索〉，「粵音及詩歌格律國際研討會」，香港中文大學中文系舉辦，1999 年 10 月 28、29 日，會議論文集，未正式出版。

10. 李家園：〈黃燕清首創《香江晚報》〉，《星島晚報》，1987 年 5 月 14 日。

11. 李靜：〈從「雜歌謠」到「俗曲新唱」──近代中國歌詞改良的啟蒙意識〉，《中國現代文學研究叢刊》，2008 年第 3 期，頁 99-109。

12. 李敬忠：〈粵語是漢語族群中的獨立語言〉，《語文建設通訊》，第 27 期，1990 年 3 月，頁 28-48。

13. 劉寧：〈論韓愈〈毛穎傳〉的託諷意旨和俳諧藝術〉，《清華大學學報（哲學社會科學版）》，2004 年第 2 期，頁 51-57。

14. 宋莉華：〈第一部傳教士中文小說的流傳和影響──米憐〈張遠兩友相論〉論略〉，《文學遺產》，2005 年第 2 期，頁 116-126。

15. 夏曉虹：〈近代外交官廖恩燾詩歌考論〉，《中國文化》第 23 期，

2006 年 12 月，頁 96-109。

16. 夏曉虹：〈晚清外交官廖恩燾的戲曲創作〉，《學術研究》，2007 年第 3 期，頁 132-141。

17. 冼玉清：〈招子庸研究〉，《嶺南學報》，第 7 卷第 3 期，頁 67-104。

18. 許地山：〈粵謳在文學上的地位〉，《民鐸》，1922 年 3 卷 3 號。

19. 許翼心：〈辛亥革命與香港的文界革命〉，見黃維樑主編：《活潑紛繁的香港文學——1999 年香港文學國際研討會論文集》（上冊），香港：香港中文大學出版社，2000 年，頁 75-87。

20. 王爾敏：〈清廷《聖諭廣訓》之頒行及民間之宣講拾遺〉，《近代史研究所集刊》，1992 年 6 月，頁 257-276。

21. 王韶生：〈紀香港兩大詞人〉，《崇基學報》，1964 年，頁 109-117。

22. Bernard Luk H.K, "Lu Tzu-chun and Chen Jung-kun: two exemplary figures in the Ssu-Shu education of pre-war urban Hong Kong", in David Faure, James Hayes, Alan Birch ed., *From Village to City: Studies in the Traditional Roots of Hong Kong Society*, Hong Kong: University of Hong Kong, 1984, pp.119-128.

23. Charles A. Ferguson, "Diglossia", in Thom Huebner, ed., *Sociolinguistic Perspectives: papers on language in society, 1959-1994*, Oxford: Oxford University Press, 1996, pp.25-39.

24. Patrick Hanan, "The Nature of Ling Meng-Chu's Fiction", in Andrew H. Plaks, ed., *Chinese Narrative: Critical and Theoretical Essays*, Princeton: Princeton University Press, 1977, pp.85-114.

25. Robert S. Bauer, "Written Cantonese of Hong Kong", *Cahiers de Linguistique Asie Orientale*, 17/12 (1988), pp.245-293.

七、工具書

1. 廣東省立中山圖書館、廣東省珠海市政協編：《廣東近現代人物詞典》，
   廣州：廣東科技出版社，1992 年。

2. 李榮主編、白宛如編纂：《廣州方言詞典》，南京：江蘇教育出版社，
   1998 年。

3. 劉以鬯主編：《香港文學作家傳略》，香港：市政局公共圖書館，1996 年。

4. 上海圖書館編：《近代期刊篇目彙錄》（一至五卷），上海：上海人民
   出版社，1981 年。

5. 史和、姚福申、葉翠娣編：《中國近代報刊名錄》，福州：福建人民出
   版社，1991 年。

6. 譚卓垣編著：《廣州定期刊物的調查（1927-1934）》，香港：龍門書店，
   1965 年。

7. 天理大學中國語學科研究室編：《日本現存粵語研究書目》，天理：天
   理大學中國語學科研究室，1952 年。

附錄一　清末民初粵語作品提要

凡例

一、本附錄根據粵語作品的文體分為七項：1.粵謳；2.諧文；3.演
　　說；4.詩歌；5.南音、龍舟歌、板眼；6.班本；7.小說。為使
　　文體分類較簡潔，部份項目包含了不盡相同的文體，如「詩歌」
　　錄有歌謠、竹枝詞和格律詩。

二、因為資料失逸及數量過多，本附錄並未著錄清末民初時期全部
　　的粵語作品，僅選擇有重要性及代表性的作介紹。

三、部份班本、南音等為長篇連載，因為報刊失逸或該刊未能全部
　　披閱，盡量列出所見最早的回目。

四、各報刊選錄的篇目數量頗為懸殊，主要原因是現今所見的各種
　　報刊保存數量不一，現時保存較完整者，所選錄的篇目亦較多。

五、篇目按年份順序排列。部份報刊只刊出農曆，一概換算為西曆，
　　但保留農曆以便查閱。

六、部份作品雖然語言未臻成熟，意義亦不深刻，但因為題材罕見，
　　或格式特別，仍予以收錄。

1. 粵謳

刊名／日期	篇名	作者	備注／內容
《新解心》，燕喜堂抄本，應為道咸年間之作，殘卷，佚名。	悼亡（三首）	／	男子痛失愛妻，哭訴死別之苦，情辭懇切，感人至深。運用通俗的典故如「桃夭章句」、「鼓盆愁」。其中兩首都提到十五年的情緣，遺下弱齡女兒等細節，應出自一人一事。
同上	秋闈（二首）	／	學子拜月求中科舉，頗能反映一般士子心態。
同上	唔怕鬼	／	宣傳「心正不怕鬼」，又說人最終都要成鬼，所以說「人鬼有殊途」。
同上	人噲死	／	若做鬼也快活，寧可做鬼不願做人。
同上	人話怕死	／	以上三首均言生死，題材較為新穎，帶有末世、厭世情緒。此首一方面力言不畏死，卻又戀棧人間的榮華富貴。末句言「富貴過葉伍潘盧」，指道、咸年間廣州四大殷富族。
同上	將近五鼓	／	不忍與情人別離，寫情生動，有「唔知夜短定係我地情長，總唔講得盡世事」之佳句。
同上	顛地鬼（二首）	／	以顛地（Lancelot Dent）的口吻寫作，刻劃他在鴉片戰爭前夕被迫繳煙時，在商館被圍困的心情，諷刺鴉片販子的狼狽。
同上	義律鬼	／	一對金蘭姐妹因為鴉片戰爭形勢緊張而被拆散，妹妹斥責義律（Charles Elliot）「造反」，令二人不得相見，希望早日打敗蠻夷，二人可以再會。
同上	秋景好	／	似寫女性之間的情誼，有「我二家情份賽過鴛盟」之句。
同上	來書、回書（兩組）	／	以下四首均疑為兩個女子之間的通信，感情之濃非同一般。第二篇及第三篇信末都附有七言絕詩一首。第二篇有「虧我數日臨妝懶畫眉，脂憔粉碎因嬌起」之句。第三篇又云「想我地妯娌得成蘭誼重，前緣結定在今生」。第四篇以桃園結義和梁祝故事比喻二人的感情，又說：「聯盟與妹本是奴心性，止（只）望金蘭知己破吓愁城……」

刊名 / 日期	篇名	作者	備注 / 內容
《新小說》 1903 年 9 月 6 日	「粵謳新解心」六章（自由鐘、自由車、天有眼、地無皮、趁早乘機、呆老祝壽）	/	廖恩燾一系列呼籲團結、維新、主張廣東獨立、以至批判慈禧太后的作品。
《中國日報》 1904 年 3 月 12 日	唔好退學	/	勸武備學堂生不要退學。
《中國日報》 1904 年 3 月 30 日	粵謳唔易做	/	「風雅」的要求對粵謳作者構成壓力，甚至會影響報章聲譽。
《中國日報》 1904 年 4 月 4 日	乜咁好打	/	謳前有解題：學堂無笞臀之刑，雖然，他處吾不敢知。茲聞廣東武備學堂，因洋號學生在外遊蕩，受洋號教習所辱，而洋號教習因此有犯堂規，又受各科教習所辱。互相笞臀，豈以此為開尚武之風氣耶？嘻嘻，可笑哉。嗚呼，可嘆哉。
《中國日報》 1904 年 4 月 5 日	一百零五日	來稿	批評武備學堂學生一百零五日畢業後就當上「總爺」。
《中國日報》 1904 年 4 月 8 日	笑	/	武備學堂演說學生在總辦演說時「笑不能忍」，總辦認為學生嘲笑自己，後學生竟被記大過，作者既同情學生，又斥官員脾氣太大。
《中國日報》 1904 年 4 月 11 日	賊唔怕做	/	以盜賊的口吻嘲笑文武官員辦事不力，無力保護百姓。
《新小說》 1904 年 8 月 6 日	「粵謳新解心」四章（學界風潮、鴉片煙、唔好發夢、中秋餅）	外江佬戲作	廖恩燾批評學界、呼籲戒煙等作品。
《新小說》 1904 年 9 月 4 日	「粵謳新解心」四章（勸學、開民智、復民權、倡女權）	珠海夢餘生	廖恩燾為開啟民智而作的粵謳。

刊名／日期	篇名	作者	備注／內容
《新小說》 1904 年 10 月 23 日	「新粵謳」三章 （珠江月、八股 毒、青年好）	外江佬 戲作	廖恩燾批評八股取士等問題的作品。
《新小說》 1905 年 5 月	「新粵謳」五章 （黃種病、離巢 燕、人心死、爭 氣、秋蚊）	珠海夢 餘生	廖恩燾為海外華工、呼籲團結等問題 而作。
《廣東日報》 1905 年 5 月 4 日	真正唔係	來稿	諷刺岑春煊不像廣西嚴厲禁賭。
《廣東日報》 1905 年 5 月 19 日	唔緊要	／	德國將佔雲台島，批評滿清隨便讓列 強據地。
《廣東日報》 1905 年 5 月 31 日	除是冇血	商業中 一人來稿	題下注云：「籌抵美約，均以停銷美 貨為不二義，力持此議，務底於成， 毋靠此疲憊之清政府也。」
《唯一趣報有所謂》 1905 年 6 月 4 日	有所謂	漢存	談辦報宗旨。
《唯一趣報有所謂》 1905 年 6 月 11 日	條命苦	風萍舊 主	身為漢人受異族統治欺壓，鼓勵國人 振奮。
《唯一趣報有所謂》 1905 年 6 月 13 日	真正係苦	仍舊	哀華工無處容身，寄望國家強盛。
《唯一趣報有所謂》 1905 年 7 月 1 日	多情曲	仍舊	怨清廷不顧華工苦況，對美妥協，兼 諷康有為。
《唯一趣報有所謂》 1905 年 7 月 8 日	廣州灣	仍舊	嘆廣州灣要遭列強瓜分。
《游藝報》 1905 年 7 月 14 日	唔准過埠	拍鳴	作者聽聞美國華工禁約通過。
《游藝報》 1905 年 7 月 19 日	月祇一個	拍鳴	從月圓月缺想到中國國土被瓜分的局 面。
《唯一趣報有所謂》 1905 年 7 月 20 日	死了就罷	猛	批評慈禧太后擬斥巨資興建陵墓。
《游藝報》 1905 年 7 月 21 日	拜觀音	拍鳴	反對婦女蜂擁觀音山拜觀音。同日 「班本」有來稿《六月十九日登觀音 山感嘆》，「詩界」欄亦刊出詩歌， 描寫觀音山拜神的情形。

刊名／日期	篇名	作者	備注／內容
《游藝報》 1905 年 7 月 28 日	地陷	拍鳴	當時廣州連日地震，作者因而想到國土被分、國權盡喪之悲。謳中云：「鐵路讓嘵過人，將地脈掘斷。地名中國海，亦俾佢佔嘵航權。」
《廣東日報》 1905 年 8 月 1 日	唔好怪佢		抵制美貨苛約的演說在沙基屢次受一巡警所阻。
《時事畫報》 1905 年 8 月第 1 期	時事畫報	拍鳴	說明創刊宗旨，強調圖畫的作用。
《唯一趣報有所謂》 1905 年 8 月 4 日	官字兩個口	仍舊	怨諷官員搜刮民脂民膏，「食人唔唾骨」。
《游藝報》 1905 年 8 月 7 日	拜七夕	敬告女界中人	呼籲婦女勿拜七夕。「諧文」、「笑柄」都以七夕為題。
《唯一趣報有所謂》 1905 年 8 月 14 日	海幢寺聽演說	風萍舊主	譴責美國虐待華工，實行拒絕華工入境的條例，並呼籲抵制美貨。
《游藝報》 1905 年 8 月 15 日	燒衣	拍鳴	盼改變燒衣這種迷信風俗。
《游藝報》 1905 年 8 月 19 日	又唔係發冷	亞東	諷刺官員會見洋人時怕得牙關顫抖。
《游藝報》 1905 年 8 月 25 日	打地氣	拍鳴	控訴列強割地賠款的不平等條約。
《唯一趣報有所謂》 1905 年 8 月 25 日	唔係華（話）行	葦	批評酒店顧客囑侍應買煙兩次，既抵制美貨，又不戒煙。
《唯一趣報有所謂》 1905 年 8 月 27 日	弔煙仔	哲郎	抵制美國生產的香煙。
《時事畫報》 1905 年 9 月第 3 期	嗟怨命賤	／	洋人撞傷老婦，賠錢了事，作者有感而發。
同上	秋風起	毅伯	嘆志士被囚被殺，並無桃源可避秦亂。內容思想較為消極。
同上	翻生鴿	／	「白鴿票」是當時一種彩票。作者借斥責鴿子的口吻批評有人意圖恢復白鴿票。
《唯一趣報有所謂》 1905 年 9 月 11 日	哭科舉	仍舊	訪稿記錄廣州文人的彷徨。

刊名／日期	篇名	作者	備注／內容
《唯一趣報有所謂》 1905 年 12 月 3 日	報效	心時	控訴岑春煊催收報效之款。
《唯一趣報有所謂》 1906 年 1 月 7 日	分別淚	猛	日本吞併朝鮮，留日朝鮮學生悲痛失國。
《珠江鏡》 1906 年 7 月 3 日	圖畫出世	愕愕	介紹增設圖畫一欄，因為「有種文字亦窮唔寫得出咁有引，唔係秦台寶鏡怕照佢唔真。」
《香港少年報》 1906 年 7 月 5 日	真正冇解	漢	批評「官山」、「官河」、「官地」的說法，認為這些都是國民公產，呼籲百姓合群。
《香港少年報》 1906 年 8 月 2 日	唔好去賭	漢	勸人安份謀生，不要因貪念沉迷賭博。
《東方報》 1906 年 8 月 4 日	紀念會	炸魂	批評拒約風潮不團結。
《香港少年報》 1906 年 8 月 4 日	不歇話搶劫	棠	控訴不法之徒因為嫖賭散盡金錢，鋌而走險，以至搶劫成風。
《香港少年報》 1906 年 8 月 11 日	橫水渡	新蘇	百姓抱怨橫水渡的生意也要抽捐納稅。首兩句：「橫水渡，都話要抽捐。地皮鏟盡，就剝到蜑家船。」
《香港少年報》 1906 年 8 月 13 日	荷蘭水	新蘇	因為汽水的壓力想到種族革命：「……捨得學佢一團銳氣，萬事都可以成功。你睇佢載在樽中，似話唔敢暴動。不過受人專制，忍氣依從……」
《香港少年報》 1906 年 9 月 2 日	郎你要戒	擊	女子勸丈夫戒掉鴉片，哭訴鴉片煙癮不但使兩餐不保、被迫賣田典當，還有害健康。
《香港少年報》 1906 年 9 月 12 日	聽見話立憲	擊滿	指清廷立憲不過是籠絡人心之舉。
《香港少年報》 1906 年 9 月 12 日	聞得演說	奇	女子盼丈夫聽過演說後能覺悟，戒掉鴉片煙癮。
《香港少年報》 1906 年 11 月 20 日	真正薄命	明	怨生為女兒乃是薄命、不幸，女性自由的時代尚未到來。
《香港少年報》 1906 年 12 月 14 日	死得咁易	驥	順德女子在新婚之夜服毒自殺。

刊名／日期	篇名	作者	備注／內容
《香港少年報》 1906 年 12 月 20 日	觀夜景	奇	女子扮男裝夜遊，被巡警干涉，以至聲名受損。
《時事畫報》 1907 年 8 月第 17 期	西瓜呀乜你咁好賣	／	以「瓜分」比喻中國局勢。
《南越報附張》 1910 年 2 月 14 日 （庚戌年正月初五）	祝漢族	葦	恭賀新年，並寄望國民精神復振，可以「凌歐駕美」。
《南越報附張》 1910 年 2 月 21 日 （庚戌年正月十二日）	花你莫怨	芳郎	是年廣東新軍起義，事敗而被追捕。作者指不少人畏罪自盡，因而作謳哀悼。
《南越報附張》 1910 年 3 月 19 日 （庚戌年二月初九）	奴係要去	櫻郎	女子要看志士班「振天聲」的新戲。
《南越報附張》 1910 年 3 月 25 日 （庚戌年二月十五日）	人地正話叫你	芳郎	貪官受賄事敗。
《南越報附張》 1910 年 4 月 11 日 （庚戌年三月初二）	聞得你想上岸	芳郎	題下注：聞番禺楊令有稟請卸事之說，是耶否耶，是可以謳。以妓女脫離故業比喻番禺官員請辭。
《改良最新粵謳》，宣統二年（1910 年）四月，僅存下卷，佚名。	奴咁靚	／	以晚清新女性的聲音，表達放足的自由，歌頌尚武精神，嚮往平權時代，又自我警惕，行為要檢點，以免招人話柄。
同上	唔等得幾耐	／	亦為晚清婦女解放之聲。以重陽登高開首，表達放足後能夠自由出入的喜悅。與情人挽手並肩外出，就算被人議論亦在所不計，勸情人勿聽閑言。
同上	灑濕土地衣	／	土地神像遭淋濕，以其口吻敍述自己陷於狼狽的處境，自身難保，無力應付信眾的要求，或旨在反對迷信。
同上	係咁惡做	／	怨國運衰，言辭激烈。篇首云：「生係咁惡做，死亦係咁為難。生在呢個中華，講乜野把氣爭，你睇幾層壓制，受盡了諸般慘。」末句云：「除是自圖獨立，或者可把唨氣爭還。」
同上	奴去過埠	／	赴東洋的女子，抒發自己的心情。

刊名／日期	篇名	作者	備注／內容
同上	無限恨	／	憂心國事。篇首云：「無限恨，熱血如潮。恨觀時局，怎不心焦。攞開國土，隨人要。」又說：「今日主權喪盡，國土將搖。若問前途，難以預料。唉，心事如輪擾。你睇連年迭起，多少風潮。」
同上	咕哩抵制	／	以苦力的口吻指，苦力也知道國恥，有工錢也不願搬運美國日本的貨物。
同上	逗貨	／	批評奸商借國難發財。
同上	唔保佑你	／	反對迷信。
同上	遊花地二首	／	一對情人春遊花地的對答，一女一男，一唱一和，調皮活潑，別有情致。
《南越報附張》1910年4月27日（庚戌年三月十八日）	郎你辦報	芳郎	模擬女子口吻，勸辦報的情人行事要謹慎。反映當時的禁報風潮。
《南越報附張》1910年5月21日（庚戌年四月十三日）	踩過你	芳郎	巡士當街調戲婦女，作者代該小姐的口吻拒絕。
《南越報附張》1910年5月24日（庚戌年四月十六日）	真識意思	拍鳴	詹天佑辭任粵路總裁，欲把持路權之紳商不勝自喜。此謳以他們的口吻寫作。
《南越報附張》1910年6月13日（庚戌年五月初七）	容乜易	拍鳴	《南越報》一周年紀念，副刊各種體裁都以此為題。
同上	無乜紀念	芳郎	《南越報》一周年紀念，副刊各種體裁都以此為題。
《國民報》1910年6月30日（庚戌年五月廿四日）	演說	廢諦	勸人勿去演說，會招來禍患，反映當時言論不自由。
《南越報附張》1910年7月18日（庚戌年六月十二日）	噲飛天	拍鳴	題下注「十四五日東關試演華人自製飛球」，作者由此感到國家人才濟濟，並盼望雄獅睡醒，可以傲視全球。
《南越報附張》1910年7月20日（庚戌年六月十四日）	唔飛得起	拍鳴	題下注「東關演放飛球因機件壞不能起飛」，作者慨嘆枉有凌霄志，而沒有實現的能力。

刊名／日期	篇名	作者	備注／內容
《南越報附張》 1910 年 7 月 27 日 （庚戌年六月廿一日）	一粒頂	逸民	作者指人們醉心官場，但他把清官頂戴當作一團不值錢的泥巴。
《南越報附張》 1910 年 7 月 28 日 （庚戌年六月廿二日）	人咁眾	鋤惡來稿	呼籲反抗強權，既然人多勢眾，就不怕被欺凌。
《南越報附張》 1910 年 7 月 30 日 （庚戌年六月廿四日）	行不得	芳畹	題下注「記者日前由港往澳，順道調查路環事，抵岸時，聞炮火之聲不絕，有感成新樂府一闋，意仍未愜，復為此謳，歸而並錄於報，閱者觀此，其亦有感於中否乎。」
《南越報附張》 1910 年 8 月 11 日 （庚戌年七月初七）	今夕何夕	芳郎	與情人共度七夕，頗能曲盡繾綣之情。
《南越報附張》 1910 年 10 月 4 日 （庚戌年九月初二）	黃花	芳郎	以黃菊比喻黃種，歌頌其能經風霜的特性。
《南越報附張》 1911 年 10 月 23 日 （宣統三年九月二日）	剪辮	軒冑	革命軍勝利，人們可以自行剪辮，不必等朝廷議決，謳中云「大抵天公亦順住個的人心轉」。
《南越報附張》 1911 年 11 月 2 日 （宣統三年九月十二日）	唔論舊底	軒冑	黎元洪宣佈滿人投降者，與漢人地位平等。此謳呼籲滿人別做對頭，要「同舟共濟」。
《南越報附張》 1911 年 11 月 8 日 （宣統三年九月十八日）	打乜主意	垣	題下注：妒福州之獨立也。呼籲廣州早日宣布獨立。
《南越報附張》 1911 年 11 月 20 日 （宣統三年九月三十日）	唔賭咁耐	曹	女子言情郎戒賭一陣子又故態復萌。
同上	黃花影	拍明	歌頌為革命捐軀的英雄。
《南越報附張》 1911 年 12 月 5 日 （宣統三年十月十五日）	槍聲向〔響〕	博	陳塘為妓院集中地，連日有民軍開槍轟擊，作者想像妓女在槍林彈雨中的心情。

刊名 / 日期	篇名	作者	備注 / 內容
《國民報》 1912 年 3 月 23 日 （壬子年二月初五）	春郊馬	漢父	暗喻在滿人治下漢人為奴為馬。
《人權報》 1914 年 8 月 4 日 （甲寅年六月十三日）	香	萍蹤	題下注：煙具之解釋。諷刺吸鴉片者為鴉片之香味所迷，猶如男子為女人香氣所迷。副題及謳中「香娘」二字下加括號注煙斗名，可知內容不止寫男女之事，但全謳幾乎句句語帶雙關，趣味盎然。
《人權報》 1914 年 9 月 26 日 （甲寅年八月初七）	邊個本事	報界隱者	慨嘆戰鬥勝利的英雄不過是一將功成萬骨枯。
《人權報》 1922 年 8 月 1 日 （壬戌年六月初九）	人做到招待	魯一	呼籲禁「女招待」，以改良社會風氣。
《羊城報》 1922 年 1 月 18 日	屋租	佛珠	控訴屋主加租。
《羊城報》 1922 年 5 月 23 日	唔係講笑	佛珠	勸人出外謀生，須以勤儉為原則，心術須正。
《新粵謳解心》 1924 年	情一箇字	珠海夢餘生	慨嘆人情不過和利益掛鈎，有如天氣般變幻莫測。
同上	身只一箇	同上	表面上寫妓女夾在兩個客人之間，害怕開罪任何一方的處境，其實諷刺當時軍閥混戰的亂局。
同上	賣白欖	同上	模擬賣白欖的小販叫賣時的內容、語調。
同上	做我地呢份老舉	同上	以女子口吻，既寫民生，又寫國情。
同上	老將自勸 （凡二）	同上	抱怨軍閥互鬥，為保權位不惜讓部屬送死。
《現象報》 1924 年 4 月 11 日	唔好問我	魯一	一方面呼籲關心時事，一方面慨嘆亂象不止。
《現象報》 1924 年 7 月 18 日	時間最短	采南客	題下注：諷好爭強弱者。勸誡勿爭朝夕勝負強弱，人世的渺小和短促無法與山河相比。

2. 諧文

刊名 / 日期	篇名	作者	備注 / 內容
《時諧新集》1904 年	牛肉耙賦	/	描寫西餐菜式，西餐廳漸漸成為人們的飲食場所，生動細緻。
《時諧新集》1904 年	擬禁打水圍告示	/	仿官府告示，禁嫖妓活動，頗能管窺當時嫖院的情狀。
《中國日報》1904 年 4 月 2 日	仿韓昌黎送董邵南序送康生之南洋	大舞台之新少年	諷刺康有為。
《唯一趣報有所謂》1905 年 6 月 6 日	橫紋柴先生傳	貫公	以陶淵明的《五柳先生傳》開篇，諷刺「結怨於民」的守舊派文人。
《唯一趣報有所謂》1905 年 10 月 17 日	遊捞淨水記	仍舊	全篇以「水」字貫串，勸誡勿流連風月場所。
《唯一趣報有所謂》1905 年 11 月 25 日	四方墟賦	仍舊	嘆「生計既難，賭風日盛」，除勸誡勿沉迷賭博外，也控訴官員管治不力，押韻亦諧協。
《珠江鏡》1906 年 6 月 8 日	擬蟛蜞致股東書	亞熬	諷刺九大善堂為牟利把持粵漢鐵路招股事宜。
《香港少年報》1906 年 6 月 28 日	黃招病小傳	棣	諷刺當時商辦廣東粵漢鐵路公司副坐辦黃召頂（景棠）專權獨斷。
《香港少年報》1906 年 6 月 30 日	增築欲海場岸記	棣	指出嫖妓的禍害，諷刺政府禁娼不力。勸人回頭是岸，別沉淪慾海。
《珠江鏡》1906 年 7 月 2 日	險過剃頭說	大聲	借考證「險過剃頭」這句俗語的由來，宣傳種族主義革命。
《香港少年報》1906 年 7 月 5 日	左東頑小傳	棣	描繪不學無術、混跡官場、好色貪財的小官。
《香港少年報》1906 年 7 月 9 日	四方墟記	棣	指出賭風之盛及賭博的禍害，呼籲抵制賭館。
《香港少年報》1906 年 7 月 28 日	白霍仔先生傳	棣	好賭而不學無術的小人物，假充新派人士，當學堂教習。
《游藝報》1905 年 7 月 9 日（乙巳年六月初七）	說食	戲	以「食」字作文章，有「做官者食君之俸祿，實則食民之脂膏」。

刊名 / 日期	篇名	作者	備注 / 內容
《游藝報》 1905 年 7 月 14 日 （乙巳年六月十二日）	先生	亞通	嘲學究愛「先生」虛名。
《游藝報》 1905 年 7 月 25 日 （乙巳年六月廿三日）	老舉	亞通	以遊戲態度追究妓女被稱為「老舉」的原因，又將之與「舉人」一詞相提並論。
《游藝報》 1905 年 7 月 31 日 （乙巳年六月廿九日）	老乜	亞通	嘲笑吝嗇鬼。
《游藝報》 1905 年 8 月 9 日 （乙巳年七月初九）	盂蘭焰口有序	亞通	擬盂蘭節對鬼魂唸誦的經文，超度的鬼魂有賭鬼、煙鬼、惡鬼、妓鬼等。序文開首嘆人間已成鬼域，末句云「戲撰莊子之文，聊當梵王之咒。」
時事畫報 1906 年第 22 期 （丙午年七月十五日）	勸女仔入女學堂讀書	浣白女士	刊於「白話」欄。鼓勵女性不怕閑言閑語入學堂讀書。又提及時廣州一些女學堂的名字和地理位置。
《東方報》 1907 年 1 月 3 日	擬超度過渡時代亡魂焰口經	昌華女士	「超度」過渡時代的十種人物，包括假志士、保皇黨、逢迎惡勢力的報章主筆等等。
《三續時諧》 1907 年	講古	/	原歸入書中「小說界」一類。
《嶺南白話雜誌》 第二期 1908 年 2 月 16 日	勉勵學生開館	羲	新學期開課，作者勉勵學生用心學習。大致上運用四六文的格式。
《南越報附張》 1910 年 7 月 20 日 （庚戌年六月十四日）	過路環觀戰賦	仁父	葡國要求擴大澳門範圍而清廷無力對抗，民間的抗爭釀成血案。作者嘆清廷無力維護國土，但不願見到民間傷亡慘重。

3. 演說

刊名／日期	篇名	作者	備注／內容
《中國日報》1904 年 3 月 10 日	提中飽	/	批評北京政府提高各府州縣攤分的捐獻。刊於「白話」專欄，通用語、粵語夾雜。
《中國日報》1904 年 3 月 11 日至 15 日	製造新中國的要件	/	指出要有「精神」、「心思」、「新知識」和「身體新」才能創造新中國。刊於「白話」專欄，純用粵語。
《中國日報》1904 年 4 月 1 日至 7 日	兒童教育談	/	刊於「白話」專欄。認為兒童教育中，德育為首要。又提倡仿效日本的尚武精神，須多注意體育。
《中國日報》1904 年 4 月 11 日	種界	/	刊於「白話」專欄。提倡種族主義。
《中國日報》1904 年 4 月 20 日至 27 日	鄭成功	/	同上。
《中國日報》1904 年 4 月 28 日至 5 月 2 日	中國的俱樂部	/	批評中國種種惡習，特別指出煙、嫖之弊。
《中國日報》1904 年 5 月 3 日至 5 月 7 日	王船山先生嘅學說	/	借王船山學說宣傳種族主義。
《中國日報》1904 年 5 月 9 日至 12 日	人學	/	以問答形式談人獸之別，12 日篇末沒有注明，疑未完。
《中國日報》1904 年 5 月 13 日至 14 日	重力	/	介紹萬有引力的知識。未完。
《唯一趣報有所謂》1905 年 6 月 9 日至 18 日	俄羅斯虛無黨女傑蘇菲亞傳	大我	題邊注云：「白話」，說書體，借講俄國女性反抗專制的故事宣傳革命。
《唯一趣報有所謂》1905 年 11 月 26 日	睇吓睇吓官仲弊過賊（特別白話）	仍舊	指責官員以「報效」的名目強搶民財。

刊名／日期	篇名	作者	備註／內容
《粵東小說林》第三期 1906 年 11 月 5 日	演時務	大樨	圍繞「識時務為俊傑」展開，指出現在的俊傑和古時有所不同，現在的要如盧騷、福澤諭吉方可稱俊傑。
《中外小說林》第六期 1907 年 8 月 9 日	愛國觀念當由歷史上生感發慨	耀	宣傳種族主義的愛國觀念，指黃帝打敗蚩尤是「中國種族競爭嘅歷史先聲」，堯舜揖讓天下，「實係共和政體嘅始祖」。
《中外小說林》第九期 190? 年 9 月 8 日	能知唔拜神之益於人事實力必有進步	耀	發揮孔子的話，勸人不要迷信。
《中外小說林》第十二期 1907 年 10 月 7 日	近事演說	光翟	議論粵漢鐵路的新聞，提及選舉總協理時涉及塗改股票的報道，以演說體論時事，對一般讀者更為親切。
《中外小說林》第十五期 1907 年 11 月 16 日	敬告外埠華僑	光翟	呼籲海外華人團結。自稱「個個編輯白話嘅先生，期期係口擘擘咁講」。
《嶺南白話雜誌》第二期 1908 年 2 月 16 日	辦白話雜誌於社會上好有關係（續）	伯耀	說明白話報的意義和精神，能夠做到「了於目便於心」，而且有益於風俗。
同上	學堂教戲即係孔子教樂啫	匕	學堂演改良新戲就好像孔子以提倡雅樂教化一樣，並推薦「優天影」。
同上	講衛生	溫	講解氧氣和二氧化碳。

4. 詩歌

刊名 / 日期	篇名	作者	備注 / 內容
《中國日報》 1904 年 4 月 1 日	武備學生謠	破浪碎鯨	刊於「雜謳」欄。文言粵語夾雜，批評武備學堂學生只為利益。
《時諧新集》 1904 年	報效	/	以淺俗的語言唱出官場和科場以「報效」名義捐官和作弊的問題。
同上	1904 年香港竹枝詞十六首	/	描寫當時香港的風俗，最後一首呼籲維新變革。
同上	三字童謠	/	諷刺當時廣東的亂象。
同上	官賊歌	/	以兒童的口吻，諷刺當時官賊難分的現象。
《唯一趣報有所謂》 1906 年 1 月 29、30 日及 2 月 1 日	香江新歲竹枝詞十二首	仍舊	記錄香港過年的娛樂活動和市面情況。
《嬉笑集》 1924 年	漢高祖	懺綺盦主人	刻劃漢高祖的行事和個性。
同上	楚項羽	同上	描寫項羽愛面子、剛愎自用。
同上	孟浩然夜歸鹿門	同上	孟浩然為尋找靈感做詩，出門至夜深，弄得一身雪、兩腳泥，連自己養的狗都不認得而被吠。
同上	題寒江獨釣圖	同上	改寫自《江雪》，增添了「鶴瘦魚肥」生活的趣味，讓人想見漁翁的自得其樂。
同上	題陶淵明種菊圖	同上	寫陶淵明的田園生活和詩才。
同上	勝棋樓	同上	寫勝棋樓的景致，寄寓明代及民國的懷想。
同上	自由女	同上	諷刺女子頂着新女性的名號，卻行為放蕩。

5. 南音、龍舟歌、板眼

刊名／日期	篇名	作者	備注／內容
《中國日報》 1904 年 3 月 15 日	新捐法 （龍舟歌）	熱血人稿	譴責貪官以捐獻的方法斂財。
《中國日報》 1904 年 3 月 29 日	女權發達 （龍舟歌）	橫行	女性訴說纏足和強迫婚姻的痛苦，寄望新風氣和新教育使女權發達。
《中國日報》 1904 年 4 月 1 日	詐帝維新 （南音）	競生	諷刺維新派中的投機分子。
《唯一趣報有所謂》 1905 年 6 月 7 日	鬥龍舟 （龍舟歌）	仍舊	惜尚武精神用得不恰當，賽龍舟釀成打鬥。
《游藝報》 1905 年 7 月 10 日 （乙巳年六月初八）	教員自嘆 （龍舟歌）	佚名	不學無術的教員憂慮在學堂中無立足之地。
《唯一趣報有所謂》 1905 年 8 月 14、16 日	力破神權 （龍舟歌）	蘆葦生	為人們在七夕拜七姐求子求財的風氣而痛心。前段文字典雅，後段則比較口語化。
《游藝報》 1905 年 8 月 16 日 （乙巳年七月十六日）	妓女訴苦 （龍舟歌）	匡時來稿	以妓女的口吻，悲嘆命苦，盼來世做男兒。
《游藝報》 1905 年 8 月 21 日 （乙巳年七月廿一日）	妓女嘆月 （南音）	拍鳴	和匡時來稿，並評其音律問題，題旨同上。
《唯一趣報有所謂》 1905 年 8 月 26 至 27 日	金山客嘆五更 （木魚）	仍舊	具體寫華工苦況，和體裁甚為配合。
《唯一趣報有所謂》 1905 年 8 月 29 日至 9 月 3 日	華工訴恨 （南音）	仍舊	描寫華工離鄉別井的苦況、在美國受虐待的情形。呼籲加入反美禁約運動。
《唯一趣報有所謂》 1905 年 9 月 17 日	科舉家訴恨 （龍舟歌）	仍舊	以落泊文人為敍述主體，甚多具體細節和情況的描寫。
《唯一趣報有所謂》 1905 年 9 月 18 日	托招牌大興娘 子軍	猛進	以半嘲笑口吻講述女學堂教習鬧事。
《唯一趣報有所謂》 1905 年 9 月 19、24 日	粵民公恨（其 一）（龍舟歌）	仍舊	控訴官員和士紳助紂為虐。

刊名／日期	篇名	作者	備注／內容
《時事畫報》 1905 年 9 月第 3 期	女界悲觀 （南音）	若明女士	嘆時局多艱，女子無力挽狂瀾。
《唯一趣報有所謂》 1905 年 10 月 1 至 4 日	喜怒哀樂 （龍舟歌）	鐵漢	分別唱出喜、怒、哀、樂四件與廣東有關的時事。
《唯一趣報有所謂》 1905 年 10 月 7 至 8 日	天涯秋恨	仍舊	借秋景慨嘆異族統治、華工苦況、國運多艱。
《唯一趣報有所謂》 1906 年 2 月 14、15、18 至 21 日	粵人春恨 （南音）	仍舊	風格文雅，包容多件史事。
《香港少年報》 1906 年 6 月 22、25、28、29 日、7 月 4、6、11、13、18、19 日	粵漢鐵路歷史 （十續起） （龍舟歌）	棣	以龍舟歌的形式編寫粵漢鐵路事件的經過。
《香港少年報》 1906 年 11 月 29、30 日	窮廣東	蘆中人	控訴各種名目苛捐報效使廣東變得貧窮。
《時事畫報》 1906 年第 23 期	睇七夕 （板眼）	亞嘎	作者和友人在七夕爭看走馬燈，燈上所繪圖畫與時事有關。提及「亞菱一案」。篇末說「又想今晚紀遊何可不紀，雜文懶作不若作段歌辭，信筆將來填塞吓地位」。
《時事畫報》 1906 年第 24 期	香港風災 （南音）	憤子	歷數風災造成的慘況。
《時事畫報》 1906 年第 26 期	老秀才秋恨 （南音）	童哥	諷刺老秀才在廢科舉後的處境。
《中外小說林》 第六期 1907 年 8 月 9 日	秋女士泉台訴恨（龍舟歌）	耀	以秋瑾的口吻，訴說其生平故事，文字流麗，感情充沛。
《三續時諧》 1907 年或以前	清明掃墓 （龍舟歌）	／	生動細緻地紀錄當時清明掃墓的情景，作者「百感叢生」但沒有言明。
《三續時諧》 1907 年或以前	琵琶訴情 （龍舟歌）	／	女子傾訴心中的情懷，望情人不負己意。語言雅俗配合得宜。

刊名 / 日期	篇名	作者	備注 / 內容
《人權報》 1910 年 6 月 20 日 （庚戌年五月十四日）	時諧板眼 壯士耍花槍 （板眼）（三續）	橫流	士兵向一彩票攤子亂槍掃射，描述生動，在荒謬的情景中批評士兵質素和慨嘆無辜喪生的平民。
《南越報附張》 1910 年 2 月 14 日 （庚戌年正月初五起）	政界佬拜年 （板眼）	芳郎	清朝官員新春上朝拜年的情況。
《南越報附張》 1910 年 3 月 11 日 （庚戌年二月初一起）	枕頭狀 （龍舟歌）	拍鳴	描寫富有之家的糾紛。在連載首天指出中國缺乏女子教育俾家庭倫理不張。後改名為《家之索》。
《南越報附張》 1910 年 4 月 8 日 （庚戌年二月廿九日起）	苦情南音 黑獄紅蓮	芳郎	講述廣東番禺關於女子許有的一段冤案。
《南越報附張》 1910 年 6 月 13 日 （庚戌年五月初七）	去年今日	芳郎	刊於「清歌欄」，未注明體式。為《南越報》一周年紀念而作，特別痛陳鹽捐、新軍濫殺無辜及酷吏徇私三件事。
《南越報附張》 1910 年 6 月 14 日起 （庚戌年五月初八起）	跛大少睇龍船 （板眼）	芳郎	透過二世祖看龍舟一事，描寫他恃着家財萬貫，終日過着糜爛生活。 社會小說《學蠹現形記》在通用語中偶有出現粵語句法，但用通用語寫出，顯示作者掌握通用語未得心應手（五月初八及初九）。 哀情小說《埋香冢》為白話小說，有「看官」一詞，分章，但回目並非對聯，白話較流暢。
《南越報附張》 1910 年 7 月 18 日 （庚戌年六月十二日）	苦情南音 女貞花（上卷）（廿九）	芳畹	女子被迫為娼的故事。
《南越報附張》 1910 年 7 月 27 日起 （庚戌年六月廿一日起）	華僑叫苦 （龍舟歌）	健兒	以華僑的口吻訴說在外謀生的苦況。
《南越報附張》 1910 年 9 月 8 日 （庚戌年八月初五）	韓人自嘆 （龍舟歌）	健兒	韓國遭吞併，擬韓國人亡國之悲。

刊名／日期	篇名	作者	備注／內容
《南越報附張》 1911 年 10 月 23 日 （辛亥年九月初二）	感應南音 朱砂痣（七）	拍鳴	時局混亂，女子漂泊尋夫的故事。
《國民報》 1912 年 3 月 23 日 （壬子年二月初五）	恭喜多賀 （板眼）	佚名	慶祝革命成功。

6. 班本

刊名／日期	篇名	作者	備注／內容
《新小說》 1903 年 9 月 6 日	新串班本黃蕭養回頭	新廣東武生度曲	仙童指點黃蕭養再生廣東，名為黃種強，其後聯合寧自由等友人，準備起義。
《唯一趣報有所謂》 1905 年 6 月 5 日	黃浦灘祭墳 （河調）	萍初蘆四郎	悼鄒容犧牲。
《廣東日報》 1905 年 6 月 3 日	隨宦學生組織架〔咖〕啡會	哲郎	隨宦學堂為廣州古學堂，1906 年許地山兄弟三人入廣州隨宦學堂。此謳諷刺學堂學生生活洋化糜爛，無心向學。
《廣東日報》 1905 年 6 月 13 日	牛精忍氣	哲郎	諷刺姚姓廣州武官脾氣極壞，動輒使用武力。
《廣東日報》 1905 年 6 月 15 日	有心人賣扇	明明	賣反對美國禁約的扇子，一面繪美國人虐待華工圖畫，一面繪牛隻被鞭笞的情形，並有題詞，望使大眾知道國勢危急，合群團結。
《唯一趣報有所謂》 1905 年 6 月 6 日 至 28 日；7 月 2 日 至 15 日。	全套出頭戲中戲	蘆葦生	三江司巡檢陳照、女兒陳明寶和男旦蘭花米的故事。
《香港少年報》 1906 年 6 月 24、 25、28 日、 7 月 2 至 5 日	張妾警局夜嘆	棣	對應民間時事而作，妾和婢的對白用粵語。

刊名／日期	篇名	作者	備注／內容
《游藝報》 1905 年 7 月 11 日 （乙巳年六月初九）	陳十三深夜憶銀喬	醒亞	作者的友人欲替妓女贖身不果，因而陷入相思痛苦。
《游藝報》 1905 年 8 月 1 日 （乙巳年七月初一）	華工嘆	天籟	以華工的口吻嘆在國外受辱，望同胞支持拒約。
《游藝報》 1905 年 8 月 11 日 （乙巳年七月十一日）	撫標兵嘆	無譽來稿	以撫標兵的口吻，描寫被裁減後憂慮生計。
《游藝報》 1905 年 8 月 12 日 （乙巳年七月十二日）	預賀《拒約報》出世	無署名	稱讚主筆為英雄豪傑，呼籲未知拒約者必須多讀。
《游藝報》 1905 年 8 月 23 日 （乙巳年七月廿三日）	城隍廟打地氣	憫愚	批評打地氣風俗。前一日「童謠」欄亦以此為題。
《香港少年報》 1906 年 8 月 1 日	巡目賭敗當操衣	轟	巡警因為「苟安無事」，在街上蹓躂無聊，染上賭癮。金錢散盡，竟把操衣當掉來換賭本。
《國民報》 1910 年 6 月 16 日 （庚戌年五月初十）	醒俗新劇 復仇針 （八十六續）	弔民排演	開首嘆板唱詞用粵語較為押韻：死、飛、地，未知用桂林話如何，但它與通用語接近，可作用韻亦近粵音的參考。十六日所見，對白都用粵語。
《南越報附張》 1910 年 4 月 8 日 （庚戌年二月廿九起）	亡國淚 （埃及遺民史）	拍嗚	埃及遺民行刺女王以圖復國的故事。曲詞對白淺白而不失文雅。開首兩句唱詞脫化杜甫詩：「故國山河依舊在，草木春深總創懷。」三月初四有「好不納悶」、「俺去也」等句，疑是舞台官話演出。但配合部份情節又用粵語，例如女主角美鶯要求假冒進宮為官的國王夏馬之和自己結婚時，用的是粵語。女王魯格巴引誘夏馬之時也用粵語。
《南越報附張》 1910 年 6 月 13 日 （庚戌年五月初七起）	《南越報》一周年紀念	拍嗚	歷數一年來的亂事，慨嘆政治、軍事、學界、民智、實業都無起色。有「好過從前」這種粵語句法，但唱詞句短，又疑是用官話演唱。

刊名 / 日期	篇名	作者	備注 / 內容
《南越報附張》 1910 年 6 月 14 日 （庚戌年五月初八）	西史班本 綠氣花（二續）	拍嗚	俄國奸臣利用虛無黨暗殺俄皇，英使保護俄皇受傷，重遇未婚妻，俄國奸臣垂涎這位女子的美色，於是設計加害。部份用粵語，部份似用官話演唱。
《南越報附張》 1910 年 9 月 30 日 （庚戌年八月廿七）	聖誕千秋	拍嗚	借孔誕激勵國民志氣，稱孔子為「教主」，又說：「編為歌曲不顧言俚，但願同胞同此志，奉揚孔教竭力無遺。」
《南越報附張》 1910 年 10 月 3 日 （庚戌年九月初一）	蔡乃煌革職	拍嗚	蔡乃煌為袁世凱親信，在百姓眼中作惡多端。此作特別痛斥蔡氏查封報館，扼殺言論自由。 有「大樣模屍」、「數臭」等詞，用粵語演唱。
《南越報附張》 1911 年 10 月 23 日 （辛亥年九月初二）	陳塘即事 紥仔走火	軒青	妓寨失火，妓女逃生的事件，其中提到紥腳使逃生困難。唱白均用粵語。
《南越報附張》 1911 年 10 月 27 日 （辛亥年九月初六）	高麗悲劇 蠶絲盡	而優	反日的韓國烈士李東恢被捕發配濟州島。文詞較古雅，唱詞可能夾雜通用語和粵語：（大滾花）「彼夫丈來俺丈夫」「問蒼天曷不憐吾」（二流）用粵語唱「免令為佢苦害相思」、「意欲行前將佢戲謔」。
《南越報附張》 1911 年 10 月 31 日 （辛亥年九月初十）	祭奠鳳山	優隱	前往廣州上任的鳳山將軍被革命黨人刺殺，此事當時影響甚大。此作模擬其妻的口吻。語言較書面化。
《南越報附張》 1911 年 11 月 3 日 （辛亥年九月十三日）	黎都督誓師	伶隱	黎元洪帶領革命軍攻打北京時誓師。
《南越報附張》 1911 年 11 月 8 日 （辛亥年九月十八日）	月女私奔	伶隱	女子傾慕名伶楊小樓，欲與之私奔。
《南越報附張》 1911 年 11 月 10 日 （辛亥年九月二十日）	滇閩獨立	伶隱	呼籲獨立，有「為何兩粵不聞聲」之句。

刊名／日期	篇名	作者	備注／內容
《南越報附張》 1911 年 11 月 13 日 （辛亥年九月廿三日）	祝廣東獨立	明	慶祝廣東獨立，盼望國家邁向美好的前景。
《南越報附張》 1911 年 11 月 15 日 （辛亥年九月廿五日）	民軍赴義	醒曹	當日逼於無奈投身綠林，今日聚眾為革命而戰。幾篇為辛亥革命成功而寫的班本語言都不那麼口語化。
《國民報》 1912 年 2 月 23 日 （壬子年一月初六）	清史怪劇 清宮現形記 （廿一）	薄迂	反清的作品，有「漢人是家奴，滿人是貴族」。
《國民報》 1912 年 3 月 4 日 （壬子年一月十六日）	載澤自嘆	椎	模擬載澤的語調，表達他面對時代變局時的憂慮。少量粵語詞「決一輪贏」、「抽秤」、「地皮鏟淨」等
《國民報》 1912 年 3 月 23 日 （壬子年二月初五）	哀艷班本 佳人淚	叫群	有「看將起來」等語，疑用通用語。
《人權報》 1914 年 8 月 3 日 （甲寅年六月十二日）	時事警劇 醜人出醜（三）	報界隱者	批判民間迷信江湖術士能夠治病的風氣。唱白「旦」、「丑」全用粵語。
《人權報》 1914 年 9 月 2 日 （甲寅年七月十三日）	時事奇劇 庸人自擾 （十五）	報界隱者	丈夫嗜賭以至慘劇頻生，部份疑用通用語演唱，部份又明顯用粵語。
《羊城報》 1922 年 1 月 16 日	現事活劇 飛髮匠坐監 （十三）	心帆	對白皆用粵語，劇名也是粵語，「雜」、「丑」的唱詞更口語化。下刊國豐年演出廣告。
《羊城報》 1922 年 5 月 23 日	社會短劇 窮人苦（二）	心帆	丈夫拒絕因為貧窮而巴結權貴。唱詞對白均為粵語。
《現象報》 1922 年 7 月 8 日	平民不平（二）	魯一	慨嘆廣州亂局。
《現象報》 1924 年 4 月 10 日	是真非戲 愚婦（一）	魯一	透過一對夫妻的對話，勸人戒煙，全用粵語。
《現象報》 1924 年 12 月 4 日	最新古劇 笑墳（十八）	魯一	新編齊人偷食祭品的故事，有借古諷今之意，批評軍閥的暴政惡行。

7. 小說

刊名／日期	篇名	作者	備注／內容
《時諧新集》 1904 年	掃墓餘話	／	作者記錄女子哭墳的內容。編者歸入「小說界」，實是一則筆記。
《唯一趣報有所謂》 1905 年 8 月 8 至 21日	民族偉人閻應元（粵語小說）	萍初四郎	借明末抗清將領閻應元的故事宣傳反清革命。形態屬半說書半小說。
《珠江鏡》 1906 年 6 月 6 日	滌垢小說 本地狀元 （八續）	／	寫一狀元因好色被害。對話用粵語。
《香港少年報》 1906 年 11 月 15 日	白話小說 西狩	朕	刊於「新說部」，寫幾個友人到妓院飲宴玩樂的對話。
《社會公報》 1907 年 12 月 13 日 （丁未年十一月初九）	短篇小說 文明戰	耀	刊於「白話叢」。作者夢見「帝」字軍和「國」字軍對壘。篇末有「就拈筆寫來，給與列位聽聽」及「睇吓囉，講完咯」。
《社會公報》 1907 年 12 月 19 日 （丁未年十一月十五日）	兩公婆講煙經	耀	刊於「白話叢」。一對老夫妻討論鴉片之害，丈夫在妻子苦口婆心的勸告下決定戒煙。
《社會公報》 1907 年 12 月 20 日 （丁未年十一月十六日）	土地訴苦	耀	刊於「白話叢」。土地公因為割地賠款而嘆職權受人干涉。篇首末有「拈筆寫來，講與列位聽聽」。
《社會公報》 1907 年 12 月 26 日 （丁未年十一月廿二日）	白話小說 撞飲	太歲	刊於「稗官署」。紀錄四名客人在酒樓上打招呼、點菜、猜枚、飲酒的對話。
《社會公報》 1907 年 12 月 31 日 （丁未年十一月廿七日）	答客問葡界事	國俠	擬朋友來訪，聽他談葡人掠奪澳門以外的香山灣仔海權。
《嶺南白話雜誌》 第二期 1908 年 2 月 16 日	學海潮 （第二回）	歐博明	學子進入新式學堂竟然學會嫖賭飲吹，引起家長不滿。
同上	近事小說 奸淫報（初續）	耀公	章星瑤先為賊後捐官，妻子兼營妓院。

刊名 / 日期	篇名	作者	備注 / 內容
同上	頂怪誕嘅小說 裝愁屋 （第二回）	原著英佳 保肥 亞樂譯意 亞羹砌詞	威林和子女入住神秘大屋，傳說之前的屋主因為遭遇不幸而搬走。
《南越報附張》 1910 年 2 月 21 日 （庚戌年正月十二日）	社會小說東遊記（第三回起，第一、二回發表於《羊城日報》）	歐拍鳴	全文用粵語寫作。篇首寫「馬騮怪」等三人東遊到香港石塘咀妓院林立之地，又編造一名為「康素馨」的人物，影射康同璧。雖有批判復古派之意，但對故事涉及的新舊女性和性別問題並無認真思考，情節流於無聊和低級趣味。

附錄二　清末民初粵語作品報刊簡介

凡例

一、本附錄僅列出確知刊登粵語作品的報刊，介紹其內容時，以粵
　　語作品發表的情況及報刊的語言立場為主。

二、先後次序按報刊創刊年份排列，未詳者置於篇末。

三、除筆者個人的總結和歸納之外，主要資料來源包括：《辛亥革
　　命時期期刊介紹》、《中國近代期刊篇目彙錄》、《香港中文
　　報業發展史》、《晚清文藝報刊述略》、《廣州報業》及《中
　　國近代報刊名錄》，有關出版資料參考本書參考文獻。

《南越報》、《南越報附張》

　　《南越報》於 1875 年 6 月 8 日創刊，發行所位於廣州第七甫，
乃繼《國民報》而起的革命派報章，諧部設笑說、清歌、粵謳，主
編有蘇棱諷、盧博浪、李孟哲、楊計白。1911 年 3 月 29 日革命黨
人起義失敗，粵謳《黃花影》等篇悼死難烈士：「黃花影，尚帶住
的血痕鮮，顧影知是英雄，且屬美少年。試睇英姿瀟灑，婀娜含剛
健，枝傲橫枝，可見得渠骨節堅。秋風秋雨，日把黃魂練，不比春
花娥媚；祇係乞憐。人見渠自由花放，極個個心欽羨，須知有許多
萌蘗，蹂損在春天。呢吓北顧燕雲，總係多少變，須整鞭，齊與金
鳳戰，待到凱歌唱，痛飲在花前」。《南越報附張》約創刊於 1909

年,至 1923 年停刊,內容相信與諧部相似,有文界、冷評、說部、清歌、粵謳。

《嘻笑報》

1898 年出版於廣州,旬刊,創刊者朱通孺,撰述者楊肖歐、譚汝儉,以嘻笑怒罵的態度批評時事,並刊粵謳、彈詞等,令當時廣東都督李鴻章不滿,因而停刊。

《中國日報》、《中國旬報》

1900 年 1 月 25 日創刊,海內外首份革命派日報。1899 年夏秋間,孫中山派陳少白到香港組織。1900 年至 1905 年由陳少白主編,1906 年至 1909 年由馮自由主持,1910 年至 1912 年則由謝英伯主持,早期的主要撰稿者有陸伯周、洪孝充、楊少歐、鄭貫一、馮自由、陳思仲、陳春生、王軍演、廖平子、盧信公、胡漢民、謝英伯、黃世仲、朱執信、李紀堂、李煜堂等。館址先設於香港士丹利街,後幾度搬遷,1911 年 9 月遷至廣州,1913 年二次革命失敗後,被龍濟光禁止出版。《中國日報》也是最早以廣東民間文藝宣傳反清、革命和開啓民智的報章。《中國日報》創刊時,同時出版《中國旬報》,亦由陳少白主編,由楊少歐、黃魯逸實際負責。從第十期開始,《中國旬報》改「雜俎」欄為附張《鼓吹錄》,刊出諧文、粵謳、南音、班本、院本、曲文等,諷刺時政。1901 年 3 月,《中國旬報》出版至三十七期停刊,《鼓吹錄》移入日報,成為該報的文學副刊。

此後，穗港兩地的報刊不分政治立場，多設專欄刊出粵謳、南音等說唱文藝，直至民國初年仍然沒有改變。

　　兩報最初都宣傳維新思想，同時也曾宣傳「革命維新」的主張。在 1900 年秋後，《中國日報》和《中國旬報》相繼發表《論民權》和《主權論》等社論，開始宣傳民主革命，《中國旬報》則在十九期刊出章太炎的三篇文章，包括《章炳麟來書》、《請嚴拒滿蒙人入國會狀》和《解辮髮說》，從中可以窺見清末種族革命思想的發展。

《開智錄》

　　近代中國留日學生最早創辦的刊物，也是在香港出版的《中國日報》之外，最早鼓吹革命的報刊，是鄭貫一、馮自由、馮斯欒在橫濱組織的開智會的會報。當時正值主張君主立憲的自立軍起義，一些留日學生對清廷的幻想破滅，開始從改良轉向革命。《開智錄》的創辦反映了這一轉變。約於 1900 年冬創刊，最初是油印，同年 12 月 22 日出版鉛印的「改良第一期」，到 1901 年 3 月 20 日，共印行六期，何時停刊未詳。據《清議報》及《國民報》上的廣告，約於 1901 年夏停刊。《開智錄》的宗旨如改良第一期的《開智會錄緣起》所說，「以爭自由發言之權，及輸進新思想以鼓盈國民獨立之精神為第一主義」，內容包括論說、雜文、譯書、小說、詞林、笑譚、粵謳、南音、龍舟歌等。在改良第一期即刊出馮斯欒所撰〈革命之劍〉，馮自由所譯的〈法國革命史〉，鄭貫公則發表小說〈摩西傳〉，馮自由之後又撰有〈貞德傳〉。

《新小說》

1902 年 11 月創刊，在日本橫濱出版，月刊。由新小說社發行。
編輯兼發行人趙毓林，實為梁啟超所主持。第二卷起遷至上海，改
由廣智書局發行。1906 年 1 月停刊，共出二十四號。為少數在廣東
和香港以外發表粵語作品的刊物，雖然數量不多，但梁啟超的《班
定遠平西域》、廖恩燾的粵謳都是晚清粵語寫作中的重要作品。

《方言報》

地方語小報，創刊於 1902 年初，館設上海四馬路泥城濱觀盛
里。版式與一般小型報章相近。內容分為弁語、朝報、輿論、市聲、
巷議、瀛談、情話、遊說等。其特點並非採用一個地方土語，而綜
合各地方語而成：朝報（京話）、輿論（官話）、市聲（寧波話）、
巷議（廣東話）、情話（蘇白）。

從上述分類可知編者對各種地方語的特色和功能頗有會心，但
每一讀者都未能全懂各地土話。停刊時間未詳。

《時敏報》、《時敏新報》

《時敏報》於 1903 年創刊，館設廣州城西十八甫，主辦人鄧君
壽、陳劍秋、譚少源，主筆孔希伯，該報與時敏學堂、時敏書局三
位一體，有諧部，刊雜著、粵謳及南音。1905 年因資金不足，保皇
黨人江孔殷、吳介銘入股，該報遂為保皇黨人掌握，這個時期的主
筆有曹駕歐、韓善圃等，1909 年改組為《時敏新報》，發行人岑侶

豪，編輯陳新吾，印刷人陳寶三，發行所仍位於廣州城西十八甫，
刊雜著及南音。

《廣東日報》、《無所謂》、《一聲鐘》

　　1904 年 3 月 31 日創刊，發行所在香港士丹利街，總編輯兼督
印鄭貫公，編輯黃世仲、陳樹人、胡子晉、勞緯孟。1905 年 3 月李
漢生接辦，主筆李大醒、黃魯逸。該報與當時的革命黨人一樣，受
到無政府主義思潮影響，以暗殺作為革命鬥爭的一種行動。該報創
刊時正值廣西起義，除了大篇幅報道外，並譴責岑春煊的鎮壓。李
漢生接辦後，宗旨仍舊，後因評論收回粵漢鐵路風潮，股東懼禍而
於 1906 年 3 月停刊。《廣東日報》的副刊名為《無所謂》，實際
上是單行的文藝報刊，惜今已佚。1905 年 3 月易手後改名為《一聲
鐘》，刊班本、龍舟、粵謳等。《一聲鐘》創刊後，適值反美運動，
該刊發表不少相關的說唱文藝。

《羊城日報》

　　1904 年創刊，館址位於廣州十八甫，君憲派報紙。主辦者為鍾
宰荃、莫任衡、趙秀石，編輯莫天一，撰述譚汝儉、蒲萃卿，翻譯
周靈生。與《時敏報》一樣，它和新少年學堂、開新公司編譯書局
三位一體，為日報兼營編譯印刷業務之始。民國成立後，繼續出版，
副刊內容有班本、粵謳、諧談等。

《鮀江公理報》

前身為 1903 年創辦的《鮀江輯譯報》，主持人為袁守明。據上海圖書館藏 1904 年 4 月 16 日的散張，可知當時已經出版，局設汕頭得興街，內容有小說、笑林、粵謳、謎語。

《唯一趣報有所謂》

1905 年 6 月 4 日創刊，總發行所位於香港荷李活道的開智社，翌年 1 月遷至德輔道中。編輯及發行人鄭貫公，撰述有黃世仲、陳樹人、王斧、李孟哲、盧偉臣、胡子晉、王軍演等。該報採用「先諧後莊」的方式，把詼諧通俗的內容放在前面，篇幅達五分之二，而且種類多元化：「題詞」、「落花影」刊載「一切遊戲文章」，而「滑稽魂」則「一切笑談屬之」，「官紳鏡」多描繪官場醜態，「新鼓吹」專刊粵劇班本，「社會聲」專刊廣東民間曲藝，包括粵謳、南音、龍舟等，傳記小說亦偶爾闢出特別專欄連載。據《華字日報七十一周年紀念刊》載，該報「持論激烈，當時一紙風行，為省港各報之冠」。《唯一趣報有所謂》創刊後正值反美拒約運動，遂成為箇中旗手。據冼玉清統計，在目前可見的材料中，以此為題材的粵謳有五十多首，她在〈粵謳與晚清政治〉一文中選講的二十八首粵謳中，出自《唯一趣報有所謂》的達到二十首之多，可見這些作品的代表性。阿英在《反美華工禁約文學集》中指出「傳誦一時」的兩首說唱歌謠，〈海幢寺〉和〈弔煙仔〉都出自《唯一趣報有所謂》。1906 年初兩廣總督岑春煊擬將粵漢鐵路改為官督商辦，事件

引起《唯一趣報有所謂》的抨擊，為岑氏下令禁止在廣州銷售。鄭貫公於 1906 年 5 月病逝，該報於 6 月易名為《東方報》。

《游藝報》

1905 年 6 月創刊，社址位於廣州十八甫，星期日停派，以消閑娛樂為主的報章，較少刊登政治新聞，不少內容亦與妓女有關，設有笑柄、諧文、粵謳、南音、班本，小說、歌謠等欄目，佔報紙三分之二篇幅，編輯有嘯父、俠庵、亞援、天籟、亞通等，創辦之初甚受歡迎，創刊未滿一月即加紙刊載邸抄、小說等內容，但數月後即告停刊。該報設「社說」議論時事，除了參與反美華工禁約運動，所刊出的文藝作品，既有反抗帝國主義、關心國運，亦為社會不平仗義執言。但這種關心時局的態度，或多或少是附和時勢，後來抵制美貨風潮受清廷干預，該報在 1905 年 8 月 23 日刊登〈抵制美約之諸君休矣〉一文，率先反對抵制美約。

《拒約報》

1905 年 8 月 21 日在廣州創刊，版心印「廣州旬報」四字。總編輯黃晦聞，督印胡子晉，社員為謝英伯、王君衍等。內容除了拒約運動的新聞和專件外，還刊出白話、歌謠、粵謳等，很受大眾歡迎。隨着運動進入低潮，在是年 10 月底第九期停刊。

《時事畫報》

1905 年 9 月創辦於廣州，發起人高卓廷，編輯潘達微、高劍父、何劍士、陳垣等。該刊於反美運動高潮時創辦，並積極參與其事。圖畫記事為首，論事次之。論事中分莊諧兩部，先諧後莊，在圖畫之後刊南音、粵謳、班本等，還配合時事諷刺畫，刊粵語急口令或粵謳。此外，「談屑」、「諧談」等專欄亦用粵語。在 1908、1909 年後，較少刊出粵語歌謠，而更多刊出古文及小說。《時事畫報》連續刊登黃小配（世仲）所撰〈廿載繁華夢〉和〈黨人碑〉，前者敍述粵東周庸佑近事，反映了帝國主義入侵後，垂亡的清政權貪污腐化的怪現象，後者反映數十年來革命黨人起伏之情狀。1907 年冬停刊，1909 年在香港復刊，編輯及發行人謝英伯、潘達微、鄭侶泉、何劍士。翌年重組，刊十餘號止。辛亥廣東光復後，與《平民畫報》合併為《廣州時事畫報》，發行所位於羊城第八甫，1912 年 9 月第三期有相關啓事。

《天趣報》

創刊於 1905 年，總發行所位於廣州十八甫，每晚十時出版，發行人孔慶增、編輯鄧情三、印刷胡棟，被認為是「色情報章之嚆矢」，反映晚清廣州社會色情消費的泛濫。該報「專談花事」，專門報道嫖妓資訊、妓女生活、妓院瑣聞的小報，內容時涉淫穢，定價比一般報章高。該刊「四條弦」、「天籟鳴」等專欄刊出粵謳。政治立場疑傾向維新派，1910 年 12 月 16 日（宣統二年十一月十五

日）刊出粵謳〈佢心係向你〉，題下注：「為國會代表請復用康梁謳也」。謳中內容贊成政府起用康、梁。

《香港少年報》

1906 年 5 月 28 日創刊，發行所位於香港海旁干諾道。總編輯兼督印人黃棣蓀（世仲），撰述員有黃伯耀、馮礪生、趙嘯余、何螢初、盧蔚起。名譽撰述員胡俊父、陳猛進、易俠、李捷軍、王亞斧、何漢捷。翻譯員有白光明、易鞏漢。雖然黃世仲和鄭貫公是革命派中的親密戰友，但該報應在其逝世前已經開始籌組。《少年報》的體式一如《唯一趣報有所謂》，「以開通民智，監督政府，糾正社會，提倡民族為宗旨」，諧部設有「新舞台」、「粵人聲」、「新笑林」等欄。《少年報》創刊後兩個月，即與《世界公益報》等六份報刊批評岑春煊攘奪路權之非，而遭禁止在內地發行，一年後因為財政困難而停刊。

《東方報》

1906 年 7 月 29 日創刊，發行所位於香港德輔道中，編輯及發行謝英伯，擔任編撰工作的有陳樹人、劉思復、易俠、胡子晉、駱漢存等。繼《唯一趣報有所謂》出版，編輯未有變動。內容分莊諧兩部，諧部設「生花筆」刊出諧文，「留聲機」、「自鳴籟」等刊出廣東說唱文藝。該報言論激烈，為清廷所忌。其言論宗旨為：「警醒數千年睡獅之酣夢，鏟卻數千年專制之政體，糾正十八行省野蠻

之官吏。其責任有三:一鼓吹民族主義;二糾察政界之怪象;三教育未開化之人群。」1906 年遭查封代理處,銷路大受影響,然而仍然堅持宗旨,除香港外,行銷新加坡、日本、檀香山、越南、紐約等地。1907 年 1 月 13 日因資本虧累不得不停辦。

《粵東小說林》

1906 年 9 月 17 日創刊,旬刊,發行所為省城十八甫,其出版廣告云:「小說一道,離奇變幻,體用兼賅,最宜於今日社會,泰東西各國至奉為教育專科,其價值可見。近世紀中國人士沐染新風,稍知小說之益,故東京、上海亦有說部叢書問世,惟吾粵闕如,同人等深以為憾,爰組織此社。特聘出色小說家多人,分門擔任,或著述近事,或翻譯精本:如冒險,如偵探,如艷情,錯綜雜出;或章回,或短篇,或傳奇,務臻善美。附以外書、諧文、白話、謳歌、雜俎、讔談等等,按期排列成帙,曰:《粵東小說林》,以饗我同胞,以導引文明,啓迪社會為方針。月出三冊,每冊約四十篇,都三萬餘言。字畫玲瓏,裝潢精善,取攜最便,可傳永久,定價每月四毫。」

《國事報》

約 1906 年 9 月創刊,發行所位於廣州十八甫,君憲派報紙,主辦人徐勤,主筆黎硯彝、李雍斯、伍博典、陳留侃。副刊內容有歌謠(班本、解心)、粵謳、諧談等。

《國民報》

　　李默《辛亥革命時期廣東報刊錄》指為 1906 年 11 月 1 日創刊，但有論者據《東方雜誌》1907 年 2 月 7 日（光緒三十三年十二月二十五日）出版的第十二期第四百一十三頁所載消息，應為 11 月 30 日創刊。館設廣州城十八甫新街，革命派報章。主辦人兼編輯人為盧諤生，鄧子彭、李孟哲任撰述，經常刊載海內外革命黨人投寄的稿件。附刊諧部名〈亦有謂〉，設「活劇曲」、「拍板歌」、「珠江籟」等欄。1908 年初，盧諤生為避清廷追捕逃離廣州，改由李少廷、崔秉民出資合辦，馮百礪、易健三、鄧悲觀等人任編輯，宗旨如前，副刊欄目亦與之前接近，一直堅持至民國成立後才停刊。本擬不涉政治，但因李少廷加入同盟會，言論為之一變，傾向革命。

《珠江鏡》

　　1906 年創刊於廣州，革命派報章，內容大都與粵漢鐵路事件有關。總編輯何言，撰述人陳鳴談，字諤士，三水人，筆名覺是。同年 5 月，因為揭露粵漢鐵路事件中清政府與豪紳勾結，不能在廣州出版而停刊，遷至香港。1906 年 5 月 27 日（丙午年閏四月初五）續刊，總發行所在香港德輔道中，流通地區包括廣東省、澳門及新加坡。諧部內容有諧文、趣言、粵謳、班本等。在香港續刊約一個月後，6 月 26 日刊出廣告，稱於下月初增設「漢鏡」一欄，刊出世界上關於種族主義的故事，另還增設圖畫一門，配以粵語寫的口令，「務為光彩離奇，奸宄者莫能遁跡」，以諷刺時弊。至同年 7 月 10

日與《世界公益報》、《中國報》等七家報紙一同被禁在廣州發售，
翌日發出停刊傳單，自此沒再復刊。

《振華五日大事記》

1907 年 4 月出版於廣州，編輯撰述人有愚公、微全、鐵樵、達
生、軒冑、亞魂。內容有諧文、諧談、粵聲、班本等，出至五十一
期停刊。〈本報出版之始聲〉以說唱形式刊出：「……講宗旨卻不
外開通民智，言論者堪稱是實事基礎。本同人早具了心誠血熱，若
莊言若諧論，字字不欺。凡紀事應當要，所聞必實，諧部中取誦諫，
趣語含譏……有諧文和笑話，最生機趣，粵人聲唱幾句，足解人頤。
那班本，唱上來，繪聲繪色，若公餘，少不免，寄慨吟詩，新小說
最可以，把社會啓迪，要非假，要非真，若隱若離。」

《廣東白話報》

1907 年 5 月 31 日在廣州創刊，撰述人有黃世仲、歐博明、風
萍舊主等。革命派在廣東創辦的方言刊物之一，全刊除了黃世仲以
「世次郎」筆名寫作的「近事小說」之外，全由粵語撰寫，現僅存一、
二、五期，停刊時間待考，估計壽命不長，但為方言文學極有參考
價值的材料。該刊設有「影相館」的專欄，以一幅諷刺畫，附以擬
演說的短文。其他專欄，無不切合一般百姓的趣味，包括以粵語寫
擬演說的「議事亭」、刊出南音和龍舟的「好油喉」、專門批判地
方風俗的「地保戳」、對當下時事夾敍夾議的「時聞袋」等。

《商工旬報》、《農工商報》、《廣東勸業報》

《商工旬報》於 1907 年 6 月創刊，在廣州出版。第四期起改名為《農工商報》，第五十五期起再改名為《廣東勸業報》，為江寶珩（俠庵）、江猷（壯庵）等創辦和主編，館設廣州光雅里，每月出三冊，每冊約二十頁，停刊時間未詳。該刊雖以工商界為對象，但不止富有文藝色彩，而且多用粵語。該報創刊號〈本報總則〉稱：「本報宗旨，因為世界艱難，志在講明生財好法，俾大家撈翻起世界。文字文俗兼用，務求淺白有趣，俾睇報者一見就明。」內容分論說、新聞、新法、學理、講古仔、新笑談，全都以工商界關心的事務為主題。第一期刊出俠庵所撰〈睇商工旬報嘅好處〉，專門說故事的「講古仔」刊出〈陶朱公致富來歷記〉，亦由俠庵所寫，第三期刊出歌謠〈勸工商〉和〈要睇吓商工旬報〉，第十期刊出班本《賣菜仔演說》，第二十期刊出歌謠〈勸友閱報（粵聲）〉，可見該刊早期粵味甚濃，略帶啓蒙報刊的味道，改名《廣東勸業報》方轉為典型的工商界刊物。廣東全省農工商總局曾出告示，勸閱《農工商報》，以資鼓勵，讚揚該刊「以方言淺理，為實業勸導，開通民智」。

《二十世紀軍國民報》

1907 年 11 月 13 日創刊。由《國民報》主辦人盧諤生自己所辦，因為「社說」署名盧騷之徒，言論激烈，被迫走避，刊物出至第七期停刊。內容有刊戲曲、粵謳等。

《社會公報》

1907 年 12 月 5 日創刊,日出一張半,星期日停派,總發行所位於香港德輔道中,總編輯及督印人為黃耀公。內容分莊諧兩部,諧部設文壇、白話、鼓吹等。除了民主革命外,還包含空想社會主義:「《社會公報》,何為而名?曰:為社會事也。曰:社會二字,乃受納國民之統名詞,以是名報,其主義安在?曰:社會主義……」該報甚為重視粵語寫作,黃耀公撰寫的〈社會公報內容之演說〉:「方言雅愛粵聲,不以艱深文淺陋;小說雖殊正史,依然記述寓箴規:則叢編白話,而署號稗官也。」

《嶺南白話雜誌》

1908 年 2 月 9 日在廣州創刊,亦為方言刊物。總發行所在廣州雙門底,分局在香港荷李活道步英學校,總代理處荷李活寶雲樓。撰稿人有歐博明、黃耀公、白光明、萍寄生,現僅存二、三、四、五期,結構與宗旨和《廣東白話報》相近,內容有「美術家」、「演說台」、「藏書樓」、「記事室」、「譯學館」、「俱樂部」、「遊戲坊」、「潔淨局」、「音樂房」、「跳舞會」、「宣講堂」、「閱報社」。「美術家」就如《廣東白話報》的「影相館」,刊出諷刺畫,「記事室」刊出歐博明和黃耀公所著的小說,全用粵語寫作。現存的《廣東白話報》所無的是「宣講堂」及「潔淨局」,前者以粵語翻譯四書,後者宣傳科學和衛生常識。

《東莞旬報》

1908 年 7 月 1 日在廣州創辦，編輯兼發行人莫俠仁，撰述員李亞璇、陳俠魂、劉博鴻（女）等。內容設有班本、粵謳、諧藪、諧文等。

《天鐸》

宗旨為：「提倡孔教，磨礪人群，匡扶世道，增長公德」，創刊於孔子降生二千四百六十年（1909 年）十一月初一，總發所在廣州礪群學社，每逢朔望出版。「莞爾談」刊出諧文、諧談和雜俎，「粵人聲」刊出粵謳等，「警鐘聲」刊出班本。

《平民日報》、《平民畫報》

1910 年 10 月 31 日在廣州創刊，主筆為盧博浪、李孟哲、鄧慕韓、潘達微、陳樹人、廖平子、鄧警亞等，革命派報刊。諧部設劇場、歌台、粵謳等。辛亥春停刊，後由鄧慕韓接辦，八月改名《齊民報》，廣東辛亥光復後回復舊名，鄧警亞任總編輯，擴股營業，副刊連續譯載日人片山潛著《社會主義粹言》。辛亥停辦時，曾另辦《平民畫報》。該報於 1911 年 7 月 16 日創刊，編輯兼發行鄧警亞，撰述廖平民、馮百礪、尹笛雲，畫師有何劍士、鄭侶泉、馮潤芝、潘達微等。書法名家楊侖西、篆刻家胡漢秋擔任繕寫。刊出不少諷刺畫，文字部份刊龍舟歌、粵謳等。

《震旦日報》

1911 年 2 月創刊廣州，發起人有康仲犖、梁慎余、陳援庵，副刊名為《雞鳴錄》，有諧文、班本、板眼、南音等。民國後繼續刊行，支持陳炯明討袁，二次革命失敗後停刊。

《人權報》

1911 年 3 月 29 日創刊，發行所位於廣州第八甫，主筆勞緯孟、陳耿夫、黃浩公、黃霄九、李孟哲，革命派報紙。出世廣告：「對於庇賭官紳，剝奪我人民自由權者，本報攻訐之，不遺餘力。」該報創設，據《革命逸史》：「庚戌新軍起義失敗，耿夫以在海外宣傳革命，功效遠不若內地之著，遂決計親至廣州創辦報刊，為文字上直接鼓吹，旋發刊《人權報》於城西神洞坊。」民國成立後，該報仍繼續辦理，編輯為黃伯器，諧部設班本、歌曲（龍舟歌）、粵謳等。

《香山循報》

1911 年初，1908 年創刊的《香山旬報》改名為《香山循報》（周刊），編輯及發行人李磷庵。發行所在石岐西門外，與同盟會關係密切，其論著傾向革命。其時香山為僑鄉，故內容多反映華僑疾苦，尤其是揭露美國排華暴行。因為是地方性刊物，所載多限與香山有關者，亦刊龍舟、班本、南音、粵謳等。

《大公報》

1912 年創刊，社址位於廣州第七甫。創辦者為公民黨人，副刊名為《公餘錄》，內容有板眼、粵謳、文界、說苑、筆記、劇本等。二次革命失敗後，被袁世凱收買，1923 年停刊。

《華國報》

1912 年在廣州創刊，主辦人馬名隆，編輯張鏡蔾，撰述譚汝儉、馮智慧、陳柱亭。為進步黨機關報，與國民黨對立，鼓吹中央集權。副刊內容有粵謳、班本、諧著、小說、筆記等。

《香江晚報諧部》

黃燕清在 1920 年創辦的晚報，為香港首家新聞晚報。除了黃氏自己之外，有黃冷觀、羅澧銘、吳灞陵、鄭天健等人協助編撰。《香江晚報》的諧部粵味甚濃，刊出班本、粵謳、板眼、諧文、雜錄、筆記、戲劇評論等，甚至新聞報道有時也小說化，敍事用淺文，人物對話用粵語。1927 年，該報招股擴充，翌年督印人改為葉黎，新人接辦後，黃燕清無心繼續主持，於 1929 年停刊。

《現象報》

約於 1921 年 8 月創刊於廣州，1950 年 7 月 31 日停刊，出版人陳式銳、陳霞公。1938 年 10 月 20 日因抗戰一度停刊，1946 年 8 月 30 日復刊。《現象報》的副刊持續刊出班本和粵謳，黃魯逸是

其中一位主要作者。直至二十年代末，粵語作品的專欄漸漸為文言及白話小說取代。

《廣州民國日報》

1923 年 6 月創刊，社址位於廣州第七甫。社長兼編輯主任孫仲瑛，營業部主任葉健夫，擁護國民黨和孫中山的主張，是第一次革命戰爭和十年內戰時期的重要參考資料。1924 年 5 月，該報在副刊闢〈文藝叢刊〉，內容有粵謳、討論、風俗、小說、新詩、詞苑等。

《小說星期刊》

二十年代初羅澧銘在香港創辦的小說報，每三日一刊，曾邀周瘦鵑撰寫「譯本小說」。除了小說之外，該刊也發表舊體詩詞、粵劇曲本和評論、粵謳等。

後記 「書面粵語」：創造與去殖的資源

《清末民初的粵語書寫》在 2017 年出版修訂本後，今年能再次印刷，請容我首先感謝大家給了我所不該有的幸福和幸運。正如我之前所說的，我無法預測粵語的未來，我相信那個未來在大家手中，但是，此書能夠和大家一起走過那麼多風風雨雨，學術上的寂寞和艱辛，已經不算什麼了。

我說，我相信粵語的未來在大家手中，大家相信嗎？近年有很多年輕人參與粵語的寫作，是十分值得高興的現象。在我看來，這是很有意義的舉動。我想，大家已經相信人要了解歷史，接受歷史的挑戰，並對歷史構成的現實作出深刻而持續的回應。

我對作為學術研究領域的「書面粵語」（Written Cantonese），有我作為學者的趣味和方向。從一開始，它就不是方言文學，即使不能說是另一物種，也肯定是完全不同的生命體。我希望能在下一本專著，好好地向大家獻呈我思考的成果。雖然這本專著目前只有很粗陋的框架，但我想，它將和我近年的主張分不開，即「複調語境中的語言意識」和「粵語寫作的去政治化」。2017 年的時候我只是略為提及，這次我想藉此難得的機會多說幾句。

「複調語境中的語言意識」，是以各種我們經常使用的語言，作為香港寶貴的歷史遺產和創意資源，並主張創作主體以完全平等的眼光看待這些語言。我懇切地期望這個主張，能幫助香港人意識由

自己的歷史和文化而來的驕傲和責任，並拓展由多語言社會而來的世界觀，重新召喚一種有容乃大的視野和創意。在我看來，粵語的口語和書面一直並存發展，是值得我們自豪之處：這現狀背後是香港充滿活力和包容力的歷史。當然，這需要我們具備歷史認知和眼光才能發現，並且真正地看待和發揮。在廣州的獨口通商時期，粵語已經因應生活需要衍生出不少有趣的外來詞，這意味着粵語從來都是向外開放、渴望接觸新事物的——是的，我不認為討論和思考「書面粵語」的問題只能夠局限於香港。

「粵語寫作的去政治化」，可以說是《清末民初的粵語書寫》的研究成果和重要發現，本書的總論已經略有述及。但是，要在此書初版若干年後，我才能以扼要簡潔的語言作為一個主張這樣提出來。這固然是因為我的不才，但事實上也是到了適當時候，必須以文學研究者、人文學者的身份回應香港的一種現實。當然，這個年代的香港人並不喜歡「去政治化」這個詞。然而學者若以讀者為市場，只說讀者喜歡聽的，那他實在已經不是學者，或者最少是不負責任的學者了。如果以為「去政治化」等於逃避政治，那麼這種思考方法則太簡陋了。我主張的不是逃避，乃是超越。從晚清到二十世紀末，「書面粵語」的歷史變遷就像中國現代文學一樣，無法自外於政治語境，這是不言自明的常識。所謂「去政治化」，是充份意識和了解政治發生了怎樣的影響，卻又不以政治為目的和標準。作為創意資源、歷史眼光以至文化責任，「書面粵語」的創作主體必須把創作目標還給文學，把粵語放到沒有邊界的大地上去，活潑自由地生長。

綜合二者，我懇切地期望讀者發現，我雖以「書面粵語」為自己的研究領域，卻沒有獨尊粵語為大，沒有把粵語工具化、功利化，這可以說是有意反抗過去一百多年來「書面粵語」主要的寫作和傳播方式。但是，同時，這也是文學的心意，和我的知識背景及由此而來的學術追求關係密切。真正的文學不以一種手法、一種表現方式、一種語言為滿足，無論這種手法、這種表現方式、這種語言有多完美；真正的文學如果經得起時間考驗，即使源於個人，也必將通向歷史、群體、民族等更大更深之處。

綜合二者，我懇切地期望讀者發現，作為人文學者，我的心願是渴望香港人——這個我骨肉至親的群體，具備來自歷史的深廣視野及超越政治的眼光，以直面這世代激烈的生存競爭，並能在競爭中得到思想的進化。由深廣的歷史認知而來的視野和眼光，和關心以至參與政治不但不矛盾，反而是極有必要的相輔相承。

當然，從學術研究的角度看，超越，乃人文學的靈魂。若失去這個，多少已經變了質，還不如不要存在的好。所以，正是因為這兩個主張出於我的本業，我有責任在這個時代、趁這機會向大家提出。

除了「複調語境中的語言意識」和「粵語寫作的去政治化」，還有一個重要問題，即使我在這方面的想法目前還沒有完備，卻因為時間倉促和形勢危急，我仍然想在這裏先談談我的初步想法。

在這篇後記裏，請容許我對「去殖」此詞作簡單的理解：辨認、意識、指出、挖掘、說明和轉化過去被殖民者造成的歷史傷痕，由此重新煥發一個民族、一個群體原有的文化遺產的光彩和活力。在這

裏，我的確是在使用「光復」這個詞真正而準確的意思。香港的特殊情況，無法被任何不作調整的後殖民理論解釋。「書面粵語」的確因為殖民歷史而得以保存發展，卻也因此陷入政治誤區。如果把粵語寫作視為政治工具，便僅僅是加固思想牢籠的結構，無法擦亮這一文化遺產的光彩和活力。民族的文化遺產，固然是去殖不可或缺的資源，這自不待言。但是，作為一個有自身歷史、文化特徵和主體意識的群體，香港的歷史、香港人心靈的需要和追求，以及香港的文化遺產，同樣不可被忽視。配合「複調語境中的語言意識」和「粵語寫作的去政治化」兩個主張和盼望，我以我心深處的感情和祈願，盼望香港人把「書面粵語」帶到更廣大的語境，以重新煥發、擦亮香港的自信和創造力。

如果你一直讀到現在，願意理解我不成熟的淺見，沒有因為這篇後記的話不中聽而不買這本書，請接受我由衷的感謝。

接下來，我還必須感謝讓《清末民初的粵語書寫》得以寫成的恩師們。此書是我在北京大學中文系寫成的博士論文，從選題到研究成果都極大程度上得力於陳平原教授和夏曉虹教授的指導。陳老師對學術前沿的把握固然有預言家般的敏銳和準確，但他對鄉里的一方水土一向有延綿深廣的感情，這一直成為我的激勵和提醒。夏老師的研究為本書提供很多重要基礎，廖恩燾和陳子褒的章節是主要例子。作為人文學者的典範，陳夏二師的人格和風格一直為我導航，使我在學術道路上免去很多疑惑，並能緊記一直追求廣大的思考維度。我很高興有機會再向老師作衷心致謝，對於我的資質愚鈍和學

養淺陋，他們一直待以包容和幫助。同時，我必須藉此機會再次感激張雙慶老師撥冗賜序。張老師親切通達的人格、忠於史實的治學風格對我影響很深。他的序文以「強勢方言」的思路為拙著補充重要的方言學角度，很值得讀者據此思考粵語的所有相關議題。

感謝三聯書店的厚愛和幫助，使《清末民初的粵語書寫》能夠接觸到很多學院以外的讀者，這原是此書的使命和價值所在。

李婉薇

2021 年 4 月 9 日天亮之前，心齋